U0798420

「焦点访谈」里的焦点②

央视《焦点访谈》栏目组◎编

中国工人出版社

图书在版编目（CIP）数据

《焦点访谈》里的焦点. 2 / 央视《焦点访谈》栏目组编著.
—北京：中国工人出版社，2019.6
ISBN 978-7-5008-7204-7

Ⅰ. ①焦…　Ⅱ. ①央…　Ⅲ. ①新闻报道—作品集—中国—当代　Ⅳ. ①I253

中国版本图书馆CIP数据核字（2019）第115291号

《焦点访谈》里的焦点. 2

出 版 人	王娇萍
责任编辑	严　春
责任印制	黄　丽
出版发行	中国工人出版社
地　　址	北京市东城区鼓楼外大街45号　邮编：100120
网　　址	http://www.wp-china.com
电　　话	（010）62005043（总编室）　（010）62005039（印制管理中心） （010）62379038（社科文艺分社）
发行热线	（010）62005049　（010）62005042（传真）
经　　销	各地书店
印　　刷	北京市密东印刷有限公司
开　　本	710毫米×1000毫米　1/16
印　　张	24
字　　数	373千字
版　　次	2019年8月第1版　2019年8月第1次印刷
定　　价	68.00元

本书如有破损、缺页、装订错误，请与本社印制管理中心联系更换
版权所有　侵权必究

目　录

》》》》》》2013

岂能不了了之

广西南宁市是我国人均拥有摩托车最多的城市之一，由于摩托车在南宁人的生活中占有十分重要的地位，因此一个关于摩托车的事件在南宁成为人们关注的焦点。

国家规定，购买和使用摩托车的人，要缴纳车辆购置附加费，简称车购费，缴费凭证就是车购证，凭这个证件才能办理车辆入户等一切手续。一辆进口摩托车的车购费平均在3000元左右。

1994年6月，南宁市交通征费稽查处在检查中查出大约一万本伪造、涂改和套购的车购证，这就意味着国家少收了几千万元交通规费。持有伪证的车主被责令限期补交车购费。然而这看起来顺理成章的处理，却引起了人们的不满。

持有伪证车主："当时我去买车的时候是1993年12月9日，当时那个老板说我这28000块钱，他说已经含有购置费在里面了，当时反正有。"

记者："那他告诉你含购置费多少钱吗?"

持有伪证车主："当时写的发票是3700块钱，购置费是3700。后来我们回去之后，过不久我的朋友就拿到交通征稽队去给他们看，看这个购置证是不是真的，认为是。也有代收章，认为是真的。后来是到1994年6月份的时候，真正摩托车入户的时候我们去入户，后来一验证是假的，要补交。"

记者："你这个车在哪买的?"

持有伪证车主："在南宁一家车行买的。"

记者："那么手续也是他们代办的？"

持有伪证车主："手续也是一样他们代办的。"

记者："那么入户是谁办的？"

持有伪证车主："入户也是他们那个车商包办的。"

记者："你交这个购置费有收据吗？"

持有伪证车主："购置费也有发票，有收据。"

持有伪证车主："我就问那个老板，我说你这个购置证是真的还是假的，他说是真的。后来我说，如果说是真的话，办入户应该没什么问题了？他说没问题，然后我就直接到车管所去办入牌手续。"

记者："那办的时候有什么困难没有？"

持有伪证车主："没有什么困难。"

按照规定，经销商根本不允许代替车主办理车购费。但是在南宁这种情况普遍存在达一两年之久，并没有任何部门出面制止。而且，为什么许多伪证能够通过管理部门的把关呢？消费者认为，应该有人对此做出解释。

对此，南宁交通征费稽查处主任黄震强的解释是："根据一些车主的反映，他买这个车的时候车行都说，包管购置费，应该是受到诈骗了。"

记者："那就是说这笔钱消费者是交了的？"

黄震强："反正没有交到国家，就不能算是交，至于他花这个钱花到哪里去了，比如说你受骗了以后，那是你自己受骗，国家没有收到这笔钱就不能说是交了。"

虽然，至今没有哪个管理部门公开承担责任，但事后不久，稽征部门就宣布，补征车购费，采取大幅度优惠的措施。

记者于是又来到了当地征费稽查部门。

记者："实行这种优惠的办法是不是考虑到一些政府部门在这个工作中间有一些失误？"

广西交通征费稽查局副局长寿奎德：“考虑了这个因素。”

记者：“那么这个优惠的部分余下的差额部分由谁来补足呢？”

寿奎德：“差额部分就不收了。”

记者：“不收了，就等于国家的税收就减少了一部分？”

寿奎德：“是的。”

记者：“国家承担了这部分损失？”

寿奎德：“是的。”

只要分析一下人们就会发现，在南宁车购费事件当中，最终承担损失的，是国家和无辜的消费者。那么，该负责任的是谁？消费者已经付出的几千万元，究竟哪儿去了呢？

寿奎德：“这笔钱应该是南宁市销售摩托的这些车行以及车行前面经销车的，比如说广东某地的老板，还有制造假证的老板，这几家吃了的。”

记者：“他们给吃了？”

寿奎德：“应该是他们吃了，因为国家没收到。”

记者：“那这笔钱是不是应该追究呢？”

寿奎德：“应当追究。”

记者：“发现问题以后，有没有向有关的部门立案或者报案来查处？”

黄震强：“这个我们已经跟公安部门立案了。”

记者：“向哪个部门？”

黄震强：“向城北公安分局（要求）立案。”

记者随即采访了城北公安分局。

南宁市公安局城北分局副局长张中广：“查的过程中，找到了一些车行的老板。老板就讲，他刚接手，原来的老板是广东的，已经走了。后来我们由于警力有限，加上一些具体情况，也没有再到广东去追查这个事情。”

伪证主要来自车行。但到记者采访前，南宁市居然没有一家车行受到处理。记者到一些车行采访的时候，遇到的人大多是一问三不知。

记者："您是这个车行里面的？"

车行工作人员甲："以前的是广东人开的。"

记者："这个以前是泰仕车行（音）吗？"

车行工作人员甲："不是。"

记者："这个叫什么车行？"

车行工作人员甲："不知道。"

记者："有名字吗？请问一下，这个车行为什么关门啊？"

车行工作人员乙："我不知道啊。"

记者在现场发现，这家车行门虽没关，人却闭门不见。不过记者在这里看到了车行代办各种手续的收据，办理入户用的登记卡以及办理车购证的工本费收据。

记者："这段时间里面，你们认可了车行来代办是不是这样？"

南宁交通征费稽查处工作人员："不会不会，从来没有的。我们只以车辆的拥有人作为用户，你拿这个手续来，我们帮你办，但是说你车行是作为一个商行，一个商店来经营这个产品的，他不是这个车辆的拥有人。"

记者："这样的票证如果在车行里面大量出现，这说明什么问题？"

南宁交通征费稽查处主任黄震强："在车行里面大量存在这些票证是吧？这个就要调查以后才能答复了，也有可能是套印，也就可能是印刷或者怎么样，这个就很难说了。"

记者："有可能是他自己印的？"

黄震强："有可能是这样子。"

为了确定这些收据的真伪，记者当即到稽征处的会计科进行了查证。会计科工作人员向记者证实，稽征处江南所 1994 年 11 月的确发过这些车购证。

记者："只有去办的人才能拿，那么车行的人拿到了说明车行去办了。"

黄震强："这个我就不能这么肯定，比如说，我去办了以后，车行老板你需要这个票，对我来说没有用了，车行老板你也可以存放在那里。"

记者："您认为有可能是用户车主自己办了以后存在车行老板那里了？"

黄震强：“有可能。”

南宁交通征费稽查处江南征稽所所长韦桂华：“我们车行呢是分期分批来办也有可能。”

但记者发现，车购证的号码是连续的，不可能是分期分批来办的。

记者：“这个号码都是连续的，那就不可能是零零散散来办的，肯定是一次拿的了。”

韦桂华：“连续的，我看看…… 就在我们江南稽查处办的？”

记者进一步追问：“这几张，您看这个是不是真的？”

韦桂华：“这个是真的啊。”

记者：“它们号码又是连续的，说明什么问题呢？”

韦桂华：“说明什么问题呢？现在你认为是什么问题呢？”

记者：“我问您呢。”

韦桂华：“因为我还没有调查，我不懂。”

记者：“现在能够查吗？”

韦桂华：“现在我们哪有时间查这个。”

记者：“您现在查一下可以吗？”

韦桂华：“现在我们没有时间去查。”

车购证事件查处困难，看来原因十分复杂。

记者还听说过这样一件事，交通稽征部门会同城北公安分局对一家叫泰仕的车行进行过查处，但由于公安局刑侦支队的介入，这次查处不了了之。

广西交通征费稽查局副局长寿奎德：“我们城北区公安分局和南宁市公安局的刑侦支队防暴队也赶到现场，所以摩托车是防暴队扣走的，两张办公桌是城北区公安局扣走的。”

记者：“就是当时这两家单位有过冲突，是吗？”

寿奎德：“听说有冲突。”

对此，记者进一步到有关部门求证。

记者："在现场，你们和城北分局和稽征部门，就是你们这两方有没有过冲突？"

南宁市公安局刑事侦查支队副支队长张景跃："没有冲突。"

记者："特警队正常情况下不应该参与这种案件的处理吧？"

张景跃："这个东西呢，它有时候也可以搞。"

记者："有时候？什么情况下可以搞？"

张景跃："它有时候举报的它认为有能力就搞，不能搞就移交。"

记者："换句话讲，任何一家车行发生这种纠纷，叫你们特警队都会去吗？"

张景跃："都可以去。"

记者："这个车行和你们单位有没有关系？它有没有主管单位？"

张景跃："没有。"

刑侦支队为什么对这家车行的事这么热心？记者在工商局的企业登记表上找到了答案。

记者："这家单位的主管部门是哪里的？"

南宁市工商局局长武希文："那都要看一看，详细地看一看。从登记的情况来看，就是它始终是刑侦支队，公安局刑侦支队下属的企业。"

南宁摩托车车购证事件，国家损失几千万元，近万名消费者的权益受到损害，而直接责任者并没有受到任何追究，不法分子至今逍遥法外。事件发生已经八九个月了，这件事究竟还能不能有个结果呢？

南宁市公安局车辆管理所副教导员钟庆："应该是由这个稽征部门和这个司法部门来负责。"

南宁市公安局城北分局副局长张广中："车购费来讲呢，应该是稽征部门来查这个事情，我们公安机关如果它要求我们配合，我们只是协助它查，因为我们的任务主要是抓刑事案件。有举报的我们就查，没有举报的，因为不在我们这个地段的我们不可能去一家一家地查，也不是我们的职责。"

广西交通征费稽查局副局长寿奎德：“我们没有责任和义务去管理车行，它不是我们车辆征收附加费的对征单位，不属于我们管辖的单位。按照雷宇同志（时任广西自治区政府副主席）批示，应该是工商部门去办。”

南宁市工商局局长武希文：“工商部门的话，没有去进行了解这个情况，没有去调查处理这个情况。”

记者：“为什么呢？”

武希文：“因为这个刚才我已经说了，不是我们职权范围之内，应该是交通部门来做这个工作，因为是它管理这个证的。”

记者：“稽征部门本身需不需要负一定责任？”

广西交通征费稽查局副局长寿奎德：“我们没有责任。”

发生在南宁的摩托车购置费事件究竟应该如何查处，至今还没有一个明确的说法。我们想，如果这件事就这样不了了之的话，损失的绝不仅仅是金钱。

（《焦点访谈》1995 年 2 月 25 日）

管文物还是“吃”文物

湖北襄樊市发现了一个春秋战国时期的大型古墓群。说到这个古墓群的珍贵价值，有专家把它称作楚文化的地下博物馆。我们要探讨的不是它的考古价值，而是围绕这个古墓群的开掘所发生的一些耐人寻味的事情。

这个春秋战国古墓群的所在地和建筑工地似乎没什么两样，襄樊市建行的宿舍楼工程在这里开工已经三个多月了。记者来到现场的时候，正赶上这里有人在打文物勘探用的探眼。

记者：“现在发现什么了吗?”

襄樊市文化局文物工作队张靖：“有可能有一个墓葬群吧。”

记者：“整个的范围应该有多大，这个墓群?”

张靖：“目前讲只有这一片，从这边一直到南边。”

记者：“包括这个楼吗?”

张靖；“应该包括。”

记者：“那就是说这一片下面基本都是古墓。”

张靖：“都是古墓。”

记者：“这一片是吗?”

张靖：“是。这个墓挖出来的时候已经破坏掉了。”

记者：“破坏了? 为什么呢?”

张靖：“因为工程的需要。”

记者：“按照规定应该在工地开工之前就进行文物勘探。”

张靖：“是，应该首先进行文物勘探。”

记者：“那么说，如果按照规定进行，这个楼本来不应该盖？”

张靖：“不应该盖。”

按照规定，工程只有在进行了文物勘探和发掘之后才能开始施工，而在这个工地上发生的情况却实在令人不解。

记者：“开工之前这个工地上做没做过文物勘探？”

建行工地施工负责人陈学和：“做了。”

记者：“做了？”

陈学和：“嗯，做了做了。”

记者：“发现有这个古墓吗？”

陈学和：“有，早都挖了。”

记者：“已经挖了？”

陈学和：“嗯，早都挖了。我们挖了一个基槽，下来以后博物馆的人又来，来了看到这下面还有古墓，后来重新又搞的。”

襄樊市建行基建科科长周明达：“搞古墓钻探的呢，是市文物管理处。”

负责施工的陈学和又给记者拿出了一份报告书：“发掘完了以后给我们的同意施工的一个报告书。有了这个我们才开工。”

工地开工之后，许多古墓遭到破坏，由于群众的举报，工程才被紧急叫停，否则的话，尚未发掘的几十座古墓很有可能也已毁于一旦。记者来到襄樊市文物管理处，采访了当初负责文物勘探和发掘的工作人员。

襄樊市文物管理处业务科长杨力：“1994 年 9 月份吧，9 月份钻探的。”

记者：“那么这个钻探的结果呢？”

杨力：“在它这个围墙范围里面，我们那个当时统计的，可能一共是 105 座古墓。但是有些是疑点不能肯定是墓葬。当时打出来的墓葬基本上都给它发掘了。”

记者：“凡是钻探到的都被发掘了吗？”

杨力：“对对对。”

记者："当时钻探的这个工作是严格按照程序，搞得比较周密的吗？"

杨力："不是。现在看，我们钻探上面还有一些弊病，有些遗漏。好像这方面技术，这方面经验，确实有些不行。"

记者："您认为是由于一些技术上的不足？"

杨力："对。"

记者："技术水平问题？"

杨力："对，我觉得我自己在工地上反正是尽到责任了。"

记者随后又采访了当地文物主管部门。

记者；"破坏古墓这个事情出来以后……"

襄樊市文物管理处书记杜遵义："要处理的。我要追究他的这个责任，为什么会出现这个问题。"

记者："那您认为这个责任在谁呢？"

杜遵义："责任我认为是两方面的，一个是从大问题来讲我们有责任。"

记者："你们有什么责任？"

杜遵义："领导责任，领导失职的责任嘛。领导要到工地上去察看工作到底有什么问题，是不是？作为他们来讲，这个工作就是一种马马虎虎、不认真（的态度），应该负这样的责任。"

那么造成这起勘探事故的原因，到底是简单的工作失误还是另有内情呢？记者找到了当时承担这次勘探发掘工作的民工队负责人。

记者："所有的发掘工作是你们一个队负责的吗？"

襄樊市余岗乡六寨村曾宪堂："一个队。"

记者："他们有再请过别人吗？"

曾宪堂："没有。就我们一个。"

记者："那这 105 座下面都有墓是吗？"

曾宪堂："肯定都有墓。以前计划说挖 60 座，挖到 40 几座的时候，他们说不叫挖了。"

记者："是谁告诉你不要挖了？"

曾宪堂：“是杨力他们说的，他们不叫挖了，不叫发掘了。”

记者：“当时他说什么原因不让挖了呢？”

曾宪堂：“他们说经费给得少。”

古墓事件的焦点逐渐集中在经费问题上，记者就这笔勘探发掘费用的来源和去向进行了调查。

记者：“您和文物处方面就这个钻探开掘的费用探讨过几次是吗？”

襄樊市建行基建科科长周明达：“嗯，嗯。”

记者：“这个不是国家有相应标准吗？这个还能谈吗？”

周明达：“标准呢，这个，现在不是市场经济嘛……”

记者：“那最早提出来的钻探发掘费用是多少？”

周明达：“最早是26万。”

记者：“最后你们商谈的结果是给你们优惠了吗？”

周明达：“对，付13万，13万包干，他们也同意。”

记者：“是根据你的能力提出的这个13万？”

周明达：“对。”

记者：“那么不是根据这个墓的数量和发掘的情况？”

周明达：“这个情况呢，大家可以在一起谈。”

记者：“当时文物处跟建行方面谈钻探和发掘的费用的时候是按照什么标准定的？”

襄樊市文物管理处书记杜遵义：“我们市物价局有一个文件。”

记者：“按照市物价局的文件？”

杜遵义：“对。钻探完了以后下面有多少墓葬，根据这个计算应该要多少钱。”

记者：“当时你们根据这个算是需要多少钱？”

杜遵义：“它这个工地，原来算的是105座墓，应该要26万多块钱。”

记者：“26万？”

杜遵义：“对。建行它有钱是有钱，具体开支上确确实实有困难，它是确实拿不出这笔钱，后来只要了13万块钱。”

记者：“按您说的您这个定价的标准是按照这个墓的数量和规模，那你从26万降到13万，还够不够整个开掘的费用呢？”

杜遵义：“它也有一定的困难，有困难怎么办呢？我们在一些开支上，只有节约点开支。”

记者：“那就是说这个13万已经不是很富余了，这个钱。”

杜遵义：“不富余，不富余了。”

记者：“给你分到你名下这个用于发掘的钱是多少？”

襄樊市文物管理处业务科长杨力：“3万9000元。”

记者：“总共3万9000元？”

杨力：“对。”

记者：“你们跟文物处之间实际上还是一种承包的关系？”

杨力：“应该说是吧。应该说是。”

记者：“当时定的这个承包协议，就是假如有剩余的钱的话应该怎么分配？”

杨力：“剩余的钱？…… 你想得到的，承包了嘛，剩余的都是自己分嘛。”

在据说已经很紧张的13万经费当中，用于勘探发掘的还不到4万元，节约成本的幅度可谓惊人。而以3万9000元承包了这项工程的勘探小组，当然也不能白干。据调查，他们实际用于古墓发掘的费用，只有一万多元，其余的个人分了。事后，上级单位已令勘探小组退回个人所得的款项。

记者：“那13万经费中剩下的9万块钱现在是做什么用途了？”

襄樊市文物管理处书记杜遵义：“剩下的就是用于这个单位的事业发展需要，再一个就是单位的生存啊。我们也没什么收入，一年要15万块钱开支，就这个单位。”

记者：“单位的这种经费的来源，是从这个钻探开发费用里面提一部分是吗？”

杜遵义：“提一部分。”

记者：“这个费用的提取和收取比例是你们自己定的还是国家有规定？”

杜遵义：“自己定。这个比例就是我们自己定，摸索，这也是在改革当中摸索经验。”

文物管理处负责人介绍，由于文化事业经费紧张，采用这种收费提成的改革措施实属无奈。比如说由于资金缺乏，省重点文物保护单位米公祠的全面修复之日还遥遥无期。然而，我们在米公祠内一角看到了这样一所小院，里面有一排装修漂亮的中式房子。

记者：“这是什么呀？”

杜遵义：“这里住着几户人家。”

记者：“住的什么人家啊？”

杜遵义：“就是我们几个领导，书记、主任，住在这里。”

记者：“您也住这儿吗？”

杜遵义：“我也住这儿。”

记者：“这个房子什么时候修的？”

杜遵义：“这是去年。”

记者：“这个地方是文物古建，能修房子吗？能修住宅吗？”

杜遵义：“这个……主要文物这里面也得有人在这个地方管理呀，没人不行，全走光了也不行。一个文物点，我们全国哪个文物点，它也要住一部分人的，要不然没人管了。”

记者：“您是说，几位领导住在这里面主要是为了便于管理？”

杜遵义：“便于管理。”

记者：“盖这个房子要花多少钱？”

杜遵义：“25 万块钱。”

记者：“那这种建房的经费一般从哪儿来？”

杜遵义：“这个就是靠自己集资建的，我们自己集资。每人集资有的出 1 万的，有的出 8000 的。”

记者：“个人是吧？”

杜遵义："个人集资的。"

记者："那就是加起来大概有 4 万是个人集资的，剩下的呢？"

杜遵义："剩下的就是从我们平时的收入里，就是文物钻探的那些收入里，慢慢给人家钱。"

在记者将要结束采访的时候，又发现了新问题。这次古墓发掘，居然没有经过上级部门的批准。

湖北省文化厅文物处处长周崇发："他事先并没有跟我们报告。"

记者："按照规定他是应该报告的？"

周崇发："应该报告，他要钻探的话一定要跟我们报告。"

襄樊市文化局局长王光祖："这个呢，要正常情况下，如果是领证队的话，这就可以搞。"

记者："那么发掘这个墓地的队有这个证件吗？"

王光祖："目前从襄樊来讲，还没有。"

记者："襄樊没有一个是领证队？"

王光祖："对。"

文物是我们民族几千年文化的积淀，文物的任何损失都是用金钱无法衡量的，任何为谋求私利而破坏文物的行为都是国法所不容的。

（《焦点访谈》1995 年 6 月 21 日）

算命竟然有公司

青羊宫是四川省成都市的一处著名道观。根据观众反映的线索，记者在青羊宫内找到了已经开业半年多的四川易经学术研究中心。

这里门外的招牌上公开写着开展为人们推命算运的服务项目，两位女士不停地向游人们散发着广告招揽生意。有意思的是，这里头还有一幅“急聘预测师，考试合格，待遇从优”的招聘算命先生的广告。记者于是进入该公司一探究竟。

易经研究中心副总经理何成瑜：“随便预测什么，有全面的，有单项的。全面的包括你的过去、现在、将来、夫妻、父母、子女、财运、官运、婚姻、事业、吉凶、祸福，都在预测之内。”说完，这位副总经理向记者推荐了一个单项服务，收费是 88 元，并称给记者安排“一级大师”提供服务。

记者在这个中心里，见到了好几位所谓的“一级大师”。经再三要求，中心的副总经理特别推荐了一位据说是功力很强的大师，为记者进行“专项预测”，内容是夫妻关系和家庭生活状况。

算命先生：“你就一心一意想家庭婚姻了，但愿能求个好卦。我这是三枚铜钱，这枚表示天，这枚表示地，天地之间先生就是您，这枚就是您。双手合十，一心一意想婚姻了，闭上眼睛想。一分钟之后自己认为想好了开始摇，就这么摇。”

算命先生一边说一边指导记者按程序做。“一放，好，就这样。这铜钱比较古老。继续摇。”随即，他得出结论，“结论是小有不利，无碍大局。把家庭事好好处理处理，别那么大男子主义，说实话，那也不行啊，要互相尊重。走到一起啦，关系深，夫妻恩爱吗，对不对？就是说你有不对她能体谅你，她有不对你也能体谅她，尤其作为女的很不易，一生跟随你。就是说现在无所谓，有点口舌而已，或是思想性格对一些问题观点不一样，无碍大局，没看出啥大的不好。小孩很好，没啥不好之处。”

记者：“老师，您别老说我的好的。”

算命先生：“不是光说好啊，这卦在这儿摆着呢，咱们以卦为准。”

接受“预测”的这位记者今年刚 20 出头，还没有结婚，什么夫妻关系紧张，孩子情况良好，等等，当然全属一派胡言。

算得准不准是一回事，八十、上百地收钱是另一回事。看着经理乐滋滋地算账，算命公司生意不错，看来不是传言。在大门外，另一位游客讲了他看到的算命的情况。

游客：“我在那个第一咨询室看到，他可能根本就没把人家的子女数说准。他就说是你命上应该有的，他说你继续生下去，有三男五女，这不废话嘛。”

记者：“继续生下去？”

游客：“你应该能测出来人家现在有几个嘛。”

一位青羊宫的道士拦住了记者，直言不讳地说，这个算命中心在这里真是大煞风景。

青羊宫道士张长付：“这些算命的就是在马路边借给人家算命要几个钱，所以他们根本也没有什么水平，我可以这么说他们。可老百姓不懂，他们就这么模棱两可地糊弄人家一把，那你就得给 148 元，甚至是 300 多。”

记者：“他目的是为了钱？”

张长付：“不管你目的是钱还是别的，它对国家人民没有什么价值。”

当天下午，记者扛上摄像机，再一次来到这个易经学术研究中心，让这里所谓的大师们正式解释一下他们的“预测”。

记者指着自己的同事问算命先生：“上午他请您给预测一下家庭、婚姻问题，对吧？您说他爱人如何如何、他孩子如何如何，我现在如果告诉您，他既没结婚也没孩子，您会怎么想？”

算命先生：“因为卦象体现出来了，按卦说，以卦为准。”

记者：“那就是说，你那个卦象上告诉你 1+1＝3，他说 1+1＝2，那你就按卦象上说 1+1＝3 吗？”

算命先生：“我都按卦象说。哪怕与事实不符，但是都得按卦象说话。”

如此指鹿为马的算命还理直气壮，连这里的总经理也觉得说不过去了，急忙走过来给自己找个台阶下。

易经学术研究中心总经理张桂铭：“他不是我们的正式工作人员，他是来应聘的。既然他经过考试，如果今天再算不准，我们就不要了。在我们这里，没有真功夫的人是待不下去的。”又指着刚才那位算命先生说，“你把那个钱退给他，还有昨天的，昨天你不是预测了吗？”

算命先生：“今天上午我那个卦不能退。”

张桂铭：“为什么？”

算命先生：“为什么？我说了，要是不准马上退。但上午事情已经过去了，就不能退，说明他已经相信了是吗，认定了。如果说要退的话，那是你们中心和他们个人之间的关系。”

张桂铭：“我可以这样说，不准我们是可以退费的。”

这位不甘自认倒霉的“大师”一怒之下要曝光这里的内幕。

算命先生：“干这行的吧，都不一定那么准，而且我就跟你说一句话，说啥我就不讲了……”其实，他的真话上午算命的时候已经流露出来了。让我们再听听他上午是怎么说的。

算命先生：“今后不要再测了，干这一行的，一百个人中九十五个是骗子。人家是骗子你是啥，我是第九十六个骗子。我是专门讲课的，我是专门讲排卦，讲完之后让他们去给人测去。那就是说我是专门骗他们的。”

这么一个算命公司，连自己内部的人都承认是在骗钱，怎么可能在半年多的时间里一直顺顺当当地挣钱，没有人去干涉呢？原因之一恐怕就是他有这么一个护身符——正式的工商企业的营业执照。

那么，这个营业执照是怎么办下来的呢？记者采访了当地工商部门。

四川省工商局企业登记管理所副所长章中民：“组建的是一个四川易经学术研究中心，它要开展经营活动必须到工商进行登记，我们核准的范围是只是做一个学术研究，它主营是信息咨询及服务。”

记者：“那按照工商部门的理解，易经研究中心的信息咨询与服务，指的是什么？”

章中民：“名称是易经，但是作为学术研究机构，它的信息我们就不划定它特定的含义了。”

对此，易经学术研究中心自己又是怎么解释的呢？

易经学术研究中心总经理张桂铭：“它不过是笼统一点，明明我们是搞易经研究，那么信息咨询就是利用周易搞预测，这个很明显的，没有什么多大的矛盾，没有什么根本的冲突。”

易经学术研究中心副总经理何成瑜：“信息咨询服务主要包括四柱（预测）和六爻（预测），还有地理风水，我们还没开展，实际上很少开展。”

记者：“当初你们在向工商部门申请执照的时候，有没有向工商部门说明白你们的经营范围是什么？”

张桂铭：“我们当时是明确报了的，我们主要就是搞一种信息咨询服务。很显然，既然我们是易经学术研究中心，就是用易经来搞信息咨询服务，这是显而易见的。”

记者：“我们到研究中心去的时候，张桂铭总经理曾经明确告诉我们说，他们曾经向工商部门明确地说明了他们公司经营活动的范围和从事的活动，这个你们了解吗？”

四川省工商局企业登记管理所副所长章中民：“肯定没有这个事情。”

但是，记者在工商局查阅当时申请注册的资料时，看到一切都白纸黑字记录在案。

记者："在登记以后，工商部门有没有对研究中心的信息咨询及服务的经营范围进行过核查，它有没有超出这个范围？"

章中民："这个我们工商部门核准以后，必须让企业按照工商局核准的，按照国家的有关规定，开展经营活动。如果超出范围，接受举报，我们就要坚决查处。因为目前来说还没有人跟我们举报，所以我们还不清楚这件事。"

记者："事实上，从开业到现在，工商部门还没有对它的经营范围是否超出核准的范围进行过一个调查研究，没有经过核查？"

章中民："现在还没有这个项目，就是说每个企业发放营业执照以后，工商部门都到每个企业去进行了解，现在的工作是做不到这一点的。"

记者："也就是说企业超出不超出经营范围就看他自己了？"

章中民："嗯。"

既然算命公司就是打着"预测"的旗号去骗钱，我们怎么能够去要求他们自觉严格要求自己不骗人呢？把营业执照发给这样的人，让他们可以名正言顺地去活动，又不加以监督和管理，怎么对群众、对社会做出交代呢？

（《焦点访谈》1995 年 6 月 24 日）

打假的困惑

一说起打击假冒伪劣商品，我们就会想起一句老话——老鼠过街人人喊打。然而前不久记者在河北廊坊的采访，使我们对这句老话产生了新困惑。

1995 年 9 月 25 日，河北省廊坊市安次区技术监督局稽查队会同公安部门到春以李村打假，这次行动的负责人是技术监督局稽查队的解队长。记者随着解队长驱车赶往这个村。行进中，解队长似乎听到了什么。

廊坊市安次区技术监督局稽查队队长解其胜：“里面机器正响着呢，里面正做着呢。”

稽查队的到来，似乎没有使这里的人意识到该停下手里的活了。

记者在制假现场与稽查队人员了解造假作坊相关事宜。

记者：“货在什么地方放着？”

稽查队人员：“有可能在头一家放着。”

记者：“我们现在过去能看到吗？”

稽查队人员：“走，我们过去。”

然而，业主已经不见踪影，留在这里的只是几个打工妹。

稽查队人员：“有人吗？人好像没在。”

记者：“老板他人呢？”

雇工：“不知道。”

稽查队人员：“早上来没来？”

雇工："来了。"

稽查队人员："给你们开完门去哪儿了？"

雇工："不知道，骑车走的。"

在所谓生产车间，稽查队员发现了问题。

稽查队人员："这是他们刚刚封存好的货，胶帽已经套上了，这是他们已经灌好了的橘子汁。"

记者："这个东西做出来你喝吗？"

雇工："不喝。"

记者："为什么不喝？"

雇工："它不干净。"

稽查队人员："这个环境生产出来的东西，细菌指标肯定达不到国家的要求。"

记者进入一间不到30平方米的土作坊，但如果你以为它只能造假橘子汁，就太小瞧它了。

记者："你们刚才在做什么？"

雇工："刷瓶。"

记者："刷瓶主要做什么用？"

雇工："做酒。"

记者："做什么酒？"

雇工："没准儿，做什么都行。有时，什么卖得快就做什么。"

稽查队员在制假现场查获了一些造假物品的标签和包装。

稽查队人员："山楂酒、橘子汁、波罗蜜饮料、各种酒瓶盖。"

记者："中国北京。这好像是葡萄酒，中国红葡萄酒的盖。"

稽查队人员："对，双喜牌的。看来它是什么都有。"

记者："需要什么就往上封什么。这是上海大白兔。"

稽查队人员："这是冒上海冠生园的。中华鳖精，这标签都是他们自己印的。”

记者：“打开看看，这里装的也不是中华鳖精。”

稽查队人员：“这壳就是他自己做的，清凉奶糖。”

记者：“这个里面的东西拿什么做的呢？”

稽查队人员：“淀粉掺了点白糖或糖精。这是自己做的版。”

记者：“这是往纸箱子上印的。”

稽查队人员：“这是刻标签的版。”

记者：“一天得刷多少瓶子出来？”

雇工：“小橘子汁，也就是一千多瓶。”

记者：“一千多瓶？”

雇工：“对。”

记者：“大瓶子呢？”

雇工：“大瓶子也就两千多。”

记者：“让你们来这儿做假东西，知不知道？”

雇工：“知道。”

记者：“知道做假东西，那为什么还来？”

雇工：“现在假东西太多了，不怎么奇怪。前两年上廊坊来，买的东西假的挺多，现在更多。现在我觉得管得还是松。”

这次打假，虽然收缴了不少假货和造假的工具，却没能抓住造假的业主，据解队长说这可能是内部有人事先给通了风报了信儿。

廊坊市安次区技术监督局稽查队队长解其胜：“有的时候咱们一出动，咱们还没有了解到情况，他们已经知道信儿了，所以说扑空的情况比较多。”

11 月 26 日，记者又来到了廊坊市，随同安次区技术监督局稽查队到安次区南次平村打假。刚进村车还没停稳，就看见路边有一个男青年翻过院墙向房后猛跑。

院里有一名妇女这时正拿着一捆包装箱向仓房跑。

稽查队人员拦住了她：“这是什么？是在哪儿拿来的？说吧，没事。”

廊坊市安次区南次平村村民："我也不知道，刚才那人让我搬这儿来。"

稽查队人员："不认得你管吗？那人是谁？叫什么？"

廊坊市安次区南次平村村民："不知道。"

这位妇女说什么都不知道，院里的人又说她不是这家的人，稽查队只好来到村委会，不一会儿干了11年的村委会主任被叫来了。

廊坊市安次区南次平村村委会主任周维民："我刚瞅那个妇女怎么不知道那是谁呢？"

记者："那你还会不认识？"

周维民："上次有举报说这村有造假酒的，上次已经来一趟了。"

记者："刚才咱也看见了酒箱子和包装了。"

周维民："你们都看见了是吧？"

记者："嗯。"

村主任领着稽查队来到了他自称不知道是谁的那位妇女的家里。

记者："是这家吧？"

周维民："是。"

稽查队员在现场发现了造假实物。

稽查队人员："这个是箱子上面上下两层垫的减震的，这是牛栏山酒厂出的瓶子上的标。"

记者："跟刚才那个是一个系列？"

稽查队人员："对。藏到厕所里了。"

记者："这也是外包装？"

稽查队人员："对，外包装。"

记者："这里边呢？"

稽查队人员："瓶盖。华灯（商标）。"

那位妇女终于交代，说跳墙跑了的男青年是村支书的儿子，叫孙长勇。但这一说法得到了周主任的否认。

周维民："没有叫这个名的。"

记者又找别的村民核实："他叫什么名？是这个村的吧？"

廊坊市安次区南次平村村民："是。"

记者："是这个村的，是叫孙长勇吧？"

周维民："孙长勇？有叫这个的。"

记者："在哪儿住？"

周维民："在这儿北边住。"

记者："您带我们去一趟？"

周维民："我瞅瞅在家没有。"

然而，走了十几米周维民又停下来改口了。

周维民："他们这是在哪儿套来的消息呢？孙长勇在南头儿住。"

孙长勇家里早已是人去屋空。再找孙长勇的父亲，也就是村支书，村主任说也出门了，不在家。根据举报，这个村还有一家造假酒的，解队长要村主任帮忙领路。

解其胜："你得跟着。"

周维民："这事我跟着合适吗，解科长？"

解其胜："你找一下别的村干部。"

在这家没有找到造假酒的证据，但发现了另外一件东西。

稽查队人员："这个是做假洗衣粉的封口机。"

解其胜："这是你家东西吗？"

廊坊市安次区南次平村村民："不是。"

解其胜："这是谁家放这儿的？"

廊坊市安次区南次平村村民："究竟是谁放这儿的我也闹不清。"

解其胜："你是不是这家的人？"

廊坊市安次区南次平村村民："是。"

解其胜："有人把东西放你家你不知道？"

廊坊市安次区南次平村村民：“这个我也不清楚。”

稽查队人员：“这手电电池刚买的，又是假的。”

记者：“这么一会儿光就不强了。打假的也买了假的工具。”

记者：“这连续起码三四家在造假酒。刚才还发现有造洗衣粉的工具。”

周维民：“这个大队可没听说过。上次技术监督局来过一次，说有举报这村有造假酒的，没找到人就落这么个结果。因为这个大队卡得挺严，无论做什么事大队弄得照样紧的。”

解其胜：“看来这里有点问题，这样，我们把倒纸箱和包装的这个女的，带回去做一下笔录。”

周维民：“咱们在这儿做个笔录还不行吗，解科长？”

解其胜：“这样吧，还是回去。”

周维民：“如果你们非愿意带走，支部这也就不好说了。”

离开南次平村不到半小时，解队长的传呼机就响了。原来是周维民通过廊坊市安次区新安市场的各地酒类批发商曹金浦，找到解队长的妹夫来说情，要求放人。回到区里不久，周维民等人也赶来了，等在门外。解队长出来和他们见了面。

解其胜：“先让她在这儿该做笔录做笔录吧。”

不明身份的说情人：“做什么笔录啊？”

解其胜：“那怎么办？一会儿吧，等回单位再说，行吗？不行先让她来，一会儿你们把她送回去不得了。”

说情人：“那先领媳妇回去，以后叫她来。”

解其胜：“她跟你先走了不行，先走了怎么行？”

说情人：“那孩子在家里怎么办？”

解其胜：“没事，一会儿再说吧，一会儿保证让她回去不就完了吗。”

说情人：“你们这儿谁知道有多晚。”

解其胜：“我们一会儿就过去，行吗？”

说情人："我们过去，你让《东方时空》走了不得了吗？问笔录还让他们在场？"

解其胜："一会儿再说吧，在这儿说能说得清楚吗？"

回到区招待所，周维民等人又跟来了，在大厅等着。稽查队准备询问那位妇女，记者也打算拍摄询问的过程。这时候解队长说有事要和记者商量，便叫那位妇女一个人到房间外面等着。记者问那位妇女会不会趁机跑掉，解队长说不会。但十几分钟以后开门再看，那位妇女已不知去向了。结果连那位妇女的名字也没人说得出来。

当天夜里 10 点，记者又跟着去查抄一家比较大的造假酒的窝点。据稽查队掌握的情况，前一天晚上这里还在生产假酒，但是现在发现已经全部转移了，不知去向。解队长说虽然这次行动只有技术监督局内部的几个人知道，但还是走漏了风声。

尽管记者几次到廊坊都没有拍到造假的主犯落网的场面，但这里造假成风是显而易见的。那么这些假货又是通过什么渠道流入市场的呢？

据了解，前面几起造假案中的假货，都是通过廊坊安次区一些批发市场销售到北京、天津等地的，在这里可以向摊主订购各种假冒的名牌产品。前一天稽查队曾派内线到某个批发市场向五个摊主订购了 100 多箱假酒，但第二天要提货时，他们异口同声说没有货了。稽查队又一次扑了空。

当地政府强调了他们的困难。

廊坊市安次区副区长贾秀珍："打假有难度，就是这么一块地方，这关系都是盘根错节。"

记者："说情的多吗？"

廊坊市安次区技术监督局稽查队队长解其胜："说情的比较多。"

记者："你们查造假的人，查他们的难度大还是顶住说情风的难度大？"

解其胜："还是顶住说情风的难度比抓造假的难度大。"

记者："在您看来，造假和当地经济的发展是什么关系？"

贾秀珍："从长远的观点看它是不利于当地经济发展的。但是就目前而言，出于一种地方利益，暂时在一个短时期内，对地方经济可能有好处。"

能够认识到做假货对经济长远发展所产生的破坏作用，那么就不该为了眼前的利益而牺牲长远利益。试想一下，如果一个地区一个单位假货泛滥，人家上当一次后还敢来第二次吗？假冒伪劣商品之所以屡禁不绝，除了犯罪者为了眼前的利益胆敢违法犯罪，是不是还存在着一些地方为了局部的利益对打假喊得重打得轻的问题呢？

（《焦点访谈》1995 年 12 月 22 日）

治心病哪能添“心病”

病人求医治病，为的是早日恢复健康。可有位心脏病患者，他在花了4万多块钱安装了心脏起搏器之后，却反而添了“心病”。

1995年8月1日，74岁的患者赵轩在北京友谊医院做了心脏起搏器安置手术。病人的女儿赵伟秦也是友谊医院的大夫，因此被特许进入手术室。当手术正在进行的时候，赵伟秦偶然看了一下心脏起搏器的包装盒，却意外地发现了问题。

患者之女、北京友谊医院医生赵伟秦：“我发现准备安的起搏器的盒子上，使用日期是 Use Before08 JUL 1995（1995年7月8日前使用），是7月8日。我们手术是8月1日，这样就是已经过期了20多天。我当时就向手术医生提出了质疑，并且要求他们把手术停下来。停下来我们去找销售商，也就是康明生物医学工程有限公司的人，叫侯卫东（音）。”

记者：“他们来的时候手术已经进行多长时间了？”

赵伟秦：“已经进行了8个多小时了。他就讲，过期是指消毒期过期，这个已经在5月份重新消毒了，而且病人已经折腾了9个多小时了。当时也是万般无奈，手术只好就继续进行下去，把这个起搏器安上去。”

手术之后，心中没底的病人家属索要了关于心脏起搏器的所有材料，发现在产品担保书中明确规定，起搏器必须在规定日期之前植入人体，否则将不予担保。

在与厂家多次交涉未果的情况下，患者家属投诉到中国消费者协会（中消协）。而在中消协召集的协调会上，问题依然没有得到解决。经销起搏器的康明公司认为，过期半年的心脏起搏器并不影响质量，从而拒绝了患者的索赔要求。

广东康明生物医学工程有限公司副总经理董咸安：“消毒有效期厂家内部控制，一般是在 4 到 5 年。但是这个盒子上的 Use Before date（使用有效期）一般控制在 2 年，所以说它有很长的一段时间可以内部控制的。对产品来讲，这个控制是没问题的。”

对此，医院方面是怎么说的呢？

北京友谊医院副院长刘建：“事先医院是不知情的，在手术当中一经发现，医生立即和销售商取得联系，就这个日期的问题提出意见，销售商跟我们保证是经过再消毒的。”

记者：“那这台机器消毒了吗？”

董咸安：“没有。”

记者：“可是当时您厂的推销员口头承诺过说这已经是消过毒的，是否属于一种欺骗行为？”

董咸安：“不属于。”

记者：“为什么呢？”

董咸安：“这是一种过失，他不是有意识欺骗的，因为他想起搏器肯定都是消过毒的了。”

记者：“当时您厂的推销员向院方口头承诺的是，这个已经经过重新消毒了，是不是这样？”

董咸安：“但是他后来更正过了。”

记者：“当时是不是有过这种说法？”

董咸安：“那可以去问他。”

记者：“这个人现在在哪儿？”

董咸安："他最后跳槽了，到其他公司去了。"

记者："说明书上的担保条款对中国人是否依然有效?"

董咸安："无效的。"

记者："那就是说原来的有效期您认为在中国不适用，对不对?"

董咸安："是的，是这样的。"

记者："对您适用的有效期是多长?"

董咸安："我们对消毒有效期当然一般是在 Use Before date（使用有效期）之前使用，就避免很多麻烦。"

记者："按照您的标准，在 Use Before date（使用有效期）之后多久还能使用呢?"

董咸安："我们一般是控制在半年之内。"

记者："这个是有明文规定吗?"

董咸安："这个是我们内部控制的。"

记者电话采访了美国 CPI 公司国际销售部。

美国 CPI 公司国际销售部经理詹姆斯·拉格："消毒期与最后使用日期，也就是 UBD（Use Before Date）是不同的。UBD 与使用寿命有关，而消毒期自出厂之日起，在包装不破损的情况下，可保证 4 年有效。消毒期远远长于最后使用日期，也就是 UBD。心脏起搏器必须在 UBD 日期之前植入人体，假如超过这个期限植入，它就无法达到预计的使用寿命了。美国联邦法律规定，所有的心脏起搏器必须在有效期前使用。过期的起搏器绝对不能再用了，必须废弃掉。"

记者："这个规则只对美国有效，还是对销往国外的产品依然有效呢?"

詹姆斯·拉格："对于销往国外的产品是同样有效的。"

记者："康明公司认为，使用过期半年的心脏起搏器是没有问题的。"

詹姆斯·拉格："如果康明公司这么说，那么他们自己负责。我们 CPI 公司从来没有告诉过他们过期的起搏器还可以使用。"

对于美国公司的这种说法，记者采访了广东康明生物医学工程有限公司的负责人。

记者：“假如产品出现问题的话，是您独立承担赔偿的义务，还是说要通过您向美国公司联系？”

广东康明生物医学工程有限公司副总经理董咸安：“我们对消费者独立地承担赔偿的责任。但是赔偿的这种情况我们和美国 CPI 再去交涉。”

记者：“最终的赔偿要由美国公司做吗？”

董咸安：“是的。”

对此，美国公司又是怎么说的呢？

詹姆斯·拉格：“1995 年 7 月 11 日，我们已终止了 CPI 与康明公司之间的合同，他们已无权再销售我们的产品。我们要求他们返还还没有使用的 CPI 公司的心脏起搏器，但他们至今一台都还没有归还。”

在采访中记者还了解到，有关部门从 1993 年发布过对进口心脏起搏器实行质量检验的通知，未经商检的起搏器自 1993 年起停止使用。

记者：“对于起搏器这种商品，有关于商检的规定您知道吧？”

董咸安：“这个知道的。”

记者：“出现问题的这台起搏器经过商检了吗？”

董咸安：“这台没有。”

记者：“那么这种商品能够使用吗？”

董咸安：“可以使用的。”

记者：“这是根据什么规定可以使用？”

董咸安：“这个我们对产品的质量是有了解的。我们国家的商检其目的是对它的质量进行商检，它是用一个法规来规范这种行为。但这种商检我觉得也没有什么实质性的意义，对产品质量的管理来讲，没有什么实质意义。”

对此，记者采访了国家进出口商品检验局。

记者：“对于起搏器进行商检是为了对它的质量进行控制吗？”

国家进出口商品检验局处长翟宝善：“对，主要是质量，主要是安全卫生方面。没有经过检验的心脏起搏器 13 号文已经都说了，不允许使用，不允许销售。如果再销售了，没有按照 13 号文规定，这都属于违反商检法。”

在卫生部、国家进出口商品检验局、国家中医药管理局“一部两局”的文件中还规定，医疗单位在使用进口心脏起搏器的时候，必须对商检标志进行核查，无商检标志的不得使用，而北京友谊医院也违反了这一规定。

目前，对于这起消费者投诉，有关方面正在调查处理之中。而围绕这个事件暴露出来的一些问题，值得人们深思。

在这次事件当中，由于病人家属碰巧是本院医生才被特许进入手术室，而她又碰巧懂得英文才能在没有一个汉字的包装盒上，发现了使用有效期。假如没有这一连串的偶然，事实的真相至今还不会暴露。

对于大多数普通患者来说，他们能够信任的只有医院和医生了，而医院又是如何对医疗用品进行把关的呢？

记者：“您在会上提到过，说这台起搏器进入医院的程序不是很正规，那么它是怎么进来的？”

北京友谊医院副院长刘建：“这个是由医生直接向销售商订货，这在医院的有关规定当中是不允许的，也就是说临床的医生违反了这方面的规定。”

记者：“最早这个公司是他们主动找您还是您主动找的他们？”

北京友谊医院心内科主任沈潞华：“是他们找到医院来找我，来找医院的。”

记者：“那就是说，他当时就作为推销起搏器的推销员来的？”

沈潞华：“对。”

记者：“像这种主动来推销起搏器的公司，是只有他们一家？”

沈潞华：“很多，很多家。”

国家进出口商品检验局处长翟宝善：“心脏起搏器本身是一个高科技的产

品，体积小，价值高。”

记者：“经销这种东西利润很高，是吗？”

翟宝善：“利润很高。”

记者：“据您了解，一台进口的心脏起搏器，在国外销售的价格是多少？”

翟宝善：“大概是 1200 美元，就是相当于我们 1 万多一点的钱，1 万块钱左右。在咱们这儿，据说，一台心脏起搏器现在卖到 3 万 4 到 4 万多。为什么这个东西会出现混乱情况呢？主要一个是利益驱动问题。”

记者看到了康明公司推销心脏起搏器等进口产品的一份销售方案。上面规定，推销员卖出的产品超过底价部分，可按比例提成，上不封顶。而每买进一台产品，医生也可得到一笔“保健费”，而且公司将为用户严格保密。据了解，目前心脏起搏器一类的产品，大多直接由代理商推销到医院，而有关部门对这一市场还缺乏有效的控制手段。

记者：“对进口起搏器实行商检的规定执行的情况怎么样？”

翟宝善：“现在对进口心脏起搏器规定执行得很不理想。现在从正式渠道进来的，我们现在检验的，接受了检验的大概占 10%左右。再加上一些旅游带来的，还有边贸带来的一些心脏起搏器，就不好统计了。”

记者：“从非法渠道进来的心脏起搏器，数量有没有一个大概的估计？”

翟宝善：“这个看来占的比例还是比较大的。”

记者：“目前我国使用的心脏起搏器主要都是进口产品？”

国家中医药管理局医疗器械行政监督司司长卜绮成：“绝大部分是进口的。”

记者：“请问一下，目前国外进口心脏起搏器一类的产品，在我们市场上有多少数量，使用的情况、总体质量究竟如何？”

卜绮成：“我们没有这方面的统计数了。”

记者：“为什么？”

卜绮成：“因为它进来也不通知我们，也不到我们这儿注册，它进来多少我们这些都不是很清楚。”

记者：“有没有一个部门现在能够全面掌握这方面的情况？”

卜绮成：“大概要查，从海关那里能查出一部分。但是海关查出来的那一部分是按正常渠道进的，不按正常渠道进的也查不出来。”

记者：“这类产品在管理上属于控制不是太严？”

卜绮成：“想控制严，但是没有法规作为依据。国家中医药管理局可以搞一个规定，但是这个规定要国务院来发布才有力度。我们现在国家中医药管理局自己制定的一些规定，在国内是行得通的，到国外就行不通了。这个事情需要各界呼吁，尽快出台这个法律法规。”

医疗用品的质量直接关系到患者的生命安全，然而像心脏起搏器这样的产品，在进口和销售的环节上存在着明显的混乱状况。如何运用法律规范净化医疗用品市场，已成为亟待解决的问题。

（《焦点访谈》1996年1月5日）

喜中别添忧

结婚是人生的一大喜事。领上一对大红的结婚证书，两个人的婚姻也就是合法的了。可是，这样一件大喜事对于山东一些地方的农民来说，他们怎么也高兴不起来。为什么呢？因为按照国家规定，只需要花上 9 块钱就可以办到的这样一对结婚证书，他们却花了 1000 多块钱，高出了国家规定 100 多倍。

记者到当地进行调查时，正赶上一户农民家里办婚宴。

记者："我想了解一下，你办结婚登记的时候花了多少钱呢？"

新郎许德亮："花了 900 多块钱，960 多块钱。"

记者："那这 960 多块钱都包括哪些钱您还记得吗？"

许德亮："有娃娃证（钱）、批证钱，有手续费钱，还有个人保险、养老保险。"

记者："那你一年的收入呢？"

许德亮："一年收入不算多。"

记者："收入能有多少？"

许德亮："一年收入也就有三四千块钱。"

吃着新郎新娘送过来的喜糖，记者心里却怎么也不是个滋味，办一对结婚证居然要交上这么多钱。可是当记者驱车来到济南市历城区港沟镇港沟村采访时，了解到这个村近几年办结婚证的农民无一例外都要交上这么多钱。

记者："办结婚证花了多少钱？"

港沟村农民："花了 1200 来块钱。"

记者："都包括哪些费用呢？"

港沟村农民："包括这个结婚的检查、养老保险，别的还有叫合同信用费，咱也不懂这个。这些都是不拿也得拿的钱。"

记者："你不办这个保险会怎么样？"

港沟村农民："不办这个保险不给办结婚证。"

记者："你问过还是你试过呢？"

港沟村农民："我问过。"

记者："你怎么问的？"

港沟村农民："就是说俺也没钱，先不办了，以后办行吗？他说这不行，你得办好了以后才给办结婚证。"

港沟村农民："结婚这个问题呢，经济代替了婚姻法，我认为对法律这个事是不合理的，应该区别开来。"

大家都知道，结婚的时候无论收入高还是收入低的家庭，一般花钱都比较大方，因为大家都希望把喜事办得喜庆圆满。那么有些部门也恰恰就利用了老百姓的这种心理，纷纷搭车收费，用他们自己的说法这叫作"联合办公"。

邹平县礼参镇东崔村青年农民刁勇和他的爱人朱景秀就是在这种"联合办公"中像闯关一样艰难地领到了只有 9 块钱工本费的结婚证书。

第一关要先到计生部门交计划生育保证金 400 块钱、准生证费 180 块钱、新婚费 20 块钱、立档费 5 毛钱，一共 600 块零 5 毛。

第二关是保险部门，要交母子平安保险费 50 块钱。

第三关是司法部门，要交赡养协议书费 30 块钱。

闯了三道关还不行，社会养老保险金还要交 500 块钱。

过了 4 道关交了 1148 块 5 毛钱，您大概以为这时候总该没问题了吧？其实还不行，每对新人非得花上 36 块钱接受一个祝福——要订阅 1996 年度《祝你幸福》杂志。

历经千辛万苦总算到了第五关，婚姻登记处。不过，这儿的服务要“周到”一些，结婚嘛，总要照一张结婚纪念照，我这就包了，交上结婚纪念照相费 100 块钱；结婚嘛，也要留个纪念，我这也包了，交礼品费 36 块钱；转了这么一大圈怪麻烦的，怎么也得交个婚姻登记手续费吧，不多，18 块钱，还有婚姻登记工本费 20 块钱。

这样全都交齐了，另外还有一项让人非常难以理解的费用，晚婚费，80 块钱。即便没有达到晚婚的年龄，也不应该作为罚款来收取这 80 块钱的晚婚费。依此类推，假如将来晚育呢？是不是也要这样收钱呢？

闯过了五道关，交了 13 项费用，花了 1470 块 5 毛钱，这个时候你就可以怀着无比激动的心情，伸出颤抖的双手，接过早就该属于你的那对大红的结婚证书了。

港沟村农民：“那时候，我们早些时候结婚就没有这些事，领结婚证什么都没拿钱。现在呢，这工本费我认为是可以的，我们认为工本费该拿。其余的，又是这会的证了，那会的牌了，又是一本书了，这些东西都要钱。不过这就叫土方法、土政策。”

港沟村农民：“甭管对谁来说，确实不大合适，你结婚买别的，买这个买那个，都花一些钱了，再拿上 1000 多，确实不大合理。”

港沟村农民：“结婚是挺高兴的，但是这个钱也是苦恼的。”

记者随即采访了当地的收费部门。

记者：“那你们作为计生部门有什么权力来办这个保险项目呢？”

港沟镇计划生育服务站负责人：“这都是区计生协会要办的，你不办还不行呢。”

记者：“那这个保险是不是自愿为原则？”

港沟镇计划生育服务站负责人：“这个区里的计划生育协会就是底下给它代办，至于什么事，底下不知道。这个必须都得办。”

记者：“历城区计生协会是替谁办的？”

港沟镇计划生育服务站负责人：“咱不知道啊。”

记者："是替保险公司办的吗？"

港沟镇计划生育服务站负责人："对呀，这不写着吗？"

记者："就是替保险公司办的。"

记者又到了当地主管婚姻登记的民政部门。

记者："我想问一下，国家民政部要求正常的结婚登记的收费标准是多少？"

港沟镇民政办公室负责人："就是9元。"

记者："现在你们收多少钱？"

港沟镇民政办公室负责人："收的那一些是其他部门的。"

记者："一共要交多少钱呢？"

港沟镇民政办公室负责人："1200来块钱吧。因为现在呢，其他部门收的那些钱，也怨到民政部门，比如说刚才你问的母子保险吧什么之类的，是与民政部门无关的事情。"

记者："那你协调不了其他几个部门在你们这儿收钱？"

港沟镇民政办公室负责人："协调不了。"

记者："协调不了，也管理不了？谁想收什么钱就收什么钱？"

港沟镇民政办公室负责人："计划生育那边有一套它的管理方法，办公的时候不是在这儿办。"

记者："不在你这儿办，但是也可以通过你这个渠道来收钱？"

港沟镇民政办公室负责人："也不是通过俺的渠道，反正这个口号现在叫联合办公。"

这样的联合办公的办事效率的确很快，但同时，农民负担加重的速度也一样很快。不管有没有必要，有没有资格，都挤上结婚登记这辆车，纷纷向农民伸手要钱。假如帮助农民脱贫致富也都有同样的热情和积极性来联合办公，那该有多好啊！

为了进一步了解情况，记者来到了礼参镇镇政府。

民政办公室里没有人，但是记者看到了一份山东省政府关于制止搭车收费的文件摆在桌面上。

等了好半天，记者才见到了这个镇的副镇长。

邹平县礼参镇副镇长李守铭："通过这个调查核实，有两项费用没有收，其余的基本属实。"

记者："有哪两项费用没有收？"

李守铭："其中有一项是礼品费，还有一项是结婚登记手续费。我们从本月15号开始，只收取20元的工本费。计划生育除去一块多钱的医药费以外，其余的费用都不收了。"

济南市历城区副区长刘炳泽："下一步，政府已经研究了，结婚登记就是结婚登记，本来就是大喜事，叫农民高高兴兴领到结婚证。对养老保险也好，计划生育保证金也好，凡是有计划生育方面的规定，做好动员工作，采取自愿的方法，一定不能强迫。其他部门借这个机会搭车收费的，凡是没经过政府批准的，一律给予禁止。已经收回的钱要退还给农民，花了的要采取各种措施来筹集，实在不好退的，一律没收。"

山东省民政厅副厅长张建军："最近我们山东省民政厅发了一个紧急电报，就是贯彻省政府文件，做了几条具体规定，就是要求各级政府要把解决借婚姻登记搭车收费作为各级政府的大事来抓。从省政府通知下达以后，如果再有发现违反省政府的规定，借婚姻登记搭车收费的，我们主管部门要停止他的结婚登记的权力，什么时候彻底纠正以后，再予恢复。"

咱们中国人从来都有贺喜的习俗，每逢喜事都要向人家道喜祝贺。可是像这样的"联合办公"非但不去向人家助兴，反而是趁喜卡油。这样做不但不符合国家的有关规定，还和我们中国人传统的习俗美德大相径庭，这岂不是喜中添忧吗？好在山东省已经就此事做出了明确的规定，严禁趁婚姻登记之机搭车收费。但愿这样的规定能够落在实处，真正让农民高兴。

（《焦点访谈》1996年1月24日）

如此封锁带来了什么

俗话说，庄稼一枝花，全靠肥当家。化肥是直接关系到庄稼收成的重要农用资源。一段时间以来，由于各地上了许多化肥厂，尤其是小化肥厂，使得产品的供需发生了变化，供大于求的矛盾造成了许多厂家的产品滞销，库存积压严重。目前，在化肥销售的旺季即将来临时，这种状况也没有多少改变。

最近，湖南省的许多氮肥厂，陆续收到了一份发自宁乡县农资专营办公室的通知。

湖南省益阳氮肥厂副厂长徐凤凡："像我们周边县，像桃江、宁乡都给我们发来了文件，安化、湘阴、汉寿几个县，都给我们来电话、来人，通知我们不能进货。"

湖南省浏阳氮肥厂厂长甘继星："碳铵、磷肥如果是运到他们县里去，他们就日夜巡逻进行堵、卡，全部没收。"

记者："那么，今年你们到宁乡县去送碳铵的时候被扣过吗?"

湖南省浏阳氮肥厂销售科副科长李佐淮："今年 3 月份在宁乡和望城交界的地方就把我们的肥料扣下来了，损失了总共 31 吨。"

湖南省益阳氮肥厂销售科长陈松林："宁乡当地的工商以及供销社、氮肥厂三家一起把我们两车扣了。"说着他拿出一张字条，"这就是随便的一张纸条，是张运输收据。在它的反面就打了一个收条，工商部门没有盖章，供销部门也没有盖章，就是双江口工商所扣益阳氮肥厂碳铵 20 吨。"

按照国务院1994年41号文件规定，允许在公路上设卡、罚款、扣物的只有公安、交通、林业三个部门。宁乡县农资办公室竟然置中央三令五申严禁公路“三乱”的精神于不顾，以文件的形式明确规定在公路上设卡。这令人疑惑不解。

那么这究竟是怎么一回事呢？6月23日，浏阳氮肥厂要将宁乡县全民乡农技站订购的50吨碳铵送到宁乡，记者随车进行了暗访。

货车沿着319国道开往宁乡。虽然天气不太好，雨下个不停，但是车队还是顺利到达了宁乡境内。

刚进宁乡，一辆挂着公安牌照的吉普车就拦住了车队。

记者：“他们为什么不让走？”

货车司机：“他们是宁乡工商的。他说不准外面的碳铵进来。”

记者采访在场的公安人员。

记者：“你们执法有什么凭据吗？”

宁乡县公安人员甲：“等下有，给你看。”

记者：“你们是哪个部门的？”

宁乡县公安人员甲：“派出所的。”

记者：“有证件吗？”

货车司机插话道：“派出所是管社会治安的，还管商品吗？”

宁乡县公安人员乙：“派出所是政府的职能部门，我们只能执行政府的指令，在宁乡县的县委县政府的领导下。”

记者：“像你这样出来执法，是代表公安局还是代表农资办？”

宁乡县公安人员甲：“代表农资办。”

宁乡县公安人员乙：“农资办是各个部门抽调的。”

记者：“工商、公安？”

宁乡县公安人员乙：“还有管农资的。”

记者：“那你们对所有到你们县的化肥都要扣留吗？”

宁乡县公安人员甲：“ 一吨都要没收。”

记者：“现在到目前为止没收了多少吨了？”

宁乡县公安人员甲：“没收了七八十吨了吧。有益阳、陵源的，浏阳的也多。”

显然，这些公安人员在此处出现，执行的并不是维持治安、交通秩序的公务。

在这几个公安人员的要求下，司机把收货凭证交了出来。接着他们又要求司机把车开到附近的派出所，但遭到了浏阳氮肥厂押货人员的反对。

浏阳氮肥厂押货人员：“你们要送派出所没有任何道理，货要交给收货单位，至于你们说这个货非法不非法，你找收货单位去。”

宁乡县公安人员乙：“我们在县委县政府的领导之下，执行县委县政府的命令，在哪里发现就在哪里扣押。”

双方僵持了半个小时，其间发生了几次冲突。

宁乡县公安人员甲指着司机大喊：“你敢开！”

现场人员：“打人了，不要打人啊。”

直到又来了一辆车，据称是宁乡县农资办公室的领导来了，才打破僵局。

三辆货车被迫开往宁乡县农资公司高坝窑仓库，50 吨碳铵全部卸在了这儿。

接着，记者随浏阳氮肥厂押货人员来到宁乡县农资专营办公室。在这里，他们拿到了一张收据。明明扣的是浏阳氮肥厂的化肥，收据上写的却是宁乡县全民乡农技站的碳铵。

湖南省浏阳氮肥厂销售科副科长李佐淮：“宁乡农资办根据我的浏阳氮肥厂的发运单，在路上拦截了我的货物，他认为是收了全民乡农技站的。”

宁乡县全民乡农技站站长樊孝菊：“在 319 国道上，还没有到我们全民乡的范围之内，我没有签字嘛，没有签字，我就不承认。”

当记者希望农资专营办公室对这张收据给予说明时，他们做出了这样的反应。

宁乡县农资专营办公室常务副主任伍正文挥手离去。

后来这位农资专营办公室常务副主任给我们做了这样的解释。

宁乡县农资专营办公室常务副主任伍正文："我们是扣押我们本县全民乡农技站从外地购进的碳铵，我们扣押的是它的。"

记者："你们有什么凭据呢？"

伍正文："凭据有政府的2号文件。宁乡县人民政府规定，本县的供销部门、农技站都不能进外地的（碳铵）。"

根据宁乡县政府出台的一系列政策，流入宁乡的外地化肥，或者是本地经销单位经销的外地化肥，一经发现一律没收，没收所得由没收单位自行处理。看来，这个由宁乡县工商局、公安局、检察院等单位联合组成的农资专营办公室，主要任务就是堵截外地小化肥流入宁乡，并且严格限制本县具有化肥经营权的单位销售外地的碳铵。

根据《中华人民共和国反不正当竞争法》，政府及其所属部门不得滥用行政权力，限制外地商品进入本地市场，限定他人购进其指定的经营者的商品。显然宁乡县政府出台的这一系列政策以及县农资办的行为与此大相径庭。

记者："你这儿能买到外地的化肥吗？"

宁乡县城郊供销社经营人员："我这儿没有，不准进，堵了，外面设了关卡。"

记者："不准进是吗？"

宁乡县城郊供销社经营人员："不准进，它是没收，一经发现。"

宁乡县全民乡农技站站长樊孝菊："我们那里的农民都喜欢浏阳的肥料。有一个农民跟我们讲，我急呀。他看到县政府下了文件（不许进外地碳铵），急。"

对此，宁乡县农资办似乎也有疑问。

宁乡县农资专营办公室常务副主任伍正文："你说农民喜欢浏阳的，你销了多少？从 1997 年 1 月到现在，你销了多少？”

宁乡县全民乡农技站站长樊孝菊：“我没销多少，你是知道的。县政府给我们的压力特别大。”

那么，宁乡县政府为什么要对经销单位施加压力呢？

在 319 国道上，农资专营办公室的工作人员在拦车扣物时道出了缘由。

记者：“保护什么？”

宁乡县公安人员：“讲明了，就是保护宁乡氮肥厂，不要让它垮了。”

依赖行政权力的保护，宁乡氮肥厂维持着生产和经营。目前，湖南省仅小氮肥厂就有 66 家，几乎每个县都有自己的氮肥厂，竞争之激烈可想而知。而事实上并不是只有宁乡县一家在封锁市场。

湖南省浏阳氮肥厂厂长甘继星拿出了浏阳市人民政府的一份文件对记者说：“浏阳市委市政府在今年 3 月份开了个会，特别为农资的事开了个会，做了这么个文件，鉴于本市氮肥厂碳铵产量已经达到 18 万吨，市内的农资销售单位均不准从市外购进碳铵。”

记者：“宁乡县化肥出去损失多少，被拦回来？”

宁乡县农资专营办公室常务副主任伍正文：“我们还是有损失，没有损失我们就不会照着干。”

记者：“不会干什么？”

伍正文：“不会照着干，不会照别人的干。”

据这位农资办常务副主任介绍，本着向外县学习的精神，宁乡县在其周边设立了 8 个检查站，凡流入县内的化肥一律没收，凡过境的化肥，则按每吨 100 元收费。整个宁乡的小化肥市场如同铜墙铁壁一样难以突破。

记者随机采访了运送化肥的货车司机。

记者：“师傅，你现在装车是往哪里运？”

浏阳氮肥厂司机：“往宁乡、望城那边。我们现在装车是晚上送。我们只能晚上送，白天送过去那边不准收，到处拦，肥料不准过去。”

湖南省益阳氮肥厂副厂长徐凤凡：“因为市场经济是要搞活流通，优胜劣汰，但是根据现在的情况来看，优者不能胜，劣者不能汰。生产碳铵的厂家比较多，但是濒临破产的也比较多，经营不善的也比较多，成本很高，消耗能源。但是这些企业仍然在保护之下生产生存，再耗下去大家都走入困境。”

搞地方保护，始作俑者已经难以找到，最终形成的结局就是你封锁我我也封锁你，即所谓以其人之道还治其人之身，而最终的受害者则是农民。

宁乡县农民甲：“我们从来不用宁乡碳铵，宁乡碳铵结块，打都打不散。”

记者：“有没有农民来说想买外地的化肥呢？”

宁乡县城郊供销社经营人员：“想买但没有，没有货。农民想买，主要是价格的原因，外面的便宜些就想买外面的，本地的价格还是要高一些。”

记者：“宁乡的化肥比外地的化肥要贵多少？”

宁乡县城郊供销社经营人员：“要贵几十块钱一吨。”

宁乡县全民乡农技站站长樊孝菊：“只卖宁乡（化肥）的话，价格降不下来，势必就增加了消费者的负担，增加了农民的负担。”

宁乡县农民甲：“都是种田人，靠种田吃饭的，何必连买碳铵都要被强迫呢？”

记者：“就是强迫你们不用其他的化肥？”

宁乡县农民甲：“他强迫，不让经销单位卖浏阳碳铵嘛。”

记者：“如果这里不让卖别的地方的碳铵了，只让卖宁乡的碳铵，怎么办？”

宁乡县农民乙：“只能少买点，没办法，没办法啊。”

事实上，像这样设关卡搞封锁的，并不是宁乡县一个地方。要发展地方经济，必须得在遵守国家的法律以及相关的政策法规的前提之下。企业要创造效益，首先得从提高产品的质量入手。靠行政权力的保护，显然与市场经济格格不入，最终只会又回到闭关自守的老路上去，进而直接影响本地经济的发展。

（《焦点访谈》1997 年 7 月 6 日）

逃不掉的罪责

张金柱，郑州市原某公安分局的负责人，在接受记者采访的时候，对着在场的很多人，他愤愤不平地说：“我 15 岁当兵，工作了 30 多年，现在为了一点小事你们就把我搞成了这个样子。”

那么，张金柱嘴里说的这点小事到底是什么事情呢？他又为什么坐在了郑州市看守所成为一名犯罪嫌疑人了呢？事情还得从 1997 年 8 月 24 日晚上的一起车祸说起。

35 岁的苏东海和 11 岁的苏磊是一对父子。1997 年 8 月 24 日晚上九点钟左右，这一对父子骑自行车沿着郑州市金水路由西向东行进，到达经一路口向左转弯的时候，一辆在马路左侧逆行的轿车撞上了正常骑车的苏家父子。苏磊被见义勇为的过往群众送往医院抢救，第二天，他因伤势过重，不治身亡。

天真活泼的苏磊，生前酷爱踢足球，1997 年暑期，还曾作为河南省少年足球队队员到外省参加比赛。他的父亲苏东海身受重伤住院治疗。

从事故责任认定书上记者看到，肇事者是郑州市公安民警张金柱，他是在非执行任务时肇事的。据了解，他曾担任郑州市高新技术开发区公安分局政委，1995 年因犯错误被免职。

张金柱驾驶的肇事车车牌豫 A54010，也不是这辆车本身的牌照。

本来，在道路上发生交通事故是不能够完全避免的不幸，然而，张金柱在肇事后，不但没有及时停车抢救伤者，反而上演了法理难容的一幕。

目击者向记者介绍，小轿车撞了人之后并没有停车，而是拖着自行车，自行车下面还挂着一个人，往东跑了。

事故发生后，苏东海的自行车被抛在路面上，他自己却和苏磊的自行车一起被裹入张金柱的车下。人和自行车卡在两个车轮之间，被拖着疾驰。

张金柱驾驶肇事车拖着苏东海和自行车沿金水路向前行驶，到东明路口向右转弯，过了一个小桥又过了一个路口，继续前行。

目击者："当时我看到这个车挂着一个人，在地上磨出了一片火花，当时满街上的人都挥手，狂呼让他停车，但这个车像疯了一样不停车，后边有车追他。这个以前只有在惊险的电影里，在警匪片里面才能看到，但是那个是特技，这个是活生生的血的事实，是汽车拉活人！"

目击者、武警郑州边防检查站干部丁朝中："那天晚上，我们驾车从机场执行任务回来，突然迎面而来了一辆白色小轿车，后面有一溜小火星在冒。我定睛一看，突然发现这辆车的车轮底下有个人头！我说这个车都已经撞了人了怎么还要跑啊，我说赶快掉头，追！我们就赶快掉头追上去了。"

而被挂在车下的苏东海，在被拖行途中一直在拍车门。"车拖着我走的时候，我用右手拍车门，拍了多少下记不清楚了。"

张金柱驾驶的小轿车最终还是被那辆武警车拦了下来。

丁朝中："他（张金柱）在车里他还理直气壮地说，怎么了？怎么了？我说你把人撞死了，你这个畜生……我很气愤啊！"

在郑州警方的案卷中，记者看到了一张照片，撞人小轿车车轮下面有长长的一道痕迹，据办案民警虎广恩介绍，这是被拖行的苏东海受伤以后留下的血迹。

据事后测量，从撞车点到张金柱被迫停车点的距离是 1500 米，也就是说，张金柱把苏东海拖行三华里之后才被迫停车。事后，连苏东海也没有想到他会奇迹般生还。

在医院记者了解到，苏东海伤势严重，有 7 根肋骨骨折。在拖行中右耳几乎被磨掉，头部右侧露出头骨，左臀部露出骨头，左右脚脚筋撕断。

河南省公安厅副厅长、郑州市公安局局长李承先："张金柱事件在全市人民群众中间造成了非常恶劣的影响。案件发生以后，省委主要领导同志、市委市政府主要领导同志、省公安厅的领导同志对案件非常关心，非常重视，指示郑州市公安局要严格依法办事，依法严肃追究。法律面前人人平等，张金柱毫不例外。郑州市公安局不护短、不迁就、不手软。案件要一查到底，办成铁案。"

公安机关 8 月 25 日将张金柱拘留，27 日将其依法逮捕。

在预审室里，面对公安机关，张金柱辩称，他对肇事撞人的过程没有察觉，他说当时只觉得震动了一下。

办案民警虎广恩："我们又接着问他，你感觉震了一下你停车没有，他说没停。他当时说，考虑可能是路面不平引起的，没在意。而实际上是轿车撞苏磊和苏东海时，发生了震动。"

震动直接带来的后果是使前挡风玻璃塌陷、破裂，但是张金柱自己解释说仅仅感觉到是路面不平造成的。

记者："如果说在车的挡风玻璃被撞碎之后，驾驶员自己还不清楚发生了什么事的话，这个能不能站得住脚呢？"

虎广恩："那站不住脚。因为挡风玻璃碎了，明显碎成这个样，作为驾驶员来说他应该知道。"

苏东海说，他在被拖行过程中不断用手拍打车门呼救。在肇事车左后门，记者看到一个血手印。

虎广恩：“他这个手印当然从下往上拍，往上拍的时候往下滑了，所以手印的手纹不是很清楚，但是通过血迹来鉴定，这个手印是苏东海的。”

记者：“您作为这一起事故的一个受害者，现在对这个事情怎么看？”

苏东海：“这并不是一个交通事故，把我儿子已经撞死了，我儿子在太平间已经躺了 50 多天。作为公安局一个公安干部，把我儿子撞死，把我拖了 1500 米，并不是一个交通事故的问题。”

郑州市金水区检察院批捕科科长毛卫国：“车子下拖了一辆自行车，以及拖了一个被撞在车下的人，驾车行驶 1000 多米，它的情节很少遇到，很罕见的。在这个情况下，犯罪嫌疑人他的行为按常规来说，就不能仅以过失犯罪来形容了，应该来说他是故意的。”

目击者：“车子没有人性，你这个开车的人应该有人性的。我感觉绝不是偶然的，如果一个纪律严明的干警，一个时时以人民利益为重的干警，他绝不会一时冲动做出这样的事情的。看来张金柱这个人平时也不怎么样。”

郑州市公安局政委李民庆：“通过干警的了解、座谈，发现这个人在过去平常的工作中，经常耍特权，在群众中做出了一些不应该做的事，还有一些违反人民警察职责范围的事情。”

河南省公安厅副厅长、郑州市公安局局长李承先：“公安机关是寸草不生、颗粒不收，人民警察的所有费用都是老百姓给的，人民警察的宗旨是全心全意为人民服务，不为人民服务就不是一个合格的人民警察。张金柱的所作所为与人民警察的宗旨背道而驰。所以，郑州市公安局抓住这个反面典型，抓住这个反面教材，举一反三，在队伍中开展政治思想、政治纪律、政治作风教育。”

在采访中记者了解到，张金柱案件发生以后，郑州市公安系统迅速采取了措施，张金柱很快被清除出了公安队伍。

亡羊补牢固然可喜，但是更重要的是，公安系统应该想办法杜绝这种违法乱纪、胡作非为的现象存在。郑州市的公安局长讲了一句非常在理的话，公安系统用的每一分钱都是人民给的，所以应该为人民服务。那么，何以在这样一个服务性的机构中会滋生出少数类似张金柱这样的人，不但养出了老爷气，甚至还养出了霸气。这个问题不仅仅值得我们深思，而且值得有关部门尽快考虑如何从体制上加以解决才行。

（《焦点访谈》1997 年 10 月 13 日）

十年难断明白案

一个农家女孩七岁时被不符合安全标准的变压器击伤，失去双臂。家长找到责任单位，责任单位拒之不理。再告到法院，法院一审、二审、重审，历经十年。孩子的残肢急需手术，可负债累累的父母怎么也换不来一个公正的判决。

黑龙江省铁力市天红村，有一个自小被高压电打掉了双臂的小姑娘，她的名字叫隋香。

到了爱美的年龄，隋香喜欢照镜子，喜欢照相，可照片里她最喜欢的还是小时候照的拥有双臂的那两张。当然，一看到自己曾经拥有的双臂，就难免勾起她痛苦的回忆。

隋香：“当时我醒过来的时候，什么也不知道，我只知道我好像是被电打了。”

1988 年秋天，隋香家的菜地里建起了一座变压器。不知何故，工程完工后，有一堆杂土并未清理，还有一束电线几乎拖到了地面，当时只有 7 岁的隋香踩着土堆，拉着电线爬上了变压器台。

接下来发生的便是令人揪心的一幕——随着一声惨叫，可怜的孩子被强大的电流击下了平台……

隋香的父亲隋跃清：“大伙说孩子被电打下来了，我也不知道是哪个孩子，我往跟前一跑，跑跟前一看，是我们家孩子。”

隋香：“当时到医院脱衣裳已经脱不下来了，胳膊肿得比大人胳膊还粗，都是大血泡，胳膊都煳了。”

从一份当时颁布的黑龙江省农电管理办法中可明确查明，变压器专台高度应不低于 2.2 米，上面应有“高压危险，禁止攀登”的标志。而这座变压器，直到 10 年后记者去采访时，高度也只有 1.7 米，并一直未设警示标志。更何况，当时旁边还有一堆杂土没有处理。

对此，当地法院也有话要说。

伊春市中级人民法院孙洪义：“因为承建安装是由电业局安装的，你是送电部门，你送电就要合乎国家的有关规定和国家的有关标准。那么既然没达到这个标准你送电了，那你说你负不负责任啊？”

隋香一家本不富裕，这一飞来横祸，既使隋香遭受了难以忍受的痛苦，也使她的家庭顿时债台高筑。

从这巨大的打击中清醒过来之后，隋香的家人找到铁力电业局要求赔偿。不想几句话便被有关人员拒之门外。

铁力市电业局局长石铁权：“我作为一个企业的领导、法人代表，要维护企业的利益，这是我的职责。”

这位电业局的局长表示，隋香的受伤他很同情，可要说责任，与电业局无关。

事已至此，隋香的家人于 1989 年初夏向铁力市法院提起诉讼。没想到，这起审理期限为 6 个月的案子，法院一审竟审了 6 年。

记者：“这起案件应该多长时间有结果呢？”

隋香爷爷隋兴：“不知道，他只说给你办，不知道有结果。”

记者：“不知道多长时间出结果？”

隋兴：“不知道多长时间。我们自己本身要求他说，你给我们一个结果，根据情况给我们处理。他说这不正给你们处理嘛。说处理也不处理呀，也不办呀。”

为了解这一情况，记者首先来到铁力市法院，找到了1989年最先接手隋香一案的主审法官。

记者：“你们认为这个案件主要责任者是谁呢？”

铁力市人民法院审判员徐晓峰：“主要责任者还是铁力市电业局。由于变压器台属于专台，从地面堆砌起来的一个专台。这个专台应该超过两米高，可是当时在勘验实际测量的时候，它不足两米。”

从铁力法院当时的审理笔录可以看出，电业局出庭人员确曾承认变压器由他们施工，这说明隋香一案并不复杂。既然不复杂，为何又迟迟出不来结果呢？据说隋香的代理律师同时又是市政府的法律顾问，记者专程找到了他。

记者：“您觉得这个案件这么长时间没有解决，难点是什么地方？”

铁力市凌云律师事务所律师孙凤清：“对这个事我可说不好。”

记者：“不好说？”

孙凤清：“不好说。”

记者：“据我们了解，民事案件的审理期是在6个月，是吧？”

铁力市人民法院审判员徐晓峰：“6个月。”

记者：“那为什么它经历了从1990年到1995年这么长的时间呢？”

记者继续向主审法官追问，这位法官终于说出，之所以拖了6年才出一审结果，是因为隋香的伤口没有愈合。

徐晓峰：“在右臂这个地方伤口仍然没有封口。她胳膊已经烂掉了之后，手臂还有大约15厘米左右伤口仍然在化脓。”

一份1995年做出的民事裁决书写明，依据法医鉴定，隋香的伤口1995年4月愈合，所以直到1995年4月才做出裁决。而再看法医鉴定的时间却分明是在1993年。

记者随即找到了做鉴定的法医。

记者："您记不记得给隋香做法医鉴定是哪一年？"

伊春市中级人民法院法医解国方："是在 1993 年的 4 月 5 号。"

记者："您一共给她做了几次法医鉴定？"

解国方："就这一次。"

记者："您看的是刚愈合了呢还是说什么情况？"

解国方："就是断端已经愈合了。"

记者："就是已经愈合了？"

解国方："已经愈合了。"

隋香的伤口究竟何时愈合，应该说他的母亲了解得最为确切。这样，记者又一次来到了隋香的家。

记者："隋香受伤是在 1988 年的 10 月份，对吗？"

隋香的母亲张玉玲："对。"

记者："那你记不记得她伤口痊愈是在什么时候？"

张玉玲："一直到 3 年以后吧。"

记者："什么时候呢？"

张玉玲："那是秋天。"

记者："1991 年的秋天？你记得是不是特别准确呢？"

张玉玲："那是事实啊。我天天给她擦，天天给护理，又吃药又上药。"

隋香的伤口 1991 年就已经愈合，做法医鉴定是在 1993 年，而铁力法院 1995 年才出一审结果。看来，以"伤口愈合"问题作为拖延办案的借口显然说不通。而这期间，隋香的家人多次找到铁力法院，却总也得不到明确的答复。

隋香的母亲张玉玲："什么结果也没有，完了也就这么压下来了。"

记者："还记不记得一共跑了几趟法院了？"

隋香爷爷隋兴："跑法院那就没数了。三天一趟，四五天一趟，七八天一趟。"

记者："跑了很多趟？"

隋兴："跑了很多趟。到那儿一问，人家说找谁，完了一找，说人家没在那儿。"

隋香的家人为什么总也找不到主审法官，问不清楚案件审理的情况呢？后来，他们得到了这样的解释，主审法官已经调到了另外一个地区。

铁力市人民法院审判员徐晓峰："审理这个案子的时候，我在铁力镇人民法庭。到这时候呢，我就调到双峰人民法庭。到双峰人民法庭之后，这个案子的情况我就不清楚了。"

那么，一个法官的岗位变动了，是不是应该由其他法官接手这项未完成的工作呢？

铁力市人民法院李龙浩："当时一度想让我们继续办下去，但是办不下去。"

记者："为什么办不下去呢？"

李龙浩："当时农民把稻草堆到了变压器台的周围，这样（没法）量变压器台合不合格，高度尺寸，后来我们谁也没去，这个尺寸和原来量的不一样。"

这位法官的解释可以概括为，农民在变压器台周围堆了草，因而不便去量。不便量也就没去量，没去量案件自然办不下去。

李龙浩："还是由原办（案）人办好。这样跟院长协调商量这个事，还是由原办（案）人来办理这个案件。"

记者："就是说还是由徐法官来办？"

李龙浩："对。"

记者："可是徐法官已经调到别的镇上去了。"

李龙浩："当时我不是负责人。当时我们在庭里的时候，前任庭长就是这么解释的。"

这样，一项工作变动，就成了隋香一案拖着不办的另一个理由。而原主审法官调到另一个地区之后，却因当初接手了这一案件反而受到了电业局领导的责备。

铁力市人民法院审判员徐晓峰：“在双峰的时候，我碰到原来的电业局局长，前任局长，他不太满意，他说你怎么这样整我们。”

富有戏剧性的是，数年之后，原主审法官又调回了铁力法院，并再次奉命主理这一案件。而这一次，连他的妹妹也跑过来找他。

徐晓峰：“在什么时候找我呢，就是在我第二次接手这个案子的时候。我又接手这个案子，然后我妹妹说你别搞这个了，我在电业局工作，领导说过这个事。”

至于铁力电业局的领导是否找过其他部门谈及此事，记者不得而知。不过，曾经接触过的一位法官向记者透露了这样一段内情。

铁力市人民法院李龙浩：“当时被告好像是因为是单位，当时我记得通过铁力市政府协调这个事，因为这么大个事，好像当时铁力各单位都不景气。”

记者：“因为赔偿的额度可能比较大?”

李龙浩：“可能比较大。好像协调过这个事儿。”

带着这一问题，记者请教了铁力法院的领导。

铁力市人民法院院长董志刚：“在法律上并没有规定说是审判机关的工作必须向政府去请示。但是在实际工作中，按照本地区经济发展环境，案件的特殊情况，沟通了一下情况。”

记者：“这个案件你们是从 1989 年开始受理，一直到 6 年（后）才出了一个一审的结果，您觉得这个正常不正常?”

董志刚：“我觉得在法律的规定期限没有审完这个案件，当然不管是什么原因了，我觉得是时间有些长了一些。”

直到 1995 年，隋香一家才等来了一审结果，铁力法院判决铁力电业局赔偿 31235 元。电业局不服，向伊春市中院上诉，被驳回后，继而向省法院申诉，案件最终又回到伊春市中院重审。

可伊春市中院同样超过审理期限一年多未做出裁决。

伊春市中级人民法院副院长王德刚：“在我们这里，案件审到现在，应该说有我们内部的原因。内部原因涉及什么呢？去年我们搞岗位轮换，我们的原承办人在办案当中，三月份接案子以后，八月份的时候岗位轮换，这个人就到了立案庭。”

就这样，隋香一直未能通过法院判决得到应有的赔偿。而由于无钱做截肢手术，她那自然脱落的双臂还隐含着新的危险。

隋香向记者哭诉说：“我现在最需要的就是手。我生活需要手，以后生活都需要手，真的手已经让电打了，现在谁也还不了我那双真正的手了。”

其实隋香一案本身并不复杂。但这个案子之所以一拖再拖，不能不说是人为的因素在作怪。假如有关部门不是从本地区、本部门的利益出发，假如他们对待法律的态度再严肃一点，或许一个审理期限为6个月的案子就不会一审就是6年、10年。我们的记者获悉，伊春法院正在着手对此案做最后的裁决，隋香一家也期待着早日能有一个公正合理的判决。

（《焦点访谈》1998年3月25）

药品过期　良心变质

药品质量的好坏是人命关天的大事。过期药品会产生什么危害性，相信我们大家心里都清楚。但是最近《焦点访谈》记者了解到，吉林省长春市农安县有上百吨的过期药品已经流入了农村市场。

1 月 6 日下午两点，记者赶到了农安县。一进农安县工商局，就看到了堆放在院子里成箱成堆的药品。

“现在看如果装一火车皮是没问题。”农安县工商局副局长高兆颂告诉记者，他们 30 日那天用 4 台解放“141”加长车拉了 9 车半，16 个装运工从 3 点多钟开始，连装带卸一直运到 11 点多钟。

随后，记者跟随工商部门又来到了另一个被查封的药品窝点。

1 月 4 日，农安县药品检验所对这些药品进行了初步检验。

农安县药品检验所所长姜广州告诉记者，从感官上看，仅发霉的、变质的、过期失效的就已经超过 60%。

记者在现场看到，有一种叫鸡血藤浸膏片的药，居然是 1957 年 8 月 12 日的产品，到 1999 年已经有 40 多年了，并且已经生了虫子。很多急症病人很熟悉的急救报警药盒，早在 1993 年就已经过期。注射用的青霉素钠，有效期则是到 1995 年 3 月。

据初步审查，这些药是农安县农民何国桂、李林从长春市医药局直属企业吉林省长春药材采购供应站买来的，一共花了 4 万块钱，这些药的原价值为近 125 万元。目前，何国桂已被拘留，李林在逃。

依照药品管理法的规定，超过有效期的和变质的药品不得进行销售。那么，作为供销的主渠道部门，吉林省长春药材采购供应站为什么还敢销售这些药呢？

长春药材采购站经理李承志："我们卖这个药不是说有问题商品的，也不是说过期失效商品的。"

记者："就是不属于假药，不属于劣药，按照药品法的规定？"

李承志："对，不属于假药，不属于劣药，也不属于过期失效药品。"

记者："您解释一下老产品是个什么概念，您给我们准确的解释。"

李承志："按照不良资产的隔离，就是说像 1995 年、1996 年、1997 年现在已经是 1997 年，现在的这些产品都属于老产品，但还是允许卖。"

李承志一口咬定这批四万元钱的药品是所谓的老产品，而不是过期变质的药品。但偶然间，记者在这家供应站的财务科，发现了一份写给长春市财政局的关于库存报废产品处理的请示报告。

报告上清楚地写着，95%的老产品已失效多年，其生产时间都在 1991 年以前，无法正常销售，还有相当一部分老产品已经虫蛀霉变，需做报废处理。

尽管如此，这位经理在接受工商人员的依法询问时，依然声称这批药品没有过期。

工商人员："我们必须要你这个单子，有这个单子才有证明。你确实有一些过期失效的。"

长春药材采购站经理李承志："这个货过不过期，我估计可能是不能过期的。"

其实，这位经理实在不必再为他的老产品狡辩了。在一份由药材站起草的双方购买药品的协议书上，特意写上了这样几行字：这些药品只能做兽用药，不准做人用药；如出现用于人用药，发生任何问题由违约方承担一切责任，甲方概不负责。由此看来，长春药材采购供应站是知假售假，掩耳盗铃。对此，他们又是如何解释的呢？

记者："这些药肯定不能兽用吧？"

长春药材采购供应站副经理石学和："那不能。"

记者："明知道不能兽用，你们还说只能兽用；看来你们是对人和对兽都不负责任。"

石学和："那不能。"

记者："这明知道是兽不能用的，你们说只能兽用；有些过期的明明人是不能用的，你说还能吃。"

采访中记者了解到，长春药材采购供应站在卖给何国桂、李林的这批药上做了文章。他们一边向上级报告他们已做报废处理，而另一边却不入账，私下卖给了何国桂和李林。最终所得的 4 万元货款也没有进入药材站的账户，而是进入了哈尔滨中药一厂的账户。那么，他们为什么要这么做呢？

记者："急需用这笔钱，所以才把药卖出去。那么钱到手了以后又不入你们的账，入到了哈尔滨中药一厂的账户上，这能说明什么呢？"

长春药材采购供应站经理李承志："这我不太清楚。"

记者："你们作为药品经销的主渠道，是国有的一个药材站。你们在这一件事情上，药材站有没有什么责任？"

李承志："我感觉到好像责任不是特别大。"

吉林省长春药材采购供应站作为药品经销的主渠道，知假售假，销售大量过期变质药品，不知道他们把国家法律法规置于何地？不知道他们把人民的身体健康和生命安全置于何地？谁又应该对这起事件负责呢？恐怕不必再多说。

现在最紧迫最关键的任务，就是把这些已经流入市场的药品追回来。那么，究竟有多少药已经进入了农民家庭，又有多少人已经服用了这些药，现在还是一个未知数。

由于许多人想在这批过期药品中牟取暴利，纷纷从何国桂手中买走药品。何国桂又急于脱手，许多人打下欠条就把药领走了。这给药品查缴工作带来了很大难度。

“根据现在掌握的线索，已经对全辖区 15 家零售药店进行了细致检查。”农安县工商局公平交易科科长姜凤起告诉记者，现在已经查实有 10 家药店进过劣质药品，“一共现在封存了 102 个品种，大约 80 多箱。”

在追缴药品时，工商人员发现了一张 2090 元的药品欠条，买药的是一个叫曲中亮的人。据了解，这个人是农安县高家店医院的药士。工商人员随即赶到曲中亮家进行检查。

在曲中亮家，记者看到多箱过期药品。采访中记者了解到，曲中亮并没有药品经营证，主要靠倒卖药品赚差价。“要买新批号的能挣 7%到 10%，买老批号能挣 15%到 20%。”

农安县工商局公平交易科科长姜凤起表示，检查结果在他“意料之外”。他认为，曲中亮销售了远不止 2000 多块钱的劣质药品。“我们下一步对全辖区进行地毯式的、细致的检查，争取把对人们的危害降到最低程度。”

然而，更令人担忧的是，有些药已经被药贩子进行了改装。记者注意到，有一种 1988 年生产的批号为“880951”的药，“88”已被改成了“98”。

（《焦点访谈》1999 年 1 月 10 日）

打私须反腐

我们曾经为大家报道了湛江特大走私受贿案中已经终审判决的第一批案件。据了解，整个湛江特大走私受贿案涉及的走私货物金额超过100亿元人民币，偷逃的关税超过60亿元人民币。目前，这一大案的其他案件还在审理和调查当中，而从终审判决的第一批案件来看，当地相当一批身居要职的党政干部和走私分子相勾结，是大规模走私能够得逞的一个关键因素。

在湛江的走私团伙中，张猗是个关键人物，她专替别人代理报关业务，人称“通关王”。其实张猗原本对进出口贸易一窍不通，她手中唯一的王牌就是与原湛江海关关长曹秀康的特殊关系。

记者：“你原来在认识曹秀康之前做过这个通关的业务吗？”

走私分子张猗：“没有。”

记者：“是在什么情况下要他帮忙的？”

张猗：“被其他海关扣了吧，扣船啦，那我就叫曹关长帮帮手啦，去其他海关协调一下，调解一下。”

曹秀康曾几次亲自出马向拱北、江南等地的海关说情，为走私者打通关节。而除此之外，走私分子更加看重的还是他作为海关关长的影响力。

记者：“有些你进货的业务，不一定直接找曹秀康，可以找别人来办？”

张猗：“对。是。”

记者：“都什么人能够帮你忙？”

张猗："什么样的人都有啦，有科长啦，有处长啦，有关长，都有。"

记者："海关其他这些人你是怎么认识的？"

张猗："曹关长介绍认识的。"

由于张猗与曹秀康的特殊关系，张猗的中证公司在海关也具有了特殊的地位。这种恶劣的影响，记者在采访时依然可以感受到。

记者："这个中证公司，原来你们感觉是个什么公司？"

湛江海关工作人员："能不能不说这些。"

一位不愿露面的工作人员："张猗就是那个张小姐是吧，我们名称都不问就知道一个张小姐。就是说他们怎么对我们来，张小姐是不出面的。反正他们那些人来，气势就挺凶的，大家都有一种怕的心理。"

记者："害怕？"

一位不愿露面的工作人员："害怕。"

记者："一般人不太敢得罪他们？"

一位不愿露面的工作人员："一般能够不得罪就不得罪。"

在湛江海关的特殊地位，也使张猗迅速成为当地赫赫有名的人物。

记者："有很多人主动上来找你，他们为什么一定要找你呢？"

张猗："这在湛江也是一种流传吧，可能觉得我和曹关长的关系好，就找我一下。"

记者："凡是你亲自找到曹秀康办的那些事基本都成了？"

张猗："应该这么说。"

走私分子只要找到张猗，就等于拿到了海关的通行证，当然，这是要付出高昂代价的。如果有人实在找不到张猗的话，也并非无路可走。1998 年年初，一个团伙走私了几万吨油菜籽和小麦，这次出面通关的是湛江市原副市长杨衢青。事成之后，杨衢青亲自送给曹秀康一个 200 万元的存折。

广东省湛江海关原关长曹秀康："当时人就有可能糊涂到这个程度，没有意识到这是一个很重大的犯罪行为。"

记者："那个 200 万，你明明知道它是走私成功以后送你的，这会意识不到吗？"

曹秀康："真的没有去想到那么一个界限上去。"

记者："收了 200 万块钱都没有想到这有多么严重？"

曹秀康："就这么一个卡，唉，现在我就回忆不起来，当时这个脑子到底怎么去想这些问题。"

记者："在你眼里 200 万不算什么大钱？"

曹秀康："200 万应该是很大的数字，现在想应该是很大的数字，200 万哪，应该是很大的数字。"

记者："你和走私的这些人平时日常接触的时候，你把你那个海关关长的职责放在什么地方？"

曹秀康："我觉得我很不自重，很不自尊，我也很不自爱。如果我当时确实有这么三个当中，自重、自尊、自爱的话，我想他们要叫我吃饭的话，我都要考虑一下，我就会考虑一下。"

俗话说，上行下效。在这次查案中发现，湛江海关共有近 200 人受贿放私。

湛江的海关实际上已经无关可言了。

走私分子林春华，走私成品油的规模和数量是新中国成立以来最大的。为了走私方便，他购置了专用的油轮，而这些装满走私油的轮船，就公然在湛江港出入、停泊。随着走私生意的扩大，他在湛江码头还兴建了自己的大型贮油罐和一个炼油厂。林春华被捕之日，正是这些设施即将启用之时。

在政府和各个执法部门的眼皮底下，林春华的走私活动能如此公开进行，是因为他已经用金钱打通了各个环节。

记者："你给了他们钱之后他们会怎么帮你呢？"

走私分子林春华："他们会贷款给我。有时候我的货被市里的边防扣，他就会叫他们放行。上面有什么例行公事的检查，他们就会提前通知我，叫我做好准备或者小心点。"

记者："关于打私的信息有人会通报给你？"

林春华："都会通报给我们。"

记者："就是所有打私这些活动，都从来没有触及过你？"

林春华："没有触及过我们。很多部门的主要领导都叫你做多一点，因为你做多几船，主要部门的负责领导就得到多两船的费用。"

从海关、港务到边防、商检、税务等部门，一些执法人员在重金利诱之下，反过来成了走私分子的合伙人，甚至把收钱放私做成了公开的生意。

记者："放私收多少钱是由谁来定呢？"

广东省湛江市公安边防分局原局长邓野："集体来定。"

记者："这个集体是指谁？"

邓野："分局的集体。"

记者："分局的负责人来研究，就是向走私的这一方要多少钱，是吗？"

邓野："是的。收办案费、赞助费是集体的。"

记者："就是你们那个小集体的？"

邓野："是的。"

记者："然后个人还有谁能得呢？"

邓野："我个人也收一点。"

记者："这个数目跟对方有商量吗？"

邓野："集体收的那应该有。"

记者："跟对方有一个讨价还价的这样一个过程是吗？"

邓野："有。"

记者："你平时的工作可以受到什么方面的监督呢？"

邓野："我们单位还有一个政委，政委和我，还有一个党委。"

记者："应该是互相监督的是吗？"

邓野："是。"

在另外一个看守所里，记者见到了本应与邓野互相监督的公安边防分局原政委陈恩，他也因受贿放私受到了法律的严惩。

湛江口岸的失控达到令人触目惊心的地步，究其根源和整个湛江市的大环境是分不开的。市委书记陈同庆的儿子陈励生就是走私团伙的主要分子。1996 年，当陈励生走私的汽车被查扣时，陈同庆亲自出面为儿子说情。

记者：“当时你是跟什么人打了招呼？”

广东省湛江市市委原书记陈同庆：“当时公安局长同我说，我说你们去处理一下。”

记者：“假如说是一笔正常的进口汽车贸易，需不需要你出面去打招呼帮他忙？”

陈同庆：“一般是他遇到麻烦了。他一般正常的肯定不要找我了，找我干啥。”

广东省纪律检查委员会一位负责人向记者披露，陈同庆儿子在湛江做汽车生意、开公司，湛江人都知道。陈同庆儿子参与走私的事，社会反映很强烈。

除了为走私分子充当保护伞，陈同庆还利用职权，通过卖官鬻爵，大肆收受贿赂。

记者：“在这短短的几年当中，你就收了有上百万的钱，这个过程中你就从来没有感到担心或者害怕吗？”

广东省湛江市市委原书记陈同庆：“没有，当时还没有。”

记者：“你觉得这是很平常的事情吗？”

陈同庆：“平常。”

记者：“为什么会有这种感觉？”

陈同庆：“因为当时我错误地认为是一个社会现象，我只要不向人家索取，人家给的。”

其实，行贿受贿双方都明白，钱绝对不是白给的，只是有时候不一定马上见效而已。湛江市一个干部吴某，为了调动工作，曾经先后八次向陈同庆行贿，当累计送到三十多万的时候，事情才算办成。

记者：“那他这个调动工作过程中跟你有没有关系呢？”

陈同庆：“应该说是有一定的关系。”

记者：“就是如果没有你在从中参与，他的工作就不会这样调成？”

陈同庆：“作为我本身，应该说在他的调动上面，我是起到了一定作用。”

记者：“那么他的工作调成后还有没有再送你钱呢？”

陈同庆：“有来往，没有再送钱了。”

市委的主要负责人，市政府的一些分管负责人，都是这样贪赃枉法，很难设想在这个地区还能有什么好风气。

最高人民法院副院长刘家琛：“湛江案件，从1996年到1998年，长期连续多年进行大量的走私活动，他没有把我们的国内有关部门买通，他不勾结在一起（的话），无论如何他是完成不了的。”

记者：“如果没有腐败，走私也不会这么猖獗。”

刘家琛：“不会这么猖獗。像这种大宗的，说老实话，只要我们执法部门如果说大家都擦亮眼睛，它要进来是不容易的。”

打击走私的同时，必须惩治腐败，才能做到标本兼治。湛江大案的侦破和查处在这方面也积累了成功的经验。

中央纪律检查委员会常务委员祁培文：“我们这一次在湛江打击走私，采取的是一种特殊的方法，由中纪委牵头，各个职能部门互相配合，在中纪委协调下，各个职能部门充分发挥自己的优势，互相默契，协调动作，形成合力，这样就形成一个拳头，打击的拳头，这个力度很大。湛江这样大的案子能把它查下来，其他的案子我觉得不在话下。”

湛江特大走私受贿案案发以后，记者去当地海关了解情况的时候，海关的工作人员听说要问这几个走私分子的情况，还是非常害怕，不敢多加议论。由此看来，走私分子在当地猖狂到了什么地步。而这样猖狂的走私之风形成的重要原因就是，那些身居要职的当地党政干部不但支持，而且参与了这些走私活动，成了这些走私分子的合伙人。既然腐败和走私有这么密切的关系，要想打走私就必须先反腐败。

（《焦点访谈》1999年6月8日）

禁伐　尽伐

为了保护我国十分珍贵的自然林资源，从去年 8 月起，国家下大决心封山护林，严禁砍伐自然林。眼看着一年过去了，禁伐令执行得到底怎么样了呢？最近，《焦点访谈》记者来到贵州黔东南地区，在那里，他们亲眼看到大量的树木被砍伐。

黔东南地区的台江县地处长江支流沅江的源头，是我国天然林保护工程项目县。位于台江县南部的牛角坡，面积有两万多平方米，属于天然林区。去年 8 月国家下达天然林禁伐令后，台江县随即发出通知，从 9 月 15 号开始禁伐，但是近日记者在牛角坡看到了大量被砍伐的林木。

记者："你们看这些新鲜的锯末，以及刚刚砍下来的节头，说明这里所有的砍伐都还没有停止。这个是干什么用的？"

砍伐者："锯材用的。"

顺着他们的足迹，记者找到了他们的采伐点。

记者："什么时候开始砍木头的呢？"

砍伐者："才来七八天。"

记者："这个木头是什么木？"

砍伐者："水青冈。"

记者："现在要的人多吗？"

砍伐者："特别多。"

记者："你们现在找到买的人了吗？"

砍伐者："找到了，他说要包一车皮，一车皮就是70方（立方米），我们现在有了24方（立方米）。"

记者："你们现在还得帮他们砍。"

砍伐者："他们规定的时间急，我们暂时不给他答复，在一个星期之内要70方（立方米）。"

记者："你们有采伐证吗？"

砍伐者："不要采伐证。"

记者："要是没有采伐证，被查到怎么办？"

砍伐者："这两天蛇多，他们不敢来的。"

记者："多蛇啊？"

砍伐者："五步蛇。"

记者："万一要查到你们怎么办？"

砍伐者："我们就像游击队一样的，我们占领这个地方，他们就不会来的，来了我们就转移了。村支书先搞，我们才来搞的。他搞得，我们也搞得。"

牛角坡天然林不但被盗伐严重，在采访中，记者还看到了一片被大面积砍伐的树林留下的痕迹。

记者："这个地方都是什么时候砍的？"

原护林员田国辉："这个地方是98年冬天砍的。"

记者："怎么看出来是98年冬天砍的呢？"

田国辉："这因为树丫有点干了。这个地方原来是看不见太阳的，看不见天的，现在基本上都砍光了。"

当地人说，这是由台江县组织砍伐的。记者来到台江县林业局了解情况。

记者："98年牛角坡这一带的天然林砍伐，是由县里组织来砍伐的，是吗？"

台江县林业局副局长姬武兴："对。"

记者："主要的任务是交给了哪里？"

姬武兴："国有林开发公司。"

记者："它几月份到几月份砍伐的？"

姬武兴："采伐肯定是六七月采伐。"

台江县国有林开发公司当时属台江县财政局。他们是否真的像县林业局领导所说的那样，是在去年八月国家下达禁伐令之前采伐的呢？

台江国有林业开发公司办公室主任李学刚："大概八月份开始动工。"

记者："一直到什么时候结束？"

李学刚："一直到十二月份，十二月份砍到完为止。"

记者："在哪里砍？"

李学刚："在牛角坡。"

按照森林法规定，采伐林木需要有县以上的林业部门发放的采伐证，而且必须严格按照证件上填写的内容作业。记者在批给台江县国有林开发公司开发牛角坡的采伐证上看到，规定的采伐日期是从 1997 年 10 月 10 日到 1998 年 6 月底。1998 年 8 月到 12 月在牛角坡进行的采伐是没有采伐证的。

台江国有林业开发公司办公室主任李学刚："采伐证过期了，我们要做检讨。我们没有办法，为了完成任务，还要上缴财政的利润。"

早在去年 8 月，国家就下达了禁止砍伐大江大河中上游源头天然林的通知，但是直至去年 12 月，台江县国有林开发公司为了单位和地方的利益竟然还在非法砍伐大量的天然林。台江县县长潘亮告诉记者："他们实际砍伐是 4590 立方米。"

台江县国有林开发公司当时在牛角坡设了指挥部，并找了许多包工头承包这项采伐任务。杨新明当时在台江县国有林开发公司承包了 700 立方米的采伐任务。

记者："这块都是你承包砍下来的，是吗？您当时是从哪里承包到的？"

包工头杨新明："国有林开发公司。"

记者："哪个国有林开发公司?"

杨新明："台江，我们总共从这里到上面有700多立方米。"

记者："这儿大概是多少?"

杨新明："将近100立方米。"

记者："那上面还有600多立方?"

杨新明："是。"

记者："什么时候砍的?"

杨新明："进山我们是在去年九月初。"

记者："就是去年的九月?"

杨新明："我们在这里搞了三个月。"

记者："一直到什么时候结束?"

杨新明："十二月。"

记者："一共多少人来砍?"

杨新明："二十七八个。"

为了尽快把木材运出森林，砍伐者不惜搭建木轨道，以便把木材运到靠近山涧的地方，再把木材滚放下去。

记者："这一块就是你们砍的600立方米的地方?"

包工头杨新明："是。"

记者："怎么会砍得这么秃，连一点树影子都没有?"

杨新明："那是木头滚下来冲坏的。"

记者："当时砍的时候，是选择什么样的树种砍?"

杨新明："不管什么树种都砍，只要有，只要合标准。"

记者："什么好砍什么?"

杨新明："是。"

记者："你看你把这一片全部砍秃了。这种砍法，他们（台江县国有林开发公司）当时没有提出什么意见?"

杨新明："没提出。我们看也是可惜，有些不应该砍的，有些压坏的，我们感觉可惜，但是边界它要开发，我们只能去做。"

台江县林业局副局长姬武兴："不光是我们，其他县也在利用。"

记者："怎么利用？"

姬武兴："就是采伐。"

据介绍，牛角坡地处台江、雷山、榕江、剑河四个县的交界处。由于考虑到别的县也要开发，台江县林业部门也就违法进行开发。台江县林业局领导称，接到禁伐通知后，县里就再也没有发放过采伐证。

台江县林业局副局长姬武兴："去年的八月份以后，省里面下了通知禁伐以后，我们都没有办这方面的采伐证了。"

但是记者采访中发现，截至去年底，台江县林业局还在不断发放采伐证。牛角坡周边的雷山、榕江两个县也都属于国家天然林保护工程项目县，记者在这两个县也目睹了非法砍伐天然林的情况。在榕江，记者碰到了几个兜售木材的人。

砍伐者："我们山上还有两车，砍下来了，现在没有老板来要，我们暂时不拿出来，如果要的话，下一点点押金给我，马上去搬出来。楠木这材好得很。"

记者："进山上采（伐），要办采伐证吗？"

砍伐者："没有办证的。"

记者："你们这所有的人都不用办证吗？"

砍伐者："没有办证。"

记者："你们上山，随便砍就行吗？"

砍伐者："随便，想搞就搞，想喝就喝，想吃就吃。"

记者："没人管？"

砍伐者："自己的山。"

记者："你叫什么名字，到时候我们好联系。"

砍伐者："我家就在那里，二层新房子那儿。"

记者："您贵姓？"

砍伐者："我姓杨，杨老二，到（榕江县）南丹（乡）找杨老二就是我了。"

在雷山县境内的林区里，记者发现一个木材加工点。

记者："这是雷山区。"

木材加工者："是，木材偷光了。"

记者："哪里的人到这儿来偷木材？"

木材加工者："有榕江、台江。三个县都在这里，属于三角地，三不管地带，这个地方离保护区也远，离林业站也远，离县城也远，山高皇帝远。"

牛角坡附近有一个小丹江木材检查站，它对查处木材运输起着重要的作用。

记者："没有运输证可不可以过关？"

小丹江木材检查站负责人杨宗才："如果没有运输证的，就把他扣留起来。"

但是记者听到了村民不同的说法。

摄像机记录了一辆木材运输车无证过关的过程。

小丹江木材检查站工作人员："没证收点管理费。"

记者："这叫管理费吗？"

小丹江木材检查站工作人员："这叫木材变价（费）。"

记者："木材变价（费）是什么意思？"

小丹江木材检查站工作人员："木材变价（费）就是我们把木材没收了，再把木材变卖。118（元）。"

记者："这个怎么算呢？"

小丹江木材检查站工作人员："118（元）就是两头发（财），图个吉利。"

按照有关规定，木材检查站要对无运输证的木材予以扣押，并处以罚款，但是在这里，这个规定变成了一张收费的白条。

记者："这个收据符合规定吗？"

保护区管理处负责人谢正国："按道理是不符合规定的，没有印（公章），首先一条没有单位章，经办人只有一个。”

记者：“这等于就是一张白条吧？”

谢正国：“按道理算是一张白条。”

记者：“这个款项落在哪里呢？”

谢正国：“收了以后成为小金库。”

见利忘法，执法人员竟以罚代法，少量的罚款便可过关，如此一来，非法砍伐怎能不猖獗。眼见林子一片片被毁，一位看了一辈子山林的老人心里无法平静。

原护林员田国辉：“现在林子全部毁光。我们祖祖辈辈保护这个地方。现在被他们这么毁光，我感觉很心痛，确实是心痛得很。”

记者：“这个林子被毁了以后，有可能还恢复成这个样子吗？”

田国辉：“很难恢复。”

国家出台的禁伐令，如果真要落实到山山寨寨每一个角落，靠的还是基层的林业局、木材检查站，甚至山村的每一个人。如果这些基层的机构都是为了自己上交的那点利润，为了自己的小金库，甚至像节目中的杨老二那样，不过是想多挣一点钱，不但不去禁止乱砍滥伐，还想从中捞一把的话，我们保护森林的愿望什么时候才能实现呢？据了解，国家林业局目前已经对这件事情进行调查。

（《焦点访谈》1999 年 6 月 28 日）

扶贫款富了谁

山西省吕梁地区是一个比较贫困的地区，全地区13个县市当中有8个是贫困县，扶贫攻坚的难度比较大。而这当中，扶贫款的使用和落实情况如何，就显得非常重要。1999年4月，吕梁地委和行署安排当地的纪检等部门对全地区的扶贫款使用情况进行了全面的检查，结果发现其中还真存在很多问题。

1996年下半年，方山县马坊镇搞起了养牛业综合开发，并从山西省计划委员会争取到了一笔以工代赈扶贫资金380万元。

山西省吕梁地区以工代赈办公室主任白天："以工代赈是国家为了扶持贫困地区农民早日脱贫致富，利用赈济的办法，通过农民的劳动来获得救济的一种扶贫措施、扶贫办法，它是属于扶贫资金的一种，它主要用于农村基础设施建设，以及交通，还有人畜饮水工程、水利工程、经济林，还包括一些示范性的农业工程。"

1997年4月，马坊镇13个村的村民对养牛用的草坡进行了改造，按规定马坊镇应该付给村民15万多元以工代赈扶贫资金。记者在镇政府的财务室看到，13个村的村委会都给镇政府打了收到这笔款的收条，可是村里的农民说他们从来没有领到这笔扶贫款。

记者："当时有多少人去种?"

马坊镇西沟村村民："当时大约有二三十口。"

记者："村里的劳力是不是大部分都去了？"

马坊镇西沟村村民："大部分都去了。"

记者："那当时种草的时候说没说要给你们钱什么的？"

马坊镇西沟村村民："种草时说是给钱的。"

记者："那你们种了以后呢？"

马坊镇西沟村村民："种了以后没有给。"

那么这笔款到底在哪里出了问题呢？

记者："实际上这笔钱镇里面有没有给到村里面？"

山西省方山县马坊镇西沟村党支部书记李俊义："这个钱实际上就没有给我们拨下来。这个收据我们当时出了，款没有下来。"

山西省方山县马坊镇原党委书记李玉友："当时因为钱从直接的账面上不能花，所以只能变相，这也可以说是变了个办法，把老百姓应该得的种草款截留在镇里。"

为了把这笔扶贫资金截留下来，马坊镇的领导真是煞费苦心，那么这些本来应该付给村民的钱后来做什么用了呢？

李玉友："买了一个车，其余的在这三年过程中，用于镇里一些招待开支和其他开支。"

本应给当地农民脱贫带来希望的扶贫款却进了一些干部的嘴里。在吕梁地区，像这种用扶贫款买车和招待吃喝的情况在很多部门都存在，有的部门还用扶贫款买手机、传呼机，用扶贫款修建乡政府的大门、送礼，真可谓一款多用。

在兴县二项目办，记者吃惊地看到了一堆厚厚的招待账目，共两万多元，竟全是花在歌厅及歌厅小姐身上的。记者看到账单上写着：歌厅费 2300 元整、歌厅费 80 元、歌手费 150 元、付小姐费 150 元、小姐三个 200 元、唱歌 120 元、张小姐 80 元、孙小姐 80 元等。

山西省吕梁地区纪检委审理室主任任小平："本来二项目办是咱们世行项

目办，是联合国援助咱们贫困地区扶贫款的办公室，这个款一定要用在扶贫项目上，用在农田基本建设或者扶贫的专门项目上，但是兴县二项目办把扶贫款都扶在了小姐身上。”

在一些干部眼里，扶贫款成了可以任意享用的唐僧肉，不仅可以乱花，还可以用来放高利贷。1996 年 8 月，中阳县林业局从农发行贷回经济林贴息贷款 40 万元，本应用来扶持当地百姓发展经济林的这些扶贫款被林业局当成了生财之宝。

山西省吕梁地区纪检委审理室主任任小平：“这个款到位的时候，中阳县林业局又将二十万，在请示了分管的副县长冯其应之后，把这二十万打在社会福利总厂的加油站，每年的占用费是四万元。”

记者：“就是林业局收取四万元？”

任小平：“对，总共期限是三年。”

记者：“三年之后呢？”

任小平：“三年之后连本带息是三十二万。”

记者：“就林业局可以收回三十二万？”

任小平：“是，收回三十二万。把农发行的二十万本金还了，还有低的利息（扶贫款利息）还了，剩余的都是林业局的所得。”

记者：“那这等于是贷了国家的扶贫资金，然后它又贷出去放高利贷，可以这么说吧？”

任小平：“是的，从中赚取一部分高额利息。”

记者发现，在吕梁地区纪检委查出的这些案件中，越是掌握资金的单位和部门，发生违纪使用扶贫款的案件越多。

阎志毅，吕梁地区原计委主任，1995 年 1 月，为了给自己在退休后留一条后路，他利用职权亲自虚拟了一项红枣开发项目的可行性报告，自己申报自己审批，向山西省计划委员会申请了一笔 36 万元的以工代赈扶贫贷款，之后他把这笔资金打到了自己公司的账户上。

记者：“那你为什么要申请这个以工代赈的资金呢？你从别的地方贷款不

行吗?”

山西省吕梁地区原计划委员会主任阎志毅：“因为这个贷款指标很紧张，咱们没有关系贷到，以工代赈款呢，我们当时说的就是有偿使用，和从银行贷款的不同点就是，它的利息稍低一点。”

搞不到贷款，身为计委主任的阎志毅就将扶贫款信手拈来，全然不顾有多少老百姓正在眼巴巴地等着这笔救命钱。

记者：“作为阎志毅来说，他有没有资格来申请这笔资金呢?”

山西省吕梁地区以工代赈办公室主任白天：“他是计委主任，有些事情我们不好说，他当时是一把手，按规定应该是不行。”

本来在职干部就不能办企业，可阎志毅不仅办了，还把本应是贫困地区的群众才能申请的扶贫款揣进了个人腰包，他把扶贫款打到自己公司的账户上一个月之后就退休了，但一直没有搞所谓的红枣开发。后来，36 万元扶贫贷款也被他东挪西挪，浪费一空。

记者：“等于说是 36 万元的以工代赈的这个款，根本就没有用在扶贫上?”

山西省吕梁地区纪检委审理室主任任小平：“对，一分钱也没用在扶贫上。”

记者：“那么阎志毅申请的这笔以工代赈的资金没有真正用在扶贫项目上，但是他又申请了这笔钱，是不是也就可以说在别的地方，真正可以用于扶贫的就少了这部分钱?”

山西省吕梁地区以工代赈办公室主任白天：“因为国家每年给省里的钱都是那么一块，都是固定的，这部分多了那部分就少了，那部分多了这部分就少了。”

从国家到地方，对扶贫资金的使用和管理都有着一整套制度和办法，为什么还会有这么多违纪的行为出现呢？就拿阎志毅这件案子来说，吕梁地区以工代赈办公室对以工代赈资金的申请和使用有着管理和审查的责任，那么在这里，这种责任是怎样体现的呢？

山西省吕梁地区以工代赈办公室主任白天：“按规定应该是要项目所在单位，或者是一个县，它起草一个报告，搞一个可行性意见，经过我们这儿审查以后报省计委审批，当时阎志毅作为计委主任，可行性意见报告和给省里起草报告以及向省里汇报争取项目都是他亲自搞的。我们也知道这个事情，我们没有审查手续。”

记者：“按说你们也应该去管这个事吧？不管他是不是主任。”

白天：“这个东西咋说呢，因为当时我们如果管了这个事，我这个科长就不要当了，而且现在可能咱都没机会坐到一块儿了。”

记者：“实际上当时你们什么都知道，只是没有去管。”

白天：“对。”

山西省以工代赈办公室当初下拨阎志毅使用的这笔资金时，曾按规定与吕梁地区计委以工代赈办公室签订合同，两年后要将它连本带息还回省里，再搞其他扶贫项目。

记者：“后来你这笔钱一直没有还回去，有没有人过问过这个事？”

阎志毅：“没有，没有人过问。”

记者：“没有按时间归还，省里面也没有再问这个事？”

山西省吕梁地区以工代赈办公室主任白天：“省里面也没有过问过这个事。”

看来并不是没有管理监督的制度，而是这些制度在一些部门得不到严格的执行，使扶贫款没有用在扶贫项目上的事情在吕梁地区屡屡发生。

山西省吕梁地区纪检委书记孙连珠：“在相当数量的农民群众还在温饱线上挣扎的情况下，少数部门干部把国家拨给农民的保命钱，挪作他用，挥霍浪费甚至中饱私囊，严重影响扶贫资金的使用效益，更重要的是，它直接侵害了群众的利益，伤了老百姓的心。”

记者：“有些扶贫款到不了你们这儿，知道什么原因到不了吗？”

马坊镇西沟村村民甲："那搞不清楚，只有上面的知道，下面的不知道。"

记者："那有没有听说有些款是被上面的干部给挪用走了，截留走了？"

马坊镇西沟村村民甲："那挺正常吧。"

记者："挺正常？为什么觉得挺正常呢？"

马坊镇西沟村村民甲："当官的有权呗，他有权他就把那个款弄走了，挪用嘛，挺正常吧。"

马坊镇西沟村村民乙："扶贫款本来是国家的好意，为了咱们这个贫民百姓都富裕起来。扶贫款给不了穷人，就把国家的好心也就白费了。"

据了解，吕梁地区在这次扶贫大检查中共查处案件 102 起，处分党员干部 106 人，查处的 5500 多万元违纪资金正在逐步追回，吕梁地委行署已初步决定，今后将每年搞一次这样的检查。

有人当官就抱着干什么吃什么的目的，靠山吃山靠水吃水，靠上了贫困县就吃扶贫款，这样的所作所为触犯了党纪政纪，产生了贪污腐败，这对那些眼巴巴等着扶贫款的乡亲们来讲，简直是丧尽天良。这些扶贫款大都是被那些权力机关为了谋私利挪用的，而有关的监督管理机制也产生了很多漏洞，在扶贫攻坚最后的关键阶段还出现这样的问题，真应该引起有关部门的大大重视才行。

（《焦点访谈》2000 年 03 月 21 日）

花沟镇的花架子

为了发展农村经济，增加农民的收入，不少地方结合本地区实际，在调整农业产业结构上做了大量的工作，取得了一定的成效，也受到了农民的欢迎。然而前不久记者在安徽省涡阳县花沟镇采访时发现，那里实施的“四万工程”并没有得到农民的支持。

安徽省涡阳县花沟镇是这个县二十几个乡镇中的一个，这个镇从 1998 年开始实施的“四万工程”，使这个普通的乡镇颇为引人关注。一进入花沟镇地界，迎面而来的就是一副巨幅对联——菜青鸽白黄花飘，境优人靓绿廊溢情。从中可以感受到“四万工程”浓烈的氛围。

安徽省涡阳县花沟镇党委书记陈晓明：“我们的‘四万工程’是指万亩黄花菜工程、万亩蔬菜工程、万米绿色长廊工程，还有万户养鸽工程，主要目的就是造福老百姓，提高农民收入，让农民在有限的土地上，能够得到更高的效益。”

从镇政府成立这两年，花沟镇荣获的省市县有关部门授予的各种荣誉来看，“四万工程”可以说是颇见成效的，那么我们就来看一看这个“四万工程”是怎样造福当地百姓的。

“菜青鸽白黄花飘”。我们先来说说“菜青”，也就是万亩蔬菜工程。

1999 年 2 月份，花沟镇政府号召农民种包菜，为了调动农民的积极性，还和农民签订了包销合同，说好收获时最低按 1 毛 5 分钱的价格全部收购，这样一来，全镇上下纷纷种起了包菜，段湖村当时就种了七八十亩包菜。赶上那年风调雨顺，包菜获得了大丰收，平均亩产七八千斤。可这时市场无情，包菜价格大跌，原先的合同成了一纸空文。

记者：“收获之后按照多少钱收的？”

花沟镇段湖村村委会主任段体文：“按照一毛钱一斤收。”

记者：“收了有多少呢？”

段体文：“收了有三分之一。”

记者：“三分之二都没收？”

段体文：“都没收。到最后群众有意见。群众有意见呢，又补贴了一部分，又补贴了三分之一。还有三分之一呢，也就扔掉了。路边、河沟都是(包菜)，都扔掉了，到最后也就拉来沤粪了。”

相比之下，段湖村的情况还算是好的，只扔了三分之一，二十几亩十几万斤的包菜，而有些村民的包菜，却全都砸在了手里。

花沟镇张大村村民：“到最后呢，说在镇政府收。我弄了一车拉到那儿，排三四天的队，他都不要了，俺拿着干馍，喝凉水在那等，排几天他都不要，不要俺最后咋弄呢？都扔河沟了，连化肥的钱，本也赔上头了。”

记者：“有没有说为什么没有收你这个包菜？”

花沟镇张大村村民：“他说他收了卖不掉，他拉到外面，他也折本。”

记者：“那他自己也卖不掉了？”

花沟镇张大村村民：“嗯，他自己也卖不掉了。”

记者：“你们签了合同，按合同办事啊。”

花沟镇张大村村民：“谁跟你讲理呢？俺又说不过他，俺又不敢吭。”

记者：“你们想到过拿到别的地方去卖吗？”

花沟镇张大村村民：“别的地方？那种得多，别的地方也没人要。谁要你的？各家各户全镇都种得有啊！”

市场的无情给花沟镇政府这种大包大揽式的行政干预当头泼了一盆冷水，但是花沟镇领导并没有清醒过来。种包菜起码当时还有一个包销合同，而

“菜青鸽白黄花飘”当中的“鸽白”，也就是万户养鸽工程却是强制性的了。

花沟镇共有1万3千户人家，镇里的目标是万户养鸽，为了实现这个目标，任务被层层下拨，信老家村张庄只有50户人家，却被分配了500多只鸽子的养殖任务。

花沟镇信老家村张庄村民：“我们这一个村不足50户人家，就花了22890块，购了21笼鸽子。”

记者：“买这个鸽子是你们愿意的吗？”

花沟镇信老家村张庄村民：“不愿意，强制性的。你不要不行，不要就是行政村到乡里去拉，我们愿意买他们（行政村）就是83元一对，每笼子1090块，如果不要的，到镇政府去拉就是130块（一对）。”

记者：“那你们村里现在还有多少只鸽子？”

花沟镇信老家村张庄村民：“现在已经寥寥无几了，没有了，都已经死了，有的亏本卖10来块钱，到市场去卖，缺乏养殖技术，如果不那么的话还要死。”

信老家村的农民被强迫养鸽子，而镇里要在孙大村信辛庄建养鸽基地，村里的唯一学校也因此被迫搬迁，变成了养鸽场。

花沟镇信辛小学原校长孙连胜：“这就是我们原来的教室，7间教室，这边是11间教室。”

记者：“这边还有11间教室？”

孙连胜：“嗯，11间教室，一共6个教学班。”

记者：“有多少人？”

孙连胜：“310人。”

记者：“为什么教室都没有了？”

孙连胜：“镇长叫养鸽，腾给养鸽场，非常痛心，但是镇长叫干，我不干，把我这校长免掉了。”

校长因搬迁不力被撤职，而村支书也遭遇同样的命运。

花沟镇孙大村原党支部书记信万明：“镇里搞‘四万工程’，到俺学校，觉得房子好，想在这儿搞养鸽场，非得要俺搬迁，在其他地方盖新学校，群众不同意，我不同意，镇政府下了死命令，非得叫搬迁不可，最后我没同意，就把我的书记职务撤掉了。"

记者："你怎么有这么大的魄力，把书记和校长都要撤掉呢？是什么原因呢？为什么急于把房子扒掉建养鸽场？"

安徽省涡阳县花沟镇党委书记陈晓明："我们主要是考虑到形成一个基地，让农民买鸽有地方去，同时我们要把这个鸽场发展起来。"

记者："主要是为了万户养鸽工程？"

陈晓明："我们主要是抓一个基地，让全镇人民能看到养鸽的情况。"

撤支书撤校长扒学校都是为了养鸽大计，动静这么大，建起来的养鸽场却不给镇领导争气，仅仅两个月鸽子就不知所踪了。现在，专门搭建的养鸽房早已空空如也，"菜青鸽白黄花飘"，鸽子飞了，而"黄花飘"说的黄花菜是不是真的飘了香呢？

跟养鸽子一样，万亩黄花菜工程也是强迫农民做的，镇里要求各村各户都要种植黄花菜，并由镇政府统一采购黄花菜苗，然后一一分发到各村和农民手中。

记者："是硬性命令必须要种这个？"

花沟镇段湖村村委会主任段体文："反正黄花菜芽子弄来了，他就叫你栽就是了。"

信老家村当时就被分配了一万多块钱两万多棵黄花菜苗的任务。

记者："像你们村是两万多棵黄花菜苗，怎么往下分呢？人均多少？"

花沟镇信老家村会计："就是按队的大小，每个队多少袋多少袋，就是这样。"

记者："就是人均往下摊？"

花沟镇信老家村会计："对。"

记者："老百姓愿意种这黄花菜吗？"

花沟镇信老家村会计："他们不愿意，上级分下来的。对于老百姓来说，上级分下来了不要咋弄？他得接受。"

花沟镇张大村村民："这个黄花菜是镇党委定的任务，每人要栽一分地，给的黄花菜苗都是死的，就是干掉的，要是你不栽，这一包黄花菜也得给 70 块钱，你栽也得给 70 块钱，不栽不行，要是不栽，镇政府不愿意，要加倍罚。"

花沟镇沈庄村村民："以前栽的红芋，叫你拔掉改栽黄花菜，叫你栽，你得栽，你不栽就强制命令要你栽。"

记者："要把红芋拔掉种黄花菜？"

花沟镇沈庄村村民："栽黄花菜。"

记者："黄花菜到现在已经种了两年多时间了，你们家的黄花菜有没有见效益？"

花沟镇沈庄村村民："没有，一点效益也没有。"

上联"菜青鸽白黄花飘"中，包菜扔了，鸽子飞了，黄花菜也飘没了。那么下联"境优人靓绿廊溢情"中专门说的万米绿色长廊工程，又怎么样了呢？

在"四万工程"中，万米绿色长廊工程可以说给人印象最为直观，一进入花沟镇地界就可以感受到它的冲击。进入花沟镇地界到花沟镇政府所在地，有一条近十公里长的公路，在公路两旁都是新栽种没多久的小树、葡萄，搭的葡萄架。可是据了解以前并不是这样，这里以前公路两旁都是种了十几二十年的参天大树。

由于建在公路两边，万米绿色长廊可以说是花沟镇的形象工程。为了创造境优人靓的氛围，镇里不惜砍光了万米林木。

记者："搞这个绿色长廊你们总共砍了多少棵树？"

安徽省涡阳县花沟镇党委书记陈晓明："大概不到一万棵树吧。"

在采访中记者看到，虽然葡萄栽了一年多了，但是成效并不大，有的光秃秃一片，有的杂草比葡萄还高。在公路边绿色长廊范围内，树被砍了。有房子的老百姓也遭了殃，房子被强行扒掉，虽然不少村民有镇里批的建房手续，但就在这一张张整改通知中，以影响市容美化为由，被强行拆除，而且没有得到任何补偿。

记者：“这是你们乡政府亲自批的？”

安徽省涡阳县花沟镇副镇长刘汉富：“对，我们批的。”

记者：“那在拆的时候，对他们是不是应该有一定的补偿？”

刘汉富：“按照安徽省村镇建设管理条例，应该给予合理的补偿。”

记者：“为什么现在一直没有补偿？”

刘汉富：“至于补偿，镇政府没有补偿的钱，镇里财力比较有限。”

虽然镇政府强调财力有限，没有提供丝毫补偿，但在拆房子上一点也不含糊，限期拆除，拆不完还要罚款。可是房子被拆了，又没有对村民采取妥善的安置措施，结果一些村民两年来只好在路边搭小房子，有的甚至住进了桥洞。

花沟镇孙大村村民：“这咋弄呢？就在桥底下住着，没有头。盖不起新房子咋弄呢？做梦也不能想到能住这里头。”

“菜青鸽白黄花飘，境优人靓绿廊溢情”，给外人一个如诗似画的幻景，给当地不少农民留下的却只有苦涩。

记者：“‘四万工程’，你们镇里说‘四万工程’是给老百姓造福的，是不是这样子？”

花沟镇村民甲：“什么造福，你看造福都吃不上饭。”

记者：“说这个工程搞‘四万工程”，万亩蔬菜、万亩黄花菜？”

花沟镇村民乙：“在哪里呢？他吹牛皮。”

花沟镇村民丙：“这个‘四万工程’给农民没有带来什么好处，不但没有带来什么好处，而且增加了农民负担：比方万亩黄花菜，种植很少，他们只图架子好看，花架子，只图面子好看；万户养鸽向农民收一笔钱；万亩黄花菜也向农民收缴一笔钱。没有带来什么好处。”

花沟镇农民丁：“他是想搞一个名义上的工程，也就是花架子工程，到底怎么样，现在这不，啥也没有啥，不就是这样嘛，反正它的名字挂出去了，讲我搞‘四万工程’，你看这有啥？全部栽的东西，全部都毁完，这能不要钱吗？后期谁拿都得让农民拿钱，这农民能受得了吗？”

记者看到的这副对联，上联原来是八个字，“菜青鸽白黄花飘”，实际上最后还有个“香”字，“飘香”的“香”字被大风给吹没了，成了现在残缺的一句话。对联的残缺可以补上，可是“四万工程”给农民和政府的形象带来的伤害，弥补起来，并不是一件容易的事儿。

应该说花沟镇领导初衷是好的，但是在实施过程中带有强烈的主观色彩，这不仅违反了当地的客观实际，而且也剥夺和侵害了农民的生产经营自主权，这自然不会带来什么好的效果。

目前，花沟镇的有关责任人已经受到了处理，当地政府也对这件事进行了深刻的反思。

（《焦点访谈》2000 年 8 月 30 日）

急着破产为逃债

说到破产倒闭，我们知道沾边的肯定是那些亏损严重、扭亏无望的企业。但是，和眼下有一些亏损严重的企业千方百计赖着不破产形成鲜明对照的是，有的地方却要千方百计把那些干得好好的企业做破产处理。这到底是图什么呢？

四川省中江县丝绸公司是当地一家知名企业，这几年经济效益一年好于一年，1999 年被四川省人民政府评为“四川省贸易企业最佳效益 50 强”，到了 2000 年就一跃成为 30 强。

丝绸公司职工：“公司是纳税大户。”

另一位职工：“公司上缴财政（的税款）是一千多万。”

然而，2000 年 12 月 14 日，一件意想不到的事情发生了。中江县人民法院颁布了一个破产公告，宣布中江县丝绸公司破产。同时，中江县委县政府决定对这家企业实施破产改制。

这到底是为什么呢？记者采访了中江县委领导。

记者：“如果你们对一个企业采取破产这种方式进行改制，它的主要依据是什么？”

中江县委副书记周英：“依据就是亏损严重、扭亏无望，对资不抵债的这种企业进行破产。”

丝绸公司的职工们对企业的破产却不能接受，他们认为丝绸公司根本不符合破产条件。

记者："企业的利润情况怎么样?"

四川省中江县丝绸公司原总经理王光明："实现利润100多万。"

记者："纯利润是100多万?"

王光明："对。"

记者："上缴利税的情况呢?"

王光明："去年上缴了800多万税款，870万。"

记者："到破产之前，这个企业还是个盈利的单位?"

王光明："嗯，盈利100多万。"

丝绸公司职工："公司正是事业干得正红火的时候，根本不属于亏损单位。"

对于丝绸公司的破产，不仅职工们难以接受，一直以巨额贷款支持这家企业经营，对他们财务状况了如指掌的中国农业银行中江支行的信贷人员更是大惑不解。

中国农业银行中江支行信贷员陈新华："像这种企业都要破产的话，那么中江县就找不到可以支持的企业了。"

那么，这样一个经营状况非常正常的企业，怎么就突然破产了呢?

丝绸公司职工："因为他们想搞垮它，是他们的阴谋。"

另一位职工："搞破产纯粹是政府的行为。"

对此，县里又是怎么说的呢?

记者："有没有对法院提出你们自己的一些看法，或者是对法院实行一些强制性的压力?"

中江县委副书记周英："它是依法按照法律审案，我们不做干预。"

那么，县丝绸公司的破产到底是不是真的如这位县领导所说，完全是法院依法裁定的呢?

根据破产法，法院在受理破产申请后，要在 7 日内对申请破产企业的财务和债务情况进行审查，看其是否符合破产条件，才能做出裁定。然而，记者在采访中发现，中江县人民法院对这起破产案的审理有些蹊跷。破产的申请是 2000 年 12 月 14 日提交的，法院当天就做出了丝绸公司破产的裁定。而在民事裁定书中，对丝绸公司的财务情况只字未提。

记者："14 日跟你提出来的申请，当天做出了民事裁定书，这里头有没有什么问题？"

四川省中江县人民法院告诉立案庭庭长兼中江县丝绸公司破产案合议庭审判长邓晓东："有问题。"

记者："问题在哪里？"

邓晓东："问题就出在不应该这么快。"

记者："它在法律程序上来讲是违法的？"

邓晓东："程序上是违法的。"

记者："裁定书里面说这家企业经审查经营管理不善，不能清偿到期债务呈连续状态，但是其中没有提到严重亏损，为什么你当时没有把这一点写到你的裁定书里面？"

邓晓东："因为当时还没有拿到它的财会资料，是不是严重亏损，我就不知道。"

记者："那也就是说你在不知道它是不是严重亏损以及是不是具备破产条件的情况下就裁定它破产了？"

邓晓东："应该这样说。"

记者："你们当时为什么这么急于要裁定这家企业破产？"

邓晓东："这个问题我不好回答，我不好回答。"

记者："为什么呢？"

邓晓东："这个问题我不好回答，我真的不好回答。"

记者："按你的理解是为什么？"

邓晓东："因为有一些问题不是我一个经办人能够决定的，不是我在运作，是不是？所以我就不好回答。"

记者："那么整个这件事当中是谁来运作这家企业的破产？"

邓晓东："形式上是我，我是合议庭的审判长。"

记者："实际上呢？"

邓晓东："实际上是有关的领导。"

记者："是你们法院的领导，还是县里面的领导？"

邓晓东："实话实说，应该是县上定的。"

县丝绸公司的破产，是中江县财政局以该公司未能清偿到期债务为由，向中江县人民法院提出申请的，申请宣告丝绸公司破产还债。

对此，中江县财政局又有些什么说法呢？

记者："为什么提出让那家企业破产呢？为什么向中江县法院申请其破产呢？"

四川省中江县财政局局长："它欠我们钱。"

记者："它欠你们多少钱？"

四川省中江县财政局局长："当时欠我们1000多万吧。"

记者："它欠你们多少钱？"

四川省中江县财政局局长："我不发言。"

依法讨债本是光明正大的事，这位局长说起来却躲躲闪闪。

记者："那你们这个企业欠财政局多少钱？"

四川省中江县丝绸公司原总经理王光明："1040多万。"

记者："在破产之前还没还财政局钱？"

王光明："在破产前还了一些。"

记者："还差多少钱？"

王光明："最后就只差100万吧。"

记者："财政局就以这100万债权人的身份，申请你们企业破产？"

王光明："是的。"

实际上丝绸公司欠财政局的1000多万大部分已经还清了，仅剩下100多万债权，申请丝绸公司破产是县里面安排的。这位审判长告诉记者，12月14

日在法院三楼会议室召开了一个由县委副书记、副县长，以及经委、法院等单位负责人参加的会议，在这个会议上就决定了由财政局提出申请，法院裁定丝绸公司破产。

记者："你们就是走了法律上的一个程序，在接受这个申请之前就已经决定这家企业破产了?"

四川省中江县人民法院告诉立案庭庭长兼中江县丝绸公司破产案合议庭审判长邓晓东："应该是这样。"

中江县委县政府为什么要安排法院违法裁定丝绸公司破产呢?显然破产不是目的。

邓晓东："也就是先死后生。"

记者："这句话怎么解释?"

邓晓东："如果是实话实说，实际上也叫作'破银行'。"

记者："就是把银行的债务给推掉了。"

邓晓东："也就是推掉嘛。"

据了解，丝绸公司破产时总共欠中国农业银行中江支行贷款 3419 万元，在这起破产案中损失最大的就是农行。

中国农业银行中江支行行长张永忠："这个公司破产的真实目的是在于逃废国有银行的债务、债权，也就是金融债权。这一次的丝绸公司破产当中，我们农行是最大的受害者。作为国有商业银行来说，农行的资产受到了侵害，那显然就是国有资产受到了侵害。"

其实，要想甩掉农行的债务也不是那么容易，因为丝绸公司在向农行贷款时，以自己的房产和动产做了抵押担保。按破产法的规定，企业破产后这些抵押物不能当成破产财产处理，要归债权人农行所有，法律上称之为债权人的别除权。可是，中江县为了甩掉农行的债务，在 3 月 3 日将农行的抵押物连同丝绸公司的其他财产一起卖了。

中国农业银行中江支行信贷员陈新华："我们听到这个消息后，我们农业银行广大干部员工非常焦急，也非常愤慨。首先，我们就向法院提出对农行担保抵押物来行使别除权，不应该列入破产财产之中参与分配和处理。”

记者：“您认为农行办的抵押担保合不合法？”

四川省中江县人民法院告诉立案庭庭长兼中江县丝绸公司破产案合议庭审判长邓晓东：“抵押担保是合法的。”

记者：“从法律上来讲，他这个担保具不具有别除权？”

邓晓东：“具有别除权。”

记者：“那为什么你们没有按照别除权来处理呢？”

邓晓东：“因为它主要是……这个新公司……它是要的是茧站，来收购茧子的，成立了一个新公司，农行又恰恰是抵押的这一部分。”

所谓的新公司就是新世纪丝绸实业有限公司，它新就新在县丝绸公司刚一破产它就成立了。

记者：“它在你们这儿注册登记是在什么时间？”

四川德阳工商局中江分局企业登记股股长罗康全：“是今年元月 17 号。”

记者：“那么它这个企业的情况是什么样的？”

罗康全：“这个企业是成都天友丝绸有限公司和中江县国有资产经营投资公司，两家合资出股承办的一个有限责任公司。”

就在这个公司注册的当天，中江县政府决定取消县丝绸公司的蚕茧丝绸的经营权，将经营权授予了新世纪丝绸实业有限公司。很明显，新世纪丝绸实业有限公司接替了县丝绸公司的业务和工作，当然新公司继承的还远远不止这些。原丝绸公司所有的破产财产连同农行 3419 万元的贷款，在拍卖之后都被这家公司继承了。

为了使新公司顺利得到这些财产，在对破产财产拍卖时，还做了特别的规定，只有有蚕茧丝绸经营权的单位才能购买这些财产，而全县有经营权的单位只有一家，这就是新成立刚刚被授予经营权的新世纪丝绸实业有限公司。

记者：“破产的资产你们花了多少钱买的？”

四川省中江县新世纪丝绸实业有限公司办公室主任雷玉成：“就是 1100

多万。”

记者：“1100 多万？”

雷玉成：“对。”

就这样，在中江县委县政府的精心安排下，通过法院违法操作，破了产的丝绸公司上亿元的资产，仅以 1100 多万元的低价落入了新世纪丝绸实业有限公司的囊中，而农行的 3419 万元的金融债务则被一笔勾销。

中共中江县委副书记周英：“这个对我们政府来说是最便捷最好的一个办法。通过破产，我们的企业基本上是全部搞活了，而且产值、收入、利润、税收都是大幅度增加。”

中国农业银行中江支行行长张永忠：“他们这样做的话，那很显然是对农行的资产，农行的贷款资产（损失大），因为是国家的资产。那么对它地方来说损失不大，他们就算计着保护它地方的利益。”

记者在中江县结束采访时看到，新世纪丝绸实业有限公司里到处洋溢着忙碌与喜庆的气氛，这将是中江县一家无债经营的公司，经营前景十分看好。然而这一片欣欣向荣，却是以恶意逃避金融债务换来的。

通过这种假破产真逃债的方式，四川省中江县的有关部门一下子套走了银行近 3500 万元的资产，同时还得意扬扬，以为自己找到了什么筹资的妙计良方。岂不知这样的做法违反了国家的法律法规，同时，损害银行资产也就是损害储户即咱们老百姓的利益，这样的做法如果不严加禁止的话，势必会严重影响我们正常的市场运作环境。

（《焦点访谈》2001 年 7 月 31 日）

竣工水库　漏洞百出

为了彻底解决一些小水库年久失修的问题，广东省今年进行了一系列小水库的除险加固工程，这些工程是由省人大做出立案的，这够重视了吧？之后又由省政府拨出了专项资金，这够支持了吧？那么最后结果怎么样呢？最近记者到广东，对一些去年7月份宣布竣工验收了的项目进行了实地调查。

2002年7月13日，广东湛江的一份报纸在头版头条发表了重要消息，说的是省人大议案工程的小型水库全部胜利竣工验收，并且说合格率达到了100%，其中优良率49%。而记者来到雷州后，看到的第一个水库是龙门水库的配套工程，虽然现场的牌子上写的是2002年4月竣工，但在现场，记者怎么也看不出竣工的样子。

龙门水库工地民工："去年春节的时候就停到现在了。"

记者："这个工程还差多少没完？"

龙门水库工地民工："还差一半吧。"

这样的工程是怎么验收的呢？疑惑中，记者又来到第二个水库，叫新兴水库，在现场看不到有施工的地方。负责施工的项目经理这样告诉记者。

新兴水库项目经理："水利局还没有钱给。"

记者："我听你介绍这个工程情况，感觉等于是做了点前期的准备工作，实际这个坝还没动。"

新兴水库工程技术员："主要的还没搞。那个坝里面很多窟窿，水都跑出去了。”

记者看到像这样只做了施工准备还在哗哗漏水的工程也被验收了。

记者：“这就是从坝底渗出来的？”

新兴水库工程技术员：“坝底渗出来的。”

记者：“现在这条坝上像这样的窟窿有多少？”

新兴水库工程技术人员：“起码几十个窟窿。”

群众告诉记者，这里的渗漏还不算严重的。记者看到的第三个水库叫九斗水库，这是九斗水库的竣工验收报告，验收领导都签了名，而记者在这个签名背后看到的却是更危险的景象。

九斗水库项目经理：“下面还有渗漏很大的，土坝后面，漏水。”

记者从大坝上循着水声找去，危险的景象出现了：从 1998 年抗洪时，全国人民就知道了一个代表危险的名词——管涌，它常常是大坝险情的前兆。记者在现场看到了九斗水库的管涌，实在让人为大坝的安危担心。就是这样带着严重管涌的水库，在 2002 年 5 月 30 日竟被雷州市水利局竣工验收了，并且被评为施工的最高等级——优良工程。

记者：“里边没修好。”

九斗水库民工：“还没修好，还没有灌浆。”

记者：“就是因为它那边没灌浆，所以漏水。这要是长了，这个坝不会毁了吗？”

九斗水库民工：“就是很危险哪。”

当记者来到第四个水库——平原水库时，才是真吃惊了。水库周围的群众反映，这里根本没有动过工。

记者：“这两年，有人在这个水库动过工吗？”

平原村村民甲：“没有，没有动过工。”

记者：“从来都没动过？”

平原村村民甲：“没有。”

记者：“咱们这个平原水库这两年有没有人在这儿施工修水库？”

村民乙：“修水库？没有修过。”

记者：“你在这儿看到过有人修水库吗？”

村民丙：“没有，什么都没有修。”

记者：“一点儿都没动过是吧？”

村民丙：“是。”

一点儿没动工就敢验收了？听到村民说的，记者都不敢相信自己的耳朵，结果一抬头就看见坝上还有个大洞。

记者：“这个洞从什么时候开始露出来的？”

村民：“它有三年了。”

记者：“村委会和村民跟水利部门的人说过没有，坝上有洞，说过这个洞没有？”

村民：“说过。”

记者：“没人来修？”

村民：“没有人来修。”

这个大坝上的洞是因为枯水季水位降低才露了出来。而大坝后面低洼处就是直接受到威胁的平原村。如果施工了，那是什么样的工程连这么大的洞都不管呢？

记者就此要求采访雷州市领导和水利局领导，却被拒绝了。见不到领导真的就调查不下去了吗？一筹莫展之际，有技术人员提醒记者，工程是必须有图纸的，查查图纸就明白了。记者来到了负责出图纸的水利勘察设计室，在这里了解到，水利施工用的图纸分为初步设计图和技术施工图。必须有了技术施工图并获得开工批复才有可能动工。

记者了解到的没有动工的水库一共有六座，那么看看他们有没有技术施工图就可以弄清情况了。

记者：“咱们看一下还没有技术施工图的有多少，你指下哪几个没有。”

工作人员："题桥、宅湾、课堂，月岭港也没搞。"

记者："那么现在我们看到这个叫广东省雷州市平原水库除险加固初步设计书，那这个平原水库有没有技术施工图？"

广东省雷州市水利勘察设计室技术人员谢妃国："没有。"

记者："还没出？"

谢妃国："还没出。"

记者："就是说这个水库还不能施工。"

谢妃国："应该说是。"

为核实情况，记者来到雷州市水利局负责施工的工程管理股，想看看这里有没有技术施工图。

记者："我现在要的是最简单的东西，一个工管科不可不备的东西，水利施工的最基本资料。那这样，我问的这6个水库里，你拿出任何一个都行，哪一个都行，举出一个就算数。"

陈科长找了半天，结果始终也没能拿出这6个水库的哪怕是一份技术施工图。

记者："就我刚才问的那6个，你连一个都没找出来。"

广东省雷州市水利局工程管理股副股长陈清："我知道的，我肯定提供给你。"

问到九斗水库竣工验收的情况，陈股长说了实话。

陈清："那九斗水库现在渗透得很厉害，我们当时上报那些加固的项目，搞的工程量和实际上的都有一定的距离。"

对于九斗水库这个优良工程总算有了个说法，记者并没有满足这个结论，因为人大议案工程是省里立项，省里拨款，不该没有上级监督。记者又来到雷州的上级水利部门了解验收的情况。

广东省湛江市水利局工程管理科科长宁博鹏："部分工程当时还没有做完的情况，是有个别工程。"

记者："那就是说半拉子工程也算完了，也验收了。"

宁博鹏："当时，是。"

记者："你去过九斗水库没有？验收的时候你去过没有？"

宁博鹏："当时是这样的，其他同志已经去看过了。"

记者："你去过没有？"

宁博鹏："当时因为验收比较紧，没安排去。"

记者："那你没看过那个工地就签了名了？"

宁博鹏："是这样的，雷州他们说是已经完工了，我们在这里把关不是很严格。"

记者："你知道他报得不实？"

宁博鹏："我们检查过，的确有一些不实。"

情况在这里进一步明了，令人惊讶的是，雷州的水利工程总验收是 2002 年 7 月 7 日，而记者重点了解的平原水库工程，在 7 月 7 日连初步设计的批复还没有。

记者："平原水库直到你们去验收的时候，它还没有开工的批复。"

广东省湛江市水利局工程管理科科长宁博鹏："对，是初步设计批复。"

记者："像这种所谓的补充的初步设计的批复，它是在验收之后才产生的，也就是在验收的时候它连初步设计都没有？"

宁博鹏："像平原水库这种，是不太符合验收程序。"

这也就是说，在平原水库通过竣工验收时，它还没有开工的资格。后来既然已经验收了，工程也就不了了之了。随后宁科长也表示了对雷州弄虚作假的无奈和不满，还说验收时也不许他们个个都看。

记者："就是说你们下去的时候，有一些水库你们提出要看，他们找出借口不让你们看。"

广东省湛江市水利局工程管理科科长宁博鹏："甚至就是在隔壁这个镇，我们到了杨家（水库）了，就是相邻的水库，我们要求去看，都说路进不去了，总之是不让我们看。所以我们心里也考虑，那个水库可能也有问题，但是他不让我们去了解。"

那么，是什么导致了雷州的水利工程出现弄虚作假呢？采访中大家都反映缺钱，是不是上级给雷州的水利工程款拨得少呢？

广东省湛江市水利局工程管理科科长宁博鹏："在安排资金的时候，考虑他们工程量的多少，工程总数的多少，还比较倾斜雷州。"

记者："就是上级给钱，都向雷州倾斜。"

宁博鹏："要倾斜它，不倾斜它，恐怕它的工程完不成，但倾斜了它，它钱还是拿不到，它还是完不成，或者拿到钱也不知道怎么了。"

那这些钱哪儿去了呢？记者在湛江市委的纪律检查委员会得到了答案。

广东省湛江市委纪律检查委员会二室主任陈日和："就是雷州市水利局两任局长，一共挪用了 256 万多，他们已经收到省里下拨的资金，以及湛江的配套基金，加起来是 583 万。"

记者："那也就是说，省里和湛江市汇到雷州市水利局的专项资金被两任局长挪掉了一半。"

陈日和："可以这么说。"

当初，雷州对平原水库的问题是这样向上面报告的：迎水坡面，大坝的泥土流失严重，凹坑面积达 100 平方米，需要加固。而拿到钱后却是这样对待工程，对此雷州市里是十分清楚的。

现任工程指挥部负责人就是雷州市委书记孙亚帝和分管副书记郑世光，在记者见到郑世光时，他却对工程质量做了这样肯定的表示。

广东省雷州市委副书记郑世光："其实西南治旱，我们做的工作是大量的，成绩是主要的，老是为这些问题，我不是说你们，为这些问题搞来搞去的，其实没有什么问题嘛，政府没有什么问题，也不存在弄虚作假的问题，讲起来我们都很气愤，没有这样的事。"

工程当然是好工程，但是不是真做好了呢？当地老百姓的眼睛看得最清楚。连施工图都没有到就敢宣布工程竣工，连实地考察都没有就敢验收签字，连工程项目八字都没一撇就敢上报纸。在这一系列令人瞠目结舌的弄虚作假背后到底隐藏了什么？这样的工程结果又把水库周边老百姓的安危置于何地呢？

（《焦点访谈》2003 年 4 月 1 日）

重重迷雾待揭开

——西安宝马彩票案追踪

杨永明，是西安宝马彩票案的主角之一。据了解，从2000年到现在，西安市共举办了七次即开型体彩抽奖，全部由杨永明主办，现在已经广为人知的西安宝马彩票案是第七次，那么胆大妄为的杨永明在前六次的彩票抽奖过程中到底有何表现呢？

据了解，彩票发行的行政主管部门原来是中国人民银行，从2000年以后变成了财政部，不管是按照中国人民银行的老规定，还是按照财政部的一系列新规定，彩票发行机构必须对获奖人员，特别是获大奖人员进行详细的登记备案，以接受检查和监督。记者的调查就从寻找这六次活动的获奖人员名单开始。

陕西省体育彩票管理中心负责全省即开型体育彩票的发行和销售工作，他们是体彩资金的掌管方，所有体彩抽奖活动的账目都保存在这里。按规定，获奖人员的名单和相应的身份信息也应该保存在他们这儿。

在陕西省体彩中心，记者找到了负责这方面工作的发行部副主任吴雁华。

记者："活动结束之后，比如谁获了奖，他的身份证号、姓名、身份证的复印件，是不是事后也应该交到您这儿？"

陕西省体育彩票管理中心发行部副主任吴雁华："是应该交给我，交到省中心。"

记者："那您这儿现在有吗？"

吴雁华："我现在没有。"

记者："您没有，那这些资料在哪儿？"

吴雁华："应该在管理站。"

记者："在哪些管理站？"

吴雁华："我们的地市管理站，搞这些活动的管理站。"

在陕西省体彩中心，我们没有见到这些名单，记者又来到西安市体彩中心，在这里，我们找到了原主任樊宏，西安市这七次活动都是由他和杨永明合作举办的。

西安市体育彩票管理中心原主任樊宏："票根和中奖证明单，省中心结账时候全拿走了，我们地市级不留这个东西。"

记者："在那个中奖证明单上会有些什么样的项目？"

樊宏："姓名、地址、身份证、联系方式、中奖的级别等这些。"

记者："七次活动您都交给省中心了？"

樊宏："每次活动结束后，来结账，结账的时候连票根、中奖证明单一块儿拿走。"

按理说，这些获奖人员的资料不是在陕西省体彩中心，就是在西安市体彩中心，怎么可能两边都没有呢？在这种情况下，记者请樊宏和记者一起去省体彩中心查找这些资料。

记者："您看我把樊主任请来了。樊主任说东西都交到您这儿来了。樊宏主任他们那儿的市体彩中心，到底这几年交了这些姓名和身份证号过来吗？"

陕西省体育彩票管理中心发行部副主任吴雁华："没有。"

记者："一次都没有？"

吴雁华："没有。"

记者："您很确定？"

吴雁华："嗯。"

记者："那您看，您听听。"

西安市体育彩票管理中心原主任樊宏："我还是那句话，我现在这儿没有留那种底子。"

记者："（吴主任）您现在还是一口咬定，肯定没有交过？"

樊宏："再回忆回忆，反正我这儿是没有，我这儿是没有留这个底子。"

记者："您是没有留。我现在就问，您到底交了没有？"

樊宏："交了。"

为了证明市体彩中心的确没交，吴雁华把封存的档案找了出来。

陕西省体育彩票管理中心发行部副主任吴雁华："现在都是密封的，现在打开。"

记者："这是什么？"

吴雁华："这是 05 花朵，一等奖。"

记者："当时就交了这个票回来？"

吴雁华："对。"

记者："这个票后面写了什么没有呢？"

吴雁华："第一名的，50 万。"

记者："人的信息呢？交到您这儿了吗？"

吴雁华："因为我是密封的，没有。"

看到这种情景，樊宏的口气也软了下来，不再像刚才那样坚持了。

记者："实际上交了没有？"

西安市体育彩票管理中心原主任樊宏："这个事情是，有时候结账我不在，结账由省中心直接和杨永明就把账结了，我不在现场，就不知道这些细节。"

记者："那么当时这个单子，据您所知，杨永明交给省中心了吗？"

樊宏："我不在现场，我不知道了。"

记者："现在省中心告诉我们没有交到他那儿，那这个单子在哪儿呢？"

樊宏："那就应该在杨永明那儿了。"

那么，即使是西安市体彩中心没有将名单上交，那么省体彩中心的吴雁华为什么在结账时不找他们索要呢？要知道，这些资料是日后进行查验的最重要的依据，按规定是必须保存的。

记者："您现在连资料都没有，您怎么去查验呢？事实上您查验了吗？查验了没有？"

陕西省体育彩票管理中心发行部副主任吴雁华："没有。"

如果说由于工作失误，缺一两份名单没有保存下来还情有可原的话，整整六次活动的六份名单一份都没有保存下来，甚至连一个名字都没有保存下来，这就太不正常了。显然，这不是拿工作失误能解释的。那么名单到底去哪儿了？是丢失了？还是被人藏起来了？或者干脆就已经被销毁了呢？记者找到了这六次活动的结账明细单，根据统计，这六次活动总共返还奖金 2600 多万元，其中万元以上的大奖兑付了 108 个，奖金总额高达 1900 多万元。由于没有获奖人员的名单，这么一大笔奖金到底去了哪儿，作为活动组织方，也是资金管理方的省市两级体彩中心根本说不清楚，这样的调查结果让记者感到既意外又震惊。

省市两级体彩中心都没有这些名单，现在，记者只剩下最后一线希望了，那就是公证处。按规定，万元以上的获奖者都会在现场做获奖公证，公证处那儿应该有一部分资料。据了解，这六次活动当中有四次是由新城区公证处负责公证的，于是，我们来到了这里。公证处的上级单位新城区司法局的一名副局长接待了我们。

西安市新城区司法局副局长陈文社："根据公证档案管理办法规定，就是说，公证档案作为保密的资料，以及个人秘密资料，目前除了公安局、法院、检察院这些单位，其他单位不能查阅这些档案，必须经过特别的一些程序。"

这样的拒绝听上去理由似乎非常充分，记者不能查阅这些档案。那么从杨永明案发到现在已经过去两个多月了，有资格查阅这些档案的司法局和公证处有没有重新对这些获奖人员的真实身份进行核实呢？

西安市新城区司法局副局长陈文社：“过去档案的一些整理、查阅、归档，我们正在做这些工作。”

记者：“有没有出去外调？”

陈文社：“这种目前还没有。”

记者：“外调的工作现在还没有开展？”

陈文社：“外调工作还没有。”

拒绝给记者提供线索，自己拿着线索又不进行外调核查，司法局和公证处这样做的目的到底是什么呢？难道仅仅是为了保护那些获奖人的隐私吗？接下来的调查让记者对此产生了疑问。

这是一位知情者提供给记者的一份获奖公证书的复印件，这份公证书是记者得到的关于六次活动的唯一线索。从公证书上看，一个名叫李选利的彩民在 2000 年西安市的一次体彩抽奖活动中，抽中了一个 20 万元的二等奖。几经周折，我们终于找到了李选利。

记者：“我们今天过来主要是跟您核实一个事，我们想了解一下，在 2000 年的时候您有没有在碑林区参加过一次体育彩票的抽奖活动？”

李选利：“有。”

记者：“那次活动中您抽中奖了吗？”

李选利：“抽中了。”

记者：“抽中了几等奖？”

李选利：“几等奖我忘了，但是我是（抽中了）5 万块钱。”

记者：“5 万块钱当时抽中了，给您什么凭证了没有？”

李选利：“有公证书。”

记者：“这是当时的公证书。”

李选利：“对。”

对比这两份公证书，姓名一样，身份证号码一样，获奖的时间、参加的活动都一样，只是获奖的金额一个是 5 万元，一个是 20 万元。

记者："这上面说您获得了二等奖，奖金是20万元，您是又摸了一个二等奖吗？"

李选利："这个不知道，上次就摸了一次，得了5万块钱。"

记者："您从来也没得过这20万奖金？"

李选利："20万奖金从来没有，他也没有给过我。"

显然，这份20万元的公证书是假的，那么这份假公证书到底是谁伪造的？目的又是什么呢？近日，碑林区委区政府对此展开了调查，调查的结果让所有人大吃一惊，这份假公证书居然是从碑林区公证处伪造出来的。

西安市碑林区委副书记兼区纪委书记张西城："经查明，2000年11月初，体育彩票活动即将结束的时候，碑林区体育局局长李新义两次找到碑林区公证处主任万元模，要求出具一份假的二等奖20万元的公证书，其目的就是要套取一笔资金。公证人李群在两个领导多次要求下，根据一个真实的彩民身份证复印件，伪造了一个根本不存在的二等奖20万元的假公证书。"

正规的公证处居然也参与作假伪造公证书，记者不知道在这六次活动当中，这样的假公证书还有没有，还有多少。而不去核查的话，在那些至今仍被公证处封存的严严实实的资料里边，还有多少秘密，又有谁能说得清楚呢？

杨永明操纵的前六次体彩抽奖，2600多万元的奖金兑付之后，竟然找不到中奖人的任何资料，本该是监管部门的省体彩中心，没有（资料），市体彩中心，没有，公证部门也不予提供。记者经过了一番调查，目前仍然是一团迷雾，那么在迷雾的背后，到底还隐藏着哪些秘密？是否还有人在其中扮演着不光彩的角色？只有把这一切彻底查清，让违法者受到惩处，才会对广大的彩民有一个交代，才会真正地起到警示的作用。

注：2004年11月12日，西安宝马彩票案在西安市中院开审，法庭认为，被告人杨永明与孙承贵等人相互勾结，在承销彩票期间，骗取汽车、现金共价值251.5240万元；为获取不正当利益，杨永明先后20次给8名公务员行贿

42.66万元，其中原西安体彩中心负责人樊宏收受贿赂9.4万元。

2004年12月3日，西安中院一审判决杨永明等三人分别构成诈骗罪、行贿罪、受贿罪、玩忽职守罪，并判处杨永明有期徒刑19年，其他两人为17年和11年。

西安宝马彩票案经过法院两审，2005年2月23日，由陕西省高院做出终审裁定：驳回杨永明等三人的上诉请求，维持一审判决。

（《焦点访谈》2004年5月24日）

民政厅大楼里的秘密

前不久我们接到观众反映说，山西省民政厅动用来自社会各界的救灾捐赠款为自己建了办公楼和宿舍楼。我们国家对于救灾捐赠款物的管理和使用都有严格的规定，必须专款专用，不得挪用。难道真的有人会乱动救灾捐赠款吗？记者前两天到山西进行了调查。

记者刚到太原市一分街中段，老远就看到一栋大楼非常显眼，走近一看，它就是山西省民政厅的办公大楼，跟它紧挨着的就是同样气派的民政厅宿舍楼。记者注意到，办公楼已经投入使用，而宿舍楼也进入了扫尾阶段。从宿舍楼的外面看上去，宽大的落地窗颇为引人注目，足有 2 米高，3 米多宽。宿舍楼有三个单元，42 套房子，建筑面积最小的是 3 室 2 厅 157 平方米，最大的是 4 室 2 厅 190 多平方米。房间里均非常宽敞明亮。

这么气派的宿舍楼到底是用什么钱建的呢？山西省民政厅负责基建的同志告诉记者，这个宿舍楼是职工集资建的房，他们是按照每平方米 1700 元的标准收的。

为了证明建楼确实是集资的，他还向记者拿出了一份住户交钱的统计表。表格上显示，每户的集资额从 25 万到 33 万元不等。

在这份集资建房名单上，记者看到，除了四户是省民政厅的普通职工以外，其他 38 户都是在任和离任的领导干部，其中厅级领导 7 人，处级领导 25 人。在采访中他们反复强调，虽然建房集资款有的高达 30 万元，但已经全部到位了，并且宿舍楼和办公楼的账是完全分开的，没有占公家一点便宜。

山西省民政厅基础建设办公室（基建办）副主任杨秀岭："宿舍楼就是宿舍楼的，办公楼就是办公楼的，这个我是知道的，那么在实际工作中，我们也把它们区分开来了。"

按这位主任的说法，建宿舍楼的钱没有问题，那么办公楼呢？

从民政厅提供的文件中可以看到，办公楼立项的时候，批的是民政厅办公、救灾物资储备等综合用房，现在大楼里除了民政厅机关以外，还有山西省福彩中心、山西省慈善总会等部门。据介绍，建这座大楼总共花了 5000 多万元，除了省里拨的 1000 多万元以外，剩下的 4000 多万元都是民政厅自筹的。这么一笔钱可不是个小数目，那么是不是像群众反映的那样，民政厅挪用了不该挪用的钱呢？

记者："自筹这部分当中，有没有挪不该挪的钱？"

山西省民政厅计划财务处（计财处）助理调研员侯卫宾："没有吧。"

那么这 4000 多万元的资金，民政厅是怎么筹集到的呢？

在山西省民政厅的计财处，记者看到了一份大楼建设经费资金来源的说明。在这个表上，民政厅出了 260 万元。这笔钱又是什么钱呢？

山西省民政厅计财处助理调研员侯卫宾："这个 260 万就是福利金。"

福利金是发行社会福利彩票的收入，按照中国福利彩票发行与销售管理办法的暂行规定，福利金任何单位和部门不得截留和挪用，必须用于为老年人、残疾人、孤儿、革命伤残军人服务的社会福利事业。作为福利金的主管部门，山西省民政厅怎么敢把这笔钱用在办公楼的建设中呢？

山西省民政厅计财处副处长王新峰："我们民政厅用这 260 万，是我们大楼里面要建一个老年人活动中心。"

记者："这 260 万是你们厅里就能决定动用这个钱，还是需要到有关部门去审批呢？"

王新峰："这个是我们厅长办公会议研究的。"

当初立项的时候根本没有老年人活动中心这个内容，但是民政厅厅长办公会议研究，竟然就动用了本该专款专用的260万元福利金建了一个老年人活动中心。这样的活动中心到底是为了什么样的老年人准备的呢？

山西省民政厅计财处副处长王新峰："这块建好以后，不仅仅是服务于机关的一部分老人，机关的老人不多，主要是小区，我们还要开放，让小区的老年人到这个地方来活动。"

看来山西省民政厅真是极具创意，竟然以社会福利事业为名，把老年人活动中心设在自己的办公楼里。来看看这个活动中心又是什么样子？

在办公楼的七层，记者看到，动用了260万元福利金建的所谓老年人活动中心其实就是三间房子：一间房子里面摆了两个乒乓球台，另外一间摆了一个台球桌和几张棋牌桌，还有一间是健身房，在这里除了准备了一些跑步机外，还有练习拳击的沙袋等器具。

记者："你看这些东西都是老干部用的？"

山西省民政厅计财处副处长王新峰："我们好多厅长们，过去退休的一些厅长，他们愿意玩这些。"

记者："玩这些？"

王新峰："可以抱这个沙袋推，咱们年轻人玩这个恐怕是不多。"

建这么一个老年人活动中心，在账上居然要花260万元福利金，粗粗一算，这个所谓的老年人活动中心，每平方米的造价高达1万多元，然而怎么看这个老年人活动中心都像是单位内部的活动室，记者不知道这个建在民政厅大楼里面的老年人活动中心，到底是为谁谋的福利？不知道会有多少老人能够真正地出入民政厅，到这里来活动。

除了这笔钱以外，记者注意到，建造这座大楼的资金中最大的一笔钱就是省财政拨的2630万元，这几乎占到了大楼总造价的一半。记者想了解一下这2630万元的情况，但计财处的同志说保管文件的人出差了，记者只见到了一笔2000万元的审批手续。然而在这份文件上，记者意外地发现这2000万元竟然是社会各界捐助的救灾款。而申请的名义是建救灾仓储中心，民政厅办公大楼的字样在这份文件中根本就不见了踪影。

从山西省民政厅给我们提供的文件来看，这个办公楼的名称一直在不断发生着变化，从最初立项的时候，叫作省民政厅办公救灾物资储备综合用房，到后来申请建设资金的时候，又变成省救灾仓储中心、省救灾和福彩中心。那么这些名称的变化又意味着什么呢？

记者："如果说你这个办公楼，要是没有这个救灾仓储这块（名义）的话，会把这 2000 万批下来吗？"

山西省民政厅计财处助理调研员侯卫宾："不会吧，就因为有这个救灾仓储，有仓库，救灾捐赠中心也在这儿（才会批）。"

记者："这一下批了 2000 万。"

看来，名称的变化还是有窍门的，什么时候叫什么都是有讲究的。记者看到这 2000 多万元救灾捐赠款是用来建救灾仓储中心的。根据《救灾捐赠管理暂行办法》的规定，救灾捐赠款物不得挪用和截留。为了保证救灾捐赠的专款专用，有的省市还制定了具体的实施办法，其中有的省市明确规定，救灾仓储设施的建设，由当地财政解决。我们不知道，山西省民政厅动用社会各界的救灾捐赠款，建救灾仓储中心到底还算不算专款专用？既然以建救灾仓储中心的名义申请了 2000 多万元的救灾款，那么它又建成了什么样呢？经人指点，原来在民政厅办公楼、宿舍楼之间的这个不起眼的三层楼就是救灾仓储中心。这位主任说，救灾仓储中心已经基本投入使用了。

山西省救灾捐赠中心主任张竹林："一层、二层、三层都放着从中央下拨的救灾帐篷，救灾专用帐篷。"

记者："一层是，二层、三层呢？"

张竹林："都是。"

据介绍，救灾仓储中心面积并不大，只是整个大楼一万三千多平方米的一个零头，账面上的建设资金却是整栋大楼的一半，想必是高标准的。记者想看看到底里面有什么高科技的设备，耗费了这么多的资金。可是这位主任说，管钥匙的人家里有事，请假了。虽然管钥匙的人不在，但是记者发现仓储中心里面分明有人在走动，这是怎么回事？记者进去一看，里面真是别有洞天，除了堆放一些救灾物资外，还堆了不少建筑器材，甚至还在里面设了一间办公室。

记者：“点了一个电炉子，这里面是救灾物资？”

施工人员：“这是水壶。”

记者：“还插着电呢，在这儿。仓库里应该是什么样子的？在哪儿做饭呢？”

施工人员：“二楼。”

记者：“也是这样的房子？二楼也是仓库？摆着东西呢？”

施工人员：“对。”

在仓储中心里的小伙子说，自己是旁边在建的民政厅宿舍楼的施工人员，左边这些都是建宿舍楼的材料。记者上了仓储中心的二楼，让记者吃惊的是出门迎接的竟是一位做饭的大师傅。

记者：“这些面条是你做的，给谁做的？”

厨师：“给这儿的工人。”

记者：“做多长时间了，做饭？”

厨师：“五六个人。”

记者：“在这儿做饭，做了多长时间了？”

厨师：“没有几天，十来天。”

记者：“十来天了。”

厨师：“嗯。”

我们看到大师傅的煤球炉上的热水正冒着蒸汽，中午的面条马上就要开锅了，而离煤球炉几米远就是救灾的帐篷等大量物资。在仓储中心的三楼，里面没有任何的救灾物资，我们却发现了一些铺盖和衣服。山西省民政厅办公楼早已从去年十月投入使用，可到现在，救灾仓储中心还没有完成配套工程，那么以救灾仓储中心名义申请到的 2000 万元救灾捐赠款到底用在了哪里呢？

我们看到一份2003年山西省民政厅向省领导打的报告，报告中说，希望今明两年倾斜一两千万元救灾款以补贴办公楼资金不足的情况。看来，这2000多万元社会各界捐赠的救灾捐赠款到底用在了哪儿，也就不言而喻了。

在很多人的眼里，民政部门是与扶贫济困、减灾救灾联系在一起的，是承载着爱心和信任的。然而我们在这里看到：一边是本来应该专款专用的260万元福利金，一边是小小的三间活动室；一边是凝聚着社会各界爱心的2000万元救灾捐赠款，一边是那样一个救灾物资仓库。当人们再次走过民政大厅这座大楼的时候，会怎么想呢？

（《焦点访谈》2005年3月27日）

不应有的冷漠

梁兴寿老人是四川省平武县大桥镇的农民。2004 年 12 月 17 日，他的儿子在山西省高平市一家煤矿的事故中不幸遇难，当时矿上没有按照省里的规定给他全额补偿金，甚至连儿子的骨灰他也没拿到。为了找回儿子的骨灰和要回应得的补偿金，他三下山西，整整奔波了一年。

得知这个情况后，2005 年 12 月，记者赶到山西，首先随梁兴寿老人来到长治市和平医院，因为听说他儿子梁兴就是在这里因抢救无效死亡的。

从医院提供的病历中记者了解到，梁兴是于 2004 年 12 月 15 日在高平市一家煤矿的井下放炮时出事故被砸成重伤送到医院的，后来因抢救无效于 17 日死亡。

记者："您是什么时候知道您的儿子在矿上出事的？"

梁兴寿："我是 2004 年 12 月 16 日，他给我打电话来说，爸爸我伤了。当时我和我妻子都很着急，我们就马上把门关了，我们那儿步行要走一天，才走得到有车的地方。"

心急如焚的梁老汉连夜从四川老家坐火车赶到山西，经过一天一夜的奔波到达长治后，没有见到儿子的遗体，就被矿上用车拉到了长途车站的一个小旅馆，拿出了早已写好的一份协议书。

梁兴寿："他说，你同意我们就签，不同意我们就走了。"

从协议书中记者看到，矿方代表叫陈朝军，协议的主要内容是一次性给梁老汉补偿 57000 元。

根据 2004 年 1 月国家施行的《工伤保险条例》的规定，工人因生产事故在一年内医治无效死亡的，属于工伤死亡。对于因煤矿工伤死亡的补偿标准，2004 年 11 月 30 日山西省出台了文件，规定为最低 20 万元，由矿主支付。梁老汉的儿子在文件出台后因事故死亡，按规定作为家属的梁老汉应该得到的补偿金为 20 万元。显然，矿上给梁老汉的补偿金，远没有达到省里面规定的标准。

记者："你提没提要看遗体？火化的事是怎么办的？"

梁兴寿："我多次提出，哭泣着要看，哪里看得到？他（只是）弄个车子把我拉了一段儿。"

无奈之下，不知道省里补偿标准的梁老汉只好同意签协议和火化尸体。随后，矿方代表陈朝军等人不等尸体火化完，就用车把梁老汉拉到了长治火车站。在付了 57000 元之后，就买票让他回家了，同时表示，他儿子的骨灰以后托老乡帮他带回。

冬去春来，到了 2005 年 3 月，迟迟不见儿子骨灰的梁老汉又听说省里定的补偿标准是 20 万元，为了找回儿子的骨灰盒和要回应得的补偿，梁老汉按照协议书上提供的地址又赶到山西高平，这时他才发现自己受了骗，因为地址上的长征煤矿是假的。

梁兴寿找遍了高平，都没有打听到长征煤矿，只好又回了老家。直到 2005 年 7 月，他收到一封知情人的来信，才知道儿子出事的煤矿根本不是什么长征煤矿，而是神农镇的张家河煤矿，于是他又来到高平。

张家河煤矿是一家私人承包的村办煤矿，矿长叫牛金财。梁老汉多次找到矿上讨要儿子的骨灰和补偿金，都遭到了拒绝，无奈之下他把此事告到了高平市安全生产监督管理局（安监局）。

记者："你们调查的结果，可以确认的就是矿方工头欺骗了这位家属，是这样吧？"

山西省高平市安监局神农安监站负责人贾彦军："是的。"

记者："另外这个事故出了以后有没有给你们报？"

贾彦军："没有。"

在梁老汉的多次要求下，自知理亏的矿方才不得不又给了梁老汉几万元的补偿金，然后再次强行把他送上回四川的火车。因为儿子的骨灰没有下落，还有几万元的补偿金没有拿到，2005 年 11 月，梁老汉第三次来到高平。一个多月过去了，他找遍了各方仍然没有结果。矿方隐瞒事故的违法行为也没有受到任何处理。为了了解情况，记者和梁老汉一起来到了张家河煤矿。

矿主不肯露面，几经周折，记者才找到当时与梁老汉签协议的陈朝军。

记者：“那当时你签的时候，为什么没有写上矿的真实名称，而写了个三甲镇的长征煤矿呢？”

高平市神农镇张家河煤矿管理人员陈朝军：“我知道说了真实姓名的话，他还会找煤矿的事。”

记者：“按规定应该是，如果矿上有死人，有重伤，应该向安监局报告，你们报告没有？”

陈朝军：“矿上那个时候都已经停产了，当时过去的时候，实际从这儿走的时候还没事，根本就感到（伤情）不重要。”

记者：“死了以后有没有报告？”

陈朝军：“死了以后没有报告。”

谈到梁老汉儿子的骨灰，陈朝军说当时是家属没要，后来由另一个叫曹国勇的人处理的。在记者的追问下，陈朝军最终不得不说出了他们没有给梁老汉带回儿子骨灰的实情。

陈朝军：“那个时间正好是大雪封山，你带上那个东西（骨灰），坐班车坐不上，坐火车又害怕路上不方便，我们原来不都听说过火车上不能带骨灰盒。”

陈朝军等人给了老人假矿址之后，认为老汉不会回来了，骨灰又不好带，就擅自处理了。由于直接处理骨灰的曹国勇现在已经离开了这个煤矿，骨灰的下落一时难以查清。

在得知找不到儿子的骨灰，矿上又不按规定给全额补偿的情况下，随梁老汉一起来到高平的妻子病倒在医院。矿方的态度让他们心凉，而更让他们寒心的是，尽管他们为此事已经千里迢迢来了三次，从春天跑到了冬天，多次向神农镇领导反映，市安监局的领导也过问过此事，但问题仍然没有得到解决。

在矿上、安监站、神农镇都没有为梁老汉彻底解决问题的情况下，梁老汉只好去太原向省里反映，引起了省信访办的重视，要求高平市认真进行处理。记者采访时，他用记者的手机给负责此事的神农镇政府干部打了个电话，接电话的神农镇政府一位姓侯的工作人员让梁老汉过来找他。

梁老汉满怀希望地来到市信访办，可除了看见有人在打游戏机外，并没有哪个人帮他解决问题。他在信访办白白等了一个下午，直到天黑，那位姓侯的镇干部也没有出现。

记者在采访中发现，类似的矿工权益缺乏保障的事情，在当地不止这一起。在一家医院里，记者就见到了几位因矿难受伤的矿工，他们现在也处在找矿主矿主不理，而当地的一些部门也没有及时帮助他们解决问题的困境之中。

在记者采访后，高平市的有关部门立即让矿主支付了梁兴寿老汉应得的全部补偿金，并积极帮助他查找儿子骨灰的下落。对于那些受伤的矿工，也责令矿主承担了相关的费用和补偿，问题很快就得到了解决。

应该说无论是梁老汉还是一些受伤的矿工，在维护自己合法权益的过程中，都遭到过矿上和当地一些部门工作人员的冷遇，这反映出一些煤矿和部门的工作人员不能认真履行自己应尽的职责，漠视老百姓合法权益的问题，这些问题应该引起有关方面的重视，不能让本来已经遭遇矿难不幸的“梁老汉们”再奔波流泪，让受伤的矿工们再雪上加霜。

（《焦点访谈》2006 年 2 月 7 日）

县政府欠条进当铺

眼下典当行在人们的心目中不再是一个陌生的事物，典当行通过抵押的方式，确实为急等用钱的群众解了燃眉之急。在人们的印象中，典当行一般只抵押珠宝、汽车、房产等贵重物品，而在湖北省浠水县，一些典当行开展了面向政府工程款欠条的新业务。

浠水县靠近长江，是一个百万人口的农业大县。在浠水县城，典当铺很多，大大小小近十家。在一家典当铺门前，我们看到招牌上列的收售内容中居然有一项是“政府欠凭”，能够买卖政府部门的欠条，这让人感到很好奇：这样的欠条，会卖出什么样的价钱呢？

典当铺经营者：“买的价钱是30%多一点儿，这样子。最贵的超不过40%，全县最高都超不过40%。”

面对浠水县兰溪镇开具的欠款凭证，典当铺经理查看了其中几张欠条。记者询问收购价格。

记者：“一千四百块钱。”

典当铺经营者：“一千四百，鬼要！现在你这一千五百块钱，最多我只能给你四百块，四百块我就收，超过四百就不要，四百块。”

一千五百元的欠条才卖到四百元钱，贬值这么厉害，有多少人愿意出售这些欠条呢？典当行经理说，来这里卖欠条的人多得很，浠水县几乎每个乡镇都有，而且只要价格便宜，典当铺敞开收购。

典当铺经营者：“不管是哪里的，价格便宜我都要。贵了不要，价格便宜，越便宜越好。这是我的原则。”

这家小小的典当铺，去年一年就收购了一百多万元的欠条。据典当铺经理介绍，卖到典当铺里的欠条，主要是 1996 年至 1998 年，浠水县修建境内的长江大堤和浠水河河堤时留下的。当时，浠水县为了让全县的江河大堤达标，以乡镇为单位，对江堤和河堤进行加固，欠下了大量的工程款和民工工资。

记者：“整个县里（在）江堤工程（上），欠民工和承包人的工程款还有多少?”

湖北省浠水县副县长郑宁：“乡镇这一块儿大概还有六百八十万的样子，村级以下的也有个八九百万，加起来可能一千多万。”

按照施工合同，工程完工的第二年就应付清全部欠款，但是直到现在，还有许多参加江堤建设的民工在等着拿回自己的工资。兰溪镇花鼓石村村民张汉泉就是其中一位，他家境困难，至今还住在土坯房里，当年，张汉泉在河堤上干了三个多月，本应拿到的两千多元工资，至今只要回了几百元。

湖北省浠水县花鼓石村村民张汉泉：“原来他是看我家里困难，他把我搞到堤上去做饭，给我钱，但是他没搞到钱，先给了我几百元，那还是因为我比较困难，给我几百块钱，一般的好些人工资都没拿到。”

不仅民工在为工资发愁，一些工程承包商也一肚子苦水。兑现不了欠条，让一些承包商生活陷入了困境。这位正在街头给人擦皮鞋的妇女叫杨细香，1998 年，她丈夫借钱承包了一小段江堤工程，七八年过去了，十几万元的工程款，一分钱也要不回来，讨债的人倒不断上门。50 多岁的杨细香在城里租了两间旧房，靠擦皮鞋维持生活，身体瘦弱的丈夫在外打工躲债，过年都不敢回家。

杨细香：“我们家里负了人家的债，负了很多，负了好多万，我丈夫好几年都没在家过年。”

记者：“到哪儿去了？”

杨细香：“在外面，躲债。年年到过年就在外面躲债。”

因为交不起学费，杨细香的大女儿早已辍学打工去了，上高一的二女儿今年也准备辍学去打工。春节期间，杨细香几乎天天都在街上擦皮鞋，想早点挣够女儿打工的路费。

杨细香：“老二好瘦弱，这么一点儿高。”

记者：“那也准备出去打工？”

杨细香：“ 对，没办法嘛。路费还差一点。”

记者：“那怎么办？”

杨细香：“我准备叫她过了十五再去，还擦几天鞋。”

记者：“你现在就是擦皮鞋给她挣路费？”

杨细香：“ 嗯，到十五，擦鞋两元钱一双，我可以擦到 200 元钱。”

杨细香说，为了还债，她只好卖掉一部分欠条，剩下的上十万元的欠条，她不敢再卖，那是他们还清欠款和今后生活的希望。生活困难的债权人张汉泉和杨细香他们生活状况如此，一些经济条件稍好的债权人也过着东躲西藏的日子。

江堤工程承包人游月恩：“我为了做江堤，借了很多亲戚朋友的钱和银行贷款，法院经常有人起诉我，我那有很多传票，我给你看一下。”

记者：“这些都是法院的传票？”

游月恩：“这是法院的传票，这全部都是的。”

记者：“这些都是？”

游月恩：“对，都是传票。逢年过节我们有家不能归。”

当时，很多工程承包人都是靠贷款和借来的钱承包工程的，镇里欠他们的钱要不回来，他们却要应付前来讨工资的工人和支付银行的利息，不卖欠条又能怎么办呢？

江堤工程承包人游月恩："我一百块钱（的欠条）他给我出三十块二十八块钱，我就卖掉了，我要还人家钱。"

江堤工程承包人张曙光："我们那个条子说起来挺值钱的，实际上是表面值钱，我们那个条子不管在浠水哪个位置他们都收，都要，但是真正值不值钱呢？这个条子在我们手上就不值钱。我们卖掉他们就给我们打折，三折、四折，甚至两折。"

一年又一年过去了，能不能要回欠款成了民工和承包者的心病，他们担心有一天欠条一文不值。卖了呢，太低的价钱又叫人心痛，但是偏偏有人从典当行里花钱买欠条，到底为什么呢？

典当铺经营者："很简单，他欠你的钱，他不愿意给你钱，他拿钱从我这里买欠条，你把欠条卖给我，我把欠条再卖给他，就这样，私人之间转。"

有人买有人卖，典当铺经营者就低价收高价出，从中赚取5%左右的差价。

典当铺经营者："你拿去我不管你的，你赚多少钱我不管，我是这个价，收你的我控制在30%以内。（赚取）半个点，一千块钱赚五十块钱，一万块钱赚五百块钱。"

兑现不了的欠条却在民间流通了起来，既为典当铺提供了赚钱的机会，也被一些人当成了抵债的工具。苦的是那些曾在江堤上流过汗、受过累的民工们。那么浠水县有关部门为什么不兑现自己开出的欠条呢？浠水县有关领导表示，因为财力有限，要还清欠款确实困难，但是记者了解到，虽然无钱还债，最近两三年，浠水县有关部门却在不断更换新车，县里有四五位领导乘坐的都是新款的别克君威轿车。

湖北省浠水县副县长郑宁："去年买了一辆车，也是别克君威，2.5排量。去年纪委有个规定，县级领导干部买车的价格不能超过二十万。"

记者："你那辆车当时买回来十九万？"

郑宁："十九万多一点。"

记者："十九万多多少?"

郑宁："十九万八吧。"

据上海通用汽车公司工作人员介绍，2005年以前，2.0、2.5排量的别克君威轿车售价都在20万元以上。这样看来，浠水县购买的别克君威轿车显然违反了纪委的规定。县财政十分困难的情况下还购买超标轿车，购车的钱又是从哪里来的呢?

湖北省浠水县副县长郑宁："考虑到地方财政困难，你买车的话地方财政也只补贴十万。"

记者："剩下的就是通过别的途径?"

郑宁："一个是原来自己的车子变卖一部分资金，变卖个几万块钱，再就是自己想办法筹集几万块钱。"

记者："从哪儿筹?"

郑宁："主要是想其他的各种办法筹集，要不然地方财政没有这么多钱，没办法。"

挤不出钱还欠着款，却还能自筹资金买新车。黄冈市委市政府规定，县级现职领导干部，每三人才能配一辆小汽车，但是在浠水县，县长、副县长每个人都配了小汽车。

记者："主要的领导基本都是一人一台车了是吧?浠水县能达到这个水平吧?"

湖北省浠水县副县长郑宁："领导用车基本上是这个水平。"

记者："基本上是每个人一辆车了?"

郑宁："党政这边应该是这样。"

根据湖北省有关规定，党政机关更换新车要向当地纪委报批，浠水县政府购车的手续是否符合规定?有没有得到批准呢?

湖北省浠水县副县长郑宁："要是了解换车的情况，应该说纪委他们（那儿）有报批的东西。"

记者："我们从哪里可以看到购车的价格、什么时候购车的？这些手续现在能看到吗？"

湖北省浠水县纪委党风廉政建设室主任李学友："这个东西不好查，只有查他们单位的账目，你像政府办他们更换的车辆，我们只有查政府办的账目。"

记者："在你这能看到吗？"

李学友："我们这看不到。"

2005年，浠水县因为清理政府工程欠款清欠率为0%，被湖北省政府通报批评，这一度让那些拿着政府欠条的人看到了希望。

杨细香："他们就说这个钱有希望要回。老大说：妈，如果说钱讨回来了，我还要回来读书。她不放弃读书。老二更要读，老二因为是刚刚放弃读书的。小孩子说：妈，如果钱讨回来了，我们要买屋，没屋住。"

浠水县政府一方面声称财政紧张无法还清已拖欠十年的欠款，另一方面却违反规定为县领导们配置了超标的车辆，既然能想办法通过其他渠道筹集购车款项，那么为什么不能先想办法解决拖欠的工程款呢？农民工能否摆脱生活困境和县领导能否坐上更高级的轿车，先解决哪个问题也许并不那么难以选择，但是在这里，我们看到了令人失望的答案。

（《焦点访谈》2006年02月18日）

男院长“住”进了女病房

现在在医院里有个词叫“挂床”，所谓挂床实际上就是指假住院，是指医院给一些人编造病历以骗取医保基金。看完记者下面的采访，您就能够了解所谓挂床的真相。

我们这次采访的是安徽省蚌埠市的传染病医院，这是个医保定点医院，采访的目标也很简单，就是看看住院的病床上有没有人。从登记上看，51到55床都有病人。

记者：“会议室都改病房了？”

蚌埠市传染病医院肝病科护士：“对。”

记者：“那你们干吗把门锁上了？”

蚌埠市传染病医院肝病科护士：“哪个？”

记者：“51床怎么把门锁上了？”

蚌埠市传染病医院肝病科护士：“51床在这里。”

记者：“别关上，进去，51床呢？你怎么给我们带会议室了？”

蚌埠市传染病医院肝病科护士：“这本来就是会议室，我们（这儿）就是病房。”

记者：“您给我指一下哪一个是51床啊？这是51床，52床，53床。咱们医院里就这么对待病人，给病人睡光板？”

蚌埠市传染病医院副院长张翼：“不，不，那不会的。”

记者：“ 明明床就在这儿，您看，您这个五十几床，您的床头卡在哪儿呢？你们给病人的铺盖在哪儿呢？”

张翼：“这个我还得问护士长到底怎么回事了。”

蚌埠市传染病医院肝病科护士：“这是工作失误。”

记者：“又是工作失误。”

蚌埠市传染病医院肝病科护士：“对。”

记者：“那为什么这一个失误了，这5个人的都不写呢？”

蚌埠市传染病医院肝病科护士：“这只能说是工作上面有失误。”

记者：“你们看，从51到55床，这病床上有人吗？有人生活吗？”

蚌埠市传染病医院副院长张翼：“这怎么讲呢，这个。”

其实问题已经很明显了，谁知护士长又给了我们一个解释。

蚌埠市传染病医院肝病科护士长马贤会：“有时候我们护士也比较懒散一点儿，就懒得给铺，还有一个我们单子也特别少，现在领多一点单子，有时候扣消耗。”

说护士懒散对护士实在不公，接着调查，新问题接踵而来。在住院病人牌子上，我们发现了一个刚认识的名字，不是别人，正是精神抖擞地带着我们参观的本院的陈院长。

蚌埠市传染病医院肝病科护士：“40床是我们陈院长。”

记者：“40床是哪一个？旁边是女的，这是女孩子在这儿住的。大娘我问您一下，您旁边有人住院吗？”

患者家属：“没有。”

记者：“从来都没有过吗？”

患者家属：“没有没有。”

记者：“你们入院多久了？”

患者家属：“才几天。”

记者：“你们这儿是女孩子，旁边住一男的你知道吗？”

患者家属：“没有没有。”

记者：“那男的没来住过呀？”

患者家属：“没有没有。”

再细看，在女病房门口挂了一块牌子，上面写着“麻疹”，让我们吃了一惊。专家告诉我们，这是一种急性传染病，必须隔离治疗。难道专业的传染病医院连这点常识也没有吗？难道病房里就这样对待自己的院长吗？

记者：“你什么时候入院的？”

蚌埠市传染病医院院长陈继龄：“那天张院长给我办的。”

记者：“你连入院的日期都记不清了？”

陈继龄：“对，我吊水有时候在办公室。”

记者：“那你何必要占一个床位呢？为什么要浪费一个床位呢？你根本就不来。”

陈继龄：“因为到其他地方住院也不方便。”

记者：“你为什么要和女病人住在一起呢？”

陈继龄：“那是她们安排的问题。”

这一家医院的怪事怪得出奇，护士没见过自己的病人。

记者：“你的病人你见过吗？”

蚌埠市传染病医院肝病科护士金国林：“这个病人我才接手，昨天没见到。”

记者：“没见到病人？”

金国林：“对。”

记者：“没见到病人，对病人的医嘱是怎么执行的？怎么给他扎针，怎么量体温呢？”

金国林：“昨天没见到，因为我第一天接的班。”

记者：“没扎（针）、没有量体温，那个病人记录上的那些内容是怎么做上去的？”

金国林：“因为熟人，是我们的医生一个熟人，我们就这样给他常规地处置了一下。”

记者：“常规处置？”

金国林：“对。”

记者："也就是编了一下？"

金国林："这是我们不对的地方。"

记者："您在这儿连病人长得高矮胖瘦都不知道，这体温是从谁的身上量来的？"

蚌埠市传染病医院肝病科护士长王春华："因为我们挂户病人全部都是这样处理的。"

记者："挂什么病人？挂户病人？"

王春华："对。"

记者："什么叫挂户病人？"

王春华："就是说病人不在这儿住院，他有医保卡，有整套住院手续，医生有医嘱，有执行单，但病人实际是不来的。"

记者："病人根本就没有在这儿出现过，但是全套手续都在这儿了。"

王春华："对，是的。"

记者："这叫挂户病人。"

王春华："是的。"

记者："也就是说，我们用一句比较直白的话问，是不是这些体温也好，处置也好，打针也好，这些都是做出来的假的？"

护士没见过的病人都是些什么样的病人呢？除了假病人之外不会再有别的解释了，为了确定这一点，我们决心从技术层面上找到确凿的证据，假病人我们当然见不着，没关系，我们就以身边的陈院长为例，病人住院，必须要有检查、化验、打针、吃药等程序，化验单据要长期保存，我们就从化验入手。

蚌埠市传染病医院检查科主任刘林："才做完这个。"

记者："才做完的是吧？"

刘林："对。"

记者："这是标签，实际是化验单上的一个角，撕下来贴上去。"

刘林："对。"

记者：“住院的时候，陈院长的化验都是你做的吗？”

蚌埠市传染病医院检验科检查员陈康：“是的。”

记者：“当时是怎么做的呀？”

陈康：“当时就是陈院长来抽血。”

记者：“是正常程序是吧？”

陈康：“对。”

记者：“当时有问题吗？”

陈康：“当时检查出来血糖高，血脂也偏高。”

我们知道，正常做的化验要把单子右下角的标签剪下来，贴在试管标本上，以对号入座，这些单子动都没动过，是拿什么做的化验呢？

蚌埠市传染病医院检查科主任刘林：“像这样的标本，我现在从这上面来看，可能是没做过后填的，但是也不敢讲，我们看一下电脑。2005 年 9 月 18 日，就做过这 12 个。”

记者：“有陈院长吗？”

刘林：“没有。”

记者：“陈院长那张单子是假的？”

刘林：“应该是的。”

记者：“3 月 30 日这张也是假的？”

刘林：“嗯。”

记者：“刚才我们在电脑上查到了，2005 年 3 月 30 日，2005 年 9 月 18 日，就是你做的这个检验，电脑上没有任何记录，这是什么意思？”

陈康：“这个有可能。”

记者：“我想问的是这个检验没有做过，这张单子是怎么做出来的。”

陈康：“这张单子是医生拿来让补的。”

记者：“医生让你编的，对吗？不叫补，没有检验出了报告单这是什么意思？”

陈康："对。"

记者："是编的。"

陈康："嗯。"

记者："在咱们院里，只要是医生拿来的，是熟人，没有做的报告就可以编出一个报告单来？"

陈康："嗯，很多次。"

没做化验干吗要做假单子？主要就是为了把假病历做得逼真，防止医保中心查出来。到这里事情应该清楚了，这些没人的病床是虚设的，用医院的话叫挂床，就是把医保参保人的卡拿来办住院手续，本人根本不住院。检查、化验、打针、吃药全套开销都由医保买单，假病人住院的全部花费都变成了医院的盈利，明目张胆骗医保。这个传染病医院，搞假病人挂床不但有全套的造假系统工程，而且任务明确，有计划，有指标。

蚌埠市传染病医院供应科护士邱文珍："具体的指标还是在临床科室多点，我们属于供应科，也给了 7 个还是几个。"

记者："就是 7 个挂床名额吗？"

邱文珍："对。"

记者："就是让你们找病人来（让他）往这儿挂。"

邱文珍："对。"

记者："挂床的病人能获得什么好处？"

邱文珍："挂床的病人获得什么好处？就是你个人掏 200 块钱。"

记者："没听懂，这 200 块钱什么意思？"

邱文珍："拿 1000 块钱药，就这么回事。"

记者："只要挂一个床？"

邱文珍："只要挂一个床。"

记者："自己交 200 块钱就拿 1000 块钱药。"

邱文珍："从你入院开始什么时候出院，由张院长负责通知你，张院长操作。"

记者："就是说挂床多长时间由院长说了算，不由你说了算？"

邱文珍："对。"

有的医护人员实在完成不了，就把自己的家属全弄来挂床，甚至自己也亲自上阵了。

记者：“你的哥哥两次都是挂床，你的爱人三次都是挂床。那么他们就是说都不到这儿来，只是把药拿回去就可以了？”

蚌埠市传染病医院肝病科医师许海燕：“对。”

记者：“您往这儿拉过挂床的病人没有？”

蚌埠市传染病医院供应科护士邱文珍：“我没有，但是我个人住过，我个人胃不舒服我就住了。”

记者：“你也是挂床吗？”

邱文珍：“我是挂床。”

记者：“就是说办了住院手续。”

邱文珍：“我才知道这里面的事。”

记者：“你看到过你的病历吗？”

邱文珍：“我看过。”

记者：“这些病历都是实际对你进行检查和处置的记录吗？”

邱文珍：“没有。”

记者：“你自己的病历完全是被别人编出来的？”

邱文珍：“这些病历都符合国家的要求。”

记者：“病历都符合国家要求，跟你本人没有关系？”

邱文珍：“跟我本人没有关系，对。”

就是院里的陈院长，在三年里也住了五次院，全是挂床，现在我们该听听院领导是怎么说的了。

记者：“所谓的挂床这种情况，咱们这个医院是什么时候开展起来的？”

蚌埠市传染病医院副院长张翼：“是从 2003 年 4 月份。”

记者：“当时采取这种挂床的做法，它是个别领导的主意还是经过院长办公会、院党总支讨论的？”

张翼：“这个不是个别人决定的，这个我们总支都是通过气的，但是整个会议坐下来谈，肯定没有，因为这个毕竟有点违规。”

记者：“去年的 12 月 28 日，您主持召开了院里的中层干部会，布置大家要在 2 月掀起一个挂床的高潮，大家一起来挂，在这个会上您具体是怎么要求的？”

张翼：“根据人员比例分的指标。”

记者：“大概一个人分几个？”

张翼：“这个具体搞不清，但是总共我们用了 96 个挂床指标。”

记者：“一共？”

张翼：“一共。”

记者：“发下去的名额有 96 个。”

这是第一次有人给医院指出这个问题吗？在蚌埠市医保中心我们却看到，传染病院搞挂床的情况早有记录。

蚌埠市医疗保险管理中心主任倪世斌：“在床率就是我们通过病案的抽查，针对病案到现场去核对，这个人是否在床。”

记者：“就看看是真住院假住院？”

倪世斌：“对。”

记者：“这里面最低的是谁？”

倪世斌：“就是它，就是传染病医院。”

记者：“去年 3 月查的最低的就是传染病医院，只有 79%。”

倪世斌：“对。”

记者：“那 20%的人不知道哪儿去了。”

据了解，当地有关部门已经组成调查组对此事进行深入调查并将严肃处理。今天看病难、看病贵是人所共知的事实，而百姓医疗的最后一线保障就是医疗保险制度，这个制度的初衷是大家多人帮助一人，众人拾柴火焰高。而我们采访中看到的，却是把它当成了唐僧肉。据了解，此类现象在全国许多地方都存在，如果此风不净，再好的医保制度，也难以给百姓切实的保障。

（《焦点访谈》2006 年 04 月 12 日）

执法还是滥罚

春节临近，烟花爆竹的销售又到了旺季，每天都有大量的烟花爆竹从产地运往全国各地。为了保证烟花爆竹的运输安全，我国有着严格的规定，严加监管是有关部门义不容辞的责任。但是，有些地方的执法人员对运输烟花爆竹的车辆只罚款不管理。一些大货车司机就向《焦点访谈》栏目反映说，在 319 国道江西省上栗县境内的一些路段，乱罚款的现象相当严重。

湖南浏阳是我国著名的烟花爆竹产地之一，春节将至，每天从这里发出的满载着烟花爆竹的大货车至少有几十辆。2006 年 12 月 26 日，记者决定跟随两辆运输烟花到浙江的大货车进行实地调查。在出发之前，大货车司机特意拿出了运输烟花爆竹的相关手续。

大货车司机王水芝："这个是道路运输危险品运输证。"

记者："这个证上写着可以运输烟花爆竹，一类四项。"

王水芝："这个是我们的操作证、上岗证，上岗证也是危爆的。"

记者："这是押运员的证件？"

王水芝：" 对。"

记者："有这三个证件再加上烟花爆竹道路运输证，你就可以上路运输了？"

王水芝："可以，可以上路了。"

这两辆车分别具有危险货物运输许可证，司机、押运员分别有上岗资格证，车上的货物也有公安部门为这次运输核发的爆炸物品运输证。司机说，按照烟花爆竹安全管理条例中规定的运输过程中的相关事项，这两辆车该办的手续、证照都齐全。

下午三点，司机按规定将危险标志悬挂好后，记者搭乘其中一辆大货车出发了。车子大概走了近 80 公里，一过江西省上栗县境内的金山收费站，这两辆车就都被一名交警拦了下来。

大货车司机陈缆根："驾驶证，有，等一下。"

交警："车靠前面，把手续拿过来，烟花手续。"

就在司机把车停好，拿着烟花手续下车不到五分钟的时间内，又有三辆大货车被截了下来，而这个交警挥手拦车表示要罚款之后，就上了一辆没有车牌号的面包车。

大货车司机："你讲出来个原因。"

江西省上栗县交通警察大队金山中队民警："公安部有规定，装载这个货，像你这个危险品，爆炸物品，只要不规范装载爆炸物品，(罚款) 从五千到两万。"

一听罚款五千到两万元，司机吓了一跳，自己该有的手续都有了，而且这位交警连车都没下，根本没有检查自己的车，又怎么认定没有规范装载呢？

民警："我不跟你讲，你是只老油条。"

这位交警关上车门后，就再也不理会司机了，这下司机可急坏了，还有一千多公里的路要走，不能眼看着时间就这样浪费掉，还是赶紧求这位警察放行。

大货车司机："罚多少钱？罚点钱算了好吗？我们罚点钱算了，我们确实要赶时间。"

司机的再三要求终于有了效果，一位交警摇下了车窗，开出了一张罚单，理由是未按规定装载。让司机松了一口气的是，罚款金额并不是像刚才那位交警所说的五千到两万元，而是六百元。当司机去马路对面的金山交警中队交罚款时，抱着试试看的态度，想和收罚款的人商量一下，看能不能再少交点。

大货车司机："五百？算了吧，六百就六百。"

也许是收罚款的女同志被这位司机的讨价还价激怒了，她把六百元罚款又扔了出来，不紧不慢地在屋内擦起地来。这下司机可着急了，时间这么拖下去，如果货不能按合同及时送到，可是要赔钱的。

大货车司机："帮帮忙，拜托，今天晚上还要下货，大姐，算了，不要计较了好不好？"

这位女士足足擦了十几分钟的地，才收了这六百元的罚款。交了罚款后，也没有人告诉司机陈师傅，到底是哪里未按规定装载，更没有人告诉他该怎么改正，交钱走人，万事大吉。

然而，能交钱走人还算是不错的，另一辆车可就没那么幸运了。司机老王遇到的事情，让他出了一身冷汗，他交出运输证接受检查后，转眼间运输许可证居然不翼而飞。这可非同小可，如果没有运输许可证，就属于非法运输，就得停车卸货。这一车烟花价值十万多元，老王可怎么担待得起啊？这下可急坏了他，明明是给了交警，怎么就没有了呢？

大货车司机王水芝："我的运输证呢？"

民警："没有。"

王水芝："刚刚拿了给你的。"

民警："没有。"

就在老王为运输证急得团团转的时候，又来了五六个人。他们自称是税务局和派出所的，来的人就像是事先商量好了似的，一下车就说要检查他的烟花运输证。这下老王可蒙了，嘴里只是念叨一句话："谁拿了我的运输证？"。

大货车司机王水芝："我的运输证，购买证？"

民警："拿了会不给你吗？我们没有，知道吧。"

老王为运输证急得都快哭了，而这时派出所的人已经没有耐心让老王东找西找了。

民警："运输证，购买证，没有手续，你拿不出来就是没有。"

就这样，老王被这辆同样没有车牌的警车带走了，而刚刚被放行的另一辆大货车在行驶不到两公里后，被一辆车牌为赣 J40509 的小车和另外一辆无牌面包车强行截了下来。

车上的人自称是上栗县经济稽查大队的，说是要检查税务手续。按照国务院的有关规定，除公安交通部门可以依法在公路上设置站卡外，其他任何部门、单位、组织和个人，不得在公路上拦截车辆进行检查、罚款、收费。那么这些人怎么也上路执法了呢？

大货车司机："谁让你们上路执法的？"

江西省上栗县经济稽查大队工作人员："县里面。"

大货车司机："有资格上路执法吗？"

工作人员："没有资格上路执法吗？谁说没有？"

大货车司机："你把上路执法的资格拿出来。"

工作人员："要上路执法的资格可以，我马上就拿来。"

提起上路执法的资格，这个本来态度强硬要查税的人转身开始打电话，很快来了一辆警车，车上下来一个没有穿警服，自称是上栗县公安局花炮安全监察大队大队长的人。

江西省上栗县公安局花炮安全监察大队大队长："既然我来了，肯定要查一遍。"

大货车司机："一会儿再来一个公安，是不是还要查一遍？"

大队长："那肯定的。"

大货车司机："你们这边的公安就这样吗？"

大队长："交通警察各管一段。"

没有办法，货车司机再一次把运输证等相关手续都拿了出来。这个大队长似乎并没有看出什么毛病，又说要看税务手续，而根据有关规定，并没有随身携带税务手续的要求。

江西省上栗县公安局花炮安全监察大队大队长："浏阳市公安局，给你配套的发出来一个准运证，浏阳市国税局，浏阳市地税局那些东西，你们有没有？"

大货车司机："我们只按公安部的规定执行，有运输证我就可以在这路上运输。"

大队长："没有税收也不行。"

大货车司机："这是哪儿规定的，没有税收不行？"

大队长："那咱们就……我就跟你扯一下。"

此时，大货车在上栗耽误了近两个小时，依然没有被放行的意思，相反，大队长的语调越来越高，最后索性要把司机带到公安局，但后来得知记者在现场时，这个大队长开始忙着打电话，也不再提带司机去公安局的事了。

又过了一个多小时，出现了戏剧性的变化，记者在现场看到了刚才被那辆没有车牌号的警车拉走的王师傅，那张他东找西找也找不到的运输证，居然又回到了他的手中。

记者："你这证现在怎么又在你手上了？"

大货车司机王水芝："我也不知道，就这么出来了，这是哪里搞出来的我也不知道。"

记者："你确定当时把这个证件给了检查的警察了？"

王水芝："给了。"

记者："就在他手里，他就说没有。"

王水芝："他说我拿给你了，我说我手上没有接到，不知道谁给藏起来了，这就是故意刁难。"

运输证不翼而飞又从天而降，王师傅说这前前后后的四个小时，像做了场噩梦一样。他告诉记者，耽误四个小时顶多不能按时到货，但如果运输证找不回来，他就真不知该如何是好，拿什么去赔这十万余元的货。

而像王师傅他们这样的遭遇并不是偶然的。记者在浏阳市的运输市场采访时了解到，现在很多司机都已经不敢走这段路了。

记者："你在金山那儿，你记得自己被罚过多少次？"

大货车司机甲："那就记不得了，我一个月要跑五六趟，现在跑了四个月了，二十多趟了，几乎都罚过。"

大货车司机乙："只要是拉着烟花的车子，基本上是六百、五百地罚。"

大货车司机丙："不敢走了，现在不敢走金山了，不走那边了。"

记者："那你走哪儿？"

大货车司机丙："走长沙。"

记者："绕远是吗？"

大货车司机丙："肯定绕远了，怕了，罚款。"

目睹了司机王师傅和陈师傅的遭遇，就能理解为什么有的司机宁可绕远道也不敢走 319 国道江西上栗段了。在这里，有些执法人员只是罚款而非管理，甚至有些人连上路执法的资格都没有，也在路上随意拦车，乱罚款。

其实就在记者到 319 国道采访之前，公安部就已经发出通知，要求各级公安机关进一步加强烟花爆竹道路运输及燃放活动的安全监管工作，通知还特别强调，要切实防止越权执法和随意执法。

像节目中看到的那样的执法，又怎么能进行有效监管，切实保障烟花爆竹的运输安全呢？

（《焦点访谈》2007 年 1 月 27 日）

特殊的高尔夫球场

我们都知道，中央在进行宏观调控的时候，土地政策是调控的一个重要手段。国土资源部、国家发展改革委员会等曾经下发通知，将别墅类房地产和高尔夫球场等列为禁止用地项目。2002 年，全国的高尔夫球场项目已经被叫停，而江苏省张家港市的双山高尔夫球场却在 2002 年开始建设，这个违规项目几年来都没有得到查处。让人费解的是，从 2006 年开始，这个高尔夫球场又开始扩建了。

张家港双山高尔夫球场，位于江苏省张家港市的双山岛上，18 洞 72 标准杆的锦标赛型高尔夫球场建成于 2003 年 10 月。记者看到，球场上有不少球客正在打球，而在 18 洞球场旁边是一个正在施工的工地。

记者："现在我们看到那儿好像正在建什么东西，那是在建什么啊？"

村民："在哪里？后边？"

记者："高尔夫球场旁边。"

村民："还是建高尔夫球场，建晚上打的球场。"

记者："灯光球场？"

村民："大概是。"

当地老百姓告诉记者，这片正在兴建的工地，就是 9 洞灯光球场。记者来到双山高尔夫俱乐部，俱乐部的总经理也证实，正在施工的就是新建的 9 洞灯光球场，将在 2007 年 8 月正式营业。

记者：“新建的 9 洞球场是哪一块？”

张家港双山高尔夫俱乐部总经理高福勤：“这个就是，现在我们这个地方就是，这块面积不含水源面积，300 多亩地，它与原来球场有交叉。”

记者：“建设的情况怎么样？”

高福勤：“土建已经完成了，土建已经全部结束了，现在就是种草。”

记者：“计划什么时候开业？”

高福勤：“看今年或年底，下半年。”

早在 2002 年，全国就已经停止审批高尔夫球场项目了，2004 年，国务院办公厅关于暂停兴建高尔夫球场的通知明确规定，对已办理各种批准手续但尚未动工建设的项目，一律停止开工。那么张家港双山高尔夫俱乐部的新灯光球场怎么还在公然修建呢？

张家港双山高尔夫俱乐部总经理高福勤：“因为当时就规划好了，一直规划在里面了。”

记者：“规划是经过谁批准的？”

高福勤：“是我们自己规划的，球场（方）自己规划的，两千多亩规划，球场的面积。”

记者：“球场（方）自己规划自己就建了？”

高福勤：“对。”

记者：“也不需要经过谁批准？”

高福勤：“这个没有，原来老的规划，征地的时候就规划好了。”

是什么规划可以无视国务院的有关规定，可以不实行中央的宏观调控政策呢？我们先来看一看这个球场所谓的原来老规划是怎么回事。记者来到了张家港市发改委，想知道这个高尔夫球场项目在 2001 年开始筹建时是怎么立项的。

记者：“这个项目有没有在发改委立过项？”

张家港市发改委基础产业社会发展科科长吴松良：“没有。”

高福勤：“应该这样讲，这个高尔夫球场就是没有什么户口，没有什么名分。”

没有立项，用地手续显然也不可能办理。记者在张家港市国土资源局了解到，双山高尔夫球场占地共2680亩，这片地原来是可以进行种植和养殖的滩涂地，双山高尔夫俱乐部属于未经审批擅自改变土地用途，修建高尔夫球场。

张家港双山高尔夫俱乐部总经理高福勤：“应该说它事实上已经形成了。”

记者：“形成也就默认了。”

高福勤：“我认为全国球场基本上都是这样，现在还有在建球场的，还有继续在建的。”

记者：“你认为全国的球场都是这样，所以你这个也没有什么大惊小怪。”

高福勤：“我们始终认为（我们）比他们好一点，因为我们是荒地，过去没有用的地，只不过废物利用，我们现在（在上面）种树种草。”

张家港市国土资源局法规监察科科长王振荣：“只能用于养殖种植，因为前几年开发以后不成功，没有收获，就开发成双山岛的高尔夫球场。”

记者：“这肯定是违法的。”

王振荣：“肯定是不对的，违法的。”

就这样，这个没有经过立项、用地审批的高尔夫球场于2003年10月16日正式开业了，看来双山高尔夫俱乐部真够特殊的，而更特殊的是它目前正在公然违反中央三令五申的禁令，再次开工修建一个9洞灯光球场。

张家港市国土资源局法规监察科科长王振荣：“它违反了国家的产业政策，如果说就是因为特殊情况，大家都搞高尔夫球场，那么国家三令五申的政策就没法落实了。”

记者：“你们有没有职责监管一个没有合法手续的项目？”

张家港市发改委基础产业社会发展科科长吴松良：“发改委的职能应该是有的。”

记者：“为什么这六年没有过问过？”

吴松良：“这个问题比较复杂，这件事很难办，办不下来。”

记者："办不下来为什么让它建呢？"

吴松良："建不是我们说了算的。"

记者："那既然没有手续，违规建了，为什么没有去制止？"

吴松良："你提的问题我无法回答。"

记者："改变了土地用途它就违法了，为什么当时没有去制止？"

张家港市国土资源局法规监察科科长王振荣："我刚才讲的，一个是我们认识不到位，国家当时管理也不是很紧。"

记者："是不是任何一个企业，都可以像（他们）这样做？"

王振荣："那当然不行。"

记者："那为什么这个企业就可以这样？"

王振荣："我认为情况有点特殊。"

张家港市发改委的有关负责同志认为，此问题比较复杂；国土资源局的有关人员认为，情况有点特殊。那么双山高尔夫俱乐部究竟有什么深不可测的背景呢？记者在工商局查阅了这家公司的相关信息，发现这家俱乐部的来头确实不小：前任法人代表当时是一位市领导；现在的法人代表是总经理高福勤，高福勤的另外一个身份是张家港市旅游局的党组成员，俱乐部现任董事长是旅游局的局长黄蕴山。

张家港市旅游局局长兼张家港双山高尔夫俱乐部董事长黄蕴山："为什么我当这个董事长，因为当时建这个球场的时候，我在那边筹备，我去动员那些企业，大家合作把球场建完的，所以他们选我当董事长。"

国家公务员法和公司法都明确规定，国家公务员不得在企业兼职。2004年中纪委和中组部专门发出通知，要求限期清理党政领导干部在企业的兼职问题。可是自这个俱乐部诞生以来，法人代表、董事长、总经理竟一直由党政干部兼任，一直到现在，这显然不是一个普通的项目。

张家港市旅游局局长兼张家港双山高尔夫俱乐部董事长黄蕴山："这个球场是一个股份制企业。"

记者："政府在里面有投资吗？"

黄蕴山："政府前期投资应该有一部分。"

记者："政府投了多少钱？"

黄蕴山："政府占了大头，大概是两三千万。"

记者："在这个项目里，政府应该是控股的吧？"

黄蕴山："应该是的吧。"

由政府有关部门牵头组建的双山高尔夫俱乐部，不立项，不办用地手续，无视中央的政策规定，一路走下来并没有遇到什么阻碍。2002 年，双山高尔夫俱乐部因为没有相关合法的审批手续，按规定不能进行工商注册，在当时的工商注册审批材料里，记者看到了这样一句话。

记者："在登记表上看到这样一段话，'根据王市长的指示和张局长的意见'，这是什么意思？"

张家港市工商局登记注册科科长叶熔芳："按照正常的途径，这个执照应该是发不出来的，估计因为市里面要求，我们张局长同意了，我们经办人就把这一段写上了。"

记者："一般像这种手续不全能够办吗？"

叶熔芳："手续不全肯定不能办的。"

记者："这是特殊项目？"

叶熔芳："对。"

记者："它特殊在哪儿？"

叶熔芳："是市里面重点项目，市长亲自给我们局长做要求的吧。"

一个没有办理立项和用地审批手续的项目，只因为市领导的一个招呼，就顺利办下了营业执照。记者在双山高尔夫俱乐部的营业执照上看到，它的经营范围一栏写的是筹建餐饮业、高尔夫俱乐部等。

记者："筹建是什么概念？"

张家港市工商局登记注册科科长叶熔芳："筹建就是为这个企业经营活动搞前期的准备工作。"

记者："就是准备工作。"

叶熔芳："对。"

记者："筹建可不可以经营?"

叶熔芳："不可以经营，筹建是不能搞经营活动的。"

尽管营业执照上标注的经营范围是筹建，双山高尔夫俱乐部却在2003年10月热热闹闹地正式营业了，而面对这样一种情况，工商局也显得很无奈。

张家港市工商局登记注册科科长叶熔芳："当时要处罚他们的，但是这个企业怎么说呢，因为是市里面的大企业，处罚也处罚不下来。"

记者："执法有难度?"

叶熔芳："执法有难度，可以这么说。"

手续不全，市领导亲自打招呼疏通，董事长由旅游局局长兼任，有这么大的来头，双山高尔夫俱乐部为什么能如此特殊也就不难理解了。

张家港市旅游局局长兼张家港双山高尔夫俱乐部董事长黄蕴山："如果没有我们在那边筹建这个项目，这个项目很难成功。"

记者："这和高尔夫俱乐部有政府背景有关系吗?"

黄蕴山："这个我不否认，应该是有这种背景的，因为我毕竟在那里当董事长，至少有政府官员的背景，大概是这个情况。"

记者："能够给球场经营带来一些方便?"

黄蕴山："是的。"

叫停高尔夫球场项目建设，这是国家从经济运行全局出发，加强和改善宏观调控的重要措施，各地各级政府本应服从全局，认真贯彻执行，而不能仅从地方本位出发，违反国家的产业政策，让国家宏观调控的措施变形走样。在今年的政府工作报告中提到了一个词：执行力，就是指各地认真落实中央的各项政策措施的执行力。在加强和改善宏观调控的过程中，增强执行力，保证政令畅通，令行禁止，才能促进我国经济又好又快地发展。

（《焦点访谈》2007年3月30日）

蕉“癌”之惑

最近一段时间，《焦点访谈》栏目不断接到在海南种植香蕉的农户打来的电话，反映他们那里今年香蕉的收购价格低得离奇，而且出现了大面积积压，很多香蕉就要烂在地里了。记者随机采访调查，结果发现这一切都起因于一个极大的误解。

海南省澄迈县福山镇，是香蕉种植比较集中的地区。记者在这里采访时，正好看到有外地客商在收购香蕉。香蕉种植户何汉任告诉记者，现在香蕉的价格是一斤一毛八分钱，而往年的价格是一斤一块五毛钱。

今年的香蕉价格居然跌到了一毛多钱，而且收购条件还很苛刻。何汉任的香蕉园里还有大量即将成熟的香蕉挂在树上，如果再卖不出去，就要全部烂掉。

不仅何汉任家是这样，当地所有的香蕉种植户目前都面临着香蕉难卖的情况。

记者：“往年的话，你这个香蕉应该早就卖掉了，是吧？”

香蕉种植户罗庆生：“往年的话十天、十五天前就已卖出去了。”

记者：“那你现在这个还挂在树上呢？”

罗庆生：“挂在树上烂了，如果卖不出去我们饭都没得吃了。”

看着树上一天天成熟的香蕉，蕉农们心急如焚，即使按照目前的价格能卖出去，他们今年也已经血本无归了。

澄迈县热带水果协会负责人施火烈告诉记者，现在蕉农“急得像热锅里的蚂蚁一样，只要熟了，在地里面就烂掉了，烂掉了就血本无归了，辛苦了一年，什么都没了”。

记者了解到，外地客商到这里来收香蕉的时候，首先会来到澄迈县的果菜香蕉协会的大户收购点，当地蕉农也会把香蕉送到收购点，双方就在这里成交。往年，这个收购点非常热闹，当地很大一部分香蕉都是在这里销售出去的。但记者在这里采访时看到，收购点门前冷冷清清，没有人来收购，也没有当地蕉农来送香蕉。

记者：“今天好像没看到有人来收香蕉啊？”

澄迈县香蕉收购点工作人员：“人很少。”

记者：“往年的时候你代外地客户收购香蕉多少钱一斤？”

澄迈县香蕉收购点工作人员：“往年这个时候是一块多。”

记者：“现在呢？”

澄迈县香蕉收购点工作人员：“现在是两三毛，最好的也就是三毛。”

记者：“这是从来没有过的低价了吧？”

澄迈县香蕉收购点工作人员：“对。”

在海南，除了北部的澄迈县，南部乐东县的蕉农也遭遇了同样情况，每市斤香蕉的收购价格仅在两毛钱左右。

海南是我国香蕉的主产区之一。当地独特的气候条件，加上土壤富含微量元素硒，使得这里出产的香蕉不仅口感好，而且对人体有很好的保健作用。当地许多农民都把香蕉种植作为主要产业，现在香蕉收购价格急剧下滑，香蕉大量积压，让他们损失惨重。

澄迈县农业局副局长王春天告诉记者，澄迈县水果种植面积大概是十六万亩左右，其中香蕉就占了大概九万多亩，是当地一个大产业，也是农民收入的一个重要来源。“但是这两个星期价格下跌以后，农民心里很急。照这样下去，可能很多农民就要面临破产，很多种植户要破产。”

究竟是什么原因让香蕉价格降到如此地步，甚至快要烂在地里了，也没有多少人前来收购呢？

澄迈县香蕉合作社社长邵诗文：“因为有报告把香蕉巴拿马病说成是癌症，导致了有些人误解为吃了香蕉也会得癌，所以香蕉就卖不动，造成了产地的香蕉价格严重下降，老百姓的香蕉，农民的香蕉卖不出去。”

而一位来自江苏徐州的香蕉收购商告诉记者，他们那里的香蕉也不好销，“他们说报纸登了，说吃了得癌症”。

原来，今年3月13号，广州的《信息时报》发表了一篇名为广州香蕉染“蕉癌”濒临灭绝的文章，文章说广州香蕉因为大面积感染巴拿马病毒，几年内就得灭绝，这种病毒被称为香蕉癌症和香蕉世界的“非典”，而且病毒还在四处蔓延，已经有多个国家和地区深受毒害。文章刊登之后，一时间，各家网站相互转载，人们议论纷纷，许多人误以为吃了香蕉会得癌症而不敢吃香蕉。此后一周之内，海南香蕉销售量急剧下降，价格猛跌。

海南省发展南亚热带作物办公室主任蒙绪儒：“我们几个香蕉主产区，乐东县面积是二十万亩，东方将近十万亩，澄迈也是八万多亩。这几个主产区，二十日以前的价格都比较好，每公斤都能卖到两块四到三块二；从三月二十一日往后，就一直往下跌，跌到了五六毛钱一斤，最低的跌到了三毛钱一公斤，一毛五分钱一公斤了。更严重的问题，现在销售商、经销商来得比较少，很多农民的香蕉都熟了，收获不了都烂在地里了。”

那么，香蕉的巴拿马病到底是一种什么病呢？它究竟会不会对人产生危害呢？为此记者专程采访了华南农业大学博士生导师、植物病理学教授姜子德。

华南农业大学资源环境学院植物病理学教授姜子德：“这个病就是由镰刀菌引起的植物真菌病害。这个病害如果侵入香蕉早的话，香蕉没结果就已经枯萎了，已经死掉了；如果侵害晚的话，它在香蕉抽穗，在香蕉没有成熟的时候就发病，果也长不大，这种果也没有商品价值，所以就说这种病它影响的是香蕉生产。”

记者：“就是说我们在市面上看到的这些香蕉是没有问题的？”

姜子德："当然，在市面上看到的香蕉它肯定是健康的。"

原来，巴拿马病危害的是香蕉树的生长，染病的香蕉树一般很快就会死亡，不会结果，因此，市面上的香蕉是没有问题的。所谓的吃香蕉致癌完全是谣言。而且，巴拿马病害早在 11 年前国内有关专家就开始重视它了，相关政府部门采取措施后，在一些地方已经得到了有效控制。

记者："水在这个管子里走过去的是吧？"

乐东县农业局局长邢琼尧："对，这个水它不流动，就在那个地槽里面，等于隔断了它，如果你在这里发病，你就在这里，不会扩散。"

记者："就是说巴拿马病主要通过水流来四处感染的？"

邢琼尧："对。"

记者："那么这个管子里的水都是清洁的水？"

邢琼尧："对，都是清洁的水，所以这几年我们乐东的巴拿马病发生的面积是越来越小。"

然而，"香蕉巴拿马病早在十多年前就已经受到重视，目前已经有了有效控制措施"这样的信息，在《信息时报》的报道中却没有提到。《信息时报》的报道虽然没有说吃香蕉会致癌，但是在传播过程中被许多人误解了。

记者："这样的标题，巴拿马病蔓延，这种指明的香蕉癌症正在快速扩大感染，这个普通消费者看完以后，他很容易就误解为香蕉不能吃了。"

广州《信息时报》记者蒋隽："这个问题，我们当时报道的时候是急了一点。"

记者："像这个病是可以控制的，这里面说到了吗？就是我们可以控制它，尽管不能治疗它，但是可以控制它，这里面提到了吗？"

蒋隽："我想提一下。"

为了消除之前造成的误解，《信息时报》随后发表了《"癌"蕉不结果，香蕉对人体无害》等文章，但是对于香蕉市场造成的冲击已经形成了。

香蕉种植户何汉任的妻子说："我们两个人打了几年工赚了一点钱，种了一点香蕉，二十多万，今年全部都没有了。"

华南农业大学资源环境学院植物病理学教授姜子德告诉记者，香蕉除了作为水果，在很多国家还是一种食物，像一些非洲国家。“香蕉含有钾，钾可以帮助人稳定情绪。高血压是钠多了不行，但是钾多对人健康绝对有好处。我作为研究香蕉病害的，我几乎每天就要吃一两个香蕉。”

目前，海南省各级政府正在采取紧急措施，一方面通过媒体正面报道，消除人们对香蕉致癌的误解，另一方面组织力量，储存即将成熟的香蕉。

“我们海南现在有五万多吨的冷库，我们要发动冷库把香蕉收起来。”海南省发展南亚热带作物办公室主任蒙绪儒说，“我们要组织经销商、种植大户共同研究怎么样把香蕉卖出去，尽可能减少农民的损失。”

一种香蕉生产过程中产生的病害，经过反复传播，竟然被误解成“人吃香蕉会得癌症”，结果造成了海南香蕉种植户损失惨重。谣言止于智者，在信息传播高度发达的今天，如果我们对身边的信息过下脑子，甄别一下，慎重传播，不轻信谣言，不传播谣言，那么像“人吃香蕉会得癌症”这种荒谬的信息，就不会被一而再再而三地传播了。

（《焦点访谈》2007 年 4 月 7 日）

变了味的信息服务站

农村信息服务站是近两年在全国不少农村地区出现的新生事物，它的本意是为了让农民能有一个查找、交流致富信息的平台。然而在河北省辛集市，2007年才建立起来的30多个农村信息服务站却变了味。

在河北省辛集市的城郊和乡村，从去年开始都建起了一些门脸房。门脸房都有通用的标志：信息服务站。

记者："为什么要建这个农村信息服务站?"

中国网通有限公司辛集市分公司副总经理王恒："建它的初衷，就是为农民提供信息服务。"

记者："主要是为了给农民群众提供更多、更快、更准的信息服务，促进农业增产、农民增收和农村发展。2007年1月份，政府发的一个文件，是要推进全市新农村信息化建设，要提高认识，高度重视，这是政府指导的工程。"

王恒："对，对。"

原来，农村信息服务站是由当地政府支持，辛集市网通公司负责建设管理，并承包给个人的便民工程，目的是为广大农民提供可以上网查看信息的公共场所。这本来是一件好事，但是走进不少的信息服务站，记者看到并没有什么农民在上网查看信息，而是有人甚至不少是未成年人在玩游戏，查农业信息的电脑上呈现的是各种各样的网络游戏的画面。

在农村信息服务站，未成年人上网的事情并不是个别现象。在辛集市，由于各级部门常年对网吧的管理比较严格，不少无法到网吧打游戏上网的未成年人就在农村信息服务站里找到了玩游戏的地方。这样的事情，信息服务站的管理者竟然熟视无睹。

记者："今天都是打游戏的孩子。"

辛集市农村信息服务站经营者："孩子星期天没地方玩嘛。"

记者："他们来玩一般不管啊？"

辛集市农村信息服务站经营者："管，怎么不管？可是都是这么小的小孩，几岁的，他们没玩。"

记者："那几个不都是未成年人吗？都是小孩。这可能十岁都没有。他们来，身份证登记不登记？"

辛集市农村信息服务站经营者："咱们和网吧性质不一样。"

未成年人不能进入网吧是谁都明白的道理，然而在辛集市，未成年人在农村信息服务站里面交上几块钱，就可以像在网吧里一样，随意地通宵上网打游戏、聊天。

记者："一个小时多少钱？"

辛集市农村信息服务站经营者："一块。"

记者："晚上多少钱？"

辛集市农村信息服务站经营者："晚上通宵？"

记者："嗯。"

辛集市农村信息服务站经营者："晚上十点到早上七点是六块。"

农村信息服务站为什么就有特权，这一点让许多人不明白。

"据我所知，文化部门和公安部门卡得相当厉害。"一位辛集市民告诉记者，"如果发现一个小孩上网，可能要罚五千到一万五千块钱，所以网吧不敢让小孩上网。可是有了这个信息服务站以后，情况就不一样了。现在信息服务站什么人都可以去，小孩，十一二岁都可以上网，不但可以玩游戏、聊天，并且上去不良网站也没人管。所以有些小孩的家长现在特别担心。"

孩子到信息服务站上网聊天、打游戏，最着急的就是孩子的家长。在辛集市，一位 13 岁孩子的家长向记者诉说了孩子一年来的变化。

辛集市学生家长："上初中。"

记者："听说原来学习成绩挺好的？"

辛集市学生家长："对，在学校都是第一名的，她现在学习成绩下降了，我们就找原因，上网吧找找不到，后来通过别人问才知道上辛集服务站，在里面泡着玩游戏、上网聊天。"

记者："像他们类似的同学，去信息服务站玩游戏的多吗？"

辛集市学生家长："多，多数都是小朋友。因为网吧不让去，他们就在服务站里面，别的地方控制多，服务站里面怎样控制，我也不知道。"

负责农村信息服务站建设管理的辛集网通公司是这样解释的。

中国网通有限公司辛集市分公司副总经理王恒："像你说的这些情况，作为我个人来说，我有一部分是了解的，但是我们了解以后都在努力纠正这些问题。"

记者："贵公司都做过哪些方面的努力？"

王恒："做过哪方面的努力，比如说有一些网吧，它是不是黑网吧，是不是让未成年人孩子上网，这是由文化部门界定的。他们通知了我们以后，我们就给它断服务。我们现在从服务的角度来说，我是一个接入的平台，是这个意思，是运营商吧，我网通。如果它界定出来这个网吧，我界定这个网吧是黑网吧，所有的信息服务站超范围了，不对了，黑的，我不是执法部门，它给了我通知了，我就拿着执法部门的裁定去做，它没有通知，我只能认为合规吧。要不你看我怎么解释这个事。"

没有文化部门的界定和通知，虽然知道有未成年人上网的现象，但是辛集市网通公司也将这种现象视为合乎规定的。那么，辛集市文化管理部门的态度又是怎样的呢？

"它这个信息服务站，我们一直争议挺多。"一位文化局文化纠察大队的负责人告诉记者，"这个信息服务站本身是辛集市的一个利民工程，本来是帮助老百姓查找信息，结果经过网通现在这么一包，包到个人身上了，配置了一些机子，又添置了一些后就开始经营，开始经营以后因为有那个文件，咱也不能取缔。”

看来，文化管理部门也知道这里的农村信息服务站里面发生的事情，但是因为有政策和文件，文化部门无权取缔。文化部门无能为力，记者找到了辛集市工商部门。令人欣慰的是，工商部门对信息服务站的态度相当坚决。

辛集市工商局市场规划管理科科长于雷：“它提供咨询可以，提供技术服务、技术咨询都可以，但是它不能收费，变相的网吧，这不行。上网聊天并且伴有收费性质，这个不行。”

记者：“未成年人上网打游戏？”

于雷：“这个更不行，绝对不允许的。”

不仅如此，记者在这里还得知了农村信息服务站会变了味的根本原因。

辛集市工商局市场规划管理科科长于雷：“现在的网吧，据我了解，可能上面国家不允许，控制得挺严，你一个市多少个，不让你增长了，所以有些人想搞这个东西，但是他搞不了，人家上头不批。好像变相地搞一个信息服务站，他就以农村信息服务站的名义，主要是以这个名义搞这些，搞变相黑网吧。”

然而定性容易，工商部门决定起来也不容易。

于雷：“市场监管这一块，我们并不管网吧这一块，网吧这一块是归经检科。”

记者：“经济检查科在几楼？”

于雷：“在五楼，咱们下一级的局来说，是经济检查科。”

记者：“信息服务站如果出现未成年人上网，它非法经营这种事情，经管科管吗？”

辛集市工商局经济检查科科长张英涛：“这个文化服务站，好像是政府定的不办证，专门为农村的农民提供上网信息方便，现在这个政策是不是还执行着呢？”

记者：“如果不为农民，只给青少年、未成年人提供服务？”

张英涛：“这绝对不允许的。”

记者：“你们平常了解这个情况吗？”

张英涛：“这个现在我们了解不多，有投诉的，接到过投诉，过去以后不是关着门，就是不像投诉那种情况。有的是关着门，没有看着，挂着牌子，没看着。”

记者：“没有发现？”

张英涛：“没有发现。”

建设单位不去管，文化部门不能管，工商部门没有发现，就这样辛集市的很多农村信息服务站转变成黑网吧也就不足为奇了。

辛集市民：“你看这些服务站开在什么地方？就拿我们这个地方来说吧，那个信息服务站就开在工商局的旁边，都没有人管。据我所了解的，它没有任何允许营业的执照，别说工商执照了，都没有，任何东西都没有。所以从各方面来说，从安全方面，从防止犯罪各方面，一系列措施都没有。它没有防火意识，像网吧都有消防措施，但是信息服务站没有，它没有这一层，所以我们特别担心，就怕出事。”

农村信息服务站是信息产业部、农业部以及各地方政府在广大农村地区推广的一项便民措施。河北省辛集市这里的农村信息服务站，却利用国家的特殊政策，变相搞起了营利的黑网吧。更令人担心的是，当地各级管理部门明明知道信息服务站变了味，却没有采取有效的措施引导和制止，让农民无法真正地受益，让孩子深受其害。这样的农村信息服务站，恐怕早已脱离了建设它的初衷，真的应该好好规范一下了。

（《焦点访谈》2008 年 1 月 6 日）

不能兑现的合同

近几年，国家颁布了各种政策鼓励人们创业，带动了整个社会的创业热情。很多人都在想方设法寻找创业门路，但也有人打起了创业者的主意。前一段时间，《焦点访谈》栏目接到电话，有人反映他们在创业过程中遭遇了骗局。这些人有一个共同点，那就是都与北京一个名叫东方舵手的信息公司打过交道。

小王是2007年毕业的大学生，他想通过产品加工走上创业之路，却一直苦于找不到好的供求信息。无意中，他看到东方舵手公司中国民营企业网这样一个网站，上面各种供求信息琳琅满目，无所不包，但是只有成为该公司的会员才能看到信息的具体内容。东方舵手公司的一位员工还说，信息都是他们核实过的，只要交了钱，“基本上来说谈一个就能谈成一个”。

小王交了3960元成为东方舵手公司的会员。很快，业务员把一个汽车滤芯的求购信息介绍给他，承诺只要缴纳合同金额2%的信息费，就可以带他去求购方签合同。

北京东方舵手信息咨询有限公司会员小王：“这批单子是350万的单子，你得交7万元钱的信息费。你必须先交了，我们才能带你去签这单子。”

小王只好借钱交了信息费。随后，东方舵手公司外联部派人把他送到北京市房山区龙建大厦一个名叫飞诺腾达的公司。该公司的刘文池经理早已等候多时。东方舵手公司的业务员让小王又给刘文池交了4000元接单费，刘文池二话不说就和小王签了合同。

小王："什么也没有考察，他就说东方舵手把我的信息已经反馈给他了，来我这边直接签单子就行了。我感觉挺好，我就签了字，然后给了我四个样品，叫我做四个汽车滤芯，三天后拿给他。"

三天后，当小王带着做好的样品来到飞诺腾达公司时，却发生了令他意想不到的事情。

小王："我还没有走到他沙发，那个老板就跟我说，这个不合格。我说怎么不合格。他说你别找我了，你找东方舵手去问吧，我不跟你合作了，终止合同。"

小王觉得事情非常蹊跷，他赶回东方舵手公司想要回自己的钱，却被告知先前的信息费不能退。

北京东方舵手信息咨询有限公司董事长程惠根："双方把合同签了，是我介绍去的，那么我原则上就界定这个人的业务我完成了。我只是起一个介绍作用，我们不承担由此造成的损失。"

感觉受骗上当的小王开始三天两头到东方舵手公司去要钱。很快，他发现自己的遭遇并不是特例。在互联网上搜索东方舵手的资料，竟然可以搜到上百条的受骗信息。有网友将自己的经历在网上公布，并成立了东方舵手维权 QQ 群。在这个群上有联系方式的维权者就有一百多人，其中河北邢台夏敬昆的经历引起了记者的注意。

2004 年，在缴纳了 11 万元信息费之后，东方舵手公司介绍他去长沙的一家公司承接公路栏杆的加工业务。

北京东方舵手信息咨询有限公司会员夏敬昆："就这种产品他们能检测出不合格。这个是长沙劳动仲裁委员会的裁决书，这是我们检测的证书，完全符合要求。"

2005 年，东方舵手公司被迫退还夏敬昆全部 11 万元信息费，所谓求购公路护栏的长沙那家公司则逃之夭夭。夏敬昆认为，所有的业务都是东方舵手公司自己编造的，所有的订单数量也是东方舵手公司自己编造的。

小王的经历会是两年前夏敬昆经历的重演吗？记者决定从飞诺腾达公司开始调查。但是，当记者跟随举报人来到北京市房山区龙建大厦时，发现飞诺腾达公司已经人去楼空了。随后我们了解到，该公司的注册地址房山区良乡长虹西路翠柳东街1-606号也是虚假的。房山区国税局第二税务所所长霍立起告诉记者，这个地址是夏庄村村民委员会。

唯一的线索只剩下公司注册时留下的法人资料。按照资料上的地址，记者跟随工商人员前往北京市房山区北柳村寻找该公司的注册法定代表人狄元强。通过村委会的帮助，我们终于见到了他。

工商人员："这是他吗？"

房山区北柳村村委会书记："肯定的，没错。"

工商人员："不像是自己开公司的。"

房山区北柳村村委会书记："这个人绝对是遵纪守法、老实巴交的，别的事不会有了，你看这像吗？看着这么老实，没错，这就是狄元强。"

房山区北柳村村民狄元强："找我是吗？"

房山区北柳村村委会书记："对，这是咱们工商局的，找你来了解点事。"

工商人员："您成立过这个公司吗？"

狄元强："没有，我种地的。"

工商人员："你就是种地是吗？"

狄元强："是。"

工商人员："要说您没有办过公司，这就有点蹊跷了。你出资30万成立这么一个企业，书记应该能知道你家里面有没有这30万元。"

房山区北柳村村委会书记："他绝对没有。"

看来，飞诺腾达公司是一个彻头彻尾的假公司。在随后的调查中记者得知，这家公司其实是由一个负责办理证照的机构到工商局代理注册的，现在所谓的公司经理刘文池已经失踪了。那么东方舵手公司怎么就找到了这么一家假公司，并把他介绍给会员了呢？

在东方舵手公司，负责对信息和客户进行审查的部门是外联部。该部门经理崔黎娟向记者出示了飞诺腾达公司的委托书。

记者："找你的人是叫什么？"

北京东方舵手信息咨询有限公司外联部经理崔黎娟："刘文池还是刘文奇，反正是他们之间的，反正我就记得一个姓刘的。"

记者："刘文池。"

崔黎娟："对。"

小王在讨要信息费的过程中，还遇到了东方舵手公司的另一个会员老蔡。小王发现，自己并不是被带到飞诺腾达公司的第一个人。早在他之前的一个月，老蔡就已经被带去过那里，也是刘文池跟他签的合同，而结果也是一样的。

老蔡："拿我们纸箱狠狠地折了 360 度，折了几下折了一个小纹，就跟我们讲，说你这个纸箱材质不对，不合格。"

老蔡说，他第一时间就跟东方舵手公司报告了情况，可是至今东方舵手公司还是没有给他退钱。在互联网上，可以找到真真假假很多的商业信息，飞诺腾达公司的也能找到好几条。记者发现，东方舵手公司收了上万元信息费之后，介绍给小王和老蔡的生意其实早就被飞诺腾达公司挂在网上了，是公开的资讯。在这些信息里，一个电话号码引起了记者的注意。搜索这个号码又可以链接到另一个名叫亚通亚的公司发布的求购信息上，发布人的署名也是刘先生。记者随即在东方舵手维权 QQ 群上寻找有谁曾经被东方舵手公司介绍到亚通亚公司接活。很快，一个名叫岳光明的会员发来了他的产品加工合同，在这张合同上签名的正是刘文池，而合同的签署时间又是在老蔡之前的四个月。

小岳："去了之后签了合同，又交了 4000 元钱，他说一星期之后把样品送过去，送过去之后说我的产品不合格。"

记者："他收了你多少信息费啊？"

小岳："1 万。"

记者："最后退你了吗？"

小岳："一分没退。"

记者："这个合同不能履行了，原因都一样，你怎么看待这家公司呢?"

程惠根："我认为这家公司肯定是骗人的。"

记者："如果每次去做它的生意的时候，都是产品不合格，那怎么办呢?"

程惠根："那我认为也是他骗人家。"

调查进行到这里，大概可以看出事件的全貌了。首先是在 2007 年 6 月，东方舵手公司收取了 1 万元信息费之后，把会员岳光明介绍到亚通亚公司找刘文池签合同，刘文池也收了 4000 元接单费，然后单方面终止了合同。岳光明向东方舵手公司反复催要信息费，随后亚通亚公司失踪，东方舵手公司至今不退钱。

2007 年 10 月，东方舵手公司又收了 1 万块钱信息费，把会员老蔡介绍到飞诺腾达公司签合同，接待的人还是刘文池，这一次他同样收了 4000 块钱接单费，随后再次单方面终止合同。老蔡向东方舵手公司催要信息费，东方舵手至今没有退钱。

2007 年 11 月，东方舵手又把会员小王介绍到飞诺腾达公司找刘文池签合同，这次他们收了几万块钱的信息费，刘文池收了 3000 元接单费，随后再次单方面终止合同。

当记者就此向外联部经理崔黎娟求证时，对方突然发了火。

北京东方舵手信息咨询有限公司外联部经理崔黎娟："这个说话应该有一个分寸，你现在说话有点没有分寸了。"

记者："是吗?"

记者的调查让崔经理非常生气。那么像飞诺腾达公司这样的案例，在东方舵手公司提供给会员的信息中又占到多大的比例呢?

在采访过程中，一名东方舵手公司的员工向记者透露了一些内幕。

北京东方舵手信息咨询有限公司员工："据我了解，一般找单子多多少少会给你介绍点，一般大单子都成不了。因为我接了一个顾客，收了 19800 元，也是做加工的，但只能这么收，到时候实在不行，退你三四千、五六千，到时候顾客如果来了实在找麻烦，就带你去上海走一趟。”

记者：“你们会带人过去？”

北京东方舵手信息咨询有限公司员工：“对，还有上海的也有，山东的也有，天津的也有，就是说厂家到处都是，但是去做的都不合格。”

记者：“都不合格？”

北京东方舵手信息咨询有限公司员工：“对，都不合格，而且好多人都重复去一个厂家。”

截至节目播出时，很多举报人仍旧没有拿回自己的全部损失。

东方舵手公司的负责人自己也不得不承认，他们的一些工作人员提供虚假信息，并诱使一些人上当受骗，可就是这样一家公司竟然这样经营了好几年。一条虚假的信息可能会导致一个家庭的倾家荡产，这样的事在我们整理相关材料时就发现了好几起。资金有限，经验不足，使他们付出了惨痛的代价。但是，那些用虚假信息来骗取人们钱财的人应不应该负法律责任呢？

（《焦点访谈》2008 年 4 月 2 日）

整地还是毁地

陕西省的镇巴县地处大巴山深处，耕地资源非常稀缺，在这个县的黎坝乡，却有一块风水宝地，因为气候原因，这里降水充沛，土地肥沃，非常适合种水稻，当地的村民祖祖辈辈都在这里耕种收获，过着悠然自得的田园生活。然而，去年9月，镇巴县国土资源局开展土地整理工程，平整坡地，小田并大田，一年下来，使这里2000多亩耕地满目疮痍；农民不但去年的秋季作物没能种上，今年全年也即将颗粒无收。其中的原因究竟是什么呢？

记者："您家地在哪儿？"

镇巴县黎坝乡春生村村民杨庭楷："我家地就在这儿，堰前。"

记者："怎么长草了？"

杨庭楷："他们搞复垦（整理）工作，把我们肥土破坏了。"

10月中旬本是当地水稻收获的季节，可是黎坝乡的杨老汉以及900多户村民的农田里没有水稻，只有杂草。这究竟是怎么回事呢？据杨老汉回忆，去年5年，镇巴县国土资源局会同黎坝乡政府告知大家，为了提高粮食产量，增加村民收入，政府决定在春生、柳营、关门等5村实施土地整理工程。"当时说的是'三直一平'。"镇巴县黎坝乡春生村村民杨启兴告诉记者，"'三直'就是路直、沟直、田埂直，覆土20公分（厘米）盖面。"

这项工程于9月20日正式开工。当时县国土局宣布，工程预计在6个月内完工。对此村民们积极配合，主动放弃了秋季作物的种植，只等着今年开春能在改造好的农田种上水稻。然而6个月后，当施工队撤离的时候，他们吃惊地发现，原本好端端的稻田变了模样。

记者：“你看这个石头怎么来的?”

镇巴县黎坝乡春生村村民杨启兴：“石头是原先土层底下的，他们把肥土全都揭走了，揭到低处去了。”

记者：“然后石头就露上来了?”

杨启兴：“石头就露上来了。”

镇巴县黎坝乡春生村村民杨庭楷：“当时他们说是整好了，20 公分（厘米）的肥土盖面了，现在他们没有办到这些，没有照那样干。”

记者：“那这样的地现在还能耕种吗?”

杨启兴：“无法耕种了，成了砂石结构了。”

不仅覆土 20 厘米的承诺没有兑现，所谓“三直一平”也没有完全达到。

据周围村民介绍，整理后，这块 200 多亩的耕地存在着明显的坡度，坡底一端浸泡在水里，而处在坡顶的另一端又完全接不上水，这样的土地根本无法种水稻。

镇巴县黎坝乡春生村村民杨庭楷：“可惜我们这土地了，当时我们是一碗泥巴一碗饭的土地，听懂了吧?”

记者：“一碗泥巴一碗饭?”

杨庭楷：“一碗泥巴一碗饭的土地，现在给我们破坏了。”

据了解，这个项目是县国土局从省里申请下来的，省国土厅为此共下拨资金 580 万元，但是当这 580 万元花完的时候，人们看到的是这番情景：原本说是整理土地，结果却毁了农田。为了了解其中的原因，记者来到了镇巴县国土资源局，见到了局长周昌全。周局长承认黎坝乡的土地整理工程的确出现了一些质量问题。

镇巴县国土资源局局长周昌全：“它的主要问题就是一个是田地平整度不够，田埂过宽，不端正，水渠不畅，地里面还有石头。”

周局长认为，工程存在不满意的地方，主要责任在施工方。据他介绍，黎坝乡土地整理工程分为两个标段，其中镇巴县的兴园公司负责第一标段，来自西安的阡陌公司负责第二标段。工程质量出现问题，主要是由于负责第二标段的阡陌公司不熟悉当地情况造成的。

镇巴县国土资源局局长周昌全："我们这里是水田，像关中是旱地；我们这里土地瘠薄，里面有些土地、石头高低不平，关中一推几米始终是土，我们推几米就不行了，是这种情况不熟悉。"

来自西安的施工单位不熟悉情况，那么镇巴县国土局为何让这样的公司来施工呢？接下来记者找到了周局长认为熟悉情况的当地的兴园土地复垦开发的负责人张景军。

记者："以前有做这样的土地整理的经验吗？"

镇巴县兴园土地复垦开发有限责任公司经理张景军："以前没有，以前做过修公路之类的。"

外地公司不熟悉情况，本地公司又毫无施工经验，然而镇巴县国土局偏偏就选中了这两家公司。这仅仅是一种偶然吗？在县工商局，记者翻阅镇巴县兴园公司的注册资料时看到，公司法人代表的确是先前见到的张景军，此外，公司还有一位名叫王小青的会计。而在县国土局采访时，记者也见到过这个名字。

记者："王小青是你们单位的会计吗？"

镇巴县国土资源局工作人员："王小青原先是我们单位的人员。她现在抽到二调办去了。"

记者："她爱人是谁？"

镇巴县国土资源局工作人员："她爱人叫张景军。"

记者："是那个开公司的吗？"

镇巴县国土资源局工作人员："是。"

记者："这次承包工程的张景军是她爱人吗？"

镇巴县国土资源局工作人员："是她爱人，一标段。"

记者："作为国土部门的职工，参与这样的项目合适吗？"

镇巴县国土资源局局长周昌全："按规定说她是不能参与的。"

记者："为什么？"

周昌全："她是作为系统内部，与自己的业务有关，这是不允许的。"

有村民反映，一个名叫卜华军的村民从这项工程中承包了四五十万元的河堤项目，而卜华军的外甥肖和力当时担任着县国土局复垦中心的主任以及黎坝土地整理项目的法人代表。对此周局长又是怎么看的呢？

镇巴县国土资源局局长周昌全："我认为现在我们镇巴县都是亲戚，因为地域辽阔，凡是那一方的人，比如说我是姓周，那姓周的都是亲戚。"

周局长断言，在镇巴县只要同姓就是亲戚，不过周局长私下也承认，卜华军的确是肖和力的亲姨夫。国家有规定，不允许施工单位分包或转包工程，这样的规定是为了防止不具备施工资质和经验的人来滥竽充数，影响工程的质量。但是，采访中记者了解到，除了与县国土局关系密切的人之外，一些村干部也在这个项目中承包了工程。

镇巴县黎坝乡春生村党支部书记江鲁国："我是二标段，给了我六洞的生产桥。"

镇巴县黎坝乡柳营村党支部书记田军生："我承包了 4000 多米灌溉渠道。"

镇巴县黎坝乡春生村村委会主任崔吉武："我只包了点排污沟，只包了 4000 多块钱的活。"

不但承包了排污沟工程，崔吉武还从兴园公司和阡陌公司各拿了 2100 元的操心费。

记者："什么叫操心费？"

镇巴县黎坝乡春生村村委会主任崔吉武："所谓的操心费是平常工作，给他跑点路或者给他说点话，这种情况。"

记者："给承包商说说话？"

崔吉武："话说白一点，就是他们的工作就好做一点。"

解说：

施工单位不熟悉情况，没有施工经验，还将工程违规转包，而一些村干部在拿到好处之后，便将村民的利益置于脑后，最终造出了让村民无法接受的工程。但镇巴县国土局和黎坝乡政府的相关人员，居然大笔一挥，对同样存在问题的一标段工程予以接收。

从兴园公司的这份工程移交文件上可以看到，签了字的有复垦中心的主任肖和力，有国土局工作人员同时又是兴园公司会计的王小青，也有拿到了好处的村干部崔吉武、江鲁国，等等。

镇巴县黎坝乡春生村村民杨庭楷："他们说是为老百姓好，听到了吧，小田并大田，说为农民好，向国家把款要来了，没有给农民干实事情，国家给的钱，他们没有用在这个土地上。"

因为这项工程，去年黎坝乡的900多户农民放弃了秋季作物的种植，今年，水稻和秋季作物又被耽搁，然而，让村民们没有想到的是，现在乡上又开始了动员工作，目的是把这片遭到破坏的土地再交给他们种植。

镇巴县国土资源局局长周昌全："现在也在考虑，一直不成熟，现在就是整理出来以后，先按原来的面积回归老百姓先种植，然后再考察这个项目，这个乡镇做了大量工作，县上也有这个意向。"

黎坝乡的这次土地整理使杨老汉家一年没有任何收成，现在他只能吃上一些土豆和杂粮，而在他们家门前，曾经就是一片亩产千斤的肥沃的稻田。

据国土资源部网站的信息，土地开发整理，对发展农村经济，推进新农村建设有着密切的关系，是为了稳固发展粮食生产，提高粮食综合生产能力，改善农业生产条件，提高机械化水平，还可以推进标准和信息化建设，提高农业的竞争力，并带动与农业有关行业的发展，可以说这是对农村、农业、农民都有百利而无一害的好事。但是，陕西镇巴的做法使这样的好事走了样，反而损害了农民的利益。面对这种情况，有关部门应该加强监管，防止国家拨款的项目成为一些人谋私利的"唐僧肉"。

（《焦点访谈》2008年12月29日）

广受质疑的“通行费”

近日，一些观众来信反映，天津在征收一项贷款道路建设车辆通行费。这项收费主要是用于归还修建高等级公路、道路、桥梁、隧道等项目的贷款或投融资。贷款修路收费通常是按照“谁使用谁交费”的原则，但是天津这项通行费是向所有车主收取的，征收的标准是每吨每月110元，比如说一辆普通的家用轿车就是每月55元。那么这到底是一项什么样的收费，收费的方式是否合理合法呢？记者前往天津进行了调查。

今年56岁的天津市民李人志有一辆小轿车。虽然从今年开始车辆的公路养路费已经取消了，但是，1月10日当记者在天津市公路养路费征稽六所门口碰见他时，他刚刚从里面交完一笔钱出来。

天津市民李人志：“中午吃饭别人给我打电话，他说你快去交，你不交明天就交滞纳金？”

记者：“什么钱要交？”

李人志：“不知道，我问这钱往哪儿去交，他们说还是养路费征稽处那地方。”

记者：“那今天交的到底是一笔什么钱呢？”

李人志：“叫作是天津市贷款道路建设车辆通行费。”

记者走访了天津市两个公路养路费征稽所，看见不少市民在排队交费。现在养路费已经取消，他们缴纳的都是这笔天津市贷款道路建设车辆通行费。

不少市民告诉记者，他们缴纳这笔费用已经有好几年了。

记者：“像这个钱交了多长时间了已经？”

天津市民：“有年头了”。

记者：“原来怎么交法？”

天津市民：“我那个车交170元，其中包括有一个道路建设费，一个养路费，它是两项。”

天津市民：“一直就给我们这种票，两张票。一张是全国的，一张是地方的。”

记者：“全国的是养路费？”

天津市民：“对。”

记者：“地方的是通行费？”

天津市民：“对，通行费。”

那么，这到底是一笔什么样的费用呢？记者来到了负责收费的天津市贷款道路建设车辆通行费征收办公室。

天津市公路养路费征稽处党委副书记、天津市贷款道路建设车辆通行费征收办公室行政办公室主任周先进：“天津市政府从2003年6月份开始，对天津市贷款道路车辆通行费进行改革，改革主要是变分散经营为统收统还。当时政府下了这个通知以后，一次性撤销了40多个收费站，改成了本市车辆按月、按吨位缴纳贷款道路建设车辆通行费。外埠车辆进市一次缴费一次，用这种方式来解决贷款投资的问题，偿还贷款的问题。”

记者：“就是把这些通行费平摊到每个车辆上。”

周先进：“对了，对了，是这样的。”

这样算来，这笔贷款道路建设车辆通行费实际上已经征收了五年半的时间。记者在征收大厅的公示牌上看到，征收的标准是本市车辆每月每吨110元，外埠车辆进市一次缴费一次。

天津市公路养路费征稽处党委副书记、天津市贷款道路建设车辆通行费征收办公室行政办公室主任周先进：“它是作为一种规定，应该缴这个费用，当时也规定了，不缴有一些相应的措施，处罚措施。按照天津市政府的相关配套，我们还有一个贷款道路建设车辆通行费稽查管理处，他们这个部门是政府授予有行政执法职能的部门，督促这些车主能够按照政府的规定去缴费。”

车主们告诉记者，几年来，车辆通行费和养路费都是同时收取的。车主交钱后能够拿到一张一式两联的缴费凭证，左边是通行费，右边是养路费，这个证必须随车携带，以备查验。对于这项收费，不少市民都提出了自己的意见。

天津市民：“平摊是不合理的，我们并不是不想缴，我走这条路我应该缴，我不走我为什么缴呢？”

天津市民：“缴滞纳金很厉害，你想退很困难。如果老百姓想维权，你再起诉它，你得花时间、花精力、花钱，你打赢打不赢还是一回事。”

其实，对于车辆通行费的收取，国家相关法规文件有着明确的规定。2002 年，国务院办公厅《关于治理向机动车辆乱收费和整顿道路站点有关问题的通知》就要求，严禁将车辆通行费平摊到所有车辆并强制收取。2004 年公布的《收费公路管理条例》第 35 条也明确规定，不能强行收取或者以其他不正当手段按车辆收取某一期间的车辆通行费。

天津市津安信律师事务所的王继民律师是天津市第十一届政协委员。从 2003 年开始，他连续五年提交提案，对天津市贷款道路建设车辆通行费的收取提出质疑。

天津市第十一届政协委员、天津市津安信律师事务所律师王继民：“现在看天津市贷款道路建设通行费的收取性质，就是平摊到每一个车辆的所有人，而且是强行收费。”

记者：“怎么讲呢？”

王继民：“为什么每人平摊呢？现在机动车所有人他不一定就走贷款道路，他没有去走贷款道路，你凭什么收他的费用？这从价格法来讲，消法来讲，就说我接受服务我缴费，我使用我缴费。现在我没有使用贷款道路，你凭什么收我费呢？这不就平摊吗？再有，强行收费。它现在除了征收办公室以外，还有一个稽查办公室。稽查两个字怎么讲？属于行政强制手段，你强制性收费，又收取了滞纳金，这就是属于强制性征收，所以说我觉得这项收费不但不合理，而且更不合法。”

在采访中，记者了解到，负责收费的天津市贷款道路建设车辆通行费征稽办和天津市公路养路费征集处，实际上就是一个单位，可是他们收取的这两项费用的性质却完全不一样。

天津市公路养路费征稽处党委副书记、天津市贷款道路建设车辆通行费征收办公室行政办公室主任周先进：“我们的工作模式叫作一门两牌，就是既管养路费也管通行费，这有区别，应该说养路费是属于行政事业性收费，贷款道路建设车辆通行费属于经营性收费，主要用于偿贷和贷款道路和路桥的维修和养护工作。”

作为一项经营性收费，贷款道路建设车辆通行费却由一个行政事业单位来收取。王继民律师对此也提出了质疑。

天津市第十一届政协委员、天津市津安信律师事务所律师王继民：“那个稽查大队，稽查处，就是行政执法部门，用行政执法手段来收取经营性的收费，这个项目，我觉得值得质疑。”

那么，这项已经收了五年多的通行费，每年能收取多少钱呢？周先进告诉记者，每年应该在14亿元左右。

这么一大笔钱每年是怎么使用的呢？为了了解这方面的情况，记者又来到了征稽处的上级单位——天津市市政公路管理局。

记者：“像这个通行费收取了之后，每年用在哪些地方？”

天津市市政公路管理局规费处副处长刘博：“这个通行费用途不变，仍然是偿还债务和养护维修以及管理经费。”

记者：“那么作为天津市来说，每年要偿还的这个公路建设的贷款量有多大？”

刘博：“这个偿还，因为这个事我不好再说太细。”

刘处长告诉记者，这笔通行费收支情况更具体的内容，他不能提供，而且相关信息以前也从未向社会公开过。

记者："这个通行费的收支，原来对社会公示过没有？公布过没有，收支情况？"

刘博："没有，国家对于公示是有规定的，不是什么都要公示的。"

对此，王继民律师却有不同的看法。他拿出了《中华人民共和国政府信息公开条例》指出，第9条明确规定：行政机关对涉及公民、法人或者其他组织切身利益的政府信息，应该主动公开。

记者："这些年你都跟哪些部门进行过接触？"

天津市第十一届政协委员、天津市津安信律师事务所律师王继民："物价局、市政局、天津市建委都接触过，而且我座谈的时候，我曾经说过，我不是要你们的账本去分析你们的账，怎么怎么样，去审计，并不是这个意思。就是说这些具体的原则性的信息，主要信息，你一共收了多少钱，是十几亿还是几十亿，用在什么地方去了，还贷还了多少，哪条路是贷款道路，贷款道路的成本是多少，像这些主要信息从来没有向我披露过。作为委员找他们都得不到这个信息，普通老百姓更得不到了。"

而在采访中，不少市民也对记者表示了对这项收费相关内容的极大关注。

天津市民："应该公示一下，缴不怕缴，要公示，明明白白消费嘛，现在我们也不明白这一块。"

记者："老百姓有什么希望呢？"

天津市民："希望第一把这个事最好公开征求意见，像咱们国家征求养路费意见一样。你这个道路为什么要收取；如果确实有必要收，那采取什么样的合理方式做到公平合理，让老百姓心服口服。"

贷款修路、收费还贷的运营模式符合我国公路建设的现状，也有力促进了全国公路的建设，但其中重要的是，收费的合理和透明。这些年来，公众对于公共事务的参与意识和法律意识都在提高，而政府部门在提供公共服务上也在不断完善，因此当一些做法不妥时，是否应该及时调整呢？

（《焦点访谈》2009年1月12日）

良田变成污水坑

河北霸州市塘二里镇是一个传统的农业产区，随着经济发展，引进了一些企业，有的规模还挺大。有企业来投资建厂本来是一件好事，但是近几年村民们发现，自家世代耕种的土地渐渐变了样，呼吸的空气和饮用的水源质量也变得越来越难以忍受。

4 月底正是华北平原农忙的季节，但是在河北省霸州市塘二里镇，记者看到了大片撂荒了的农田，而且在撂荒的农田里，还有一些带颜色的奇怪的水。

霸州市塘二里镇十三街村民王俊诚："现在都是污水，没法再种了，今年排了污水，这地没法再种了。"

记者："这田里面我看都是污水。"

王俊诚："是。"

记者："什么时候排的这污水？"

王俊诚："去年冬天吧，去年秋后收完之后，今年就不能再种了。"

在塘二里镇，被黑红颜色并散发出异味的污水侵占的农田，并不止这一块。从 2004 年开始，污水就开始排放到农田里了。

霸州市塘二里镇十三街村民王俊诚："太多了，包括这一块田，那边还有几百亩地。它这个污水现在已经污染 17 个自然村了。"

记者："17 个自然村，总面积有多大啊？"

王俊诚："总面积得有几千亩吧，五六千亩。"

污水漫过的农田，农作物是没有办法再耕种了。由于不少村庄的沟沟渠渠里面充满了这样的污水，当地的养殖业和种植业都受到了影响。

霸州市塘二里镇十三街村民王俊诚：“鱼都死了。”

记者：“鱼都死了。那我看像这个水沟边上的农田，这庄稼长得怎么样?”

王俊诚：“肯定跟以前长得不一样，挨着污水的农田今年都要减产，产量都得减产。”

当地村民怀疑这些水有问题。他们取样后找到有关部门进行了化验。

霸州市塘二里镇十三街村民王俊诚：“好像化学需氧量、总悬浮物、氨氮的含量都严重超标。”

记者：“都严重超标了?”

王俊诚：“对，还有土地的 pH 值也严重超标，都经过化验了。”

记者顺着河越往上走，污染物就越多，水的颜色也越深，气味也越大。那么，这些污染物到底来自什么地方呢?

小河的尽头是几个正在排水的铁管子，而铁管子又是从一家叫梅花味精集团的企业里引出来的。这家企业不仅生产味精，还生产化肥和工业用酸。企业生产有污水很常见，但是把污水排到农田里面还的确少见，而且，少见的事情还不止这一件。

记者在塘二里镇还看到一种奇怪现象，就是不仅庄稼长不好，连树也长不好。有的树春天来了也不长叶子，已经完全枯死了。在树的下面，记者发现有一堆一堆的散发着臭味的黑泥。

林子里面没有什么引水的沟渠，哪来的污水和污泥呢?记者等候没有多久，就看到了两台拖拉机拉着两个大罐开了过来。开到林子以后，大罐开始排放冒着热气的黑水。在林间倾倒黑水的是梅花味精集团的职工。

原来，梅花味精集团水处理部门就是这样处理他们的水的。为了证实拖拉机和穿制服的企业的职工属于梅花味精集团，记者一直跟随着两台拖拉机并亲眼看着它们开进了厂区的后面，然后又回到了刚才排放污水的地方。在拖拉机停过的地方，记者看到，刚才排出来的完完全全是散发着臭气的工业污泥。

这些黑臭的污泥深入土壤，再被周围的树木吸收以后，很难想象这附近的树木将会变成什么样子。

塘二里镇董家村庄村民：“这两台拖拉机从（早上）七点半开始拉，一直拉到黑，天天在这儿满世界倒。这地永远毁了，永远要不了了，这地。”

记者：“我看这树都一排排死了，是这个水的问题吗？”

塘二里镇董家村庄村民：“排出的水烧性特大，都往那儿放。”

就在记者在田间采访时，一阵刺鼻的烟雾包围了记者站立的地方。烟雾来自梅花味精集团正在冒烟的烟囱。

塘二里镇董家村庄村民：“我告诉你吧老弟，今天这个风是往上走，今天这个风要是往下来，咱俩这根本待不住，这烟要是弄到这儿，咱俩待不住，谈不了，出不来气。头年春天我在那边拉粪，正好那烟刮到我跟前，我都上不来气。”

水变了颜色，土壤被污染了，连空气也呼吸不得。这样的现象让村民忍无可忍，他们多次找到梅花味精集团进行交涉。

河北省梅花味精集团外事办主任孟祥华：“你们找镇政府，当时建厂弄地的时候镇政府都参与了，我们也不能在这儿平白划个地就占。”

村民：“找镇政府？你们厂污染怎么办？”

孟祥华：“哪有污染啊？”

村民：“现在正在污染呢，不行我们就往上反映，不行就告你们。”

孟祥华：“你们告去吧。”

梅花味精集团把反映情况的农民推给了镇政府。企业排污的良田属于霸州市塘二里镇管辖，村民们无奈找到了镇政府。

霸州市塘二里镇镇干部王明德：“找镇政府？镇政府放水啊？你们糊涂！这也不是镇政府让放水，对吧，你看就这么着吧。”

保护百姓，造福一方，本来应该是镇政府的天职，塘二里镇镇政府却以污水不是镇政府排放的为由，把农民的要求挡了回来。当地农民又先后找了霸州市的环保和国土等部门，最后也都不了了之。

霸州市塘二里镇十三街村民王俊诚：“求告无门，没人管，老百姓没有说理的地方。”

这背后到底发生了什么？记者在一些村干部的手里面，发现了一些合同，原来这些良田都是以合同的形式租给了梅花味精集团，可是合同上最初的用途，标明着是用于植树造林。

记者：“签的是造林，是吧？”

霸州市塘二里镇十三街村干部杨俊诚：“对。”

记者：“后来呢？”

杨俊诚：“后来他们放了污水。”

记者：“放污水，这合同里没写。”

杨俊诚：“合同上是造林，没写放污水。”

记者：“这个事情发生了以后，你们自己怎么觉得？”

杨俊诚：“后来跟他们要求要求，又提到了 200 元，原来是 100 元一亩，现在提到了 200 元。”

记者：“那你们同意他们放污水？”

杨俊诚：“你不同意他也放，你不同意有什么用？”

据了解，梅花味精集团与各村签订的合同，并没有召开各村的村民大会征求意见。在现场，记者看到被污水淹没的都是上好的良田。根据《中华人民共和国土地管理法》规定，未经上级批准不得擅自改变土地的用途。因此，把农田变成排污池，很显然改变了土地用途，是违法的行为。

不仅如此，记者在另一份原始合同上发现，梅花味精集团用于厂址建设的 153 亩土地也是以种树的名义，先承包农田，随后又改变了土地用途的。

霸州市塘二里镇十三街村民王俊诚：“你看这个《土地承包合同》，原先的土地合同是按照创建林场建立的合同，现在私自变更成企业用地，本身就是不合法的。”

根据土地管理法的规定，把农业用地改为工业用地修建工厂，要上报有关部门审批，通过后再缴纳土地出让金。以租用的名义改变土地的用途，显然不符合法律的规定。在这样的环境里长期劳动和生活，农民的身体健康状况可想而知。

塘二里镇董家村庄村民："尽是得那些病的。"

记者："什么病？"

塘二里镇董家村庄村民："什么肺炎了，全是这些闹的。"

记者："得肺病的很多？"

塘二里镇董家村庄村民："嗯。"

为了每亩200元的补偿，塘二里镇的农民失去了良田，失去了清水，失去了洁净的空气，健康也受到了威胁。

霸州市塘二里镇十三街村民王俊诚："你像这种损害老百姓的利益，你看这个污水，都是基本农田，现在变成了蓄水池了。空气污染了，土地污染了，有什么意义？咱们得有一个长远的利益，咱们还得生存，将来把土地都污染了，挣再多的钱管什么用？毫无意义了。"

记者："有一天恐怕治理的钱……"

王俊诚："治理的钱要远远比这挣的要多，但是现在治理的钱还不知道找谁要，谁来管老百姓的死活？"

一个大型企业，肯定能给当地带来不少税收，但几千亩的土地被污水浸泡，空气和水源被污染，数万人的健康受到威胁，自然环境遭到了一时难以修复的破坏，这样的代价该如何计算呢？既违反土地法擅自改变土地用途，又违反环境保护法随意排污，这样的发展怎么能让人接受呢？

（《焦点访谈》2009年5月7日）

足协工作人员导演假球案

中国足球总是让人叹息，让人关心，又让人痛心。最近，备受公众关注的足球打假反赌行动又有重大突破：因涉嫌商业贿赂、操纵足球比赛和赌球，中国足协副主席南勇、杨一民以及裁判委员会原主任张建强已被公安机关依法刑事拘留。

在一起打假反赌行动中破获的假球案中，涉及中国足球工作人员范广鸣，他涉嫌通过商业贿赂，买通球员，参与操纵2006年中甲联赛个别场次比赛。

2006年9月9日，中甲联赛第十九轮重燃战火，在积分榜上，当时广州医药队排名第三，落后浙江绿城队一分。按照规定，只有排名前两名的球队才能升入中国最高级别的足球联赛——中超联赛，所以，本轮广州医药队对于主场对阵浙江绿城队的比赛势在必得。为了增加赢球的把握，广州医药队萌生了让对手放水的想法。

“广药在主场比赛，这场球更加输不起。”专案组民警朱勇说，“当时俱乐部也有这个想法，发动关系，去做工作，赢得这场主场比赛。”

因为这场球对浙江绿城队同样也很关键，想直接去做绿城俱乐部的工作显然不太可能，于是当时担任广州医药俱乐部副总经理的杨旭找到了多年的老朋友，时任中国足协联赛部工作人员的范广鸣。

广州医药足球俱乐部原副总经理杨旭（犯罪嫌疑人）：“试着给他（范广鸣）打了个电话，问他有没有（关系），熟不熟悉，能不能帮上这个忙。”

记者：“他找你帮忙，主要是帮的什么忙？”

中国足球协会联赛部工作人员范广鸣（犯罪嫌疑人）：“帮忙，就是看有没有可能做做对方教练、运动员的工作。”

中国足协章程明文规定：严禁赌球、打假球。可是接到这个电话后，作为中国足协工作人员的范广鸣不是严厉驳斥断然回绝，而是慨然应允，帮忙联系。

范广鸣：“就是出于好心，帮人忙。既然求到我了，并且以前又帮助过我，我说帮你联系联系，你们做成了更好。”

令人费解的是，范广鸣竟然把联系打假球当作帮忙还人情。于是他拨通了老朋友原甲A名将冷波的电话。

青岛中能足球俱乐部青年队原主教练冷波（犯罪嫌疑人）：“说想让浙江绿城队放了这场比赛，问我跟浙江绿城队熟不熟，跟队员熟不熟。我说不熟，我说给你问问吧。我就给我以前的队友邢锐打了一个电话，问问他熟不熟悉。”

邢锐，原山东队队长，当时已经退役做生意的他觉得这是一个挣钱的机会。他发现，自己当年在甲B踢球的两个小队友就在浙江绿城，当时已经是主力前卫，场上位置一个是负责进攻的前腰，一个是负责防守的后腰，于是他给他们俩先后打了电话。头一个找的是沈刘曦。

原山东队队长邢锐（犯罪嫌疑人）：“问他是不是能做工作，因为广药今年要冲超，能不能让它3分。他说现在队里抓得挺严，俱乐部管得挺严，因为那年他们也冲超。他说到时候看看再说吧，然后过了几天又给他打电话，他还是没同意。”

邢锐多次打电话做工作，并且提出如果放水，他们可以得到80万元的报酬。此时，沈刘曦两人心里的天平渐渐倾斜了。

浙江绿城队原队员沈刘曦（犯罪嫌疑人）：“又说广药开出了80万，然后对于我来说，我就觉得这笔钱对我的诱惑也挺大的，虽然觉得对不起很多人，但是最后还是同意了。”

邢锐一看事成了，立即给冷波回电话，但他又把价码从80万元加到了

100 万元。范广鸣接到了冷波的回信后，立刻向杨旭打电话，说对方工作已经做通，虽然口口声声说是为了朋友帮忙，但他又把价码从 100 万元提到了 150 万元。

广州医药足球俱乐部原副总经理杨旭（犯罪嫌疑人）：“问过他（范广鸣）能不能往下走，他就说这个价只能够是这个价，俱乐部那边通过研究，觉得可以做，然后我就跟他联系了。”

记者：“当时冷波找的谁，怎么操作的？当时你知道吗？”

中国足球协会联赛部工作人员范广鸣（犯罪嫌疑人）：“我不清楚，是找的队员还是找中间人我不是很清楚。”

就这样，从广州医药队的杨旭，到中国足协的范广鸣，再到中间人冷波、邢锐，最后到浙江绿城的两名球员，几乎都是单线联系，他们不用见面，几个电话下来一场假球生意就谈成了。比赛前，范广鸣和冷波、邢锐特地赶到广州，范广鸣要求必须先见到钱，于是比赛当天范广鸣和冷波来到酒店房间，这时广州医药俱乐部的一名工作人员已经把 150 万元先放到了房间的保险柜里。

中国足球协会联赛部工作人员范广鸣（犯罪嫌疑人）：“我们两个到了以后，我们三个人一起看钱确实是对的，这样那人才走。”

记者：“如果比赛没有搞成呢？”

范广鸣：“没有搞成，保险柜就不要动了，我们就走了，钱给人退回去。”

记者：“把钱退回去？”

范广鸣：“对。这是电话里已经这么定的。”

记者：“就是跟杨旭已经定好的。”

范广鸣：“对。”

点完钱后，冷波给邢锐打了电话，说钱已到位，让他放心，此时万事俱备，只等下午 4 点的大戏正式开演。

记者：“你踢前腰，他踢后腰，那你们两个人怎么能让这个比赛朝你们预期的方向发展？”

浙江绿城队原队员沈刘曦（犯罪嫌疑人）：“主要由我们两个人组织这个队的进攻，就是我们俩稍微控制一下节奏，然后组织凌乱一点，组织不起有效的进攻的话，那么，攻到对方前场次数，就不会很多。我们是客场比赛，然后进攻方面我们再组织不得力，一味被动挨打的话，输球的可能性会非常大。”

下午4点，比赛开始了。范广鸣和冷波两人在宾馆房间里一起看了电视转播。比赛果然按照他们的预期进行着，上半场结束，广州医药队2：1领先。

中国足球协会联赛部工作人员范广鸣（犯罪嫌疑人）：“现场来看，两个队都是真打，但是浙江有个别几个队员表现不是很正常。”

记者：“你自己看出来的。”

范广鸣：“能看出来，动作、处理球不是很合理。”

记者：“场上有时候紧张也会有些失误。”

范广鸣：“那个失误，技术失误和思想失误它是不一样的。”

下半场开赛没多久，广州医药又进一球，3：1领先。2分钟后，24号沈刘曦被教练换下了场。

记者：“换你的时候有没有说为什么换你？”

浙江绿城队原队员沈刘曦（犯罪嫌疑人）：“没有。就是这场球踢完了以后，（教练、总经理）他们也没找过我。但是我觉得，打那以后我基本上很少上场了，我就感觉在球队里教练对我好像就不是那么很信任了。”

最终，广州医药队3：2战胜浙江绿城队，如愿拿下3分。比赛刚结束，范广鸣、冷波、邢锐就迫不及待地开始分赃，其中，邢锐取走了100万元。

中国足球协会联赛部工作人员范广鸣（犯罪嫌疑人）：“当初打完了以后，这100万元拿走了。我们俩晚上出去吃的饭，吃完饭回来之后剩的钱我们俩就五五分了。”

就这样，赛前层层加码，从80万元加到150万元，赛后又层层扒皮，范广鸣、冷波各分得25万元，邢锐拿走的100万元中，他自己以各种名目留了33万元，最后具体操作假球的沈刘曦等两名球员得到67万元。

专案组负责人崔伟东：“这起案件它的特点就是直接运作球员。我们以前公布的两起案件它是俱乐部和俱乐部之间达成协议，他们之间操纵比赛，那么这场球是（一方）俱乐部越过对方俱乐部，通过中间人直接做队员的工作，挖对方墙脚，操纵比赛。”

这起假球案中参与打假球的，都是足球圈内的人士，有甲 A 名将，有现役球员，尤其是杨旭、范广鸣都是足协的工作人员。杨旭在广州足协、广州体育局工作了 25 年，曾经担任过广州市足协秘书长、副主席。值得一提的是，就在这场比赛前两轮，杨旭等人还曾向山西陆虎队行贿 20 万元操纵了那场比赛。

广州医药足球俱乐部原副总经理杨旭（犯罪嫌疑人）：“当时整个中国足球的那种大的环境，感觉反正都是那样，就是谁不做谁吃亏，谁不做好像就是傻子。就有一点这种感觉。”

范广鸣从 1992 年进入中国足协到 2009 年被捕，在中国足协工作了 17 年。当时他任职的联赛部，其中一个重要的职责就是监督打假球，而他却直接参与操纵比赛。

中国足球协会联赛部工作人员范广鸣（犯罪嫌疑人）：“介入这个事情不管是从任何角度来说，这个错误是不可饶恕的，现在后悔，确实后悔莫及。我主要讲的也是，足协领导这么多，部门领导这么多，这个问题已经存在十几年了，为什么不早点下力度，把中国足球彻底进行整理或者治理，如果是力度大了，措施得当，中国足球不会走到今天这一步。”

足球水平低下，“假、赌、黑”等恶劣现象不断发生，包括南勇、杨一民在内的多名中国足协高层官员涉案，甚至参与操纵比赛，广大群众很不满意。公安机关经过近一年的艰苦努力，查清了多起操纵比赛案件，抓获了一批涉案人员，体现了公安机关依法打击操纵比赛和赌球等违法犯罪行为的力度，体现了中央惩治腐败、整顿足坛的坚强决心。

目前，国家体育主管部门迅速对足球运动管理中心领导班子进行了调整，让人们看到了振兴中国足球的希望和信心。

（《焦点访谈》2010 年 1 月 26 日）

我的房子怎么说拆就拆

就个人住房来说，风能进，雨能进，国王不能进。这样的说法形象地说明了个人财产不容公权力任意侵犯的原则。《中华人民共和国宪法》第十三条规定，公民的合法的私有财产不受侵犯。《中华人民共和国物权法》第六十六条明确规定，私人的合法财产受法律保护，禁止任何单位和个人侵占、哄抢、破坏。

江苏扬州有两个小区，业主们买了房好好地住着，可是没几年突然被告诉说房子马上就要拆了，手中的土地使用权证即将成为废纸一张。

今年 72 岁的熊阿姨家住江苏省扬州市渡江西苑小区。十几年前老伴去世后，熊阿姨就与女儿一起生活。今年 3 月初的上午，几位陌生人的来访让老人家受到了不小的惊吓。

扬州市渡江西苑小区业主熊锡梅："来敲我们家的门，门一开我问是谁，他们说我们来量一下房子的，开始评估了，他们叫评估。他们没有手续，也没有证件，也没有出通知，凭什么到我家里来量什么？假如是坏人怎么办？害怕得很。所以我当时就没有让他们进来量。"

当天上午，这些人也敲开了二楼的李秀兰家的房门，他们声称要对房屋进行评估，因为小区马上就要拆迁了。

扬州市渡江西苑小区业主李秀兰："很吃惊，当时感觉就是这么好好的房子，怎么说要拆迁的话呢？"

渡江西苑建成于 2002 年，使用时间满打满算还不到 8 年。小区一共有两栋商品住宅楼，40 多户业主入住的时间大部分只有五六年，最短的还不到三年。

一墙之隔的福运苑小区 30 多户业主也接到了拆迁通知。这个小区建成于 2003 年，使用时间更短，一些住户刚刚装修完，还没来得及入住。

记者："装修花了多少钱?"

扬州市福运苑小区业主顾海燕："装修花了二十万元左右，这边是客厅。你看这个房子质量相当好的，你说这么好的房子再拆了，不是白白浪费吗?"

据业主们介绍，这两个小区的规划土地等各项手续一应俱全。好端端的新房子，怎能说拆就拆呢?

有人在网上查到一条信息，这则信息让他们感到非常震惊。

扬州市渡江西苑小区业主李秀兰："坏了，坏了，我们的地怎么被挂牌拍卖了?"

在扬州土地市场网上，业主们看到了这样一则信息，今年 2 月 11 日，序号为 590 号的地块以每亩 250 万元的价格挂牌出让给一家房地产公司，该地块总面积达 900 多亩，范围涵盖渡江西苑、福运苑两个小区。也就是说，若不是 3 月初有人上门评估，业主们都不知道自己的土地使用权早在 2 月中旬已经被卖了出去。

扬州市渡江西苑小区业主李秀兰："我们的地（土地使用权）是我们自己买下的东西，政府把它卖掉了，我们都不知道，也没跟我们说一声，也没有通告，也没有公示，什么都没有。"

业主告诉记者，小区的土地使用权当年是按照市场拍卖价从市政府手中购得的，土地使用证也发给了各家各户。现在市政府方面连个招呼都不打就将土地再次卖给了别人，实在不合情理。

扬州市福运苑小区业主刘家鹏："这是土地使用证，土地使用证上，注明土地使用性质是出让，使用期是七十年。政府把章盖在这个地方，证件发在这个地方，你土地出让以后，你能不能第二次出让？第二次出让侵犯不侵犯业主的权利?"

为了了解情况，记者来到扬州市国土资源局采访了土地利用处处长卞广骥。卞处长说，这次出让的地块位于新老城区的结合地带。为了提高城市的品位，扬州市政府决定以挂牌出让的方式引进开发商，对该地块进行旧城改造。卞处长说，对于这次出让，他们早在去年年底就提前发布了公告。

扬州市国土资源局土地利用处处长卞广骥："在我们国土局网站，在规定的媒体特别是江苏土地市场网，都进行了公告。"

据记者了解，扬州市国土资源局在网上发布的公告其实是土地招商公告。作为普通公众的业主又会有多少人关注，能有多少人知情呢？

卞广骥："他也不可能每家每户都能够知道，这个也不可能做到，说句老实话。从我们来讲，应该说我们在网站发布公告，应该就是已经对社会公告了。"

就算他们全都知情，国土资源局能否据此就将已经卖给业主的土地使用权拿到市场上再卖一次呢？

记者："从法律上讲，拍卖需要哪些前提条件？"

卞广骥："应该是要收回的（土地使用权），从法律上说应该是要收回的。"

既然法律有这样的规定，那么扬州市国土资源局在这次挂牌之前是如何收回业主的土地使用权的呢？

卞广骥："我们是有收回土地使用权的权力，但是规定收回土地使用权必须要对他有补偿，要按照市场（价格）给他补偿。"

记者："关键是这样的工作应该是在拍卖之前做，还是在拍卖之后做？"

卞广骥："这块儿呢，从我们的做法上来讲应该是在拍卖之后。"

其实对于收回土地使用权的程序，国土资源部、财政部、人民银行等部门颁布的土地储备管理办法有着明确的规定。因旧城改造，需要调整使用土地的，应由土地管理部门依法对土地使用权人给予补偿，在补偿之后才能收回土地使用权。

记者："政府说给你们钱，现在有没有跟你们商量？"

扬州市福运苑小区业主刘家鹏：“没有，没有任何人来讲，没有贴公告，也没开听证会，什么都没有。”

让业主们感到更加不解的是，自己不仅没有拿到补偿，连补偿方案政府方面至今也没有向他们公布。

记者：“有没有方案？”

扬州市国土资源局土地利用处处长卞广骥：“我不是很清楚，因为我不负责这方面的工作。”

就这样，扬州市国土资源局没有按照规定给予业主们补偿，甚至连补偿方案还不清楚是否出台，就收回业主们土地使用权，拿到市场上重新挂牌出让。这种做法不仅不合情理，也违反了国家的法律规定。

卞广骥：“这个情况确实不止是一个地方存在的问题，土地招拍挂确实有这种做法。据我了解，还不止是一个地方在做。这个从政府方面来讲呢，以社会效益为主。”

土地使用权的违法出让，卞处长认为这是土地招拍挂工作中的通行做法，是着眼于社会效益，那么这个社会效益又是如何体现的呢？

记者：“渡江西苑这个小区，这个地块将来是做什么用的？”

卞广骥：“住宅用地。”

记者：“还是住宅用地？”

卞广骥：“对。”

记者：“什么样的住宅？”

卞广骥：“二类住宅。”

记者：“二类住宅是什么？”

卞广骥：“二类住宅就是普通商品房。”

几年前刚刚建成的普通商品房被拆除后，重建的仍然是普通商品房。对此业主们感到十分不解。

扬州市福运苑小区业主顾海燕：“如果是建这些公共设施的话，比如公园、道路，或者是学校、铁路的话，我们居民肯定是无条件地配合你政府做这些工作。但是如果你这么好的房子拆了，再建这些房子，那岂不是白白地浪费吗?”

扬州市福运苑小区业主刘家鹏:“拆(建)一栋楼几千万,要多少人的辛勤劳动才能创造这笔财富,这财富创造出了,你又无形地浪费。国家说要人民富裕,怎么富裕?浪费资源人民怎么富裕?你把这几千万块钱拿来救助低收入人员、家庭困难人员不好吗?”

记者:“你看建成几年时间的住宅楼,现在把它拆了,然后还是盖几乎相同的住宅楼,这样做是不是社会资源的浪费?”

扬州市国土局土地利用处处长卞广骥:“这怎么说呢?政府进行规划,我想也是为了改善整个区块老百姓的居住环境。”

据了解,这次出让的900多亩土地位于扬州市正在开发的古运河风光带南岸,是当地难得的黄金地段,商业潜力巨大。按照新的规划,土地出让后,开发商将主要进行商品房、商铺等商业项目的开发。而扬州市政府也因此获得了20多亿元的土地出让金。

扬州市渡江西苑小区业主戴邦诚:“你为了土地多卖几个钱,把我们的新房子拆了,你还是起商品房,你对老百姓也不负责。你叫老百姓要幸福安康,(成为)小康人家,这么做怎么小康得了?”

据了解,渡江西苑、福运苑两个小区的业主大多是工薪阶层,为了买下这里的房子,有的花光了几代人的积蓄,有的至今还没有还清银行的贷款。

扬州市福运苑小区业主顾海燕:“工薪阶层买这个房子肯定是花了不少心血了,几代人,两代人的对不对?就是以为可以在这里安居乐业,没想到事与愿违。”

扬州市渡江西苑小区业主陈云霞:“我们经不起折腾了,对不对?”

记者:“经不起折腾了。”

陈云霞:“经不起折腾了。”

“我们经不起折腾了”,这话听着让人无奈,让人心酸,更让人感慨。个人财产不受侵犯,这是《宪法》《物权法》明确规定的法律原则,而在一些地方却被无情地践踏。土地还没有收回就敢拍卖，这和拿着别人的东西去卖钱有什么不同呢？如果政府确实要为公共利益而提前收回土地，也应该本着先补偿后收回的程序依法办事。再说老百姓辛辛苦苦地攒钱买房，第一次购房时地方政府已经从房子下面的土地转让中赚了钱，没几年，房子被拆掉，还是建商品房，而房子下面的土地二次转让，政府又赚了钱，老百姓却来回被折腾，利益被侵害。

节目中那些业主的要求既合法又合理，无非就是维护权益，安居乐业，不要折腾。可是政府在做关系到这么多人利益的决策的时候，却是如此地轻率随意。更让人不安的是，这样的事在全国还具有一定的普遍性，并非个案，这怎么能让老百姓安居乐业呢？

（《焦点访谈》2010 年 4 月 4 日）

贫困县的大拆迁

河北省邯郸市广平县是一个国家扶贫开发工作重点县。去年，全县的财政收入只有1.3亿元。然而今年年初，县委县政府提出了“11168”工程目标，即拆迁10万平方米，推进10条主干道建设，新增绿化面积100万平方米，打造6大景观节点，建设8大精品工程。并于3月18日开始，用10天时间完成了33万多平方米的拆迁任务。伴随着任务的完成，1000多户群众的房屋被拆，土地被征用。但群众反映，当地是在违法拆迁。

在广平县城郊的焦庄村，记者看到一个用竹子、草帘和塑料布搭成的窝棚，窝棚的女主人名叫李运得，她与丈夫就挤在不到10平方米的地方。

记者：“这下雨能挡雨吗?”

广平县焦庄村村民李运得：“下雨用盆接。”

记者：“孩子在什么地方住呢?”

李运得：“孩子在别人家。”

记者：“别人家借着住?”

李运得：“嗯。”

李运得告诉记者，她家原来在村口的马路边，有五间平房，290多平方米的宅基地。前不久，广平县政府一纸通知，就将她家的房子拆了，三亩多耕地也被全部征用。李运得给记者拿出了拆迁通知。

广平县焦庄村村民李运得：“一共是（补偿）8万9千元。”

记者：“8万9，为什么不租房住呢?”

李运得："租不起，(丈夫) 也有病。"

李运得的丈夫患有严重的腰椎病，一家5口人的生活全靠李运得支撑。作为拆迁补偿，李运得这次只拿到了8.9万余元。守着这笔钱，他们舍不得租房，盖房又没地，只能带着孩子在自家原来的麦地里搭个窝棚。

李运得："俺不能出门，俺出门，俺都觉得丢人，俺没家没地。"

根据当地人反映，从去年开始，广平县陆续进行了大规模的拆迁，1000多户群众土地被征，房屋被拆，这些人既有城镇居民，也有像李运得这样的城郊农民。

记者："为什么要拆?"

广平县居民："因为三年大变样。"

记者："三年大变样?"

居民："嗯。"

记者："什么叫三年大变样?"

居民："俺不知道"。

广平县居民："三年大变样这个俺弄不清，按它这个政策，你拆也得拆，不拆也得拆。"

那么，广平县的"三年大变样"究竟是一个什么样的工程?为什么要进行这样的大规模拆迁呢?记者来到广平县政府，听说县里专门成立了一个"三年大变样指挥部"，记者采访了指挥部办公室的负责人。

记者："什么叫作三年大变样?"

广平县"三年大变样指挥部"办公室主任王卫宇：" 一年一大步，三年大变样，利用三年的时间，改善居住、生活 (环境)，按照市里面 (的要求)，按照咱们总规划，对县城进行改造。"

今年年初，广平县委县政府根据邯郸市对"三年大变样"工作的要求，提出了实施"11168"工程的目标，即拆迁10万平方米，推进10条主干道建设，新增绿化面积100万平方米，打造6大景观节点，建设8大精品工程。

而这项工程的重点和难点就在于拆迁。从3月18日开始，广平县组织实施了县城拆迁攻坚战，仅用 10 天时间，就拆除房屋 33 万多平方米，超额完成了全年的拆迁任务。那么如此惊人的成效是如何取得的呢？

记者：“拆迁、安置，这些东西有没有跟住户签订协议？”

广平县住房和城乡规划建设局局长赵风河：“每户没有签订协议，但是在拆迁之前县里出台了一个方案，就是对老百姓拆迁的补偿，怎么安置，出过一个方案。”

2001 年国务院颁布的《拆迁管理条例》规定：拆迁人与被拆迁人应当就拆迁补偿、安置等事项订立协议。而广平县政府没有与居民签订这样的拆迁协议，仅凭一纸拆迁通知就实施大规模的拆迁，这首先是一种违法行为。

记者：“你们愿意拆吗？”

广平县焦庄村村民李运得：“他强拆！我们能愿意拆？愿意拆不愿意拆，你看这个写的，说俺是自愿的，谁能把家园拆了，俺能过吗？”

不管你愿不愿意，发来的通知书早已写好，住户只能是“自愿拆迁”。而且，就是这样的通知书，也不是每家都给。

记者：“房子拆了，总归给一个东西吧？”

广平县广平镇居民高运凤：“俺没见，我没见，我没见这个东西。”

记者：“那以后怎么算呢？”

高运凤：“这个我不知道，算我也不知道，我辛辛苦苦一辈子，我就攒这两间房，没了，都没了。”

那么，对这些房子被拆的群众，县里又是如何补偿的呢？

广平县广平镇居民：“一平（方）米（补偿）二三百块钱。”

记者：“二三百块钱？”

广平县广平镇居民：“可不是，二三百块钱，房子钢筋、水泥、砂浆这些，就（补偿）三百块钱。”

记者：“三百块钱就相当于建筑成本？”

广平县广平镇居民：“建筑成本也建不成，现在建都建不成。”

记者：“那土地呢？”

广平县广平镇居民：“土地不补偿，我这个屋还剩一点，你搬迁走，土地也不给你钱，无偿的，无偿弄走了。”

据了解，广平县这次拆迁采用的是货币补偿方式，补偿标准分 10 个等级，其中最高等级是每平方米 570 元，而大部分只有 300 多或 400 多元。在拿到这笔钱之后，拆迁户可以自行选择安置方式。记者了解到，目前当地商品房均价已经达到 1500 元。很显然，拆迁户想要购买商品房，这笔补偿款根本不够；就是自建住房，也不足以支付建筑成本，因此他们认为这个补偿标准根本不合理。

广平县住房和城乡规划建设局局长赵风河：“咱县委政府在拆迁问题上，都把这个事考虑到了。拆迁户在拆迁过程中，补偿有损失，所以说在回迁安置上，从安置房上，少要一部分钱再补。”

而且据广平县“三年大变样指挥部”办公室王卫宇主任介绍，县里决定兴建的几百套安置房，将以每平方米不超过 900 的元价格卖给拆迁户，目前首批安置房工程已经启动。

在项目的效果图前，记者采访了王卫宇。

记者：“这个项目，就是你们的安置房项目吗？”

广平县“三年大变样指挥部”办公室主任王卫宇：“对。”

记者：“采取什么样的开发模式？”

王卫宇：“开发模式就是政府出资。”

记者：“出资多少？”

王卫宇：“我现在不太清楚这个。”

记者：“钱都不太清楚？”

记者：“那这个项目的立项书、土地审批书有没有？”

广平县住房和城乡规划建设局局长赵风河：“现在这个项目还没有实施，只是一个修建性详规。一会儿咱们可以去那儿看看，现在还没有实施。”

记者：“资金怎么安排的？”

赵风河：“这个东西现在只是说，给老百姓正在宣传，将来你们回迁安置房，就这么造，就在这个位置。”

在广平采访期间，有关这批安置房的建设资金是否已经落实，记者一直没能得到一个明确答案。事实上，按照广平县的规划，今年实施的“11168”工程如果全部完成，县里将要投入20多亿元。

广平县住房和城乡规划建设局局长赵风河：“你们可能知道，我们这个广平经济也比较发达，现在搞这些东西，有这个能力，不是说没这个能力搞。”

但是据记者了解，广平县是一个国家扶贫开发工作重点县，经济发展滞后。截至去年初，全县仍然有5万多人没有摆脱贫困。在采访中，广平县的一位干部告诉记者，去年全县财政收入只有1.3亿元，这些钱仅仅只能保住工资，20多亿元的建设资金不知如何落实。

记者：“为什么不能等经济条件好一点，经济条件各方面跟得上再去干？”

广平县“三年大变样指挥部”办公室主任王卫宇：“就是三年大变样，我们的工作干不好，那考核肯定不行，是吧？”

记者了解到，今年2月，邯郸市下发了“三年大变样”的年度实施要点，并对各地拆迁完成情况规定了考核和奖惩措施。广平县据此制定了自己的拆迁指标，并将其超额完成。

而这些指标的完成，对那些失去土地和住房的群众又意味着什么呢？几天前，县上来人告诉李运得，说她的窝棚必须拆除，因为这块地马上就要建公园。今后，这个窝棚怕是再也不能住了。

“有人管这个事吗？”李运得蹲在地上大声哭着……

改变家乡的市容、市貌，这本是一个让群众满意的工程，但要一切从实际出发，量力而行，符合科学发展观的要求。广平县年财政收入只有1亿多元，却计划在今年一年内完成20多亿元的市政工程建设。为了完成拆迁任务，广平县不惜违反国家的法律法规，在没签订拆迁补偿协议且没有对群众进行妥善安置的情况下，就在短短的10天时间里进行了如此大规模的拆迁。这种做法，使一个本该是得民心的工程变成了伤民心的工程。

（《焦点访谈》2010年5月23日）

就业率的数字游戏

很多人都能感受到就业形势的严峻，高校毕业生的就业率成为学生、家长、学校和社会共同关注的热点。现在有这样一些高校，虽然并不很知名，却拥有高得惊人的就业率，这也为学校带来了超高的吸引力。最近有观众向我们反映，湖北省孝感学院今年毕业生的就业率超过了95%，但是实际的就业率并不像看上去那么美。事实究竟如何，记者前往湖北孝感进行了采访。

湖北省孝感学院在自己的宣传片中说：“孝感学院是2000年经教育部批准成立的湖北省属普通本科院校，本科毕业生一次性就业率一直位居全省高校前列，保持在90%以上。”在湖北省名列前茅的高就业率一直是这所学校宣传的重点。在大学生就业难的今天，作为三线城市的二类本科院校，90%以上的高就业率格外引人注目。而据介绍，这所学校的音乐学院就业率竟接近100%。

记者：“今年音乐系的毕业生就业情况怎么样?”

孝感学院音乐学院党总支书记姚娟：“我们今年的毕业生就业率达到了98%。”

记者：“这个就是意味着98%的学生现在已经有工作了是吗?”

姚娟：“对，是的。”

事实真是这样吗?在孝感市某小区一套普通的民房里，记者结识了4位刚刚从孝感学院音乐学院毕业的大学生：张伟、徐军华、张振坤、刘大为。这4人是该音乐学院音乐学专业2006级的同班学生，今年6月同时毕业。他们说，从大四开始，他们最重要的事情就是四处寻找就业机会，但直到现在都还没有找到。

孝感学院音乐学院毕业生张伟：“去面试的，包括大公司、小公司，乱七八糟的，投简历是投了很多的，有很多简历投出去就石沉大海了，没有消息了。”

据了解，张伟所在的班共有 38 人，如果仅按他们 4 人没有找到工作计算，其就业率就已经在 90%以下，根本达不到 98%。那么，这 98%的就业率是怎么统计出来的呢？

记者：“这个就业率是根据什么来统计的？”

孝感学院音乐学院党总支书记姚娟：“根据学生的就业协议和就业证明来进行统计。”

在孝感学院招生就业处，记者看到了张伟等 4 人的就业证明，张伟这张填写的工作单位是孝感大地飞歌文化传播有限公司，徐军华、张振坤和刘大为三人填写的是孝感市明星演艺公司。

记者：“那当时像你们都有工作吗？”

孝感学院音乐学院毕业生刘大为：“没有工作，大部分都没有工作，十分之九都没有工作。”

记者：“那怎么就交了就业证明呢？”

刘大为：“学校要求是每个人必须得交就业证明。”

记者：“上交这个就业证明和就业协议，有没有一个规定或者时间的限期？”

孝感学院音乐学院党总支书记姚娟：“必须是在他离开学校，也就是毕业离开学校之前，我们的一个大概的期限就是，一般的毕业生 6 月中旬离校，(即) 6 月离校，大概（限期在）6 月 1 号以前。”

到了规定期限就必须上交就业证明，交了就业证明即被视为就业。所以按照这种方法统计，张伟等人在毕业时就已经就业。而这些毕业生明明没有找到工作，为什么还要向校方提供一份与事实不符的证明呢？

孝感学院音乐学院毕业生张伟："这是必须的，是我们毕业生必须要提供给学校的一个证明。如果你不提供这个证明，学校就会扣发你的毕业证，扣发你的学位证。就不能顺利地毕业。"

孝感学院音乐学院毕业生刘大为："如果说不交的话，可能就是先把毕业证给你拖着，把学位证给你拖着，你交了我就给你嘛。"

记者调查得知，不仅仅在音乐学院，孝感学院的其他院系也存在同样的情况。

孝感学院物理与电子学院毕业生冯威："必须得交，好像限制了一个日期，是 6 月初，6 月 10 号必须得交过来。把这个毕业生就业证明表必须交过来，如果不交过来的话，可能毕业证和学位证就拿不到了。"

本来学生只要修满学分，没有违纪行为，就理应拿到毕业证和学位证，孝感学院为什么要把就业证明与毕业证和学位证捆绑在一起呢？

记者："听说音乐系有一个规定，就是学生在离校之前，必须要上交就业证明或者就业协议，如果不交的话，就拿不到毕业证和学位证，有这么回事吗？"

孝感学院音乐学院党总支书记姚娟："他不是拿不到，只是暂时给他保管一段时间。因为涉及很多学生，他就业了，但是由于工作很忙，比如说在外地，他不能够及时将他的就业证明或者就业协议反馈给我们，如果不及时反馈过来的话，就影响我们学校包括我们音乐院的就业率，所以学生没及时反馈过来就业证明的话，我们只是暂时给他保存，他把就业证明送过来了，我们就及时发给他。"

就这样，一些学生违心地开具了就业证明，而校方得到了数字上的就业率。关于就业率的问题，记者采访了这所学校的一位领导。

记者："孝感学院今年毕业的学生就业情况怎么样？"

孝感学院副院长谭晓明："应该说今年我们也是毕业生的就业率比较好的

一年，今年应届本科生的毕业生就业率达到了95%以上。”

记者：“就业率对学校意味着什么？”

谭晓明：“就业率对学校意味着生存。因为如果毕业的学生不能很好地实现就业，那么学生来读干什么呢？所以我觉得它是学校的一个很重要的问题，是一个生存的问题。对学校来讲，再就是一个社会声誉的问题，如果你毕业的学生到处都就不了业，谁来读呢？”

记者：“学生交了就业证明，交了就业协议，就意味着这个学生已经就业了。”

谭晓明：“我们是这样认为的。”

学校相关部门的一位负责人介绍，为了实现高就业率，孝感学院还制定了多项奖惩措施，层层包干，落实到人。

孝感学院招生就业处副处长涂国平：“每年跟院长会签一个（责任）协议书，这个责任书就规定一定要完成93%。完成这个工作任务以后，每增加一个学生就业，我们给予一定的奖励。我们每年对各个院系的就业工作进行考核，也有一些惩罚的措施。对就业率比较低的，平时年度的评优、一些奖励方面，有一些具体的措施。”

就这样，上级的要求、学校的名声、专业的前途和教师的奖励都转化成了对于就业率数字的追逐。

记者：“像这样，下面的院系的具体工作人员，就是负责的人，他会不会把这种压力转嫁给学生呢？”

孝感学院副院长谭晓明：“这个客观地讲，不排除有少量的。我们也发现过，有少量的在下面定指标，这样做，但是我们及时予以了纠正。”

而这个几近完美的就业率，究竟含有多少水分呢？

记者：“你们班上总共多少人？”

孝感学院音乐学院毕业生张伟：“38个人。”

记者：“现在就业的有多少人？”

张伟："我知道的就业的很少吧，10%都不到吧，应该。"

对于学生们来说，在没有找到工作的情况下，要提交出就业证明并不是件容易的事。为了搞到这一纸证明，他们绞尽脑汁。

孝感学院音乐学院毕业生刘大为："我就业证明找外面的兼职的，找商业演出的公司，直接找人家老总，找朋友随便开了证明。因为对他们来说这个没有什么损失，只是帮你盖几个章而已。"

孝感学院音乐学院毕业生张伟："拿我来说，我就是跟我们几个人，我们有三四个人是盖着一个地方的章子的。"

孝感学院毕业生（电话采访）："哪怕是边上的服装店，只要他有章子，盖一个章子就 OK 了，边上杂货店盖个章都可以。"

在孝感学院招生就业处，记者翻看了几个院系的 2010 年毕业生就业协议和就业证明，发现有些就业证明看上去有明显的漏洞。有几张用人单位名称一栏，只有一个模糊不清的印章。记者打电话过去核实，对方说是私人电话；有一张没有填写用人单位名称，没有联系电话，工作单位一栏也是空白。

还有一些学生的就业证明都盖着同一个单位的章。记者随机抽取了 3 份，打电话给上面填写的用人单位，其中一个是学生自己家里的住宅电话，另一个单位的电话是空号，只有第三个是真实的。

记者要继续核实，却遭到了学校工作人员的阻拦。

工作人员："真的假的别再拍了。"

记者："也不让拍了。"

工作人员："不是不让拍，这个工作就是说……"

第二天，记者再次来到这里，突然发现，前一天还存放着就业协议和就业证明的柜子，已经被人腾空了。

对学生来说，就业证明意味着毕业证；对学校来说，就业率意味着关乎生死的名声和业绩。这种种原因使得一些学校的毕业生就业率变成了任人摆布的数字游戏。虚高的就业率对于社会来说究竟意味着什么呢？它对就业政策的制定提供了虚假信息，对未来学生的就业期待是一种误导，对主管部门考察学校的业绩也会产生误判，而对学生的价值观的负面影响更是难以估量的。

（《焦点访谈》2010 年 9 月 2 日）

捐资助学还是捐资上学

对于许多在异地务工的人员来说，随迁子女的就学问题是他们最操心的事了。针对这些孩子就学难和学校乱收费的问题，今年 4 月 21 日，教育部、国务院纠风办、监察部等七部委，联合发出了《关于 2010 年治理教育乱收费规范教育收费工作的实施意见》，其中规定在义务教育阶段，对符合当地政府规定接收条件的进城务工人员的随迁子女，要按照相对就近入学的原则，统筹安排在公办学校就读，免除学杂费，不得以借读费等名义乱收费。也就是说，要和当地孩子享受同等的待遇。然而记者在调查中发现，一些学校对进城务工人员子女入学的乱收费现象依然存在。

刘先生是一位外地来京务工人员，2001 年他和妻子来到北京，在这里工作、生活了 10 年。今年他们的孩子该上小学了，为了让孩子能够享受到进城务工人员随迁子女接受义务教育的权利，他们办起了所需要的相关证明。

学生家长刘先生："包括我们在老家开了证明，就是证明我们这个孩子在老家无人看管，需要在北京借读。还有在我们所居住地的村委会的证明，包括我们在四季青政府，他们管教育这个科室开的这个借读证。我们都拿着这些证去的，报名的时候。"

刘先生的家在北京市西四环四季青桥附近。这里有一所公办小学——海淀区田村中心小学。今年 5 月份，他给孩子在这所学校报了名，随后学校通知孩子去面试。

学生家长刘先生："5 月份当时去的时候他说要面试，家长随同。去了之后，面试完了他说还要复试。在6月12号、13号这两天，他复试的时候就给你一个小条，他就说你家孩子一般，你赶快交钱去吧。”

学校发给他们的小条，正面写的是捐资助学款办理处：北京银行中关村科技园支行，背面则注明了田村中心小学。

记者：“当时要求是交多少钱呢？”

学生家长刘先生：“得交1万块钱。”

按照国家规定，符合条件的进城务工人员的随迁子女，在公办学校接受义务教育，免收学杂费，也不能以借读费等名义乱收费，而田村中心小学却要刘先生缴纳1万元的捐资助学款，有此遭遇的还并不止他一人。

记者：“你们家孩子交多少钱呢，进这个学校？”

学生家长甲：“交5000元。”

记者：“交5000块钱。为什么有的交1万多元，有的交5000元呢？”

学生家长甲：“因为他不在那个学校上学前班就多交一些。”

记者：“你们家孩子是上了学前班？”

学生家长甲：“对，我们是上了学前班就少交5000元。”

记者：“你们到那个银行去交钱的时候，就看到像你们这样的交捐资助学款的人多不多？”

学生家长刘先生：“特别多。”

记者：“特别多，多到什么地步？”

学生家长刘先生：“反正是排了一大队，22号、23号之前，过了那几天就不能再交了。”

那么田村中心小学让家长们交的捐资助学款到底是什么钱呢？

北京市海淀区田村中心小学党总支书记计景艳：“捐资助学款这个是本着家长自愿的原则，因为咱们想，教育资源是有限的，因为这个有限的教育资源，那您要是家长进到咱们的学校，外地的家长您自愿为了学校的发展，咱们可以捐一点钱，是这样。”

记者：“完全自愿地捐资助学？”

计景艳：“对。”

然而，对于自愿为学校捐款的说法，一些家长并不认可。

学生家长甲："我们没办法，因为人家要，我们孩子为了上学就得交。"

记者："不交孩子能进去吗？"

学生家长甲："就不能上了。"

记者："为什么呢？当时明确跟你们说的吗？"

学生家长甲："因为他说是国家规定的，就叫交钱，不交就不让上了。"

学生家长刘先生："他一看你着急了，他就把你领到校长那儿去，校长说这是一项政策，1 万块钱一分都不能少，你赶快去捐吧。"

说是自愿捐资助学，但是学校不仅规定了具体的捐款数额，而且针对的也仅仅是非本地户籍的一年级新生。

记者："如果他要是没捐这个钱，能收他孩子吗？"

北京市海淀区田村中心小学党总支书记计景艳："因为是这样的，就是说咱们考虑到这些家长积极的热情，咱们的家长都愿意到咱们学校来。但咱们学校还是名额有限的，这个班级的容量是有限的，所以这些家长主动捐资助学，然后到学校来，那咱们当然就得先收这些家长（的孩子）。"

在这种情况下，为了孩子顺利入学，家长们只能按照学校的要求去捐款，而且要把捐款凭证交到学校以后才能拿到孩子的入学通知书。

记者："交完以后把发票给学校？"

学生家长刘先生："发票人家要收回嘛。"

像刘先生这样的外地务工人员，很多人收入并不高，一下子拿出 1 万块钱交捐资助学款，对他们来说确实有困难。

其实今年 4 月 21 日，教育部等七部委发出的《关于 2010 年治理教育乱收费 规范教育收费工作的实施意见》规定，义务教育阶段，严禁捐资助学与录取学生挂钩，严禁向学生收取与入学挂钩的任何费用。田村中心小学的做法显然不符合相关规定。

记者："交了捐资助学款我肯定优先录取你孩子，这不就挂钩了吗？然后再给你设一个杠杠，1 万块钱，你必须得交，你交少了不行。交完以后还得把收据再返回到学校，证明我把这个钱交到北京银行了，学校才收你这孩子。这样的话显然违背了教育的同城待遇，包括义务教育免费的初衷。那作为学校的领导，你们制定这项政策的时候，不清楚国家的规定吗?”

北京市海淀区田村中心小学党总支书记计景艳：“当然我们知道国家的规定。”

记者：“为什么还这么收呢?”

外来务工人员为城市的发展做出了巨大的贡献，但同时，他们随迁子女入学的问题一直是个难题，也是社会关注的焦点。正因为如此，北京市也出台了规定，要求对符合条件的外来务工人员子女接受义务教育上和本地户籍的学生一样实行同城待遇。但是调查中记者发现，除了田村中心小学，还有其他一些学校也存在着要求外来务工人员子女交捐资助学款的情况。

学生家长乙：“我们家孩子正好今年是刚入小学，我们就报了 6 个学校。”

记者：“你了解的这些学校都有一个明确的价码?必须得交多少钱?”

学生家长乙：“我报的这几个学校都有，你看双榆树（中心小学）是 6000 元的，清河这学校是 8000 元的，知春里小学是 2 万元，上地实验小学是 5 万元。后来我们想想，根据我们个人经济接受能力，后来就选择了这个 8000 元的。然后 6 月 22 号去的海淀黄庄艺术大厦那个北京银行，交了这 8000 块钱。”

记者：“也是到北京银行交的?”

学生家长：“北京银行，统一的，海淀这几所学校。”

记者了解到，这些学校的捐资助学款从几千元到几万元不等。这位家长交了 8000 元之后拿到的收据，上面盖的是区教委的财务专用章。

记者：“这个捐款你们是自愿的吗?”

学生家长乙：“我肯定不愿意交啊，因为孩子毕竟上的是公办学校。公办学校目前来说国家也发下了这个通知说不交这个费用，孩子可以来京，有这个证件的，暂住证什么的都办齐了都可以免费上学。但是到最后，我们不交这个捐资助学款还不行。以前叫借读费，现在只不过改了名称叫捐资助学款。”

那么对于部分学校要求外来务工人员子女缴纳捐资助学款，并且违规与入学挂钩的情况，海淀区教委又是什么态度呢？记者以学生家长的身份，打电话给海淀区教委的监察科和督导室的工作人员。

北京市海淀区教委监察科工作人员（电话采访）：“原则上是不与入学挂钩的，然后是自愿捐助海淀教育。是您自己到银行交的，还是交给学校，学校转交的？”

记者：“自己到银行交的。”

北京市海淀区教委监察科工作人员：“您不是自愿到银行去交的吗？这可不是海淀教委统一规定让您交的，因为今年是同城待遇，所以这一万二不是您交的学费，是您捐赠给海淀教育了，这相当于您这小学没收您的钱，还是义务教育。”

按照区教委监察科工作人员的说法，只要是钱没有交到学校，而是交到银行，学校就不算乱收费，而家长自己到银行交钱就算是自愿捐款。

北京市海淀区教委督导室工作人员：“现在各校收费的标准不一样，我记得是1.5万元，择校（费）1.5万元。你要是本地的就不应该，一分钱都不收的。择校（费）是1.5万元。”

记者：“这1.5万元是择校的费用？”

北京市海淀区教委督导室工作人员：“对。”

记者：“但择校费为什么又写个捐资助学款呢？”

北京市海淀区教委督导室工作人员：“他不能写择校费吧。”

区教委督导室的工作人员把对外来务工人员子女收取的捐资助学款又说成是择校费，其实义务教育阶段的择校费教育部早就明令禁止收取。看来，对部分学校违规收费的情况区教委并不是一无所知。

记者：“像这个钱交到教委以后，你怎么来用于确保改善学校的教学环境呢？”

北京市海淀区田村中心小学党总支书记计景艳：“这个教委有具体的一些

措施。”

记者：“这个跟你们学校之间有比例是吗？”

计景艳：“对。”

记者：“捐了多少之后教委留多少，然后再返还一部分学校使用？各学校有自己的账户？在教委那儿也有分账户？”

计景艳：“这个具体的，因为我是管党务的，这个行政的这些具体的事，真是对不起，您就得问咱们行政。”

无论是借读费还是捐资助学款，无论是交到学校还是交到银行，不管名目和花样如何变化，实质都是乱收费。这种做法不仅侵犯了孩子们的平等受教育权，同时也损害了社会的公平、公正，是国家所严格禁止的。

（《焦点访谈》2010 年 9 月 29 日）

刷房的烦恼

进入广西壮族自治区平乐县，沿着从桂林到梧州的高速公路一路走来，看到路边一些房屋都刚刚粉刷过，墙面雪白，焕然一新，看上去整齐亮丽，十分养眼。看来，这里的百姓日子过得不错，心情也一定错不了。然而，记者在采访中发现，刷墙的事带给村民的不是高兴，而是烦恼。

陈建弟（音）是沙江村村民，他的家就在高速公路边上。前几天，常年在广东打工的陈建弟被村里叫了回来，村干部告诉他要尽快交4000多元钱，然后由上边统一派施工队，把他家房屋的外墙粉刷一遍。

记者："你这个房子是什么时候建好的？"

村民陈建弟："2007年。"

记者："这里面现在还是砖墙呢？"

陈建弟："是，现在都没钱装修。"

记者："这个门还没装呢？"

陈建弟："是啊，也是没钱。还要粉刷这个墙，粉刷什么，里面都没有装修好怎么装外面？"

记者："你们家一年收入有多少？"

陈建弟："一年收入，像我两个人，两个人出去一年最多是（剩下）七千到八千左右。我的小孩要不要读书？我的老人要不要养老？是不是？我还要生活的，我就粉刷外面有什么用？"

同村村民60多岁的陈焕生（音）也正在为刷墙的事情犯愁。按照村里的通知，他们家需要交7000多块钱刷墙费。几年前为了盖这栋房子，一家人把所有的收入都搭进去不说，还借了2万多元。由于缺钱，已经住了4年的房子，至今连楼梯扶手还没有装上，小孙子每天爬上爬下很是危险。家里急用的钱还没有解决，又要交上7000多块钱的刷墙费，这让陈大爷一家愁上加愁。

村民陈焕生："政府让我粉刷，我说我老了，没有办法找钱，儿子也找不到钱，生活条件困难，得不到钱你让我怎么刷？"

记者："那你有没有跟政府的人说你现在凑不出钱来？"

陈焕生："说了，他让我去贷款，镇长和村上干部、村委干部说的：你去贷款。"

记者："他们是怎么跟你说的？为什么要粉刷这个房子？"

陈焕生："粉刷房子主要是高速公路边，外地人来看，好看。"

原来，粉刷墙面并非村民自愿，而是上边统一要求的。那么，当地政府为什么要统一搞这样一个活动呢？记者来到平乐县建设局，采访了负责实施这项工程的建设局李局长。

平乐县建设局局长李树军："这个是自治区从去年开始实施的城乡风貌改造项目，为了改善农村居住环境，通过立面改造，提高农村的生活水平，达到这样一个目的。"

记者了解到，从去年开始，广西壮族自治区政府实施了一个叫作"城乡风貌改造工程"的项目，分批、分区域对居民住房进行改造。其中，农村房屋改造以高速公路沿线为试点，进行统一粉刷。在自治区的文件里规定，粉刷房屋的经费可以通过几种渠道来筹措，比如自治区财政、市县财政出资以及企业资助，社会和个人捐助等，但是并没有要农民自己出资这一项。

然而在平乐县政府的文件里，这项政策就走了样。县里规定，房屋粉刷费用为每平方米36元，其中26元由政府承担，其余10元则要由村民来出。据了解，这次全县需要粉刷的房屋一共涉及4个乡镇64个村，即使每平方米只交10块钱，整体算下来，每户人家也要平均上交4000多元。

村民陈建弟："多的可能要一万多，少的可能也是两三千左右，这份钱拿我们老百姓来说是很困难很困难的。"

村民甲："我们就是有时候一晚上睡觉都睡不着，这钱从哪里来？相当相当苦恼，因为这件事，相当相当苦恼。"

看到有不少村民拿不出钱，县里专门出台了一项优惠政策，就是帮农民联系贷款，并且前两名免利息。于是一些农民靠贷款凑上了这笔刷墙费。这位老大爷也想去贷款，然而银行没有批准。

村民乙："我年纪超过 60 岁了，他不给贷款。"

没有贷成款，这笔钱还得交。于是他只好找亲戚朋友四处去借。

村民乙："今天早上我还要去借钱，借了钱回来上交给他们。"

记者："出去借了钱就是为了刷房子。"

村民乙："是啊，这个是政府写的发票，刚刚交的，这是今天早上交的。"

记者："你们家一共要交多少钱？"

村民乙："我家就是 1970 元。"

记者："我们也去村子里看了那些房子，大概一家要花几千块钱，这笔钱要是农民出不起怎么办？"

平乐县建设局局长李树军："在这方面，政府也出台了一些优惠政策，也跟金融部门统一了思想，就是贷款。"

记者："就是贷款也要粉刷这个房子。那这种粉刷对农民来说确实有这个需要吗？"

李树军："因为（这是）一个阶段性的工作，它不可能等农民有资金以后你才去抓这项工作，所以也出现一些群众没钱，可能出现借钱的情况。因为它是一个阶段性的工作，作为政府要求，在一个阶段里面完成。但不管从哪个角度看，政府补贴进去的是个大头，农民只拿了很少的一部分。"

记者："但是对很多收入不高的农民家庭来说，这也是一笔大钱，您觉得这确实能达到改善他们生活的这样一个目标吗？"

对这个问题，李局长没有回答。

为了限期完成统一粉刷的任务，平乐县政府和各个镇政府一起组成了工作组，采取各种措施向村民催款。

村民丙："这几天天天到我家里来要我贷款，要粉刷那个房子。"

村民陈建弟："水电局、农林局，还有政法委，还有镇政府，什么都出动了。他说要我粉刷，必须要粉刷，不粉刷，你儿子上户口，不给你办户口。"

村民陈焕生："这几天（工作组）天天来要粉，一定要粉，不粉也要粉，是这么说的。县里面也来了，县农林局、纪委，昨天公安局的都来了，说你不粉刷，以后有事难办事，就是这么说。"

在平乐县农村风貌改造工程进展情况汇报的文件上，我们看到了这样的规定：要集中开展突击活动，加大工作力度，各单位抽调精干力量，组成强大的工作组，对恶意阻碍的采取强制措施。

平乐县建设局局长李树军："确实我们采取了很多措施，要保证完成任务。"

记者："我看文件上还有咱们各个部门有一个包干的任务量是吧？"

李树军："对，就是为了保证完成任务。"

记者："这是个什么情况呢？怎么分的？"

李树军："因为按要求，自治区要求我们是在11月底完成任务。现在我们个别乡镇任务完成得（差）很远，所以为了加大这个工作力度，要求部门、乡镇都要派出专人，协助乡镇抓好这项工作。"

在强大的压力之下，一些村民通过贷款和借钱凑上了这笔钱。可村民告诉记者，刷墙的优惠贷款都是以个人名义办的，只免除两年利息。如果还不上，两年之后就转为普通计息贷款，到时候还会成为他们更大的负担。

记者："那如果有的农民就是拿不出这笔钱来，然后他们如果贷款也还不起的话怎么办呢？"

平乐县建设局局长李树军："这个等一下再谈。"

目前，平乐县各村的粉刷工作还在紧锣密鼓加大力度地推进，各个工作组也都在各尽其能，完成各自的任务目标。10 月底，记者采访的时候，正好看到平乐县政府一个工作组在村里催讨粉刷费的场面。

当地工作组人员：“我们马上给你粉刷房子，你们不要拖拖拉拉，今天已经是 29 号了。”

村民丁：“我们没有刷房子的钱。”

当地工作组人员：“没刷房子的钱要怎样？”

村民丁：“我们夫妻在外打工，也没多少钱。”

当地工作组人员：“没有刷房子的钱，那你就去借啊。”

村民丁：“我们没有钱，没钱刷房子，那你给我们钱吧。”

当地工作组人员：“总之你们不要再拖拖拉拉。”

村民甲：“为了这一条高速公路，路边好看，他不知道我们农民有多大的难处，增加相当大的负担，为了他的面子，是很想不通，很想不通。”

村民陈焕生：“要好看，它苦了老百姓，让老百姓掏腰包，说为老百姓好，实际上是苦了老百姓。”

本来是政府掏钱改造城乡风貌，在平乐县却成了让老百姓自己掏腰包来配合政府完成任务，甚至让一些连里子都没有钱装的农户不得不贷款借钱来装面子。不顾老百姓的实际需求和经济能力强行摊派，平乐县这样的做法既是违法行政，也失去了民心。

（《焦点访谈》2010 年 11 月 1 日）

神乎“大道堂”

如今人们越来越注重健康，养生市场也随之越来越热。在一些地方，时常会出现一些神医或者灵药，受到人们的追捧。在北京，“大道堂中医养生研究院”的生意就非常火爆，这个研究院的院长刘逢军据说很有些绝招。传说有一些现代医学都不能根治的疾病，通过他的养生调理就可以治愈，这引得不少人慕名而来。那么他的养生调理究竟如何神奇呢？我们的记者前去见识了一番。

这是一个星期六的上午，天气非常寒冷，而北京西城区的北京大道堂中医养生研究院里却很热闹。记者看到大厅里挤满了人，甚至还排起了长队。

记者：“每天会有多少人来这里？”

北京大道堂中医养生研究院工作人员：“一般（周六）半天400人左右。”

记者一问，这些人都是冲着这家养生研究院的院长刘逢军来的。因为现在刘逢军只有周六上午坐堂，所以每逢周六，这里总是人满为患。现在大厅中不断循环播放的录音就来自刘逢军：“当把这2000斤鱼放进湖里，它们不愿意离去，就给我们叩首。2000斤鱼在水里叩首，这是一个什么状态呢？”

记者：“您信他？”

咨询者：“我信他。我就觉得他神奇。”

在工作人员的安排下，大家在一个带有玻璃窗的咨询室外排起了长队，刘逢军正在里面进行咨询。记者看到，每隔几分钟就会有10人一组，集体进到咨询室里。刘逢军到底有多么神奇？记者也想挂个号见识一下。可是想见刘逢军并不容易，不但要提前一周电话预约，而且必须用自己的二代身份证做个人信息登记，同时还要签上一份公告合同书。

北京大道堂中医养生研究院工作人员："这有一个公告合同书，是他必须要阅读以后，和我们签字的，不认可这个的话挂不了号。"

这份公告合同书中有关于大道堂产品的重点内容。

北京大道堂中医养生研究院工作人员："我们不是医疗机构，还有一个产品是属于食品，不是药品。"

大道堂的大厅中还竖立着一个公告牌，上面写着：本院不是医疗机构。虽然大道堂声称不看病，可是大厅内这些挂了刘逢军号的人几乎都是抱着看病的目的来的。

记者："您瞧什么病啊？"

咨询者："类风湿。"

记者："类风湿啊，看过医院吗？医院怎么说？"

咨询者："医院治不好。"

记者："治不好，那医院给他定的是叫什么病呢？"

另一咨询者："医院定的是肾小球肾炎。"

记者："他不是说不治病吗？"

咨询者："咋不治病。调理平衡以后就治病了。"

不但患者认为自己是来看病的，就连大厅反复播放的刘逢军的录音也在不断列举着他治病的效果："…… 现在五年过去了，肝上的肿瘤已经缩小了、钙化了。那么像这样的情况呢，不是一个、两个，也不是十个、八个，所以面对癌症呢，我现在心里倒不是很怵了。"

那么刘逢军是如何给人调理治病的呢？经过长时间等待，记者终于跟随一位顾客进了这间神秘的咨询室。坐在桌子前的是刘逢军，记者发现，虽然说是咨询，可是顾客一落座，刘逢军一句话都没问，在一抬眼、一低头之间，他已经开始开方子了。

咨询者：“叫号，等着叫号，进去以后他拿过来，他就是一看，也不问也不说，拿过来就给你开药。”

所有顾客都是这样的流程，算起来每个人的咨询时间只有几十秒钟，其中还包括开调理方子的时间。

记者：“那能看好吗？一分钟。”

咨询者：“没有一分钟那么长。”

记者：“那能看出什么来？”

咨询者：“一分钟应该是最长的。”

在大道堂显眼的位置摆放着刘逢军的书和光盘。刘逢军在书中对他的“望诊”是这样解释的：“3 个小时望诊 254 人，一位西医教授很惊讶，他问我靠什么手段？我说靠《易经》的高度哲学抽象法和全息论。”

更让人惊讶的是，这《易经》全息望诊不但神速，而且还可以隔空，就是在人不到场的情况下，刘逢军可以通过照片望诊。

记者：“人来不了的话，拿照片也可以吗？”

北京大道堂中医养生研究院工作人员：“带照片也可以，但照片一定是近期的。”

记者：“近期的照片？”

北京大道堂中医养生研究院工作人员：“对，最近三五天内的，面部的和舌象的这种。”

无论是面对面，还是看照片，经过短短几十秒哲学抽象的全息望诊之后，每个人都会得到一个调理方子。这上面的一宝、二宝，到八宝，还有元气宝，就是大道堂自制的食疗产品养生宝。不管你想调什么病，都是吃这几种“宝”。

记者：“药是大道堂的药吗？”

咨询者：“嗯。”

记者："都是什么药?"

咨询者："一到八宝。还有元气宝。"

记者："你们吃的是什么宝?"

另一咨询者："他开啥你吃啥。"

咨询者："人家让你吃啥你就吃啥。"

记者："所有人都是就这八宝，加一个元气宝。"

另一咨询者："说得对。"

咨询者："差不多。"

大道养生宝一盒22元，一般一天就要吃上一盒。记者跟随的那位顾客这一次就被开了792元的大道养生宝。刘逢军在自己的书中特别介绍了他给每个顾客都要开的大道养生宝系列产品的作用，其中举了一个治愈肺癌的病例。书中这样写道："经过如此调养，顾客12天后积水消失，检查积液癌细胞消失，肺部阴影消失。"虽然听上去大道养生宝比药还灵验，但是大道堂还是强调大道养生宝不是药品，而是食品。那么大道养生宝到底是什么样的食品呢?

北京市质量技术监督局高级工程师何伟："按照《食品安全法》的规定，所有生产食品的企业，都应当取得食品生产许可证。没有取得食品生产许可证的企业是不得生产和销售食品的。"

然而在大道养生宝的包装上，根本就没有食品生产许可证号。据了解，大道堂曾经到北京市质量技术监督局咨询，得到的答复是，大道养生宝从包装到内容和用法上都不属于食品，所以不可能取得食品生产许可证。

大道堂养生宝既不是药品，也不是食品，但是有一个作用倒是十分清晰明确，那就是它给大道堂带来了巨额利润。在记者暗访的这个上午，共有400多人挂了刘逢军的号，每人挂号费31元，每人购买养生宝少则几百元，多则上千元。按每人平均花费500元计算，大道堂仅仅4个小时的销售额就可能超过20万元。

在北京市工商局的网站上，记者看到大道堂中医养生研究院的经营范围，除了中医养生方面的技术咨询、技术服务、培训之外，并没有医疗和中医诊疗的内容。然而在书和光盘中，刘逢军却列举了大量自己治病的例子，其中包括癌症、糖尿病、牛皮癣、老年痴呆症等诸多不治之症。

北京大道堂中医养生研究院院长刘逢军：“他（病人家属）说谢谢刘教授，三根冰棍儿把我老伴儿给救活了。那么他的老伴是什么呢？是癌症的晚期。”

那么具有这般神奇医术的刘逢军究竟是怎样的人呢？我们看看书中的介绍：刘逢军，1952 年出生，1970 年 18 岁入伍，1994 年 42 岁退役，受过中医学高等教育。但是他没有提及自己在何时何地受过何种医学高等教育，而在部队期间，他也没有任何脱产学医或者从医的记录。书中称刘逢军在退役后，就被聘任为北京光明中医学院养生系主任和教授。

为了核实情况，我们找到了原北京光明中医学院的院长闫孝城教授。据他介绍，北京光明中医学院现在已经不存在了，当时学校也没有设立养生系。那么刘逢军是不是这所中医学院的教授呢？

原北京光明中医学院院长闫孝城教授：“光明函授大学，它只是一个民办性质，它根本没有资格来评职称，什么教授、副教授，连一个助教都没有资格，还有哪来的教授呢？不可能的。”

闫院长说，刘逢军和大道堂与北京光明中医学院只是挂靠关系。

闫孝城：“在我们医药行业里面，这种事情跟张悟本差不多，张悟本那时候也是挂靠到什么医院。他（刘逢军）看一次病，我当时听说，他一个半天就能看两百人，我很吃惊，但是确实也有人上当受骗的，上当受骗到我们这儿来说的，骗人的。”

刘逢军在书中唯一一段从医经历就是，退役后被聘为西藏驻京办事处医务部的中医师和主任。记者对此也进行了核实。

记者：“刘逢军是在这儿的相关医务部门做过中医师和主任，是吗？”

西藏自治区驻京办事处工作人员：“没有，那都早十多年前的事情了，他就是租这个地方。”

刘逢军在书中还自称是卫生部养生师专家委员会的副主任委员，而经调查，卫生部根本就没有这么个专家委员会。

刘逢军的大道堂开业已经十几年，去年年底却突然在大堂里立了一个公告牌，说是不看病，这就让人想起了另外一位所谓养生大师张悟本，他的悟本堂里是不能提这些字眼的，比如说挂号、看病、治疗，而只能说成是预约、咨询和调理，这和刘逢军所谓的不看病不是一回事吗？他们的一个共同点就是把自己吹得神乎其神，然后从别人的口袋里赚取大把的银子。今后再遇到类似的神医大师，咱们可要警惕了。

（《焦点访谈》2010 年 12 月 29 日）

我的牌匾　谁的门面

开店经商，门口都要挂出字号，就是人们俗称的幌子、招牌，正式一点儿的叫门头牌匾。生意做好了，装饰一下门面，换块新招牌，本是一件平常事，也是喜事。最近，山西省太原市杏花岭区的大小商铺都在忙着更换门头牌匾。然而，说起换牌匾这件事，商户们的脸上却看不到一点喜色。

走在太原市杏花岭区的街道上，最引人注目的就是道路两旁商铺的招牌。这些招牌匾额规格相似、整齐划一、色彩亮丽、材质精良，显然是刚刚更换过的，有的连店名还没来得及写上，还有不少店铺的门头牌匾正在更换之中。奇怪的是，对于自己店面牌匾的尺寸、造价，一些店主却并不清楚。

记者："这牌子整个做下来得多少钱？"

商户甲："不知道，没和我们商量。"

记者："你这多少平（方）米？"

商户甲："我这也不知道。"

记者："谁让换的？"

商户甲："我也不知道哪儿的，社区的？我不知道。"

原来，这次更换门头牌匾并不是商户的自发行为，而是上面组织的统一行动，而且不换不行。

商户乙："要统一换门头，要美观，过来就说了这个，第二天还是第三天就过来把我原来那个（牌子）给撕了。"

几天前，街道、社区找来的施工人员将各个商铺的旧门头都拆了。有的在没有告知商户的情况下，新的门头就已经安装上了。那么这次统一更换门头牌匾的原因是什么呢？记者找到了杏花岭区政府。

太原市杏花岭区副区长程有录：“太原市要举办中部六省中部博览会，太原市要把这个博览会举办好。作为我们所在的城区，要把我们城区建设好，用一个亮化的城市，美丽的城市，迎接中外友好人士。”

原来，2011 年 9 月，太原市要举办第六届中部投资贸易博览会，为了让太原市有个好的市容市貌，2010 年 10 月，太原市政府下发了《关于集中整治户外广告的通知》，要求在 2011 年 1 月 15 日之前，完成店名牌匾、橱窗广告的集中清理整治和规范。为此，从 2010 年 11 月 17 日开始，杏花岭区专门开展了“城乡清洁工程百日专项整治行动”，而对于户外广告的综合整治，区里提出了自己的实施细则：要高标准规范门头牌匾和橱窗广告。

记者：“这个具体要求是什么样的？”

太原市杏花岭区巨轮街道办事处主任陈向琰：“（门头牌匾）高度要求是 1.2 到 1.5 米，材质上，主要街道上不允许出现喷绘广告。”

在这个高标准之下，几乎所有的店铺招牌都要换。

一家卖面皮的小店，不久前刚刚自己花了 1000 多元更换了新门头，但也被街道派来的施工人员拆掉了。

记者：“你自己刚换了的话也不行吗，还必须要求重新换吗？”

商户：“上面是喷绘的，人家说喷绘的不行，必须粘那上面那个（字）。”

记者：“你原来是喷绘的？”

商户：“这几家都是喷绘的，都被撕了。”

记者：“你喷绘的做了多长时间？”

商户：“就几个月，三四个月。”

记者：“必须都换掉吗？”

商户：“必须得换，咱不知道。我没来，人家来了就给撕了，没有跟你说，然后就拆开了。”

记者：“连商量都不商量？”

商户：“嗯。”

不但招牌要换，而且，不管店铺是大是小，经营什么内容，招牌都必须统一规范，没商量。像一些时尚的店铺，新招牌显得挺协调，的确给店家增了色，而再看看这家小面馆，只经营外卖，连店堂都没有，门脸外墙的面积根本达不到统一规定的牌匾尺寸，只好和另外几家小铺共享一块用铁架子特别支撑起来的大匾额。在硕大簇新的招牌下，这些小铺更显得狭窄、破旧、寒酸。

让这些商户更觉郁闷的是，不到一个月内，他们已经是第二次被要求更换门头牌匾了。

商户：“社区稀里糊涂地就叫换牌子，刚换了个第一回，又换了，这是第二回了。”

记者：“怎么会有第一回、第二回呢？”

商户：“头一回换的是塑料布的，他们说不合格，强行又给拆了。”

一家卖饸烙面的商户被拆掉的喷绘门头至今还留在房顶上。10 多天前，这个门头也是社区要求更换的，他已经花了 800 多元，哪想到现在又要求换成彩钢板的了。

商户：“拆了可惜了。”

记者：“可惜了。”

商户：“刚换了十来天是不是。”

以往做个喷绘的门头，每块也就几百元，可这次是要求换成铝塑板或彩钢板的，价格就贵多了。做彩钢牌匾，每户商家最低也要花费近千元，而铝塑板的要几千元才能做下来。既然是为了配合市里的活动，区里又统一了标准，强制更换，并没有征求商户的意见，那么，这是不是杏花岭区政府搞的一次公益活动呢？

记者："更换牌匾的这些钱是由谁来付呢？"

太原市杏花岭区副区长程有录："我们鼓励商家自己出，为什么自己出呢？把他的牌匾做好了，更能招揽顾客，更能吸引顾客，所以钱由他自己出。"

这次统一更换门头牌匾，除了 200 多万元的拆牌费用由杏花岭区政府支付之外，安装新牌的费用全部要由商户自己承担。

据统计，目前在杏花岭区需要更换门头牌匾的商户共有 6700 多户，更换面积达 80000 多平方米。如果以价格较低的彩钢板每平方米 160 元计算，每户的负担也要在近千元到几千元，全区商户总花费在 1200 万元以上。

记者："愿不愿意换这个牌子？"

商户："不愿意换，肯定不愿意换。"

记者："为什么？"

商户："换这个新牌子肯定好，问题是啥呢，这个造价高，得一两千块钱。"

记者："这一两千块钱如果挣回来的话，你得卖多长时间的面皮？"

商户："我估计肯定得一个月。"

一位开杂货铺的商户更换牌匾需要花费 5000 多元，相当于卖出六七百把扫帚；而像这位开小饭馆的，换个牌子要 2000 多元，相当于一个月白干了。这样的小生意本来就本小利薄，这笔门头牌匾费用对他们来说是个不小的负担。

商户："就这么大一点地方能坐几个人，坐不了几个。"

记者："坐不了几个人，就是家常菜。"

商户："嗯，就是家常菜。"

另一商户："做小买卖能挣多少钱，都是挣的辛苦钱，怎么也承受不起，都是小摊摊。"

对于硬性规定门牌，是否会给商户增加经济负担的问题，杏花岭区的干部又是如何看的呢？

太原市杏花岭区巨轮街道办事处主任陈向琰：“我个人认为，自己的门牌牌匾自己掏钱这是理所应当的。”

记者：“由商家来承担更换牌匾的费用，你觉得会不会增加商户们的经济压力呢？”

太原市杏花岭区副区长程有录：“城市主干道的商店，是城市一个风景线的组成部分，作为一个城市，对这个风景线有美观的要求、亮丽的要求，作为商店应该来满足、来达到实际要求，大家都应该去出点力，应该去承受这点费用。”

在杏花岭区各街道当中，杏花岭街道办事处提的标准比较高。在给各商户的通知中，他们明确要求：牌匾的材质要用造价较高的铝塑板打底，亚克力做字，并且还指定由一家装饰公司统一给商户更换门头。也有商户想和街道办事处商量，能不能自己找公司安装门头。

商户：“我想问一下，门头那个装修的话，可以自己装修吗？”

杏花岭区杏花岭街道办事处工作人员：“不行。”

商户：“你要装一平（方）米多少钱？”

杏花岭区杏花岭街道办事处工作人员：“光是底板是580元。”

可是市场上同样材质的铝塑板，300多元一平（方）米就可以做下来。

商户：“我们也咨询了一些装饰公司，要做下来的话，是每平（方）米300多块钱，就是4000块钱就行了。”

记者：“如果要由他们指定的公司来做这个得多少钱？”

商户：“那个算下来就得9400多块钱，我们算了一下。”

就算要多花冤枉钱，商户们也是无可奈何。他们现在唯一的希望就是，如此统一更换牌匾，但愿这是最后一次。

商户：“不要再换了，再换我们真是承受不了，一天我们费用多大？现在不好干。我们两口子都是下岗工人，没办法。”

另一商户："我们也肯定希望是最后一次，不要换了，今年生意又不好做，我们也赚不了钱，一天卖一两百块钱，换一个牌子，算一下吧，多少天才能赚到这么多钱。"

为了尽快推进更换门头匾额的工作，杏花岭区还实行了干部分片包干，把这项工作纳入干部年终考核，没有完成任务的干部将被问责。为此，杏花岭区各个街道办事处都竭尽全力完成进度。

1 月 4 日晚上，记者在杏花岭区的各个街道上看到，很多店铺门前都在挑灯夜战。工人们告诉记者，这天晚上必须装完门头牌匾，第二天有关部门就要来检查了。

据观众反映，像这样强行要求更换门头牌匾的事，在山西省长治市襄垣县也正在发生。按理说，规范整顿门头牌匾，既可以美化市容，也可以扮靓商铺的门面，招揽顾客，这也正是杏花岭区那位副区长所说的，费用应该由商铺自付的理由。但是，像这样指定规格、指定标准、指定时间，甚至指定公司换牌匾，搞一刀切，难免会让人产生这样的疑问：如此做法，究竟要扮靓的，是谁的门面？

（《焦点访谈》2011 年 1 月 10 日）

农民盖新房　咋缴“营业税”

在农村，盖房子是件大事。很多农民辛苦多年，攒下积蓄，最大的愿望就是盖起自己的新房子。按照国家规定：农民在自己的宅基地上建房自住，只要不占用农用地，是不用缴任何税费的。而江西省崇仁县石庄乡的一些村民反映，他们在盖房子之前，却必须先向乡里交上一大笔钱。这到底是为什么呢？

江西省崇仁县石庄乡巴山门村的村民杨新华家的房子，因为年久失修，已经成了危房。他外出打工 5 年多，好不容易攒下 5 万多块钱，决定在原来的宅基地上翻盖新房。当地规定，村里同意后，他要到乡里再盖两个章，才能办理翻建手续，可让他没想到的是，盖乡上的这两个章要花上一大笔钱。

建房农民杨新华：“他说要先交钱再盖章，就盖这两个章，5000 块钱，就这个一户一宅的证明，还有建房申请的证明，就这两个章要 5000 块钱。”

本来盖房的钱就不富裕，现在房还没盖就要先交这么多钱，这实在让他想不通。

杨新华：“他就是说，你给钱我就给你办手续，你不给钱我不给你办手续。他就这样子。”

杨新华无可奈何，只好交了 5000 块钱，乡里给他打了一个收条，让他一周后来乡里换发票。

杨新华："收条：今收到巴山门村杨新华人民币5000元。"

记者："这个收的是什么钱呢？"

杨新华："他就是收的建筑营业税。"

农民自家盖房为何还要缴税？我们采访了石庄乡的负责人。

江西省崇仁县石庄乡党委书记陈志刚："就是说谁建房谁缴税。"

记者："你们整个乡，全是这么收吗？"

陈志刚："对。就是说所有的农民建房，都要向税收机关缴纳建筑营业税。"

乡里说，这笔税款是由地税分局按规定征收的。于是，记者又来到了地税分局，在这里却得到了与乡里不同的说法。

江西省崇仁县地方税务局巴山分局副局长袁志刚："国家有规定，有这个文件，不能说直接向农户收，前几年都有，好像是2004年还是2005年就下了这个文了，不能收农户的了，不能增加农民负担了。"

对于以税收的名义向农民乱收费的行为，几年前就已经被国家严格禁止，而按照国家税务征收的有关规定，建筑营业税指的是对应该交税的建筑劳务就其营业额多少征收的一个税种，征税的对象是那些承包建筑工程的施工方。像杨新华这样的农民，只是翻盖自家的房子，并不是承包什么建筑工程，怎么就成了建筑营业税的征收对象呢？

我们在地税分局看到了开给杨新华的税务发票，令人奇怪的是，税票上的纳税人填写的却是另一个人的名字。

记者："交给你钱的人姓杨，是不是？"

江西省崇仁县石庄乡副乡长黎俊华："是。"

记者："现在按这张税票开的？"

黎俊华："按照这个税票开。"

记者："黄光辉。"

黎俊华："对。他要收缴是那个承建者的，这个税收是收承建者的。"

记者："你们心里知道这个税收是不能向农户收的。"

黎俊华：“对。”

这位副乡长说，这笔税款，不是向杨新华征收的，而是向负责给他家盖房的承建者征收的。据了解，这位黄光辉是村里的一名泥瓦匠，可他既没有和杨家签任何合同也没有施工。

江西省崇仁县石庄乡党委书记陈志刚：“税收的征收主体不是向他（农户）。”

记者：“你说由谁向承建方代收这个税？”

陈志刚表示，要农户向承建方来代收税。

记者：“就是这个农户？”

陈志刚：“对。”

记者：“他有什么义务替你来（征收）？”

陈志刚：“没有义务”。

记者：“那你凭什么要征收他的钱？”

陈志刚：“我没有一定要（征收）他（的钱），但是为了工作，为了这个东西，在这个东西上我们干部可能方法有些简单。”

杨新华被迫交了5000块钱，那么这5000块钱的税款又是如何计算出来的呢？

江西省崇仁县石庄乡副乡长黎俊华：“应该说按照造价是550元一平方米，然后至少应该说，造价至少达到10万元。10万元以后呢，我们乘上税率6.1%，就按照这样算出来的。”

记者：“你这是算出来的吗？”

黎俊华：“当然是。”

按照规定，建筑营业税应该在建筑施工之中或完成之后，按照一定比例征收，而杨家的房子根本还没有盖，乡里居然只凭估计就自己制定了税额。

江西省崇仁县石庄乡副乡长黎俊华：“这个农民还是比较困难，就说没有征收到位，按照我们能尽量照顾农民还是照顾农民。就是说按照5000块这样的，不会多收他，（本来）应该收6000到7000元。”

按照这位副乡长的计算，他们收的这5000元钱还是照顾贫困农民的优惠价，实际上，建筑营业税的税率是3%，并不是他们所说的6.1%。应该说，这个税征收的名义不对、对象不对，计算方法和征收时间也不对。而我们看到在税务部门的这张正式发票上，每一项内容填写的都很齐全，那么这样的发票又是怎么开出来的呢？

记者：“具体纳税数字是你提供的吗？”

江西省崇仁县石庄乡副乡长黎俊华：“我不懂这个。”

记者：“不懂。那是你编的，是不是？税的项目有额度，完了以后乘上税率才能得出这个钱数啊，这些数字是怎么来的？”

江西省崇仁县地方税务局巴山分局工作人员吴志琴：“他是说要交5000块钱税。”

记者：“交5000块钱，他也不懂这个，这个中间这些税种、税额是怎么来的？具体的。”

吴志琴：“5000块钱肯定是我收了，这个数是我算出来的。”

记者：“这是你自己编的？就是最后要核出来是5000块钱，是不是这个意思？”

吴志琴：“是。”

原来，乡里先定下来农民要交的数额，税务部门再按照这个数额倒推出细目，再填出税单，严格的税收规定在这里被当成了儿戏。

据调查，向普通的建房农户收取建筑营业税，在这个乡并不是个别的现象，也不只今年才有。

一户农民家是两年前建的房。

记者：“你家这个房子，当时建的时候乡里头收钱了吗？”

建房农民甲：“收了，收了，建筑营业税收了一笔钱。”

而另一户农民家的房子是2005年建的。

记者：“你纳了这个税，你也不是工商户？”

建房农民乙：“不是。”

记者：“这里头具体项目经营所得，你这些都没有是不是？”

建房农民乙：“就是叫我交 800 块钱。”

从当地建房农户提供的税票看，这些建房的农户都被当成了个体工商户缴纳了建筑营业税。那么这些收上来的税款又去了哪里呢？

记者：“征收的这个税叫建筑营业税，这个要 100%返回到乡里头吗？”

江西省崇仁县石庄乡党委书记陈志刚：“它是根据税种的不同，营业税这一块是 100%，个人所得税是 40%，还有各种其他的税率，要根据他们的情况，有 40%，有 60%的返还。那么像这个 5000 块钱，我们可能算起来，我们乡里所得可能是 3000 多块钱。”

农民缴纳的所谓营业税除了乡里得到的，剩下的则进了县财政。而向盖房农民收税的，也不仅仅是石庄乡一个乡。这几年，农村建房的人逐年增多，农户缴的税款也是逐年提高，从 2005 年的 800 元左右涨到了去年的 1800 元，而今年更是大幅度提高到了 5000 元。

江西省崇仁县石庄乡副乡长黎俊华：“一个就是说物价上涨了，另一个我们财政收入也增长，也提高了，我们税收肯定也要提高。”

江西省崇仁县财政局副局长裴九龙：“就是我们现在每花一块钱，大概有七毛钱是靠上面转移支付的，就是这样一个状况。在省里面，我们是一般转移支付县，所以我们调资、增资，上面都有一些转移支付，比例就比较高一点，大概是这样一个状况。”

记者：“今年的财政收入要达到什么样（的目标）？”

裴九龙：“今年我们的目标就是要确保完成 6.3 亿元。”

记者：“就是比去年要多 1.3 亿元？”

裴九龙：“多 1.3 亿元。”

看来，崇仁县财政增收的压力的确很大，花钱的项目想必也不少。在县里采访的时候，记者发现由县财政支出的新的行政中心正在兴建，建筑群落中县委县政府几大班子都在新建办公楼，看上去很是气派。

记者：“这个预计造价有多少呢？”

江西省崇仁县财政局副局长裴九龙：“这个预计造价，这一块儿我真的不太清楚。”

记者：“初步估算你也不清楚吗？”

裴九龙：“初步估算这个就不好说了，这个不清楚。”

记者：“你在财政局负责哪方面工作？”

裴九龙：“我是管预算、国库的。”

记者：“那你怎么不清楚呢？这一块儿大体上造价有多少你也不知道？”

裴九龙：“大体上我真的不清楚。”

崇仁县石庄乡向农民收了不该收的税，还声称税款打了折，照顾了困难农民的利益，这话听起来够雷人的。乡里自己就定下了税额、税率和征收的对象，这事办起来也够惊人的。当然，这想必不会是石庄乡一个乡的事情。国家三令五申要减轻农民负担，禁止向农民乱收费，而农村乱收费的现象为什么还时有发生呢？其实要查清乱收费的根源并不难，首先就要查清是哪个地方、哪些人从乱收费当中得到了好处。只有切断了利益驱动的链条，才能够真正遏制农村乱收费的现象。

（《焦点访谈》2011 年 3 月 24 日）

青山何以被“剃头”

前些天，浙江省景宁县景南乡的村民给《焦点访谈》提供了一组照片，在这些照片上，本来整体郁郁葱葱的森林，山顶上的部分却不见了，没了植被，露出了黄土和石块，好像是被剃了光头，是谁砍伐了山林？又是为什么要这么做呢？

记者赶到浙江省景宁县景南乡的忠溪村，见到了一种奇特的现象：许多山的山坡林木茂密，而山顶却被戴了一顶“土帽子”，地表裸露、植被无存。当地村民告诉我们，这是去年政府组织人新造出来的田，至于为什么要在这里造田，他们表示没法理解。

景宁县景南乡忠溪村村民甲：“造田嘛，这个地方水也没有，太高了，种什么都种不起来。我们本来是低的地方田都要退田还林了，要造林了，他在这里把山林砍掉要造田，我们弄不懂。”

记者：“这是什么啊？”

景宁县景南乡忠溪村村民乙：“这是一个灌溉池。”

记者：“能灌溉吗？”

景宁县景南乡忠溪村村民乙：“不能灌溉，绝对不能灌溉，这里有几个立方的水，没有用的，就是小小的一块田也灌溉不了，不用说 300 多亩地了，不可能灌溉的。青蛙跳到里面都死掉了，没有水了，根本一点水都没有了。按我们老百姓来说，谁到这个地方种田的？怎么种田呢？水源在哪里？我们也不知道，这里高山海拔 1500 多米的地方，哪种得了田。”

去年年初，忠溪村的村民接到通知，说是县里要搞一系列的土地开发项目，村上的岭头岙也被选中，要进行开发。随着大型机械上山，山顶的林地被统统推掉，造出了这接近 300 亩的所谓耕地。

景宁县景南乡忠溪村村民丙："现在已经是播种季节了，像水稻、玉米，不管什么种子都已经种下去了，它现在这地还是荒着，这就是空做一场。"

尽管新造出的地归村上所有，但由于没法耕种，没有人出来承包，也就只好放着，就像村民所说的，也就是"空做一场"。早知如此，当初为什么一定要做呢？村子们说，岭头岙的造地项目是忠溪村的村支书负责的，记者随后找到了这位村支书。

浙江省景宁县景南乡忠溪村党支部书记徐伟忠："现在是县政府，它一个是土地开发，一个是把它变成耕地。这个具体我也不清楚，我们那个项目，它已经都是经过县政府，县里立项立进去的。"

记者："这两块耕地的开发是经过村民同意的吗？"

一被问到这个项目是否经过村民同意，这位村支书就莫名其妙地发了火，站起身来抢记者的摄像机并将记者推出门外。

随后记者来到景宁县国土资源局，找到了分管土地开发工作的一位副局长。

记者："我们想了解一下，景宁县耕地开发目的是什么？"

浙江省景宁县国土资源局副局长林环："我们就是要开发一些耕地占补，占掉一亩，我们就要开发起来一亩，正好占补平衡。"

在一份景宁县国土局的工作报告中，记者看到了这样的内容：2010 年，景宁县要完成开发 2000 亩耕地的任务，以此来实现本县的占补平衡。但同时景宁县又给自己额外规定了新的任务，就是争取完成外调杭州、宁波土地开发占补平衡的指标 5500 亩。在这段文字的后面，不知是谁注上了这样几个字：进账 3 个亿。

记者：“这个文件写着要完成外调杭州和宁波的折抵任务是5500亩，这个数字是怎么测算出来的？”

浙江省景宁县国土资源局副局长林环：“那可能是宁波、杭州，可能跟我们领导，因为这个工作2007年开始做了，可能就是跟我们历任的局长也好，分管也好，可能提出这个要求，有这个需求。”

记者：“这个收入也很诱人，进账3亿。”

林环：“这个是概算，就是可能概算一下这样子。”

5500亩，进账3个亿，如此算下来，平均每亩转让指标的收入就是约54000元。那么造地先期投入的资金从哪儿来呢？

浙江省景宁县国土资源局副局长林环：“政府投资项目，通过招投标开发出来，我们是1.5万到1.6万一亩，这样子。”

如果每亩收入54000元，刨去成本16000元，造地一亩就能净赚约38000元。在景宁县国土资源局的网站上，我们看到了这样的信息：如果实际新增一亩耕地，乡镇可以得到3000元，其中2000元为政策处理工作经费；林业部门每征占一亩林地用于土地开发，将可得到300元；农业部门每调查一亩废弃园地用于土地开发，可以得到200元；水利部门每调查一亩河流岸边有防洪要求的土地用于开发，可以得到200元。景宁县国土资源局林副局长向记者证实，为鼓励造地，他们确实在实行这样一种奖励机制。

浙江省景宁县国土资源局副局长林环：“我们就是县政府，假如说农业部门、林业部门、财政部门，对这个土地开发支持力度大的单位，年终的时候适当有点补助奖励，对乡镇也有点工作经费，这样子。我刚才开始讲了政策处理，就是这个项目业主是乡镇，乡镇要给它一点工作经费，我们景宁县叫作政策处理费，就是政策处理一定要到位。”

如此看来，造地可以给景宁县带来直接的经济效益，但是开发耕地应具备怎样的条件呢？景宁县国土资源局网站有这样的公示：土地开发的范围为适宜垦造成耕地的荒山、荒坡、荒草地、火烧迹地、废弃园地、灾毁耕地。

而为了造地，他们却将林地和有防洪要求的土地也列入开发范围。从当地村民提供的岭头岙开发前的图片可以看到，这里原本生长着茂密的树林，可如今青山被当成了荒山，变成了所谓的耕地。对此，景宁县国土部门作何解释呢？

浙江省景宁县国土资源局副局长林环：“可能现在你开发出来，周边都是林地，但是那一块开发出来，正好是被火烧掉或者是原来就是荒地。”

然而，在景宁县国土资源局的岭头岙项目土地利用规划图上，记者看到，岭头岙明显标注在林地的范围内。

如此矛盾的地方并不止这一处，比如景宁县国土资源局网站还明确公示，禁止在坡度大于 25 度的地方开发耕地，那么岭头岙的坡度又是多少呢？

记者：“这个大概坡度是多大啊？”

景宁县景南乡忠溪村村民：“很陡的，这个坡度大概 60 到 70 度，现在一滴水都没有，草都长不出来。”

浙江省景宁县国土资源局副局长林环：“上面要求，就是超过 25 坡度以上水土流失就不能搞。”

记者：“那 25 坡度以上开发的耕地是怎么解释呢？”

林环：“25 坡度以上，可能有些项目老板他们觉得这一大片都开掉了，旁边超过 25 坡度以上的还有一点，他可能反正挖掘机也方便，他就往两边延伸，也开一点出去，超过 25 坡度也有的。”

就这样，以往不允许开发的，如今却成了大力开发的对象。记者在景宁县第三批土地开发项目申请立项备案清单中看到，有 22 个项目涉及 44 个地块的造地项目正在实施过程中。这些开发耕地的指标去向一栏中全部填写着“外调”的字样。看来，出卖“耕地”、赚取效益已经成了当地工作中的一件大事。

浙江省景宁县国土资源局副局长林环：“反正他们那些建设需要，而我们这些地方，在我们自己占补（平衡）之外，他们外面那些城市，需要一部分指标的话，我们适当调剂一部分给他们。”

由此带来的后果是什么呢？自从岭头岙山顶的植被被毁掉之后，忠溪村村民的生活也随之发生了变化。

记者：“你们村在哪儿？”

景宁县景南乡忠溪村村民甲：“这下面就是我们村，下大雨把泥沙冲下去以后，我们喝的自来水里面全部都是泥水。”

记者：“全部都是泥水？”

景宁县景南乡忠溪村村民甲：“都是泥水，下大雨就是泥水，因为我们这个自来水就是从这个山坑的水里面引过去的，我们每家每户都要去挑水吃。”

景宁县景南乡忠溪村村民乙：“如果下雨了，每个人都怕起来了，都是黄泥水，没法吃。最怕泥石流，那个山被他挖掉，原来是树木（现在）被他挖掉，那个泥石流如果来，我们这个村庄就完蛋了。”

记者：“景宁算是地质灾害高发的地区吗？”

浙江省景宁县国土资源局副局长林环：“也算，因为我们这个山比较陡。”

记者：“植被破坏了，是不是会引起泥石流、滑坡？”

林环：“植被就是不能破坏啊。假如说破坏掉了，肯定会的。生态就是不能破坏。”

一方面强调植被不能破坏，另一方面破坏却在继续。在忠溪村的高斜坪不时响起爆破声，两位村民告诉我们，这是正在开山造田，他们承包的毛竹林有许多被开荒的人拔掉了。

景宁县景南乡忠溪村村民：“我们的山给他们搞得一塌糊涂，连那个小树都被他们拔光了，那个毛竹栽过去也被他们拔掉了，你说我们气不气。”

村民说，导致他们竹林损毁的，实际上就是县上立项的高斜坪造地项目，而这个项目是由忠溪村的村委会副主任等几个人承包的。记者找到了这位村委会副主任，得到的答复是这样的。

浙江省景宁县景南乡忠溪村村委会副主任王铭心：“在这个大山里靠山吃山，有经济效益的事情我们就干。”

占补平衡，本来是为了保护耕地，在浙江省的景宁县却变成了一笔又一笔买卖耕地的生意。在这样的生意当中，原本郁郁葱葱的青山被改造成了荒山，林地被改造成了不能种庄稼的“耕地”。生态环境被破坏，民众利益被侵害，而一些部门和个人却因此从中牟得暴利。现在，这样的生意仍然在当地公开进行着，这种做法该由谁来制止，谁来问责呢？

（《焦点访谈》2011 年 5 月 4 日）

断桥之问

近段时间以来，一些地方接连发生煤矿、非煤矿山坍塌事故，道路交通事故和建筑物桥梁垮塌事件，引起了党中央国务院的高度重视，要求深刻总结事故教训，全面加强安全生产。

在这些事故当中，杭州钱江三桥引桥的垮塌备受各界关注。因为这座曾经创造过中国桥梁建筑史上很多第一的大桥，仅仅建成十几年就发生了垮塌事故。记者调查发现，这座桥不仅是带病上岗，而且是久病缠身。

让我们先来回顾一下7月15日的事故发生过程。凌晨2点左右，大货车司机夏全斌驾驶货车上桥后，为避让突然出现的桥面裂缝，往左猛打方向盘，因载重过大，车尾右甩，砸在了护栏及裂缝处，货车最终连同桥面预制板一起坠落。

大货车司机夏全斌："这个车就已经来不及了，我们一把方向（盘），往右边，车子已经整个过去了，后面车厢压到了货，就把整个桥梁压塌下去了。"

坍塌的部分位于钱江三桥南引桥南向北180米处。事故造成两块梁板断裂坠落。那么钱江三桥引桥为什么会坍塌呢？

记者同当年参与了钱江三桥建设的同济大学博士石雪飞一道来到了事故现场。

同济大学桥梁工程设计院博士石雪飞："从我现在眼睛看到的这个情况来

看，直接的原因就是这个缝，它的问题很大，它不能够让这个梁共同工作，然后这单个的梁上面，开很重的车，最后把它压垮了。”

货车超载问题是我国公路面临的普遍现象，但钱江三桥作为一座刚刚建成十几年的新桥，即使面临超载，怎么就如此不堪重负呢？

记者在发生事故的南引桥上看到，许多十几厘米宽，有着明显修补痕迹的裂缝，长度有的三四米，有的甚至达到七八米。二三十厘米深拳头大小的坑洞更有四五个。就是这些裂缝和坑洞造成了桥面下连接桥梁梁板的钢筋裸露在外。钢筋长期日晒雨淋，发生锈蚀、拉伸、断裂，最后变成桥梁上的梁板独自承受大桥上的过往车辆。

同济大学桥梁工程设计院博士石雪飞：“现在看到的这些问题，这些钢筋都锈得非常厉害，就锈得像根线了，这个不对的。这是个很大的问题。现在的这个状况，是肯定不能允许的，一定不能够允许这个。这样子以后，你开小车没事，要是很重的车上来以后，当然也不是说我们现在允许那么重的车上来，这样子以后，这个桥可能就会出大问题，垮了什么的这都有可能。”

据了解，这次钱江三桥坍塌事故是由南引桥桥面上一道长六七米，宽约一米的裂缝引发的。这道裂缝在事故发生前的 3 月份就已经被发现，并经过了修补。但就在事发前，这个裂缝再次开裂，导致了事故发生。那么对于这样的裂缝，养护单位是怎么修补的呢？

杭州恒基钱江三桥有限公司总经理苏清：“发现以后我们对裂缝及时进行了小修保养，也就是说裂缝给它填平。”

记者在钱江三桥的南引桥上看到，确实有许多修补的痕迹，甚至有的裂缝已经修补了好几次。

让记者感到奇怪的是，有些裂缝中只是用砖头塞住，草草了事。这样的修补能保证通车安全吗？

记者：“你们所有的维护，所有的维修、养护都符合标准吗？”

杭州恒基钱江三桥有限公司总经理苏清：“我觉得应该是的。”

记者："红砖头放在那个裂开的铰缝之间，这个是符合标准的吗？"

苏清："这个应该是不符合标准的。我其实也说不上来，你这个事，是不是咨询一下专家，有一个确切的答复。"

浙江省交通厅工程质量监督局高级工程师江立生："现在这个板呢，里面的铰缝已经掉了。按道理，就应该及时给它注浆，给它灌密实了，把这两块板连在一起，然后上面再浇沥青。"

记者："现在如果大车这么走的话，能保证行车安全吗？"

江立生："那这个对安全肯定是有隐患的。"

杭州钱江三桥总长 5700 米，主桥 1280 米，南北高架引桥 4420 米，双向 6 车道，1997 年 1 月 28 日建成通车，是连接杭州主城区与滨江、萧山两区及萧山国际机场的重要通道之一。钱江三桥的建设采用了分段招标、分段施工，至少有 10 家施工单位参与了建设。

负责南引桥事故地点施工的是浙江省水电工程一处，后改为浙江省第一水电建设集团有限公司。记者联系了几次，对方都以事故正在调查之中为由，拒绝接受采访。

在采访中记者还发现，虽然这次的事故发生在南引桥，但实际上钱江三桥的主桥也存在质量问题。在浙江省交通厅工程质量监督站 1997 年为钱江三桥做的交工质量鉴定报告中我们看到，按照最高标准修建的钱江三桥建设工程的总体评级为合格，而合格是验收鉴定中最低的等级。

杭州市交通局副局长朱玉龙："当初验收的时候，最大的问题可能是在主桥，主桥的箱梁里面出现了裂缝。这些裂缝的宽度超过了我们行业的设计规范规定的限制，这个裂缝，从技术角度来看，是一种结构性的受力裂缝，换句话讲，从设计和施工角度来看，都不应该出现这个裂缝。"

在 1997 年钱江三桥的交工验收报告上记者看到，主桥桥梁上存在 7 项质量问题，最严重的为箱梁裂缝，有 200 多条，最宽已达 0.58 毫米，最长为 4.3 米。而根据国家规定，桥体箱梁上存在的裂缝宽度不能超过 0.2 毫米。

杭州市交通局副局长朱玉龙："这个裂缝随着桥梁的正常投入使用过程

中，在外界的荷载作用下，特别是异常的荷载作用下，它会出现一些扩散缝，这个结构的使用寿命或者它的承载标准会有所下降。这个在工程验收过程中，我们大家的意见还是比较一致的。”

负责主桥施工的是湖南省路桥总公司，2007 年发生坍塌的广东九江大桥和湖南凤凰大桥也出自这家公司之手。既然钱江三桥在施工过程中就存在如此多的质量问题，那么工程的监理方又是如何监理的呢？

记者先后几次联系了当年负责钱江三桥监理工作的浙江省交通规划设计研究院，但都没有得到回复。

根据国家规定，在公路工程质量检测评定中，有着严格的打分制度来评定一个工程质量达到什么样的标准。根据适用于钱江三桥的 1994 年版《公路工程质量检验评定标准》，85 分以上为优良，70 到 85 分为合格。在钱江三桥交工质量鉴定报告上，记者发现了一个奇怪的现象：虽然评定为了合格，但并没有具体的分数。

记者：“按照国家规定，不给评分的话，不给评为合格和优良。”

浙江省交通厅工程质量监督局高级工程师江立生：“那它肯定要有分数的。”

记者：“那你们为什么不给分数呢？”

江立生：“我们就因为它这个加固方案没有出来，所以根据这个荷载实验方案，荷载实验，先评为合格。也就是说，给它要有个加固的过程以后，我们再来评。”

按照规定，只能先打分，然后再根据分数才能鉴定评出等级，但这样的规定在钱江三桥身上破了例。

对于这样的破例，很多专家存在异议，甚至有专家拒绝在交工验收质量报告上签字，但是这座存在严重隐患的大桥依然还是被验收合格了。正是施工质量的先天缺陷，导致钱江三桥 14 年来大修小修不断。

杭州市交通局副局长朱玉龙：“桥如果好的话，它振动频率是不太会改变的。我们检测这个地方就发现，整体功能下降，我们就专项修补了几次，重做了几次，但是没有解决根本问题。”

记者站在钱江三桥上看到，这座桥非常奇特，桥面波浪起伏与正常的桥面形成鲜明的对比。据专家介绍，这就是2005年大修之后造成的。

杭州市交通局副局长朱玉龙：“我们这次大修，其中一个很大的原则，修完桥以后感觉好像比以前波浪更大了，但是这次我们觉得它的美观我们是放在第二位的，我们觉得结构安全应该是第一位的。原来低的地方，又弹回两厘米，两厘米的回弹，说明它减载的效果还是比较明显的。”

据专业人士说，因为箱梁裂缝造成的桥面严重破损、高低不平，而维修时只能选择重新加固，所以造成了桥面有着如此大的波浪起伏。

始终带病运行的钱江三桥最后终于被出现在南引桥上的那条裂缝引发了事故，而这样的结果其实在大桥建成的时候就已经注定。

事故发生之后，南引桥北向南方向立即被全段封闭，开始了又一次维修作业。而关于这次事故的原因，有关方面仍在调查之中。

不仅引桥有问题，主桥也有问题；不仅施工中有问题，监理和验收等环节也有问题，而这些问题背后的问题还有待于进一步的调查。正像27日召开的国务院常务会议所指出的，这些问题充分暴露出一些地方部门和单位，安全生产意识薄弱，安全责任不落实，防范监管不到位，制度和管理还存在不少漏洞。

安全生产事关人民群众生命财产，事关改革发展稳定大局，事关党和政府的形象和声誉，抓好安全生产，任何时候都不能疏忽。

（《焦点访谈》2011年7月29日）

交通违规之后

每每临近年底，货运会特别忙，人们经常能在城市边上看到大货车排起长龙。近些年，很多城市为了改善交通环境、缓解拥堵，实施了各种禁行措施，比如某些时段、某些路段严禁大货车通行等。武汉就划出了新的禁行区，24 小时禁止外地货车进入。然而，有一些外地司机在闯了禁行区之后，受到的却是让人意想不到的处罚。

戴维立是江苏徐州一家运输公司的司机，2011 年 11 月 11 日，他驾驶的冷藏车满载冷冻食品从重庆开往武汉。刚刚进入武汉市他就发现，道路上有一个外地货车禁行的标志，正当他准备掉头另寻他路时，却被赶来的交警拦下。

小戴跑长途运输已经多年，违反城市禁行规定接受交通管理部门处罚也不是什么新鲜的事。按照《中华人民共和国道路交通安全法》规定，违反禁行规定的，应对司机处以 20 元以上 200 元以下的罚款，经教育后令其返回即可。然而这一次截车的交警并没有这么做。

戴维立：“就给我们开了相关的单子。”

记者：“开了什么单子？”

戴维立：“首先开的就是这张扣押物品的单子。”

记者：“是违反了武汉市政府交通管制通告（8001 条），就依法扣留你们的车和货？”

戴维立：“对。”

武汉市政府交通管制通告（8001 条），就是武汉市在 2011 年出台的不允许外地货车进入武汉市三环路的规定，原因是三环路经常堵车。

但这一次，闯了禁行的小戴在缴纳 100 元罚款和被扣除 3 分后，他的车并没有被责令返回。在交警亲自押送下，小戴将车开进了武汉市古田二路一个有大铁门的院子。院子有专人看门，大门打开放货车进去后，又迅速关上了。

小戴把车停进停车场后发现，像他这样因为违反禁行规定而被扣车的外地司机还真不少。停车场里大大小小的货车有上百辆，有的是空车，有的装满了货。一个和小戴一样拉农产品的山东司机，已经被扣在这里 5 天了。他说自己开了几年车，第一次遇到这样的情况："跑北京闯禁区也就最多罚 100 块。抓了拉着鲜货的农产品车子，好多地方都口头教育一下子就放行了，哪有这个事呢？"

包括小戴在内，所有被扣的司机都被告知，必须先去交警队学习 2 天，站岗 3 天，再等几天领取罚款单，这样 7 到 11 天之后才能够被放行。

司机们找到具体负责的交警进行交涉，但没什么结果。

记者："合不合法？"

武汉市硚口区交警："什么合不合法？"

记者："就是这个扣车、站岗，交通法规没有这个规定啊？"

武汉市硚口区交警："违反了交通管制。"

记者："法律上没有这一条，要扣车、站岗？"

武汉市硚口区交警："你这样好不好，你可以到我们大队交涉。"

被扣押的司机里，真的有人前去武汉市硚口区交警大队交涉，但同样没有结果。

这样的遭遇，让大多数司机选择接受这特殊的处罚，他们把车和货都放在停车场内，老老实实去交警队学习了。

被扣司机："要是这次被抓到，关你 7 天，下次再抓到，拘留你 15 天。"

记者："谁说的？"

被扣司机："交警队说的，你学习就知道了，学习完要你写个保证书，下一次来了，一查你车号，拘留。"

司机们学习完毕后，再由交警部门分配到武汉市的繁华路口，每人发一把小红旗，在交通路口指挥交通 3 天，不这样做是行不通的。有司机透露，来这儿站岗指挥完交通，还需要交警认可签字，没有签字，站也白站！

虽然学习不用交学费，可指挥交通也没有任何报酬，而且违章的司机往返停车场和站岗路口的花费也不菲。有位司机算了一笔账："你自己打的去站岗，到那边去十几公里，一个单程就要 25 块，来回就 50 块，一天跑两趟的话光打的费就 100 块了。"

扣车、学习、站岗，这种做法让司机们无法理解。

被扣司机："我也没有那个义务给你站岗执勤啊。"

记者："谁规定这样的？"

被扣司机："司机站岗执勤本身就违法，对不对？你是交警你站岗执勤，万一发生一起交通事故，你得负责吧？我来给你站岗执勤，万一发生交通事故，谁负责？"

然而扣车、学习加站岗，还并不是让司机们最烦恼的事情。在他们的车停在停车场期间，一系列的问题和开销接踵而至。首先司机们必须住在驾驶室内。

山东临沂司机："这院子这么大，你不住在车里也不放心啊。没有人看车不行，太乱了。"

记者："那这边生活方便吗？洗漱什么的？"

山东临沂司机："洗漱？水都没有。"

生活条件很差，要交的费用却不低。每辆货车进门后必须由停车场管理人员拓发动机号，费用是20元；停车7到11天，每一辆大货车每天要向停车场缴纳停车费。

戴维立：“单车每天38块，挂车每天76块。”

记者：“你交了多少钱?”

戴维立：“6天，228块。”

其实这些花费还算是小数目，最要紧的是大多数驾驶员根本耽误不起时间，他们的货物随车辆被扣押，而所运的生鲜货品如果不及时转运就会烂掉。

“给你倒车，有专门的装卸队。我一个老乡车子拉山楂片，那么大一点点箱子，一箱要2块钱卸车费，你自己卸也要给他2块钱，纯粹不合理。”被扣司机介绍，货物可以转运出去，但想省钱是不可能的，停车场要多少转运费，司机就得给多少，一车货下来，转运费就得上千元。

然而，即便是花巨款及时转运了货物，货车停在停车场里，长时间无法跑运输，司机们还是要继续蒙受损失。有司机告诉记者，扣这一次车，损失最起码在2万元左右。

关键是这样的惩罚真的能够让司机们不再违章了吗？根据交警的扣车单显示，这些货车大多是违反了武汉市关于三环路禁止外地货车行驶的规定，然而这样的规定本身就是行不通的，因为武汉市绝大多数商业和物流企业都在三环路以内，三环路是司机不得不走的一条路。

“我们拉农副产品，冷库就设环线里面，你不走怎么走？你不能飞过来!”司机们气愤又无奈。

而对于通告中，外地货车不许走三环，武汉本地货车就可以通行的规定，司机们也难以理解，因为像武汉这样的大都市，维系正常运转的物流，仅靠本地运力是远远不够的。

从武汉市的通告上可以看出，实施这样的禁行令，是想减少车流量，治理三环路的阻塞。治理交通阻塞应该用什么办法，这是需要专家论证的话题。

然而一个不争的事实是，把外地货车扣上几天，的确有人可以借此大捞一把。

停车场负责人："我们这个停车场是私人地皮，是集体土地私人填起来的，交警收你们 20 块的话，这里收 10 块，地皮收 10 块，跟他对半，听懂没有？"

记者："这一天能查多少车？"

停车场负责人："几十台吧。"

严格执法，整治环境，无可厚非。交通处罚的目的是道路畅通、行驶安全。但如果闯了禁行区就扣车、扣货、收钱，就会让人质疑这种处罚的目的。罚要依法，不能在国家法律法规的范畴之外，随意添加自己的土规矩、土政策，更不能借处罚之机收费敛财。这种做法不仅损害了司机们的利益，更损害了法律的公平和公正。

（《焦点访谈》2011 年 12 月 8 日）

学籍注水为哪般

《焦点访谈》记者在安徽界首采访时发现了一个奇怪的现象：一些农村学校，实际在校学生人数和上报的统计表上的人数对不上。这些学校都有两套统计报表，两个表上的数字不同，这是为什么呢？

来到安徽省界首市，记者首先到市教育局计划财务股（计财股）了解情况。全市中小学的学生人数经过这里汇总上报国家，所以这里的数字应该是最准确的。在这里记者看到，学生人数分为两种登记形式：一种是上报到国家的国家报表，另一种是自己内部打好的表格。

记者把这两种报表仔细一对比，发现了问题。

记者："奉天寨小学 558 人，435 人，哪个数字是真的？"

安徽省界首市教育局计财股股长张友明："就后面这个数是真的。"

记者："435 人是真的？"

张友明："435 人，我们拨经费绝对按照现有学生人数。"

记者："你们到学校点过人头？"

张友明："到学校点过。"

记者："那问没问校长，多报 123 人是什么意思？"

张友明："当时他说有不足龄的学生。"

记者核对的报表上，所有学校的学生人数都是不吻合的两组数字。为什么会这样？教育局解释说，学生人数是按照学籍统计的，有的学生流动走了，所以出现了差额。

按照教育部的规定，学籍应该随着学生走。即便真有学生走了，学籍留下了，能出现这么大的差额吗？随后，记者走访学校，开展调查。

记者："143 个学生为什么要报 211 个呢？"

安徽省界首市段庄小学校长张长虹："按照学籍报人数，学籍数。"

记者："那现在有 211 个学籍吗？"

张长虹："应该有。"

143 人到 211 人，中间差了将近 70 人。记者决定和校方一起盘点一下学生人数和学籍数量。

根据记者统计，一年级 29 人，二年级 22 人，三年级 20 人，四年级 22 人，五年级 24 人，六年级 22 人，在校学生是 139 人，有学籍的是 171 人。为何这和上报的数字仍有不小的差距？尤其是校长刚才还保证"应该有"的学籍数。

面对 40 人的差额和记者的疑问，校长无言以对。

记者来到小李庄小学，这里的说法又变了，校方强调的理由是当初报名的学生多，实际来的学生少，他们是按照报名表上报数字。

记者："现在在校生有 187 人，这是真实数字吗？"

安徽省界首市小李庄小学校长李强："嗯，现在有 187 人。"

记者："那么国家报表报的 303 人是怎么产生的？要说你有学生学籍，把学籍拿出来；要说你有 303 个学生报名，把报名表拿出来，有没有？"

李强："……"

在李庙王小学的一间教室，记者只看见 6 张桌子。

安徽省界首市李庙王小学校长崔一："一年级还有 6 个学生。"

记者："二年级现在几个人？"

崔一："二年级还有 4 个学生。"

记者："你们一共（只有）10 个学生？"

崔一："对，报 40 个学生。"

记者："为什么要10个人报成40个人，为什么虚报？"

崔一："……知道是错误的。"

实地走访和比对核查后，记者发现竟没有一所学校上报的人数是真实的。杨寨小学也不例外。

记者："现在在校生一共有多少？"

安徽省界首市杨寨小学校长杨建良："179人。"

记者："这是真实的数字吗？"

杨建良："真实的数字。"

记者："你报给国家的在校生有多少？"

杨建良："就那个数。"

记者："哪个数？"

杨建良："272人。"

记者："那多出来的近100人是从哪来的？"

杨建良："……"

记者："用不用给他们造学籍？"

杨建良："需要有学籍。"

记者："那这学籍、人名哪来的？编出来的吗？"

杨建良："还是从以前那个学籍、名字推过来的。"

记者："什么意思？把已经毕业走了的学生学籍、名字又写过来？"

杨建良："可能就是那样的。"

看来，向国家虚报在校学生人数的现象在这里普遍存在。这些学校为什么要虚报？尽管采访中校长们都不愿回答这个问题，但从只言片语中还是可以听出点什么。

记者："虚报人数这件事，是你们校长自发去做的？"

杨建良："不是自发的。"

记者："那是上面的意思？"

杨建良："也没有具体指示下面怎么办。"

记者："总要布置一下工作吧？"

杨建良："那你得体会上级领导的意图啊，是不是这个意思？"

记者："也就是说虚报学生人数，领导有这方面的授意？"

杨建良："不能说。"

记者："不好说是吗？"

杨建良："不知咋说，我不好说。"

对于采访中发现的这些问题，记者向教育局领导做了了解。

记者："普遍存在的虚报学籍的情况，教育局领导知道不知道？"

安徽省界首市教育局副局长任朝斌："我们不知道这个情况，现在正在核实。"

记者："我在你们局里发现一份真名单，就是你们往下拨钱的名单，一份假名单，是上报国家数据库的名单。这两个名单你们在局长办公会上见过吗？"

任朝斌："没有见过。"

一位不愿露面的知情教师在电话里向记者介绍了一些情况。

知情教师："我们学校虚报了大约有七八百人左右。"

记者："当时布置的时候，学校有文件给你们吗？"

知情教师："学校没有文件，是（2011 年）11 月 18 号教育局逐级布置下来，11 月 19 号上午 8 点要交到教育局。"

记者："虚报的这些学生的名字，由谁来编？"

知情教师："校长，班主任。"

记者："编假学生的任务，落实到老师人头上吗？"

知情教师："有些老师有这种工作。"

记者："当时说没说这个虚报主要是什么目的？"

知情教师："主要是为了套取国家教育经费。"

在教育局，记者弄明白了两个不同的数字和国家教育经费之间有什么关系。

记者："按国家报表数字领钱，按真实数字发钱？"

安徽省界首市教育局计财股统计员谢富强："对。"

记者："上报国家报表的数字是51586人，真实的数字是36234人，中间差15000多人。"

谢富强："是的。"

记者："中间差的那部分钱，哪去了？"

谢富强："那叫结余的富余资金。"

据了解，国家义务教育保障资金，给农村小学生每人每年补贴535元，初中生每人每年740元。通过虚报学生人数，能够得到多少所谓的富余资金呢？

安徽省界首市教育系统党委书记徐锋："差额是1063万元。"

记者："这笔教育经费大概能覆盖多少学生？"

徐锋："大概是一万四五千人。"

教育局说他们多领的所谓"富余资金"都用于教育，全部下发到了学校。采访中记者见到的校长们却说，他们没有领到这笔钱。

记者："你虚报了将近100人，按照国家标准就是5万多块钱，给了你没有？"

杨建良："没有。"

记者："义务教育保障资金多拿了30个人的，对吗？"

崔一："没有。"

义务教育保障资金是国家为保障基础教育的政策性投入。而这些在报表数据上弄虚作假的行为，不光是在套取国家资金，损害这项政策的落实，同时还使得数据失去了应有的真实性和严肃性。

还要追问的是，这些被套取的所谓富余资金到底"富余"到哪里去了？这件事发生在教育部门，不得不再说得远一点，管学生的人这么做，学生们该怎么理解"诚信"二字呢？

（《焦点访谈》2012年1月7日）

霸道的水费

近年来，山东省规定农业灌溉使用黄河水要交水费。目的是更好节约使用水资源，维护引黄水利工程的正常运营。收费原则是谁受益，谁负担；谁用水，谁交钱；多用多交，不用不交。山东宁津的一些农民却反映，几年来他们没有用到黄河水，也要交黄河水费，而且很多还是从粮食直补卡里直接扣除的。

神牌村位于山东省宁津县宁津镇，村里世世代代依靠种植粮棉为生。近年来，这里的农民和全国其他地区的农民一样，种植农作物按亩数得到国家给予的补偿，也叫粮食直补。

在神牌村和周边的村庄，粮食直补标准是每亩100元，通过银行直接打入农民每家一户的粮食直补卡里。然而这几年，神牌村的农民发现，他们卡里的粮食直补款每年都要被扣掉一部分。

村民甲："俺有2亩地。"

记者："补贴200块钱?"

村民甲："嗯，补贴200块钱。"

记者："实际上呢?"

村民甲："120块钱，一亩地扣40块。"

国家再三规定，粮食直补卡里的钱谁都不能动。那么，这里每亩地的补助款为什么被扣掉40元呢?

村民甲：“黄河水，大队上这么说的。”

记者：“有没有问过是谁扣的？”

村民乙：“人家说公社（乡镇）扣的。”

村民们说，镇干部告诉他们，被扣掉的是黄河水费。黄河水费的收取，是黄河沿岸灌区为节约水资源而采取的有偿使用规定，原则是谁用谁交，多用多交。可神牌村的村民说，由于地理位置较远、水利设施失修等原因，多年来他们根本就用不上黄河水。

村民们：“就是不合理，要是浇黄河水也行啊！水都没有见。”

记者：“但是水费还得交？”

村民们：“交。”

记者：“不交的话就直接扣（粮补）？”

村民们：“直接扣了。”

明明没用黄河水，却要交黄河水费？这样的怪事还不只发生在神牌村。记者走访了宁津镇其他几个村庄，也都看到了这样的情况，区别在于收取的黄河水费从每亩 40 到 70 元钱不等。

村民丙：“我是前王村的，我是两口人，4 亩地。”

记者：“要交多少水费？”

村民丙：“70 块一亩地。”

记者：“那不少啊，不交行吗？”

村民丙：“各村都交啊。都交，你不交行吗？”

记者在农田里根本看不到任何水利设施，农民灌溉靠的不是黄河水，而是自己打的水井。

记者：“打这一个井要多少钱？”

村民丁：“好几千块了。”

记者：“自己掏钱吗？”

村民丁：“自己掏钱，用这个井水的农民，每户都掏钱。”

记者："井水算作黄河水收费吗？"

村民丁："这个井就不管你了，你个人打的井，抽水浇地。人家每年是要黄河水费，不拿不行。"

据2008年发改委颁布下发的各省市清理乱收费的通知规定，农民用自家井水浇地不超过份额的，不用缴纳水费。而山东省的另一份文件表明，宁津县每年每亩麦田可用井水的份额是每亩300立方米左右，这个数字足以满足正常的农业生产。因此，基本不会存在农民超额用水的情况，也就不应该存在额外再收水费的情况。由此看来，农民在灌溉中确实没有用上黄河水，用了自家的井水却交了水费。

缴纳黄河水费的方式，除了从粮食直补卡里直接扣除外，有的村庄还有村干部上门直接收取现金。如果不给现金，村民就会在粮食直补卡上遇到麻烦——不交，就不给补贴。

负责收费的村干部说，收黄河水费是镇里派的任务。至于为什么收费，他们也不理解："没有任何收据，就是让你拿这个钱。我让老百姓拿这个钱，有手续不？没有。这叫什么？硬性摊派！这是一个不合理的收费。"

既然是不合理的收费，那凭什么强行收取呢？记者找到宁津镇政府，可对于收费的理由，镇里似乎也没有明确的解释。

记者："那几个村从来没用黄河水灌溉，为啥收黄河水费？"

山东省宁津县宁津镇镇长："这事我解释不出来。"

记者："他们打的都是井水，根本没有黄河水过去，六七年了都没有黄河水过去。"

山东省宁津县宁津镇镇长："每年都有引水……不管怎么说，这个政策性的事我也跟你解释不通。"

记者："解释不通是啥意思？"

山东省宁津县宁津镇镇长："我跟你解释不通，就是为什么取井水还收黄河水费？你问我，我怎么给你解释。"

虽然收取黄河水费的原因不清楚，但镇里面收取黄河水费的任务已经完成了。

记者：“镇里面收了多少黄河水费？”

山东省宁津县宁津镇财务所所长张宝横：“看哪个村。”

记者：“全镇。”

张宝横：“全镇啊……去年二百零几万元。”

镇里说，完成收费任务不是他们决定的，也不是一个镇的事情，是有上级文件作为依据的。于是，记者表示希望看一看上级布置任务的有关文件。

记者：“关于黄河水费收费的依据，你现在能找着吗？”

张宝横：“可能弄丢了。”

记者：“弄丢了？”

张宝横：“可能没找着，我去找一下，我给你送过去不行吗？”

收取黄河水费的依据，镇里最终也没有提供。镇长告诉记者，有问题可以到县里的农业局、水务局咨询。记者随后来到县水务局了解情况。

记者：“了解一下，咱们黄河水费是怎么回事？”

山东省宁津县水务局局长耿惜光：“黄河水费？什么情况你跟我说说。”

记者：“我们去了宁津镇神牌村、前王村、后王村……”

结果，记者话还没说完，水务局的领导就下了逐客令。

耿惜光：“不行，我不接待。”

记者：“为什么不接待？”

耿惜光：“我有事，工作忙。”

记者：“忙什么？”

耿惜光：“我有事，我有工作。”

记者：“为什么要收钱？谁让你们收的？”

耿惜光：“我没收，水利局没收。”

说话间，耿局长将记者推出了房间。

在水务局，记者没有看到任何关于收取黄河水费的文件依据，不过了解到，这个谁也说不清收费原因的黄河水费，每年收取的数额相当大。

记者："去年（2011 年）你们的任务是多少？"

山东省宁津县水务局副局长张勇："可能 1700 多万元，具体数我说不上。"

记者："这两年趋势呢？"

张勇："去年比前年稍微多点。"

这项并不合理的收费不仅数额大，而且逐年增高。这样的收费，农民自然不愿意上交。然而压力之下，各村有各村的高招。催讨现金困难，有的村就不惜违反国家有关规定，想出了从粮食直补卡中硬行扣款的方法。

山东省宁津县宁津镇某村干部："上边问我要这个钱，还得给。"

记者："完不成怎么办？"

山东省宁津县宁津镇某村干部："完不成任务，我的一切全没有了。"

这位村干部告诉记者，他去催讨水费也是没有办法，迫于无奈。但其实最难的，还是那些没用上黄河水，却得交黄河水费的农民们。

本来是谁用水，谁交钱，在这里却成了不用水，也交钱，甚至从农民的粮食直补卡里硬行扣除。宁津镇里、村里的干部都说，"收黄河水费是硬性政策"，可地方上的政策，难道就能硬得过国家政策？国家多次强调要保护农民利益，禁止向农民乱收费，宁津这些农民为什么要交这笔钱？到底有多少农民被迫交了这项不合理的费用？每年多收的这些水费又去哪里了？这些问题得不到回答，农民种起地来也就不会踏实。

（《焦点访谈》2012 年 3 月 20 日）

强栽“摇钱树” 究竟为了谁

广东省东莞市东坑镇的一片区域里，建起了一大排漂亮又壮观的楼房。据说这些楼用地手续不完备，规划设计不合法，说白了属于违章建设。记者调查后发现，除了大规模违建，这其中还隐藏着更深、更大的秘密。

珠三角地区经济比较发达，工厂随处可见，从 20 世纪 90 年代起，东坑镇二环路沿街也建起了不少厂房。从 2012 年 6 月开始，临街的厂区前盖起了一排排高楼，连绵数百米，甚是壮观。一些镇里的群众向记者反映，这些楼手续不全，而且是占用公共绿化带盖的。

这些在原来绿化带上建起的大楼一共有 10 栋，每栋都有 9 层高，式样也是统一的。这样大规模的建筑群难道真是违章建筑?

记者多方走访，先是来到了盖楼的建筑工地。

记者：“盖房子的手续都有没有?”

楼房业主：“当然有啊，全部有土地证嘛，全部是国土局批下来的。”

记者：“土地证、开工许可证、安全生产许可证，都有吗?”

楼房业主：“全部有的。”

记者：“能让我看一看吗?”

楼房业主：“没有在我这里，你去政府问嘛。”

记者：“政府办下来的?”

楼房业主：“对对对。”

在已经接近完工的楼房上，记者发现临街的楼面上都贴着“东坑镇工业园服务区”的字样，落款就是东坑镇政府。看来这大楼为啥盖在绿地上，东坑镇政府应该知道是怎么回事。

在东坑镇政府，记者看到了在绿化带上建设工业项目的用地规划申请和东莞市的批复，然而一部分土地手续和建设需要的手续并不齐全。

记者：“目前手续都办下来了吗，每个地块的手续？”

广东省东莞市东坑镇国土资源分局局长苏沛轩：“大部分办下来了。”

记者：“土地使用证办下来了？”

苏沛轩：“还没有办下来。”

记者：“开工许可证和安全生产许可证办了吗？”

广东省东莞市东坑镇党委委员丁炜涛：“现在正在办。”

记者：“国家规定，证不全是不能开工的。”

丁炜涛：“所以说我们不是无证，是边办证，边建设。”

手续不齐、未批先建，这样的用地违规行为并不少见。但当记者仔细看完镇里拿出的各种手续，发现这个项目的问题远不止未批先建这么简单。从东坑镇向上级报批的文件中可以看出，东坑镇申报的规划和土地项目，都是以临街的工厂需要扩建厂房的名义向上级申报的。

向上级申报的规划用途是工业项目，然而从外表看上去，这些大楼一点都不像是厂房。记者走进楼里转了转，这些楼房的一二层都是宽敞的大开间，临街的一面全部敞开，看起来像是商铺。三到九层都隔成一个个带卫生间的小房间，有点像宾馆。

这会是什么工业项目？在还没有完工的建筑外墙上，挂着醒目的招商条幅，记者按照条幅上的招商电话打了过去。

记者：“那个一楼、二楼办商店可以吗？”

楼房招租联系人：“可以啊。”

记者：“楼上我们想办旅馆这样的特种行业。”

楼房招租联系人：“旅馆，是不是？可以呀。”

记者：“怎么租？多少钱一平方米？”

楼房招租联系人：“一二楼是800平方米，一共3万块租出去，大概36块左右一平方米。”

在东坑镇政府的办公楼里有一个办公大厅，墙上贴着一组效果图，上面就是这10栋大楼，这显然是用作招商宣传。

记者：“上面说这个商铺，要打造成继东兴路之后，镇内另一个消费热点商业区，可不可以这样做？”

广东省东莞市东坑镇规划管理所所长：“没有明确。”

记者：“谁没有明确？是你们审批时没有明确？”

广东省东莞市东坑镇规划管理所所长：“对，审批时没有明确。”

工业用地不能用来建设商业性质的建筑，也不可以修建住宅，这个法律规定其实很明确。早在2004年国土资源部发布和实施的《工业项目建设用地控制指标》里就明确规定，工业用地如果要建商业建筑，首先必须要改变土地使用性质，由工业用地变更为商业用地，然后补交土地出让金，因为工业用地比商业用地便宜很多。

记者：“工业的价格弄的地，再以商业的方法把它建设，这样行吗？”

苏沛轩：“这个就政策来说，不行，不可以，不允许这样做，工业就工业，商业就商业。”

规划审批时报的是工业用地，到头来却盖起了商场，这样大片的违规建筑群就矗立在镇里最热闹的大街上，镇里的规划部门却好像根本没看见。

广东省东莞市东坑镇规划管理所所长：“这个我不清楚。”

记者：“你们不清楚？如果干了商业，和你们没有关系是吗？”

广东省东莞市东坑镇规划管理所所长：“我们部门只管批准规划这件事情。”

只管批准？然而负责施工建设的业主道出了实情："由规划所全部规划好了嘛，那个图纸全部都是他们统一出的嘛。"

面对事实，东坑镇规划部门是这样解释的。

广东省东莞市东坑镇规划管理所所长："镇里面的规划，就是法定的规划。"

记者："按照你所知道的法律知识，工业用地能不能办商业？"

广东省东莞市东坑镇规划管理所所长："作为一点配套，按我理解是可以。"

记者："你理解是可以？你能找到相关的法律文件吗？"

广东省东莞市东坑镇规划管理所所长："好像暂时没有。"

手续不全、用途不符，黄金地段的绿化带上，大片商业楼就这样明目张胆地盖了起来。对公然违规的建筑视而不见，对国家的法律法规置若罔闻，规划部门对此还振振有词，"镇里面的规划，就是法定的规划"，口气真够大的。

那么镇里面不惜违法违规，着急忙慌地盖这么大一片楼究竟为了什么？

据了解，这 10 栋楼的使用面积总共有 10 万多平方米，其中一二层的门脸房有 2 万多平方米，都用于商业。那么三层以上还有 8 万多平方米是用作什么呢？

记者："这房子盖出来以后用来干什么？"

楼房业主："统一给这个工业区做工人宿舍的。"

原来，楼上的小隔间是宿舍，给工厂的工人们提供住宿。如果说当地政府为当地工业发展提供配套服务，那还真算是一件好事。可事实真是如此吗？

记者："新盖的那个楼，是免费给他们住还是怎么着？"

丁炜涛："不是，我们镇有一个规定，就是说不准他们（工厂）建宿舍，可以租我们那个宿舍。"

记者：“怎么个租法？”

丁炜涛：“可以按照平方米计算，也可以按人头计算。”

记者：“一平方米租多少钱？”

丁炜涛：“大概是 11 块左右，如果是按照人头，大概是 100 到 180 块左右每个月。”

原来，宿舍并不是作为福利免费提供的。再说，东坑镇一些工厂的厂区里面已经有了宿舍。

记者：“你们公司自己有宿舍吗？”

广东省东莞市东坑镇某企业人力资源负责人：“对呀。”

记者：“你们公司现在有多少人？”

广东省东莞市东坑镇某企业人力资源负责人：“目前是 500 人左右。”

记者：“500 人都能住在厂里面？”

广东省东莞市东坑镇某企业人力资源负责人：“对呀。”

记者：“宿舍够用，是吧？”

广东省东莞市东坑镇某企业人力资源负责人：“够用。”

对于镇里新建了工人宿舍的事情，好多厂家还不知情。对于花钱到外面住，大家也不乐意。

不过，不管乐不乐意，镇里面已经统一做好了安排，以后这七八万工人都要住在这 10 栋楼里。

首先以工厂的名义将厂区绿化带规划为工业用地，然后将规划项目中的厂房改建为商铺和住宅，最后镇里出面给商铺招商、宿舍招租。东坑镇政府亲力亲为一手操作下来的这个项目，位置优越，客源不愁，简直就是一棵“摇钱树”。那这么好的项目，受益者会是谁呢？

记者：“利润还是很可观啊，那我想问业主现在都是谁？谁在盖这个房子？”

丁炜涛：“都是民营老板，做生意的民营老板。”

记者：“都是你们镇里的吗？”

丁炜涛：“镇里有，非镇里也有。”

有了政府的支持，这些楼房的所有者还得到了银行的青睐。

丁炜涛：“他们民营的钱是怎么来的，一个是自有的资金，一个是银行的资金，银行自动找到他们。”

记者：“那现在一栋楼的成本是多少？”

丁炜涛：“大概 1100 到 1200 元一平方米。”

在珠三角地区，这样的建筑成本可以说是相当低廉了，可它却有可观稳定的回报，仅靠租金用不了几年就能够收回投资。究竟什么样的民营老板能够如此幸运？

知情人告诉记者，其实不少镇里的领导都有股份在这里面。“他们占了大头的股份，占地，办假手续，包办楼房出租，不是为别人，就是为自己。”他甚至一一指出了与每一栋楼相关的一些领导的姓名。

为核实知情人举报的情况，记者来到 10 号楼的建筑工地。工地指挥部墙上贴着文件，记者看到在“建设单位”也就是业主一栏上，竟然写着“吴局长”三个字。

难道这个吴局长真像知情人说的，是东坑镇公安分局副局长吴细宁？记者按照文件上标明的电话打了过去。

记者：“吴局长？”

吴局长：“你是哪里打过来的？”

记者：“你是哪个局的？”

吴局长：“你是哪里打过来的？”

记者：“中央电视台。”

吴局长：“有什么事？你们中央电视台打电话找我？”

记者：“我看那个 10 号楼有你的电话，你是哪个局的局长？”

吴局长：“你搞错了。”

随即电话挂断了。

他是不是东坑镇公安分局的吴局长？镇政府传达室里，各个部门领导的电话号码很容易查到。经证实，这个号码确实是吴细宁吴局长的手机号。

看来知情人的说法并非捕风捉影。记者就此事向东坑镇党委反映了情况。

记者：“国家公务员，能作为业主来参与你们的招投标吗？”

广东省东莞市东坑镇党委委员李建强：“我们不允许有这样的情况。”

记者：“那怎么回事，业主怎么变成他了呢？”

李建强：“我没有掌握情况，我可以去了解一下，核实一下，回复你。”

记者：“是不是其他楼也有类似情况？”

李建强：“我没有掌握到，包括你刚刚所说的，我也没掌握到。我核实以后可以回复你们，好不好？”

直到节目播出，记者依然没得到东坑镇方面对有关情况核实的回复。“吴局长”和“10 号楼”之间到底是什么关系？吴局长的躲躲闪闪、镇领导的闪烁其词，其实已经说明这之间的关系摆不到明面上来。

占集体的地，用银行的钱，按自家的规矩盖大楼，再动用行政手段拉客户，在这样的项目里参股可以说是稳赚不赔、旱涝保收、一劳永逸，真是好买卖。只是这样的馅饼天上掉不下来，只有靠权力才能谋得到。在东坑镇，除了吴局长还有多少镇里面的人潜伏在这些楼里？这是个人行为还是集体行为？这件事单靠镇里面恐怕也办不成，那上上下下还涉及哪些人？有关部门该就此事展开调查，因为公众有权知道真相。

有专家说，现在一些人的腐败行为早已不是直接收钱那么简单，而是转变成更加隐蔽的权商勾结、以权经商的牟利模式了，这个动向值得警惕。遏制腐败，任重道远，反腐的制度、措施和效率也必须要与时俱进。

（《焦点访谈》2013 年 1 月 3 日）

“吃”低保的手机

低保户是弱势群体，国家和社会都在尽力为他们提供帮助，特别是到了岁末年初或是要过节的时候，大家都会想办法给低保户“送温暖”，让他们也能分享到国家发展的成果。可是甘肃漳县的部分低保户心里有些“寒”，因为上面分来的，不是成果而是负担，究竟怎么回事？

甘肃省漳县是国家级贫困县，县城西南的殪虎桥乡是贫困县里的贫困乡，人均纯收入每年不过一千六七百块钱。

冯玉梅是殪虎桥乡瓦房村的贫困户，夫妻双双患病，没有劳动能力，再加上孩子正在上学，日子只能靠低保维持。

记者：“你有心脏病？”

甘肃省漳县殪虎桥乡瓦房村村民冯玉梅：“嗯。”

记者：“一年治病需要花多少钱？”

冯玉梅：“没有数字。”

和冯玉梅一样，王发贵也是瓦房村的低保户。他是残疾人，妻子长年有病，每一分低保费都是他家的活命钱，不仅离不了，而且不够花。

记者：“现在咱家有钱看病吗？”

甘肃省漳县殪虎桥乡瓦房村村民王发贵：“没钱。”

记者：“想着去找谁借钱吗？”

王发贵：“没人给咱借，确实账欠多了，不敢借了。”

在瓦房村，像冯玉梅和王发贵一样，靠低保维持基本生活的村民还有70多户。政府的民生政策保障了低保户的基本生活，但也仅仅是最基本的需求。这样一个群体，本应得到更多帮助和关心，可他们接到通知，要求家家都购买一件对他们来说称得上奢侈的东西——手机。

记者：“当时你买花了多少钱？”

冯玉梅：“230元。”

记者：“拿出来困难吗？”

冯玉梅：“困难，向我弟弟借的。”

记者：“你家里没钱，都需要去借钱，为什么还要买？”

冯玉梅：“……他们说低保户必须要买。”

一部手机，低保户没能力买，也不愿买，却不得不买，因为这是村里要求的。这究竟是为什么？

村支书钱彩平向记者解释，是电信公司工作人员联系他，说电信推出了每分钟8分钱的手机卡，相当便宜。

手机卡费用低，和让买手机有什么关系？中国电信漳县分公司三岔营销中心经理柴建宏解答了记者的疑惑，他说：“电信的这个手机，卡是另外一种制式，如果装到移动卡里面肯定不能用，所以就和这个手机一起做出来了。”

原来是销售手机卡，捆绑卖手机。柴经理告诉记者，推销这些产品，村干部发挥的作用可大得很。“这些人话费高一些，让他们先试用，感觉到这个话费便宜，肯定就有口碑效应了。”

电信商拉着村干部一起来推销，收到的可不光是口碑效应，而是实打实的销售业绩。可是一台手机200多元钱，对低保户来说，负担得有多重啊！

不过钱书记说，从长远看这对贫困家庭有好处：“你不买这个手机，你不知道中国现在在干什么。各方面事情不知道，你就穷一辈子！低保不是养老金，低保是暂时叫你脱贫的一个途径。你通过这个惠农的信息、政策，各方面了解，慢慢这个智力就跟上了。”

要求低保户必须买手机，是为了宣传惠民政策、传播惠民信息，帮着贫困户脱贫，顺便还能提高他们的智力。钱书记这话可说得有点大，村民们又是什么反应呢？

记者：“那个手机里有一些惠农信息，你知道吗？”

甘肃省漳县殪虎桥乡瓦房村村民漆翻娃：“不识字。”

甘肃省漳县殪虎桥乡瓦房村村民漆翻学：“老伴也不识字，不能操作。”

村民不识字，看来钱书记说的查看惠农信息、提高智力这些话，不仅是大，而且是荒唐了。

无疑，这不是惠农，是摊派。向低保户摊派，问题可不小，那么大的胆子从哪来？记者一了解才发现，还真是有人给撑腰。原来促销电信产品的事上面都知道，县里甚至还专门为此发过文件。

这份强迫低保户买手机所依据的红头文件，签发单位是漳县双联办。双联办是个什么单位？这还要从甘肃省 2012 年推出的“联村联户，为民富民”行动说起。“双联”，简单来说，就是“单位联系贫困村，干部联系特困户”，帮助特困群众脱贫，让老百姓尽快富起来。这是一项民生工程、民心工程。全省各县都成立了由书记任组长的领导小组，办事机构就叫“双联办”，目的和职责是帮助贫困群众早日脱贫。

可本来一件大好事，怎么又和卖手机挂上钩了呢？

记者：“您觉得号召老百姓用什么样的电信卡，是咱们双联办的工作任务吗？”

甘肃省漳县双联办主任王小鹏：“那不是，他们说这个话费便宜，我们就为老百姓着想。”

记者：“话费便宜是电信公司做的宣传，关双联办什么事呢？”

王小鹏：“……”

记者：“这么做的真正原因是什么？是电信公司说服工作做得好，还是有上级领导的要求，还是其他什么原因？”

王小鹏：“这些原因都没有，当时我们考虑欠妥一些。”

甘肃省双联办 2012 年 4 月就发文要求，禁止利用双联活动从事商业宣传。省里的规定如此明确，漳县双联办说“考虑欠妥”，怕是解释不通。

上面的好政策，到县里却完全走了样。王主任不经意间还透露出更大的隐情：“其他几个县也这么做的，我们也就这么号召一下。”

原来不仅是漳县，其他县也在这么做，确实如此吗？记者进一步的调查证实了这种说法，而且还远远不只是“其他几个县”那么简单。

记者在采访时发现，定西市双联办也在 2012 年 12 月发布过文件，要求下属区县积极配合推销手机卡。而漳县正是定西市的下属县，只不过市里要求推广的是移动卡，县里要求推广的是电信卡，最后到了村里又变成了搭售手机。市、县都违背了省里的规定，又怎么能指望他们来管村里呢？

国家行政学院教授汪玉凯认为，政府是公共机构，在具体政策施行过程中要有所规避：“一般是不能指定技术路线的，比如说我要哪个厂家的产品，不要哪个厂家的产品，这对政府来讲是非常忌讳的。不能直接涉及商业活动中去，它会带来不好后果。公众会产生质疑，说政府为厂家的产品发红头文件，是不是和它有利益输送关系？”

专家说的利益输送，说白了就是“无利不起早”。市、县推销手机卡本身就是错误的，到村里又变成了捆绑低保、强卖手机，更是变本加厉、错上加错。错事为什么行得通？无非是村里边管得住。据说电信商自己也进过瓦房村推销，但基本上卖不动，自从傍上了村干部，立刻就卖出 70 多台，而买手机的用户正是全村的低保户，一户不落。原因很简单，他们能不能吃上低保，得村里说了算，得罪不起。

这样的事早就有，我们也听说过强迫低保户买山羊的，买彩票的，出劳务盖房子的……低保户本来就是钱少病多，出力出钱都戳到了他们的最痛处，可是被人管着，他们又能怎样？国家的民生政策、省里的民心工程就这样走了形、变了味，该伤心难过的又何止是低保户？

节目播出后，甘肃省委省政府高度重视，责成定西市连夜进行整改。定西市立即叫停了全市范围内的双联惠民型手机业务办理活动，组成调查组对此事进行跟踪调查，并在全市范围内开展类似情况的排查。漳县县委县政府相关负责人来到瓦房村，逐一入户对之前强行办理了双联惠农手机的低保户登门道歉并退还了全部购机款。涉及此事的瓦房村村支书被免职，漳县双联办主任被停职，进行调查处理。

这件事的结果还算不错。可是如果记者没来采访报道，结局又会怎样呢？

（《焦点访谈》2013年1月25日）

问“水”牛横行到何时

水牛，人们都听说过，诗词、画作中也常见，它是生活在南方的一种牛。不过有观众向《焦点访谈》反映，就在纯正的北方——河北石家庄，“水牛肉”很流行。不过，这不是市场流通，南货北卖，因为此“水牛”非彼水牛，那它到底是什么呢？

临近春节，记者在石家庄市最大的几个农贸批发市场看到，牛肉生意很是红火，卖得最好的就是当地产的生鲜牛肉。

记者：“什么价？”

牛肉摊主甲：“22（块钱一斤），你要20（块钱一斤）的也有。”

牛肉摊主乙：“26（块钱一斤）。”

牛肉摊主丙：“我有22（块钱一斤）的，有20（块钱一斤）的。”

记者了解到，这些牛肉大部分来自当地最主要的两个生鲜牛肉产地——无极县谈下村和高头村。不是什么著名品牌，看上去也没什么明显区别，为什么每斤差了六七块钱？经过一番询问记者得知，原来其中另有门道。

牛肉摊主丁：“不打水就是不打水的价，打水就是打水的价。”

记者：“能有多少水？”

牛肉摊主丁：“一斤（肉）给你放4两水呗，最多的时候一斤（肉）放1斤（水）。”

看来这牛肉的价格是按照注不注水或注了多少水确定的，甚至连注多少水卖什么价位，都有了一套约定俗成的“标准”。不少摊位上的牛肉在灯光下看起来亮晶晶的，轻轻一碰，手指上就沾满了水，可见注水牛肉在石家庄市场上根本不是秘密。

更有甚者，牛肉里不仅加水，还加其他一些东西。一位牛肉摊主向记者透露：“价格低的，打水打得大，加药加得多。”

这个摊主说的话让记者特别在意，注水肉以前被曝光过很多次，但是“在肉里加药”，又是一个新动向。

牛肉当中的水是如何注进去的？药又是怎么加的？这种不法行为是不是普遍现象？记者对谈下村和高头村进行了暗访。

虽说有定点屠宰的规定，但是在谈下村和高头村，牛几乎都是在自己家里屠宰。经过这两个村子宰牛户最集中的地方时，随处可见一些院子外墙下堆放着混着血水的冰块。

当地屠宰户警惕性很高，陌生人想要看到宰牛过程非常困难。

记者：“能看看你宰牛吗？”

牛肉摊主丁：“你不用看，你看那没用，你看那有什么用！”

几经周折，记者终于有机会进到一户屠宰户家中，见到了这样的场景。

从集市上买来的几头牛正在圈里待宰，其中一头被牵到旁边专门用来屠宰的院子里，地上散放着宰牛用的各种容器和工具，满是混着血水的污泥。就在这样肮脏的环境里，牛被用力按倒在地，四脚捆绑，屠夫熟练地一刀切开牛喉，给牛放血。

记者：“你家最多一天能宰几头牛？”

屠宰户甲：“最多（一天）宰十四五头吧。”

记者：“量很大啊，都能卖出得去吗？”

屠宰户甲：“出得去。”

记者：“都进石家庄吗？”

屠宰户甲：“去石家庄多点吧，别的地方也有。”

记者：“这一个村宰牛户多吗？”

屠宰户甲：“多，有几十家吧。”

记者：“几十家都像这么宰吗？”

屠宰户甲：“都是这么宰。”

屠宰户告诉记者，整个村子都是这样在自己家宰牛的。而等牛血放尽，最重要的工作——给牛注水才真正开始。

屠宰户甲：“这牛要有400斤肉，给打上2桶（水）。”

记者：“那种20（块一斤肉）的，打多少水？”

屠宰户甲：“得打五六桶，六七桶。”

记者：“这一桶水有多少？”

屠宰户甲：“这一桶水六七十斤。”

要把这么多水注到已经断气的牛的身体里，还真需要点本事。只见屠夫熟练地从牛脖子里抽出动脉和静脉，从污泥地上拖起两根管子分别插进去，电源一开，水桶里的水便通过一个小型水泵被注入牛的血管中，很快这些水就会顺着牛身上的血管流满全身。

也许是当着陌生人的面，屠宰户并没有在给牛注的水里添加别的东西。不过屠夫说别人家给牛注水时，都会加点东西。

屠夫：“加白水他赔钱，赚不了多少钱。”

记者：“都加的是啥？”

屠夫：“什么都有，泡打粉、卤粉、内酯。”

记者：“加那东西有啥用？”

屠夫：“能吃水，打水不咋显。”

记者：“意思是可以多打点水？”

屠夫：“对，就是那意思。”

记者：“吃出过问题吗？”

屠夫：“没有，极少。那牛死了还弄着卖呢。”

在另一个屠宰户的院子里，两头牛已经被宰杀完毕，也注完了水，正在去皮、剔骨。记者看到牛因为注水量太大，身体胀鼓鼓的，屠夫每一刀下去，都能听见哗啦哗啦的水声。

因为没看到注水过程，记者无法确定他们是否在给牛注的水里添加了别的东西。不过在一段知情人提供的视频画面里，的确能够清楚看到，屠宰户在给牛注的水里添加了白色粉末状和胶状物质。

知情人告诉记者，添加的东西每家各有不同，种类很多：胶粉、卤粉、防腐剂……最普通的就是泡打粉。

无极县城有一些专门销售食品添加剂的商店，店主说这里就能够买到上述添加物。

经过注水、加料的牛肉，到底对人体有没有危害，有多大危害？记者从石家庄市场上随机买了两块牛肉，冷冻保存，第二天将样品送到了中国肉类食品综合研究中心进行检测。

检测结果显示，样品中的水分含量高出了国家规定的鲜牛肉中水分含量77%的上限，可以判定为注水肉。另外，样品的 pH 值也都远远超出了标准，属于腐败肉。

据中国农业科学院北京畜牧兽医研究所副研究员谢鹏介绍，注水造成细菌大量繁殖，肉质变腐败，消费者如果食用，可能引起食物中毒，长期累积更会对身体造成伤害。

专家告诉记者，现在还有很多手段使注水牛肉中真实的水分含量无法被检测出来。就像前面知情人所说，注水牛肉中添加的胶粉、泡打粉、卤粉、内酯等，有的能让肉质蓬松，有的能让水分凝固不流失，总之，既能增加牛肉分量，还检测不出来。

《食品安全国家标准》中明确规定，生、鲜肉中禁止添加包括水在内的任何物质。样品的检测结果并没能直接反映出里面是否添加了泡打粉、卤粉、内酯等物质，专家解释是因为牛肉中也含有这些添加物的主要成分，但由于没有国家标准，所以无法判断是否属于违规添加。

据了解，卤粉、内酯、胶粉分食用和工业用两种，即便是食用的，也禁止在生肉中添加，如果加的是工业用的，则会对人体造成更大伤害。

在无极县，与私屠乱宰注水肉的火爆形成鲜明对比的是，县里唯一一家生牛定点屠宰厂生意冷清，门可罗雀。记者看到，虽然这家屠宰厂人工、设备都齐全，一天能够达到的屠宰量也可满足石家庄的牛肉市场，可来这里的屠宰户寥寥无几。

河北霖瀑肉食品有限公司负责人：“今天也就宰了10来头吧。”

记者：“这算不错了吗？”

河北霖瀑肉食品有限公司负责人：“正常来说，每天应该是100多头。”

记者：“应该？这咋说？”

河北霖瀑肉食品有限公司负责人：“咋说？现在外边宰得多了……”

记者：“没跟县里反映？”

河北霖瀑肉食品有限公司负责人：“我找县里不下100次，有用没？还不是不了了之。”

一个生牛定点屠宰厂，一天的屠宰量还没有一个屠宰户大，可见无极县私屠乱宰规模之大。

为保证肉类食品安全，国家有层层严格的规定。首先生牛要经过动物检验检疫部门严格检疫，才能获得准宰证。然后必须在商务部门确定的定点屠宰场宰杀，只有定点屠宰的牛，才能由驻场检疫员进行品质检验，凭检疫合格证明进入市场。在市场这个距离消费者餐桌最近的地方，还要由工商部门来把关核查，随时检查市场上销售的牛肉是否合格，是否具备相应的检疫合格证明。

那么，问题来了：这么多注水牛肉，为什么能闯过一道道关卡，一路畅通、源源不断地出现在石家庄的市场上，公然叫卖而无人过问？

记者在无极县暗访时，石家庄市商务局、畜牧局、工商局正在准备一场代号为“暴风”的打击私屠乱宰的专项整治行动。可没想到，“暴风”还没来，无极县的屠宰户们就已经闻风而动。

有一位屠宰户正在家中宰牛，忽然进来了一个人，和他说了几句话便匆匆离开。

记者："跟你说什么？"

屠宰户乙："让在定点屠宰厂宰。没事儿，咱不用。"

记者："万一有人来查怎么办？"

屠宰户乙："查没问题，咱家他不敢来查。他查了也没事，我大不了请他一壶（酒）喝喝，花点钱把事办了。"

原来，那个人是来通知各家上定点屠宰厂宰牛，应付检查，但这位屠宰户显然没把这当成什么大事。看来这"暴风"行动在无极县也就只能是走过场的一阵风了。

不在定点屠宰厂屠宰，就不会有检疫员对肉品进行检验，也无法获得相应的检疫合格证明，那么这些牛肉如何进入市场？

当记者向屠宰户提出批发牛肉需要检疫合格证明时，得到了这样的回答。

屠宰户乙："能行，开票打检疫，那可以。"

记者："这啥价钱？"

屠宰户乙："到时候我就自己弄，小事儿就不用你们负担了。"

这位屠宰户的口气还真不小！对他来说，不经过正规程序拿到一份检疫合格证明，简直是小菜一碟，这本事到底是从哪来的，拜谁所赐？记者不得而知。

既然无极县的生牛肉大部分都销往石家庄，那在石家庄市场上，工商部门的检查情况又是怎样的呢？记者再次来到市区里的几家市场，提出想要看看牛肉的检疫合格证明，得到的回应却五花八门。

"我给了幼儿园，幼儿园拿走了。"

"你要票得提前说，给你留着。"

"今儿的票拿走了，让饭店拿走了。"

……

记者结束采访时，无极县谈下村、高头村未经检疫合格的注水牛肉，还在不断地一车一车地运往石家庄市场。

屠宰户的一句话道出了私屠乱宰、注水牛肉从根源上得不到遏制以及屡禁不止的真正原因：“断不了来查的，要个1000多块钱就走了。”据了解，这样私屠乱宰，随意给牛注水、加料的行为，并不仅限于石家庄市无极县。

从某种程度上来说，如果商务部门能够恪尽职守，从根源上遏制私屠乱宰，工商管理部门能够帮助消费者把好市场这最后一道关，注水牛肉根本就不可能进入市场，被毫不知情的老百姓买回家去，端上餐桌。

按照当地屠宰户的说法，无极县商务部门打击私屠乱宰，不过是收点钱了事。一场“暴风”行动还没有开始，居然就有人通风报信，实在让人怀疑这样的行动，到底会有多大效果？

（《焦点访谈》2013年1月27日）

蹊跷的“采访”

江苏连云港的蔡先生向《焦点访谈》反映说，他在网上看了一则招聘广告，应聘了一份工作，每天只用各地转转不用干活，但是有吃有喝，还有钱拿。这究竟是一份什么样的工作？记者很是好奇，于是前往探查了一番。

“招聘记者助理，国家正规报纸，驻连云港工作站，事业单位，主要负责采访农民投诉的负面报道，一年后可以推荐到北京工作……”蔡先生看到招聘启事上的这些信息，眼前一亮，立刻报了名。

没想到，没费什么周折蔡先生就被录取了，接着便开始了紧张的工作。“每天就跟电影里那特种部队一样，凌晨三四点出发，两辆车，七八个人浩浩荡荡，到一个单位门口有人拿证和名片给我们，告诉我们到里面以后怎么说。”蔡先生描述道。

到了被采访单位门口才现发记者证，听上去真够新鲜。蔡先生说，给他们发证的人叫李德勇，大家都叫他李主任。

李主任通常带人在江苏、山东、浙江一带活动，每到一个地方都会有针对性地提出问题，比如，到了开发区问征地手续问题；到了企业问环境保护问题；到了乡镇政府问农民负担问题。问题不在多，重在有力度，至于怎么写报道，那就要看情况了。

蔡先生：“到了以后都很简单，给钱吃饭。吃完了有的单位还给安排宾馆住。”

记者：“稿子怎么处理呢？”

蔡先生：“给钱就不用登了。哎哟我都看傻了，简直。”

给钱就不报，不给就登报，这是在采访还是在敲竹杠？哪家媒体的派出机构会这么做？

记者上网找到蔡先生说的那个招聘启事，启事上只说是国家正规报纸，却没说是哪一家。记者便以求职者的身份发去了一封电子邮件，结果第二天便接到了“速来面试”的通知。

到了地方记者发现，招聘启事上所谓的“国家正规报纸，驻连云港工作站”，就在一个普通的居民楼里，四周没有悬挂任何单位标识。

蔡先生所说的李德勇，自称是负责人。记者与他一见面，就接受了他的面试。

李德勇：“文章能写吗？”

记者：“能写，没问题。”

李德勇：“只要你能写就行，能写的话，你还有发展空间。”

记者：“写是肯定没问题的。”

就这样简单几句话，面试就通过了。

记者请教李主任这到底是哪家媒体？李主任说这里有《经济与法》《中国新农村》《农村青年》，是一个综合性的记者站。

而这个号称多家国家级报社的综合记者站，不过就是小小一套单元房。屋内没什么工作人员，屋外停了两辆摆着“新闻采访”牌子的汽车。

李主任说，因为工作节奏很快，没时间专门搞入站培训，但是有几点必须要注意：“我们是国家新闻记者，不是个体户，衣着各方面的都要正规一点。上班以后，要你去采访就采访，要你写就写，不需要你写的时候就当随从人员。”

应聘当记者居然这么简单？虽然我们的记者还是弄不清这里到底属于哪一家媒体，但决定暂时放下这个疑问，先观摩一下这个所谓的国家级正规报社驻连云港机构的记者们是怎样采访的。

第二天，天还没亮，记者就接到了李主任的电话："集合，随队出发，目标苏南某开发区。"

去的路上，李主任向记者透了一点底："今天接着我们上次的工作，把它收收尾，你就是跟车看看。"

此次要去的是一家民营钢铁企业，征地手续有可能不全。上个月，站里已经对他们进行了采访，今天是去收尾。记者心里疑惑，既然采访完了，还要收什么尾呢？

4 个小时后，目的地到了，两位企业老板模样的人迎了过来。记者以为会直奔企业采访，可双方却寒暄着进了一家酒楼。

老板："今天在这里不着急。"

李德勇："不了，不了。"

老板："今天好好招待你一下，晚上你住这里，不要走。下午我们出去打个牌。"

李德勇："自古以来不是讲吗，朋友多了路好走。"

饭桌上，李主任只字未提采访的事，倒是天南地北地侃了起来，还时不时夹杂一些意味深长的话，暗示对方拿钱。

用餐完毕，老板也是心知肚明，借口说有私事要和李主任谈，示意记者和司机回避一下。

两人在门外没等几分钟，李主任就出来了，他和司机交代了几句话便转身下了楼。记者向司机打听李主任是什么意思。

司机："他叫我进去跟他们谈。"

记者："叫你谈？"

司机："李主任要 3 万块嘛，他们就给了 1 万多块钱。"

记者："已经给他了？"

司机：“他没要。”

记者：“没要？”

司机：“嫌少。”

记者明白了，这“收尾”就是收钱的意思。可李主任要3万元，对方只答应给1万元，所以交代司机再去讨价还价。

不过司机有些不大乐意。见下属有一些畏难情绪，李主任又过来进行了一番鼓励，司机只好进了包间。

几分钟后，记者借故也进了包间，只见双方正谈到了节骨眼上。

老板：“你们是不是非要3万块钱？李主任说是这个意思。”

司机：“帮你们做宣传嘛，就要3万块钱，这不是个人的。”

老板：“这个宣传是不是我们自愿的？还是上赶着来帮我们宣传？我们的意思是尽量不得罪人，尽量多交朋友。那你说说，我们能不能有变通的办法？”

而此时，李主任在楼下正通过电话与什么人交换着信息，他得知上次有媒体来这家企业，一举拿走了8万元，所以这一次他的目标起码是2万元。

记者：“之前来的那个弄了8万啊？”

李德勇：“其他报社的。”

记者：“低于2万元，是不是回去就写文章了？”

李德勇：“也许是这样。我们是调查类的记者，写完了以后交给地方政府，不行就刊发，就要这样的。老百姓所说的曝光，不行就给你曝光！”

记者和李主任坐在车里等着司机，看得出这位主任有点着急，不停地开关车门。终于他忍不住拿出手机，给屋内的司机做起了场外指导，直到对方答应支付1.5万元。这个数虽然没有达到预期，但也不枉此行，因此他决定收兵。

在返回连云港的途中，记者问，当时为什么一定要让司机去谈钱？李主任回答：“不许记者拿现金，报社的工作人员可以，经营工作人员可以。”

看来，李主任把“采访”当成了一种生意来经营，而经营又是用“采访”作为讨价还价的筹码。得手了，他就躲在屋里数钱；事发了，就以所谓的“新闻记者管采访、工作人员管经营”之类的说辞来搪塞，这就是李主任大量招聘外来人员的一个用意——替他要钱。

其实记者觉得有点奇怪，干这种事不是知道的人越少越好吗？怎么每次出去少则两三人，多则四五人呢？蔡先生道出了其中的奥秘，这也是李主任不断招聘新人的另外一个用意。

蔡先生：“新来的人陪着他去采访可以多拿东西，按人头算嘛，可以多给钱。”

记者：“敲诈来的钱，你们怎么分？”

蔡先生：“谈不上分，全部上交给他，钱和物都交给李德勇。”

从苏南回来没几天，李主任又叫上记者，连同他的儿子和司机一行四人，又要外出采访。这一次没有明确任务，李主任说，就是出来玩一玩。

出来玩玩，怎么个玩法？车子驶出连云港没多久，就到了吃午饭的时候，李主任示意司机在前方某乡镇的政府大院停车。

镇政府工作人员：“你们是？”

李德勇：“我们是报社的。”

镇政府工作人员：“什么？”

李德勇：“报社的。农民反映占地比较多，过来看看。”

镇政府工作人员：“你们稍微坐一下。”

大概过了 20 分钟，一位副镇长急匆匆地赶了回来，先是安排吃午饭，吃完饭又向李主任要车钥匙，李主任心领神会照做了。走出餐厅时，两名工作人员正将 4 个纸箱装上车，平均正好一人一箱。

车刚刚开出镇子，李主任便命令停车。原来他急不可待地要搞清楚纸箱里装的是什么东西，他让儿子下车查看。

原来纸箱里全部都是当地产的白酒，值不了多少钱。可即便这样，李主任还是让人把酒全部搬回了他自己家，其他人也就顶了个名而已。

这位李主任的作为，连身边的司机都看不下去了。

司机：“然后再换下一家，懂了吗?”

记者：“嗯。”

司机：“说句不好听的话，就是敲竹杠，对不对?”

记者观察多日，发现李德勇不仅自己敛财，还指挥他人出去敛财。有一次，李德勇派前妻的侄子小刘跑了趟山东，指派记者也一同前往。

小刘拿了个笔记本，上面是李德勇写的采访指南。按照这份采访指南的安排，山东之行的第一站是一家食品厂。进入厂子之前，按照李德勇的指示，小刘先在厂区周围拍了些照片。

厂办的刘主任出来接待，小刘说老百姓反映这里有乱排污的情况。刘主任见对方说起环保的事，并不紧张，他打断小刘的话，说道：“咱们那些客套话就不用说了。”看样子，这位刘主任此前也接待过像小刘这样的记者。接下来的事刘主任似乎更加轻车熟路，二话没说直接打电话让助手送来了1000元。

企业办公室主任：“你先把这1000块钱收下。”

小刘：“不是，主要太少了，路费都不够。大过年的过来，怎么也得给三个数，给一个数，加油都不够，还过来跟你交朋友呢?你是不是姓文刀刘?”

企业办公室主任：“文刀刘。”

小刘：“那不跟我还是本家吗?”

企业办公室主任：“本家你还为难我啊?”

小刘：“我不为难你啊！三个人最少也得拿个3000块钱，我也不跟你啰唆。”

双方一时僵持不下，小刘拿出手机向李德勇请示，得到的答复是“3000元不成，就2000元”。但刘主任只答应再加500元。见实在榨不出更多，小刘只能拿着1500元离开了食品厂，所谓的排污问题，再也没提。

第二天，记者又跟着他们来到一家正在建设的汽车城，小刘故伎重演，拍完照片便找到了管理部门，又是一番讨价还价后，拿走了 3000 元。

尽管比上一家拿得多，但小刘还觉得不满意，他埋怨记者配合得不到位：“下回再遇到这种情况，你说还有一台车呢，你说我们车烧油太多了，反正以什么借口再跟他要个一两千。”

就这样，拿着李德勇事先列好的单位、地址、行车路线以及要提的问题，几个人一家一家转，一家一家要，中间还不时满嘴脏话地向李德勇抱怨。

记者问小刘，这样起劲地折腾一定挣不少钱吧？他却说其实要来的钱并不全归他自己，他还得拿出不少给李德勇做信息费。

记者：“那你拿了 1000 元钱，得给他多少？”

小刘：“给他 300 元。”

记者：“你要是拿 3000 元，给他多少？”

小刘：“900 元嘛，3 成，你不会算啊。”

李德勇这帮人干的事，跟正规新闻采访根本不搭界！在他们眼中，采访成了获利丰厚的买卖，记者的身份则成了招摇撞骗的工具。他们到底是些什么人？所谓的“记者站”背后，还有什么秘密？

（《焦点访谈》2013 年 2 月 18 日）

揭开黑记者的黑幕

在《蹊跷的“采访”》中，有一个名叫李德勇的人打着综合记者站的牌子，招聘人员以采访为名，行敛财之实。《焦点访谈》记者在李德勇身边观察多日，发现这是一个多年形成的有一定架构的组织，他们到底是不是真正的记者？他们凭借什么在社会上招摇撞骗？他们又有哪些敛财方式？

李德勇曾告诉记者，他负责的是一个综合性的记者站，有《经济与法》《中国新农村》《农村青年》等媒体。按照李德勇说的，记者在中华人民共和国新闻出版总署的官方网站上查找这些单位，结果一家也没有找到。所谓的国家级正规报纸都是假的，当然就更不存在这些媒体驻连云港工作站了。

据记者观察，李德勇的妻子、兄弟、各路亲戚，七八个人都在靠所谓的新闻采访敛财，但这只是他身边的一个小圈子。在这个组织里，李德勇还大量招聘外来人员，这些人一开始跟随他一起外出充人数，等到学会了以新闻采访敛财的招数后，自己也单飞单干去了。目前在单干这一行的有二三十人，李德勇办公室的墙上有份名单，上面记录着这些人的名字，他们和李德勇之间经常互通新闻线索。

“同行之间互通有无。哪家去了、以什么媒体的名义、拿了多少钱、谁接待的、对方姓什么叫什么……这些资料他都记着，一个本上全是，然后他根据这个互相调配。同一个事实，以不同的媒体名义，分不同的人去，又可以产生第二次、第三次、第四次效益。”知情人蔡先生说。

拿到别人提供的信息后，李德勇自己外出敛财，同时也给其他同行通报这些信息。记者跟随小刘一起去过的那家山东的食品厂，李德勇就曾经去过，并要到了 4000 元钱。李德勇说，既然他们肯出钱，证明还有潜力可挖，他让小刘以其他媒体记者的身份再次登门。也难怪负责接待的厂办刘主任嘀咕，怎么来的记者都是江苏的？

李德勇等人利用互通信息的方式，跑遍了山东、江苏、浙江等地的开发区，甚至各个乡镇。同一个地区，同一家企业，同一件事，你吃完我去吃，你拿了我也得去拿。蔡先生形容说，他们就像蝗虫一样，走到哪儿，吃到哪儿，骗到哪儿。

那么这“蝗虫式”人物的牵头者李德勇，究竟是什么人？在中国记者网上，记者竟然找到了他的名字和记者证，证件显示，李德勇是《购物导报》的记者。在新闻出版总署的官方网站上，记者查到的确有一家媒体叫《购物导报》。而跟随李德勇外出采访时，记者也发现他与这家媒体的确存在关系。

李德勇等人外出敛财时，首选是收现金，但如果被采访对象不能提供现金，他们也接受汇款或转账。比如有一次，李德勇前往一家民营钢铁企业时，对方答应给他 1.5 万元，但只能汇款。李德勇随即给了企业负责人一张名片，这是一张显示李德勇是《购物导报》记者的名片，名片背后有账号，户名是购物导报社。之后，这笔钱果然汇到了《购物导报》的账户上。

到了报社账户上的钱，李德勇又会怎么处理？蔡先生就替他办过这样的事情：“钱到了《购物导报》，除了有时候要抵扣（给）报社该交的一些费用，实际上还是他的，转到他个人卡里面。”

李德勇已经完全把这种敛财方式当成了致富手段，这样的营生收入可观。“我跟你说，干哪一行不如干这一行，我们就是这么认为的。我去年 4 月份，一个月挣两辆车。”说起这些，李德勇十分得意。

李德勇带领一帮人四处招摇撞骗，如此胆大妄为，是因为一个重要的东西——记者证。办理记者证需要一套非常严格的审批手续，那么这些假记者手中的记者证是怎么来的？

据蔡先生介绍，李德勇除了《购物导报》的记者证外，还持有多个其他媒体的记者证，还能给其他人办证。记者看到他给蔡先生办的是中国新农村月刊杂志社的记者证，给小刘办的是中国法制监督网的记者证。另外，他的妻子、儿子、兄弟等人也分别持有不同媒体的记者证。这些记者证都有个特点，看上去来头不小，动不动就带着“中国”或者“中华”的头衔。

“他就说你跟着我干，好处、礼物是一点拿不到，给的钱全部上交，你要是单独干的话，我给你提供线索。你就花1万块办个证，人家一次给5000块，你一两次不就挣回来了嘛！”蔡先生说，李德勇就是这么游说自己办记者证的。

没过几天，李德勇也开始催记者办证了，并说这证不是白办的。

李德勇：“办证要交费用的，你听没听明白？”

记者：“我明白，多少钱？”

李德勇：“办证1万块，管理费4000块左右。”

办个记者证要交1万元，以后每月还要上交4000元的管理费，这是李德勇的又一个敛财渠道。似乎是担心记者嫌钱多而不办证，李德勇主动对记者说，1万元钱可以先交其中一部分。

李德勇：“你现在准备一寸照片、身份证正反面复印件，带5000块钱。下午过来，我给你往北京传。”

记者：“3000块行吗？因为我现在……”

李德勇：“3000块也行。”

用这种方式能办出怎样的记者证？第二天，记者将3000元钱打入李德勇提供的账户，不到一周时间，他便将一本中华传媒纵横网的记者证交给记者。乍看上去，这个证和新闻出版总署颁发的记者证有点相似，翻开后，第一页上面赫然印着香港特别行政区政府的标志。

登录中华传媒纵横网的网站，记者还真查到了自己的名字，可如果在新闻出版总署的官方网站查询，根本就不存在叫“中华传媒纵横”的新闻机构，

“中华传媒纵横网站”的域名也没有在工信部备案过。这究竟是一家什么媒体？

由于证上印有“香港特别行政区政府”的字样，记者便委托中央电视台驻香港记者了解情况。

驻香港记者了解到，网站主办单位于 2012 年 11 月 16 日，以“香港传媒纵横新闻影视通讯社有限公司”的名称，在香港获得注册证书。他随后按照网站上提供的地址前往这家媒体，可办公地点的门牌上挂着另一家公司的招牌，并且完全看不出是一家网络媒体的办公地。写字楼的物业人员告诉驻香港记者，在香港利用一间办公室注册多家公司的现象很普遍，所以根本无法查证这家媒体的真假以及运营情况。

再者说，香港媒体记者在内地从事新闻采访活动，按《香港澳门记者在内地采访办法》规定，需要持有专门的证件，证上会盖有中华全国新闻工作者协会的钢印。

李德勇办的这本所谓的记者证，根本没有中华全国新闻工作者协会的钢印，彻头彻尾是个假证。可这个证从中华传媒纵横网上能查到，那么这个网站和李德勇之间有什么关系？

按照网上留的电话，记者联系了这家中华传媒纵横网，一位工作人员和记者没聊几句就主动谈到了李德勇。

中华传媒纵横网工作人员：“江苏这块都是归李德勇，有什么事和他说，然后他给联系下面那些通讯员。”

记者：“我想着跟网站直接联系，看能不能办一个记者证。”

中华传媒纵横网工作人员：“可以，那可以。没事，加入咱们队伍，咱们队伍特别欢迎懂新闻、知道规则的。”

接下来记者又核查了李德勇给蔡先生和小刘办的证，这两张也是彻头彻尾的假证。拿着这样的假记者证，李德勇和手下一帮人来回奔走，招摇撞骗，难道没人识破他们吗？

蔡先生回答了记者的疑问：“被人家举报了，停了。他可以帮你调，再调到另外一个媒体上，反正让你这 1 万块钱不会瞎了。你继续干，每个月继续给他交 4000 块钱管理费，他有钱赚。”

李德勇等人进行所谓的新闻采访能够屡屡得手，还因为被采访的地方大多有把柄落在他们手里，所以宁可破财免灾。记者找到那位给李德勇送酒的乡镇干部，但他显然不愿意多谈那次采访的事。

乡镇干部：“他是冲着我私人来的，他认识我，作为朋友来看看我的。”

记者：“你们之间是朋友吗？”

乡镇干部：“一年前认识的。”

记者：“像这种接待你是自愿呢？还是觉得这是一种负担？”

乡镇干部：“有朋自远方来，不亦乐乎，朋友之间，加强感情的。”

据蔡先生介绍，在他替李德勇谈钱的过程中，甚至见到过个别接待干部和李德勇同流合污，构成更大的利益链。

“他们懒得管你真假。你有证，复印一下，然后吃饭就有名义报销。然后给钱，他有回扣的，内部称为稿费，你给我 5000 块或者 6000 块，你拿 2000 块稿费。其实很简单，因为对方也有好处，巴不得你来。”蔡先生说。

李德勇名为记者，干的却是骗子的事，他不仅自己背离职业道德，还培养出一堆假记者，徒子徒孙四处行骗。

这些假记者、黑记者为什么能够屡屡得手？骗子胆大是原因之一，被骗者没底气同样是重要原因，自己有毛病不思整改，却想花钱免灾，结果养虎为患。更有甚者，还甘愿里应外合，从中吃回扣，可以说都是私利在作怪。

节目播出后，有关部门迅速采取了各项查处措施。

李德勇等 5 名涉案犯罪嫌疑人被刑事拘留，案件进入侦查阶段。据新闻出版部门查实，李德勇在连云港市设立的记者站系未经批准的非法记者站，已被依法取缔。

李德勇及其前妻都是《购物导报》的正式记者，新闻出版总署已责令购物导报社停业整顿，根据调查情况再追加行政处罚。另经有关部门核实，中华传媒纵横网和中国法制监督网都属于违法网站，已经采取查处措施。

（《焦点访谈》2013 年 2 月 20 日）

隐秘会所吃喝风

三公消费，社会热点，公众关注。

2012 年底，中共中央出台了八项规定之后，三公消费有所遏制，公款出国、超标买车的少了，从一些高档餐厅的营业状况来看，公款吃喝也少了，成效确实显著。

但公开的大吃大喝受到遏制，一些人又变换对策，明吃变暗吃，私人会所、秘密餐厅成为“嘴上腐败”的新阵地。

记者首先暗访了位于北京市西三环附近的两家就餐场所，其中一家坐落在公园内，另一家则藏身于古寺中，这些场所亭台轩榭，小桥流水，环境十分优雅，那价格如何呢？

服务人员甲：“有 988 元的。”

服务人员乙：“一般的话 1680 元一位。”

记者：“服务费呢，还在收吗？”

服务人员乙：“15%，服务费是一样的。”

人均 1680 元，10 个人来用餐就得一两万元，再加上酒水和服务费，一顿没有两三万元肯定下不来。如果有人财力雄厚自掏腰包，这无可厚非。可在类似的就餐场所，记者观察到一个有意思的现象，那就是院落里时常停着一些不愿意公开身份的车辆。有的把车牌遮住了，有的直接把车牌卸了下来，不过有辆车的主人可能是疏忽了，忘了把风挡玻璃下某机关单位的出入证收好，暴露了公务车的身份。

记者询问，这发票该怎么开？

服务人员丙："有的就是打个点。"

记者："什么叫打个点？"

服务人员丙："就是一个点，不写，回去再填。"

记者："现在有开单位的吗？"

服务人员丙："发票也有开单位的，反正就是说可以帮你保密。"

为了解更多情况，记者电话采访了其他就餐场所。

记者："政府的来人，发票抬头怎么写？"

某高端私人会所服务员："他们都直接开自己的单位，我们这边好多会员呢。"

记者："单位那么大额的能行吗？"

某高端私人会所服务员："没问题，你可以分两张或者三张开，我们这边最多能分三张开。"

记者："你们那边都有过什么单位的？"

某高端私人会所服务员："这个我不清楚。"

实际上，这些远离喧嚣的餐饮场所生意并不差，需要提前订餐。

服务员丙："房间都订满了。以后订餐提前打电话。"

记者："一般提前一天就可以吧？"

服务员丙："最少提前两三天吧。"

记者："那么火啊？"

服务员丙："我们这确实挺忙的。"

或许是为了迎合某些顾客的需求，一些高档的就餐场所并没有挂出某某饭店的招牌，而是以会所的面貌出现。研究过此类现象的学者符启林这样告诉记者："会所的服务对象就是特定的，必须是会员。服务的环境比较隐蔽，大家觉得到那消费肯定会有安全感，有秘密感。另外有一些会所，可能还要给会员提供一些另外的服务，比如洗脚、打麻将，或者还有其他国家禁止的行业，服务方式跟高端餐厅还是不一样。”

据记者观察，这些会所除了栖身于公园或寺庙，还有一些更为隐蔽。

在北京北二环路附近有一条看上去极其普通的小胡同，周围居民透露，这里有一家高档会所。如果没有人带路，即使来到这家会所附近，也很难找到这个地方，因为它没有门牌，没有任何标识，只有进了院子才会发现别有洞天。

服务员丁：“这个地方是对内不对外的私人会所，但是你有意来用餐咱也接待。”

记者：“你们这没有对外挂牌。”

服务员丁：“我们家没挂牌，目前都没有对外营业，都是老板内部朋友过来，今天也是，里面（正在接待），我带你参观一下，里边有一个院。”

记者：“挺大的。”

服务员丁：“对，原清代直隶总督的府邸。”

前朝重臣的府邸装饰古朴文雅，一看就不简单。那在这样的地方用餐，一顿饭得多少钱呢？

记者：“咱们这怎么收费？”

服务员丁：“对外的话，最低598元一位。”

记者：“高一点的呢？”

服务员丁：“698元、898元，还可以做到6000元一位。”

记者：“6000元大概都有啥？”

服务员丁：“那就是你在外面吃不到、见不到的东西。”

记者：“河豚啥的？”

服务员丁：“河豚在我们这边应该是小意思了。”

至于具体都有哪些菜品，服务员并不明说，只是暗示菜品肯定比较高端。

带记者参观时，她说院子里只有两间包房，都有重要的客人在用餐，正说着厨师过来上菜了。

记者："这是啥？"

服务员丁："帝王鱼头。这里面东西就是（高档）。"

记者："这多少钱？"

服务员丁："这没有按标准走。"

菜品名称不透露，价钱也只说没按标准走，这样遮遮掩掩难道是在刻意隐瞒什么吗？高雅的场所、高档的菜品、高端的服务、从 598 到 6000 元一位的饭菜……都是什么人光顾这里？

记者看到这家院子里停着一辆特殊牌照的越野车和三辆高档轿车。据服务员介绍，当晚在两间包房里，都有国家公职人员在用餐。

服务员丁："来这儿我们接触的领导太多了，我们这儿开业 3 年多了。"

记者："八项规定对你们没有什么影响吗？"

服务员丁："没有，如果有什么问题的话，直接给我们领导打电话。前两天不是两会期间吗，这里也接待了好多人，都是司长啊这类人。"

出于好奇，记者还是想问问人均 6000 元都能吃到些什么，可能是问题太敏感，这位服务员有些提防了。

服务员丁："我想问一下，你是不是来暗查的？"

记者："查什么？"

服务员丁："查我们这里的。"

记者："什么意思？"

服务员丁："你是不是记者？"

虽然记者到最后也没有问到，那个人均 6000 元一位的菜品究竟吃的是啥，但如此高昂的消费肯定不是普通百姓消费得起的。

"跟谁吃得小心，范围必须小；到哪吃要注意，地点得安全"，这已经成为现在一些惯于吃喝的人的警言了。一些官员用公款吃喝不心疼，因为钱不是自己的，不花白不花；一些老板拉官员大吃大喝，他们也不心疼，因为花出去的钱一定会有更大回报。

自古以来，吃喝看似小事，却关乎大节。饭桌上的腐败，不仅在于“吃谁”，更涉及“谁吃”。天下没有免费的午餐，也没有吃下去的白食。

（《焦点访谈》2013 年 4 月 13 日）

“上楼”的代价

乔迁，历来被中国人看作喜事，可前提是住进了自己选中的好房子。如果有人要替你安排房子，并且不管舒服不舒服、方便不方便，硬要把你塞进去，你会怎么想？有观众向《焦点访谈》反映，他们就碰到了这样的事。记者随即前往山东单县徐寨镇牛羊楼村进行调查。

在牛羊楼村，记者看到这里的老百姓正忙着拆房子，瓦砾到处都是。

记者：“怎么都拆了？这个房子建了多久？”

村民甲：“4 年。盖这房子是给孩子结婚的。”

记者：“必须要拆了？”

村民甲：“嗯。盖房子不容易，花的那些钱……”

聊着聊着，这位村民红了眼眶，声音也哽咽起来。

记者在其他村民那也了解到，他们并不愿意拆房。

记者：“这个房子建了几年了？”

村民乙：“7 年。”

记者：“我看着这房子挺好的。”

村民乙：“当时盖的时候，在村里比我这个房子好的基本上不太多。”

记者：“那现在要拆？”

村民乙：“嗯。孩子妈妈一说拆房子就哭。”

既然都不情愿，那为什么还要拆房？有村民告诉记者，这是为了“盖新村”。

原来大拆迁是要建设新农村，让大家统一搬到新村去住。就在不远处的田野边，记者看到几栋新楼已经建起来了，村民们说那就是新村。

奇怪的是，新村盖起来了，却有不少村民依然住在拆掉一半的废墟里。记者到达单县的这个季节，当地夜里最低温度只有 7 摄氏度。

村民丙：“盖两床被子，孩子还是冻感冒了，夜里 11 点去打了一针。”

记者：“先不要扒这个窗户不行吗？”

村民丙：“不扒不行，人家不愿意。”

为什么新房没建好，就忙着拆老房？记者找到村干部了解情况。

单县牛羊楼村党支部书记盛守民：“那边房子盖了。”

记者：“已经盖了？”

盛守民：“已经盖了，如果不盖的话，老百姓房子扒了没地方住，咱也不让扒。那边具备居住条件。”

记者：“什么样算是达到居住条件？”

盛守民：“把房子盖好，地板砖镶好，安上门了，这叫具备居住条件。”

村干部说新房已经盖好而且具备居住条件，事实真是如此吗？村民却告诉记者，新房根本没有盖好。

同样一件事，村干部和老百姓的说法竟然完全不同。那新房到底盖没盖好，能不能住？记者决定到新村亲眼看一看。

记者：“现在这个房子能住人了吗？”

村民丁：“现在不能住人，没电没水，还没有下水道，叫我们怎么住？那就没法住。”

新房连吃的水都没有，怎么生活呢？不过在村干部眼里，吃水这件事解决起来很容易，不算什么大事。

盛守民：“那边马上打井，今天就签合同打井。”

记者：“马上打井是什么时候开始打呢？”

盛守民：“如果打的话明天就能打。”

记者：“什么时候这个井能打好呢？”

盛守民：“20天。”

如果说没水、没电的问题等一等还能解决，可新房的设计却给村民带来了更大的无法解决的问题。

村民戊：“拉东西有农用三轮车，送孩子有电瓶车，出去有摩托车……我有5辆车。”

记者：“那如果住新房要上楼，这些车怎么办？”

村民戊：“那就只能扔了。不扔你往哪放？没地方放。”

牛羊楼村的新村建设分为两种形式，一种是5层楼房，和城里的商品房差不多，不过没有停车场，不能停放大型农用机械。另一种是农民可以在指定的宅基地内自建住房，但必须按照统一的规划和图纸施工，院子是有，不过太小，不够存放农机具。

记者：“搬到那边去地方小了，这些农具、机械都没地方放了，以后农民怎么种地？”

盛守民：“盖个农机大院。”

记者：“农机大院盖了吗，现在？”

盛守民：“现在没有。”

记者：“什么时候盖啊？”

盛守民：“那得把这些完善了。”

种地的农民没地方放农机具，养殖户的困难就更大了。牛羊楼村，顾名思义这里以养牛养羊远近闻名。那人上楼了，牛羊怎么办？

记者：“羊能搬过去吗？”

村民：“没地方搁。”

记者：“你要没有地方放这个羊了，你赚不了这个钱了？”

村民：“就是靠羊能赚点钱。没地方养了，它（村里）让俺卖了。”

农机扔了？牲畜卖了？这都是农民的生计啊！换了房子却丢了日子，这样的房子要它何用？让人无奈的事还没完，农民生产受影响，是不好挣钱，可有村民因为这样的搬家还得赔钱，真算是赔到家了。

记者：“盖家里房子你花了多少钱？”

村民己：“以前盖的，还花了10来万。”

记者：“现在赔你多少钱？”

村民己：“7万多，还不到8万呢。”

记者：“现在新村那边建房子要花多少钱？”

村民己：“花十五六万，这边才赔了7万多。”

记者：“现在赔你家多少钱？”

村民甲：“连屋里东西一块才赔11万多。”

记者：“这11万多块钱，在新村那边能建起这样的房子吗？”

村民甲：“建不起，哪能建得起。”

赔的钱根本建不起房子，村民也不知道该向谁去要个说法。记者再次找到村干部询问。

记者：“这个赔偿标准是谁定的呢？”

盛守民：“单县定的，一个村一个样，就给这些钱。老百姓盖房子需要资金，暂时政府部门从其他各方面拿出一部分资金来，50%给老百姓先盖着。”

记者：“这50%够老百姓盖房子吗？”

盛守民：“不够。”

记者：“那怎么办呢？”

盛守民：“自己凑点，该补的补一点。”

记者：“凑不上来呢？”

盛守民：“凑不上来咱提供贷款。”

为了搬新村，一些村民花光了积蓄，刚富起来的日子又变得紧巴巴的。而那些积蓄不够，只能借债或贷款的村民则从此背上了沉重的负担。

记者："那你以后这个债务怎么还呢？"

村民："慢慢还吧。"

记者："总得想出一条慢慢还的路子吧？"

村民："没路，俺现在就没路，想不到。"

村民不愿意、不满意，村里却强行推进搬进新村的计划，目的究竟何在？

记者："为什么不在原地搞新农村建设？"

盛守民："把那边土地调整完以后，房子都盖到靠路近的地方，便于交通，上学的学生也方便。"

村里说异地重建农舍是为了方便村民出行，可实际上记者发现新旧农舍相距不过几百米，出行条件没有太大差异，便利交通的说法并不成立。村里费那么大劲儿一定要重新盖房，是不是还有别的原因？

记者："新村那边批了多少亩地？"

盛守民："220 亩。"

记者："现在这个村子整个面积是多少？"

盛守民："按国家卫星图片标的是 712. 3 亩。"

记者："比新村多出近 500 亩土地？"

盛守民："嗯，这个地方房子搬了以后还是基本农田。"

记者："新农村必须要这么搞吗？"

盛守民："那咋搞呢？"

就在记者准备进一步调查土地问题的时候，有人前来阻止，还要抢夺拍摄设备，采访被迫中断。为什么一说到土地问题，就有人出来阻止采访？其中到底有什么不想让人知道的目的？这么着急让村民拆房搬迁，难道真的只是为了复垦耕地？

问题似乎没那么简单。记者了解到，这近 500 亩地是能够转换成建设用地指标的。早在 2010 年国务院就曾经发文指出，少数地方为了片面追求增加城镇建设用地指标，利用国家城乡建设用地增减挂钩制度，违背农民意愿，强拆农民住房，侵害农民权益，必须要坚决予以纠正。

而关于新农村到底是什么，国家更是有着十分明确的表述，它应该是集“新房舍、新设施、新环境、新农民、新风尚”建设于一体，以实现“生产发展、生活宽裕、乡风文明、村容整洁、管理民主”为要求，并且最终要以“人民满意”为标准。这样对照下来，牛羊楼村的是与非，岂不是显而易见？

（《焦点访谈》2013 年 4 月 18 日）

住不上的新房

这些年房价涨得快，按理说早买下房的人应该很高兴，但辽宁营口圣旭新苑小区的业主们并不是这个心情。从 2007 年起，100 多位业主陆续买下了这里的商品房，可是早该成为有房一族的他们连哭的心都有，这是为什么呢？

对于业主们来说，圣旭新苑小区是他们一天也没有住过的新家。由于常年闲置，一些阳台的栏杆旁已经长出了野草，小区紧锁的大门更是锈迹斑斑。

业主张立敏的心情无比沉重："30 多万在这压着，看着我心里就酸。我这房子本身是新房，现在变成旧房子了，地下都长毛，墙都长毛了。如果我住进来的话，能这样吗你说？"

圣旭新苑小区是由营口圣旭房地产开发公司投资兴建的，小区共 5 栋楼，总建筑面积 2 万多平方米。从 2007 年到 2010 年间，这里的 156 套房子已经卖出了 127 套。

由于一直不能入住，这些年，业主们几乎家家都添了心病。

辛大姐住在河北街区一间简陋的平房里，30 多平方米的小屋里住着三口人。

记者："就这一间房子？"

业主辛秀荣："就这一间，我儿子在这床上住，我们夫妻俩在这炕上住。"

记者："儿子今年多大了？"

辛秀荣："33 了。"

记者："还得跟你们两口子住一个屋子里，也不太方便啊。"

辛秀荣："不方便。"

5 年前，辛大姐勒紧裤腰带买房，就是为了让儿子结婚用，可一晃几年过去了，房子没住上，儿子的婚事倒吹了。

一提起这件事，辛大姐就伤心："我们家没有住处啊，人家女朋友说不行，我们不能等这么长时间。这房子这么多年没下来，我们不能等了，耽误我们，女朋友和我儿子分手了。"

类似的烦恼，记者在采访中还听到不少，有的是为了结婚买的房，结果孩子都 4 岁了，房子还没个着落；有的是想给父母养老，可是父母身体越来越差，却一天也没享上新房的福。

业主张允明："最对不起的就是我母亲。她身体不好，我一直想让她早点入住享受一下，因为我原来那个房子在 5 楼，太高了，我母亲腰腿不好，上不了。"

业主张明明："我们家孩子今年都 10 岁了，动不动就问我，咱家楼房在哪儿呢？我说，儿子，楼房就在那儿搁着呢，住不进去。"

张立敏："看着自己的房子在这儿搁着住不进来，你说那是啥心情？就是有点海市蜃楼的那种感觉，看着了，靠近不了，是不是那种感觉？"

明明是自己花钱买的房子，为什么成了看得见摸不着的海市蜃楼？

记者了解到，起初是因为开发商的水、电等配套建设没有完成，所以交房耽误了。可到了 2010 年，一个更大的意外出现了，那就是当地政府要收购这里，并进行拆迁。这也就意味着可能业主们永远都没机会住进这个朝思暮想的新家了。

圣旭新苑小区的开发商向记者出示了 2010 年营口市西市区动迁办发给他们的动迁通知，表示要对圣旭新苑小区实施整体收购，要求开发商从接到通知之日起停止销售。

据营口圣旭房地产开发公司总经理吴士众介绍，他们在 2009 年就听说政府要对这一片进行总体规划，正式洽谈是在 2010 年 5 月份。“要我们停止建设、停止销售、配合政府，政府要全面进行拆迁和安置，重新利用，就这么跟我们谈的。”

这个总体规划针对的正是河北街区所属的这两平方公里土地，政府的解释是这里大部分居民都住在条件简陋的平房里，基础设施落后，整体规划的一个主要目的就是改善大家的生活条件。在新的规划中，这个区域的老百姓都要统一搬到靠近辽河大桥的一处安置区，而圣旭新苑小区业主也在搬迁之列。

记者：“按照调整后的规划，圣旭新苑小区原来所在的地方要做什么呢？”

营口市西市区人民政府常务副区长李秀斌：“一个是要打造一些条件更好的居民区，再就是准备给它搞一些商业功能。”

记者：“原来这个小区的房子是要拆除吗？”

李秀斌：“调整之后是准备动迁，对，是要拆除。”

业主们对此表示难以接受。

张立敏：“我们都觉得非常不可思议，你说现在这房子都盖成现成的了，不是说没盖或者刚起来地基，你说不要就不要，说动迁就动迁。都建成这样了，这样一扒得损失多少钱？”

业主李月宵：“这房子这么好说扒就扒了？你瞅这房盖得质量多好啊，这一砖一瓦盖起来的，人工，还有这些钢筋水泥，哪些不是资源？这不是浪费资源吗？”

不过关于拆房子，在营口市西市区主管拆迁工作的副区长那里，记者听到了一个不同的说法。

营口市西市区人民政府副区长袁本强：“从我掌握的情况看，这个房子不是说拆，而是留着综合利用，可以进行改造，做办公楼或者作为招商引资的总部经济办公室，用于这些方面。我不知道你从哪儿听说的这个要拆的说法。”

记者："这是你们区常务副区长在上午采访的时候说的。"

袁本强："那这件事我不清楚。"

除了否认曾经想对圣旭新苑小区进行拆除，袁区长还表示，想去新建的安置楼，还是留在圣旭新苑小区，业主们一直都有自由选择权，那么事实是否如此呢？

记者："有没有这个自由选择权？"

业主商思和："没有。当时动迁办的主任把圣旭新苑小区所有住户召集在一个大饭店开会，当时就宣布了西市区政府的一个方案，他说这个方案决定必须得动迁。"

老商拿来了一份西市区动迁办针对圣旭新苑小区下发的补偿安置方案，方案中明确写着：根据河北区域开发建设的总体规划要求，经西市区有关部门批准，对河北圣旭新苑小区房屋及地面附属物实施拆迁，拆迁时限为 2010 年 11 月 20 日开始，2011 年底结束。

看到记者拿着的这份文件，袁区长再次给出了一个不同的解释。

袁本强："不是我们进行拆迁就把它给扒了，变成平地了，这个不是，咱们通称都叫拆迁。"

记者："不拆也叫拆迁是吗？"

袁本强："对，你比如像文物的话，它进行动迁的话，它也不一定说要把你的文物给扒了，是不是这么个概念，是不是？"

有人说拆，有人说不拆，甚至连"拆迁"这个词都有了不同的定义和解释，业主们听得是云里雾里，越来越糊涂了。政府部门最后的解释是，拆不拆的事先不说，搬到新的安置区，是为了让业主们的居住条件更好，而且已经有很多业主都签了协议，同意搬迁或者进行货币补偿了。

那么事实究竟怎样呢？

开车上辽河大桥不远，就能看到一片正在建设的楼房，离大桥最近的房子也就相隔约 100 米。在政府的新规划中，河北街区的所有人家将来都要搬到这里居住，原定分配给圣旭新苑小区业主的 3 栋回迁楼也在其中。

当初业主张明明就曾签了协议，同意搬迁到这里。但张明明告诉记者，其实自己是迫不得已："当时不同意，但是逼得我不签不行了，我要是不签的话，我那边房也没有了。"

张明明说，当初选择圣旭新苑小区是喜欢那里环境好又幽静，而这里却是她打心眼里不想选择的："我心脏不好，电话晚上从来关机或者静音，为啥呢？有时候来一条信息都能给我吓醒，我都哆嗦半天。这大桥，车一天 24 小时从来都不间断地跑，你看全都是大车，尤其晚上夜深人静的时候，一个喇叭动静得多大，那噪声能受得了的吗？"

像张明明一样，表示自己不想签，却迫于无奈签了协议的还有不少业主。

业主褚宪秋："不同意为啥签了？逼得没办法了。因为我不签我怕那边房扒了，我啥也没有了，我这钱都没地儿要去了，所以我害怕啊。"

业主杜娟："哪有说盖完房子，新房子没住就动迁了？从来没听说过。我们买的不是回迁房，是商品房，没有听说商品房没有入住就要动迁，给我们回迁房的。"

此外，在补偿安置方案中，也没有安置房如何分配的细则，比如说会分到哪栋楼、几层、朝向等，这让业主们心里很不踏实。

褚宪秋："我来签的时候我就说，你给我写个书面的东西，给我哪栋楼，给我几层。人家不给写啊，你乐意签就签，不签拉倒！当时我和我家先生来的，他也非常生气，那没办法啊。老百姓咱不懂，你说咱不签咱没有房咋整啊。"

记者："就怕两边都没有了？"

褚宪秋："对，两边都没有了，咱这几年不白搭了吗？钱也投里面了。"

无论是焦急等待还是被迫搬迁，造成业主们困境的根源，就在于区里建设规划突然改变。业主们不明白，为什么规划变得这么快？

如果说拆了旧房改善棚户区居民的居住条件，这确实是件好事，可为什么刚刚建好的新房也要拆？这实在有点说不过去。其中是否有玄机？

李秀斌："2010年辽河大桥通了以后，这个沿海经济带的开发应该说是如火如荼，它的地块价值也在上升。另外我们这块的功能定位也在改变，就觉得它的居民区档次应该更高，另外应该有部分商业功能，给辽河两岸群众观光、休闲，打造一系列的功能。所以整个定位，2010年的定位和2015年的定位，变化太大了。"

记者："除了改善现在平房区老百姓的居住条件，刚才您说的这个地块价值改变了，其实是进行第二次规划的一个主要原因是吗？"

李秀斌："应该说这个价值确实是改变了，不仅仅是经济价值的问题，还有社会价值的问题。"

圣旭新苑小区的开发商，是2006年取得的建设用地规划许可证和国有土地使用证的，小区商业、住宅的国有土地使用权终止日期分别是2046年和2076年，当初开发商拍下这块土地花了200多万元。

吴士众向记者透露说，当时位于辽河河北的这个地块发展比较滞后，和河南没法比。在这种情况下，政府对这块土地进行招拍挂，圣旭房地产开发公司挂牌竞得了这块土地。

记者再次梳理了一下这件事：开发商2006年合法取得土地，2007年小区开工建设并销售，2008年主体工程结束。业主们从2007到2010年间陆续买房，很多人都是借钱付全款买的房，有的连契税和维修基金都已经交了。就在大家等待收房的时候，2010年政府改变规划，收购了这个地块，大家还没有入住的新房面临拆迁。

为什么要修改规划？政府有关部门的解释始终闪烁其词。而有目共睹的事实是，由于这个地块大大升值了，重新规划收购之后再次出售，会为区里带来更大的利润。

由于业主们不断交涉，2012年10月30日，事情出现了转机。西市区政府有关部门表示，在充分听取业主诉求后做出决定，不再要求大家统一搬迁到安置区，圣旭新苑小区也不拆了，会尽快启动收尾工程的建设，争取早日让业主们搬进新家。

2013 年 3 月，西市区动迁办还专门发文，明确答复在清明节过后，4 月 5 日至 10 日开始动工，完善配套设施，让业主在 6 月底前入住。

不过记者采访时，收尾工程还没有动工，业主们心里仍然很担心。

业主连红英："这不是又黄了。又打电话告诉我，不行了，人家说那房子又不行，又推迟了。我说这是咋回事？这政府说话那白纸黑字写着，大戳盖着，他咋就不承认呢？"

张允明："现在还没有开工，所以根本不可能实现这个承诺。"

记者："这期间你们跟他们有过联系吗？"

张允明："有过。"

记者："他们什么态度？"

张允明："政府每次都答应得非常好，每次都说给解决给解决，但是每次的结果都是没有解决，所以一直拖到现在。"

据区政府介绍，目前业主们不能入住的主要原因是供水、供暖等配套工程没有完成。

李秀斌："我们会加大协调力度，尽快把圣旭新苑小区的配套解决好，那所有的矛盾就都解决了。"

袁本强："开发商现在正在做，因为停工两年多了，有一些不可预见的因素在里面，现在在逐渐消除。一个问题一个问题去研究，我不能说一口吃成个胖子。争取让它 6 月初开工，两个月左右的时间，这些配套应该能做完。"

截至发稿时，传来的消息是当地政府已经表示，将保证业主们早日入住。要达到这个目的，具体的困难肯定不少，但这个问题的妥善解决，一方面能圆 100 多户业主的安居梦，另一方面也有助于维护政府的公信力和形象。

（《焦点访谈》2013 年 5 月 29 日）

荒唐的转让　糊涂的账

逐步减少公路收费，大力促进经济发展是国家政策的明确导向，但是有一些地方的公路收费依然坚挺。在湖南益阳就有这样一条公路，有人用了三个字来形容它的特点：短、贵、怪。到底短在哪里，贵在哪里，怪又在哪里呢？这当中究竟有些什么奥妙呢？我们来看记者的调查。

湖南省益沅公路是连接益阳市和沅江市的一级公路，也是洞庭湖以北区域通往益阳和长沙方向的主要通道，记者看到过往的车辆都要通过这个竹莲收费站。这里交通繁忙，过往车辆很多，每辆车经过这里都要交 10 块钱的通行费。但是我们看到一个奇怪的现象，好多车辆尤其是当地的车辆都不交费就直接闯了过去，这是为什么呢？为什么这里闯卡逃费的车辆这么多呢？记者找到当地的司机了解情况。

司机甲：“好多不合理的地方。”

记者：“不走这条路行不行啊？”

司机乙：“没别的路，只有这一条路。”

记者：“那大家有没有意见对这条路？”

司机乙：“有意见啊，这么多年了。”

那么，这个收费站是不是真的存在不合理的地方呢？记者首先测试了一下这条路的收费里程。在这条路的起点，记者将车的里程计数清零，跑完全程后显示的数字只有 26 公里多，而国家收费公路管理条例中规定，公路里程要达到 50 公里才能设收费站。

记者："像在 26 公里这样一个范围之内设立收费站，这个政策上有什么依据吗？"

益阳市交通局通行费征收办公室工作人员张明德："政策上有依据的，有依据的。"

记者："您说有依据是指什么呢？"

张明德："当时 2004 年 11 月 1 日之前，批准立项的。"

记者："2004 年 10 月份，变成经营性收费公路的？"

张明德："2004 年 10 月份，对。"

记者："10 月份。这个时间我怎么好像觉得挺熟悉，是不是当年 11 月 1 日《收费公路管理条例》就正式生效了？"

张明德："应该是的。"

《收费公路管理条例》是 2004 年 11 月 1 日正式实施的，那么这个收费站是什么时候批准设立的呢？记者看到了湖南省政府同意这里转为经营性收费公路的批复，时间是 2004 年 10 月 31 日，也就是国家收费公路管理条例正式实施的前一天。这仅仅是时间上的巧合吗？

事实上，没有转让经营权的公路收费项目，在条例颁布之后经过国家五部委 2009 年和 2010 年两次集中整治，基本上都被取缔了，而益沅公路上的这个收费站正是由于在政策实施前一天，转为了经营性收费公路才得以继续收费。

我们发现在时间巧合的背后，蹊跷的事还真不少。国家收费公路管理条例是 2004 年 9 月 13 日向社会发布的，而益阳市政府关于转让经营权的请示报告，时间显示是 2004 年 10 月 14 日，也就是说这份报告是在得知国家政策将要变化之后提交的。报告中称，益阳市政府已经与香港公司签订了收费站经营权转让合同，而实际上这份合同签订的时间是 10 月 16 日，也就是提交报告的两天之后才签的。就是在政策从公布到实施这短短一个多月的时间里，一条政府投资修建并管理的公路摇身变成了经营性收费公路。

记者："如果它不变成经营性公路的话，不足 50 公里就不能收费了？"

张明德："这个我就不是很清楚了……"

这条路的收费盈利情况怎么样呢？作为益阳市和沅江市之间的必经之路，记者看到通过这里的车流量很大，仅从沅江方向过来的车，10 分钟的时间就达到 87 辆。收费公司项目总经理叶红峰告诉记者，在 2010 年收费高峰的时候，一年的收费是 5400 万元。

一年收费就达到 5400 万元，再加上这些年，我国的机动车数量呈爆发式增长，每年的收费额还会增加。从收费公告上看，这里的收费要从 2005 年一直收到 2032 年，整整 28 年的收费期，利润可想而知。记者查阅了这条一级公路立项建设时的可行性研究报告，按照这条公路的贷款总额计算，只要 15.08 年就能够还清全部贷款，那么为什么要将收费年限定在 28 年呢？

益阳市交通发展投资公司办公室主任王立文："28 年基本都是这个，全国都是这个（年限）。"

记者："全国都是？"

王立文："对，基本上是 28 年。这个东西不存在说你的是 28 年，另外的（地方）只有十几年，基本上经营性公路都是 25 年以上。"

经营这条公路的公司享受到的优惠待遇还远不止这些。按照我国《招投标法》的规定，像公路经营权这类项目的转让，必须采用公开的招投标方式，可从当时的文件上看根本就没有走招投标的程序。

不用竞争就拿到了这个收费的大馅饼，那么，当时经营权的转让价格是多少呢？

记者："当时你们是用多少钱买下整个经营权的呢？"

叶红峰："我们当时是两个收费站，益沅一级公路和白沙大桥，项目总的是 3 亿 8 千万元。"

记者："3 亿 8 千万元？"

叶红峰："对。"

记者："当时这个是转让价格？"

叶红峰："对。"

益沅公路和白沙大桥都是由湖南省和益阳市政府共同投资贷款修建的。益阳市转让收费经营权的请示文件上显示，两个项目总投资 40859 万元，而当时的转让价格 38000 万元。那么，这笔转让费交没交呢？

记者："签完了（合同）以后，3 亿 8 千万元这个钱都交完了吗？"

王立文："没有。"

记者："他交了多少钱？"

王立文："他是按照合同（交的），具体数字（不清楚）"

时隔 9 年了，这笔转让款至今没有收齐。原合同规定收费公司应在 2004 年 12 月，即获得批准后的 45 天支付第一笔转让款 7000 万元，可到了第二年 11 月，政府方面只收到 100 万元。该收的钱没有收到，当地政府好像并不着急，不但不急着催款，还签订了一大堆补充协议，一次次同意对方推迟付款。

在市交通局记者发现，补充协议共有 8 份，补充签订的条款受益方几乎无一例外都是收费公司。一份补充协议中这样规定：为了保证收费公司的利益，当地政府不得新建其他免费公路。今年，由于国家有关部门强令取消不合理的收费站，白沙大桥的收费站被停止使用。之后当地交通部门又和收费公司签订了新的补充协议，降低经营权转让价格和补偿收费公司一共 2 亿 2 千万元。

那么，获得当地政府如此优厚待遇的究竟是一家什么样的公司呢？

张明德："香港鼎丰公司吧。"

记者："这是一家什么性质的公司？注册资金有多少您知道吗？"

张明德："我不知道。"

记者要求看一下公司的营业执照复印件了解详情，可是对方找了一圈营业执照还是没找到。本应该作为合同附件的材料居然不见了踪影，这个神秘的香港鼎丰公司究竟是什么样的企业呢？

记者："这个企业规模是什么样子？"

王立文："企业规模，香港这个企业规模，它的注册资本，它不是那样搞的，我们依靠的就是资信证明，就是它在银行里有多少存款。"

为了搞清这家公司的真实情况，记者委托本台驻香港记者站进行相关调查。在香港正常注册的公司，从特区政府公司注册处的网站上都可以查得到，而这家名为“香港鼎丰国际投资有限公司”的企业却根本查不到，也就是说，这家所谓的香港公司根本没有在香港注册过。为了慎重起见，记者又按照转让合同上这家公司提供的注册地址——香港九龙道 20 号加拿芬广场 10 楼去实地查找，结果发现所谓的香港九龙道和加拿芬广场根本就是两个不同的地点，九龙道在深水埗地区，而加拿芬广场在尖沙咀地区。

记者：“加拿芬广场有没有这个地方？”

大厦工作人员：“10 楼鼎丰国际……没有这家公司。”

假如这家公司根本不存在，那么益沅公路的经营权转让整个就出了问题。经营权究竟转让给了谁？这些年以这家并不存在的公司名义收的钱又都到哪儿去了呢？

注册记录查不到，办公地点找不着，这样一个很可能根本就不存在的公司，居然在国家政策大限的前一天神奇地获得了益阳市公路的收费权，这是为什么？快十年了，它不断得到当地政府的种种厚待，早该交的钱到现在也还是那么薄薄的一沓，远远没有交齐，而最后当地还要付给它两亿多元，这又是为什么？究竟是谁有能力，谁有利益干这事？回答了这个问题，那些看似荒唐的事情也就有了答案。

（《焦点访谈》2013 年 7 月 12 日）

“神功大师”的真面目

最近有一个人，在社会上传得挺热，也挺神，估计大家也听说过，他就是王林。他究竟怎么神呢？据说他会空盆来蛇、断蛇复活、隔空取物等绝活，而且他平时交往的也都非富即贵。那么，他的神功是真的吗？神秘面纱后面，大师的真面目到底如何呢？我们首先来见识一下这个神功大师，到底怎么个神法。

王林最拿手的绝活是空盆变蛇，只用一个搪瓷盆，烧点儿纸，很快蛇就来了。这些蛇是从哪里来的呢？王林本人是这么说的。

王林：“你烧的那个纸，是个纸菩萨，就等于是我本人的一个灵魂。我就争分夺秒，逢山过山，逢水过水，用最快的速度，跑到了一个高山，把很多巨石倒下去，然后从里面发现洞里面有蛇，把它抓来。实际上我这是在用意念。”

经王林这么一说，还真挺神。可是记者在网络上找到一段魔术视频，画面中的魔术师表演的魔术，居然也是空盆变蛇。

王林大师的空盆变蛇，和魔术师的空盆变蛇，看起来大同小异。对此，国际魔术师协会中国分会主席翁达智是如何分析的呢？

国际魔术师协会中国分会主席翁达智：“一定要有东西挡一下，才能变东西出来，这就是魔术。因为它（盆）不透明的话，你塞什么东西进去，其实都看不到，他就是抓住这种心态，令人相信这是真的。”

那么，这究竟是神功还是魔术？当记者询问时，王林的回答却和以前的吹嘘不太一样了，他变得非常谨慎，字斟句酌。

《新京报》记者张寒：“我问他（王林）空盆变蛇是不是特异功能，他说不是。我说你怎么定义这个东西，他自己在那里想了半天说，我认为是千年流传下来的民间杂耍。我就又问他，这个民间杂耍的意思是什么？意思是它不是真的吗？他说这个东西你们不要深究，信则有，不信则无。”

看似神奇，但是作为民间杂耍，这些都是雕虫小技。那么王林的神，究竟还有哪些出奇之处呢？

传言中，王林还有神奇的经历和更高的神功。他自称是 7 岁离家，在峨眉山学过艺，20 世纪 70 年代进过监狱，出狱之后在深圳开了公司，随后拿到了香港身份，回到家乡后就变成了大师。在他自己出的书《中国人——王林大师写真》中，有一篇王林小传，特别描述了当年他在监狱中的经历：他在警卫森严的特定环境下，手铐脚镣一扭就开，形同虚设，他还经常移来鸡鸭鱼肉尽情享用，想吃就吃，想喝就喝。特别是 1977 年，他竟然带着郑觉慧和叶云贵两个死囚犯，从戒备森严、固若金汤、四周都布满高压电网的监狱中，纵身逃逸了。

记者联系到一个曾经在南昌监狱工作过的人，王华庚。他告诉记者，1977 年，他正在王林被关押的监狱卫生所做医生。王华庚说，王林是因诈骗罪入狱，越狱确有其事，只不过王林的越狱和神功无关，倒是和一个监狱管教有关。王林在监狱里就喜欢变戏法，监狱的管教陈远东对此很感兴趣，拜了王林为师。据说那天监狱组织工作人员看电影，陈远东负责值班，王林吩咐陈远东，就在这天晚上举行一个出师仪式。

原江西省劳改局工作人员王华庚接受记者的采访时回忆道：王林让陈远东把电网关掉，把窗子上两根杠杠锯断，他到时就爬出来，给陈远东来搞满师，陈远东想要什么都可以给他变出来。王林还说当天晚上就给陈远东变个老婆，他（陈远东）非常相信这一点。那天陈远东就去把电网关掉了，把窗户上的铁栏杆也锯掉了，王林就从那里面跳出来，去到了陈远东的房间里，拿了一张符给他，并跟他讲，你闭着眼睛往门外走 180 步，然后把那张符烧掉，你回来以后我就让你出师。陈远东相信了，就跑了出去，等他再跑回来以后，发现房子里面已经没人了。

当时陈远东立刻向领导报告了王林越狱的事。监狱的人都知道了此事，监狱组织了追捕队，王林和他带出去的两个犯人很快被抓获。事发后，陈远东被判了六年，送到了温州监狱，王林也因此被加刑三年。

先是说神功搬运，后来又承认是民间戏法。那么，王林到底是一个什么样的人呢？到底有没有所谓的神功呢？在江西芦溪，一扇金灿灿的大门上写有“王府”二字的豪宅，就是王林的家，相当地气派，就算和以前的王爷府相比，也毫不逊色。据说他不仅有多处豪宅，还有多辆豪车。我们的记者来到王林的家乡进行了探访。

（2013 年）7 月 26 日，在媒体接连报道几天之后，记者来到江西省芦溪县。位于芦溪县城人民西路上的“王府”，是王林众多别墅中的一座。记者来到时这里显得异常安静，王府大门紧闭，只有两座金灿灿的石狮子守在门口。记者在大门口拍摄时，一位男子走了过来，记者上前询问他是否是从王府里出来的，结果被其强行阻止了拍摄。

随后这位男子回到王府，紧关大门。与此同时，王林的手机也是一直处于忙音状态，无法接通，不仅记者见不着他，平日一直在他身边为他工作的一些人，也见不着他了。

记者：“近段时间报道之后，他是什么反应？”

知情人：“我们也没有见到他。”

记者：“报道之后没见过？”

知情人：“他任何人都不见。”

自从媒体报道后，曾经十分高调的王林就不见了踪影。那么，这位自称身怀绝技的气功大师，平日里是如何修炼的呢？

记者：“他在家里练不练功呢？”

知情人：“没有看过。”

记者：“不练功？”

关于王林的神功到底如何，他曾经的弟子邹勇有过切身的领教。2008年，邹勇拜王林为师，这可是有代价的。

原王林弟子邹勇："他在深圳订了一辆车，一辆劳斯莱斯，他说他已经订好了，马上要接车了，他说已经交了20万订金，这个车总共是760万，剩下余款要我去交。他就讲，人家出一个多亿我都没有教，你这一点钱算什么，他说你这就算拜师费吧。"

交了700多万元天价学费之后，邹勇学到了什么神功呢？邹勇告诉记者，王林送给他一个蒲垫让他打坐，还送了他一个小板凳，上面有一根红布条，是要他练习运气的时候缠在左臂上的。

邹勇："他说发功给我打通全身的经络，包括（打通）任督二脉，然后就教我去练简单的气功。再者用一个小板凳，拍自己的胸脯和后背。"

最重要的是，大师赠送了他从来秘不示人号称几代单传的秘籍，封面上写着《万法归宗》几个字，其中一篇写着"变蛇符"，下面画着一些稀奇古怪的图案。拿着这样的秘籍，邹勇学会了什么呢？

记者："那你最后练出来了吗？"

邹勇："没有，什么都没练成。我就跟他说，你不说49天可以练成吗？他说练东西得看缘分，我又不敢打包票。"

实际上，这样一本《万法归宗》并不是什么罕见的秘籍，只不过是我国传统道教符咒书中有代表性的一本，在淘宝网上买一本，只需要11元钱。花了巨额学费，却什么都没学到，两人起了纠纷。

邹勇："因为我在去年跟他闹翻以后，找过他去理论，他也曾经跟我说过，小邹你跟我斗不会有好结果，他说你一个月以内，全身腐烂会死掉。"

记者："全身腐烂？"

邹勇："全身腐烂，会死得很惨。我现在已经半年多了，没什么反应。"

王林的功法并不灵验，其他的本事又如何呢？除了变蛇等，更神的还有他四处炫耀所谓治病救人的传奇。在王林通过香港一家出版社出版的《中国人——王林大师写真》一书中，记载了不少他妙手回春的神奇故事。

1993 年，王林应邀为印尼国防部长医治肺癌，并将其治愈。1994 年，王林为时任印尼总统的苏哈托发功治病。因年代久远，苏哈托已经去世，这些故事的真伪难以核实。而有关国内的例子，书中则写道，王林治愈过辽宁沈阳千岩寺一位净光法师的肝癌，那这个故事是真的吗？经记者查询，辽宁沈阳根本没有千岩寺，只是在锦州有一个青岩寺，净光法师更是无从考证。同样的谬误随处可见，书中说，江西省兴国县南坐乡邮电所陈兆彩之子，半身瘫痪，也被他治愈。而事实上，江西省兴国县，根本就没有南坐乡。

记者："我看他那本书里头写的东西，好多（给人）看病啊什么的，有多少是真的？"

知情人："这个东西，很多都是虚构的，有水分吧。"

这些编造的故事，其实并不难揭穿，可王林为什么能屡屡得手呢？他是靠什么来行走江湖呢？在《中国人——王林大师写真》一书里可能会找到些答案，他自称这本书在网上 16 万元都买不到，书里面有上千张照片，几乎全是和名流的合影。对于王林来说，和名流的关系显示着他的身份，而这也许就是他行走江湖的秘籍。

凭着变蛇、看病等多样把戏，有很多名人慕名前往观看王林的表演，而他总会抓住机会留下照片，探访者都是无心，而王林却是有意。

邹勇："这么多名人，高官显贵，对他这么认可，也就好像没有理由去怀疑他。"

以戏法装神功，拉大旗做虎皮，自己搭台自己唱戏。但是这戏可不是白唱的，找王林看病的人，可以说非富即贵，出手格外大方，他身边就有人遇见过这样的事情。

知情人："（有个人）从车上抬下来，站都站不稳。通过他来治，先打 1500 万到这里才给你治病，要先打钱来。"

这样的大手笔，邹勇也见过。

邹勇："一个搞房地产开发的老总，他老婆是喉咙钙化。当时也是在别墅里面治病，开了几服药，也帮她发发功，但是治了有两年都没有治好。后来那个老总也有点情绪，说就是在他这儿也送钱送礼，花了将近有 1000 多万到 2000 万。”

王林曾在接受采访时，自称给 5 万人看过病。那么，他这样一个所谓的气功大师，是否具备行医资质呢？

江西省芦溪县卫生局工作人员陈新生：“王林在我们这里，没有办医疗机构执业许可证，这是第一件事情；第二件事情，王林他这个执业资格，没有在我们这里注册。”

那么，王林的非法行医，为什么没被查处呢？

陈新生：“王林在这里看病我上回说，第一个，他的王府我们什么人也进不去；第二个，他没有对外营业，也没有开一个什么门诊看病。所以他看了病和没有看病，我们也不知道。”

王林的住宅占地 10 余亩，不仅有好几个院子，古树花园齐全，有一个养着鸡鸭的后院，而且还有一个可以乘坐游船的人工湖。整栋住宅不仅在去年刚刚装修过，而且门脸处又新盖了一排门脸房。有人反映，这都是违法建筑，没有依法取得建设施工许可。然而，这豪华的住宅，只是他几栋别墅中的一栋而已。王林没有行医执照，也并没有别的职业，却挣下了这么大的家业，靠的是什么呢？

虽然没有采访到王林本人，但经过这样一番调查，相信大家已经能够认清这个所谓大师的真面目了。王林自吹自擂、满嘴谎言、包装骗术，目的其实只有一个，那就是敛财。对于这样一个人，应该让他见识一下法律的威力了。除此之外，这事还有很多值得琢磨的地方，比如说王林以前就有犯罪前科，而且犯的还是诈骗罪，但为什么还能够红起来？为什么有这么多人相信他？这些年来，很多红极一时的所谓大师，已经被打下神坛，甚至走进了囚牢，但为什么这些大师还是会前仆后继、层出不穷呢？这些现象值得思考。

（《焦点访谈》2013 年 7 月 28 日）

证难办　脸难看

门难进，脸难看，事难办，这是官僚主义作风的典型表现，老百姓对此最是反感。反感，不光是因为大家对它的心理感受不好，更是因为它是真折腾人、真耽误事。到底有多麻烦呢？记者亲身体验了一次。

小周家在外地，后来在北京工作。2012 年 10 月，公司要派他出国，需要办因私护照。由于在北京缴纳社保不足一年，按规定他必须回户口所在地办理。按说办因私护照也不是什么难事，可小周说为了办护照，他回距离北京 300 多公里外的老家多次，跑了大半年一直没有办下来，每次去还要看办事人的脸色，想想都打怵。

那么到底是怎么回事呢？记者和小周一起来到了他们县公安局出入境科。

小周："办一下证件。"

河北省武邑县公安局工作人员："什么证件？"

小周："护照。"

工作人员："去哪里？"

小周："澳大利亚。"

工作人员："谁办？你办啊？"

小周："对。"

工作人员："你在哪里？"

小周："我在北京。"

出入境科的办公室面对面坐着的两位办事人员都没有穿警服，其中一位一直看着报纸，头始终没有抬一下。

小周："上次是找她办的。"

河北省武邑县公安局工作人员："上次找她办的，办过一回啊？"

小周："对。"

一位一直看着报纸的女士就是前几次接待小周的办事人员。她报纸看得很专注，直到对面的同事叫她，她才如梦方醒般抬起了头。

河北省武邑县公安局工作人员："办证。"

小周："办下护照。"

这位工作人员似乎对小周的来访打扰了她读报有些不满，不过显然她还记得小周。

工作人员："你不是不办了吗？你怎么又要办了呢？"

小周："公司需要，没办法。"

工作人员："公司，公司，公司让你出去干吗？"

小周："拜访客户。"

工作人员："你公司干吗的？我看你上回填的表呢？把表找来我看看。"

小周这已经是第五次来办护照了，前几次他都是无功而返，原因是材料不齐。而这次他自认为让准备的材料都备齐了，应该没有问题了，结果这位办事人员又发现了新问题。

河北省武邑县公安局工作人员："你不是这里的。"

小周："我就是这里的。"

工作人员："你是呼和浩特的身份证。"

小周："不是，我户口在这边的，身份证是学校给办的。"

工作人员："这个不行，没换不行。没换这个不行，去换那个，复印那个，给你这东西。"

小周："我跑了好几趟了，你一次跟我说清楚我就办了。"

原来，小周的身份证是在内蒙古读大学时办的，不是本地的，他要在这里办护照，必须提供本地的身份证才可以。

小周："上一次我办证件也给她拿出来了，她当时看过，但是她什么也没说。"

记者："也没有说你身份证不行？"

小周："对，她这一次看我证件都全了，她又提到我这个问题。"

看来为了身份证，小周还得折腾一次，而像这样的折腾已经不是第一次了。

小周："因为她不把所有需要的东西一次性地告诉我，来回折腾了我好几趟。"

那么，来回折腾好几趟都折腾一些什么呢？据小周说，他第一次去办理时，办事人员只告诉他要到户口所在地的派出所开具一个无犯罪证明。

等小周办好了证明，再次来到县公安局，办事人员才又提出了新的要求。

小周："她说证明拿到了吗？我说拿到了，她说我要的不是这些东西，你们公司在职证明呢？我说我没有啊，你没说需要这个东西。她说我什么时候没说了，我告诉你了，赶紧回去办去吧。"

小周老家到北京有 300 多公里，坐火车得 3 个多小时。为了早点办好护照，小周马不停蹄匆匆赶回北京，到公司开具了在职证明。因为他们县公安局出入境科双休日不上班，只有工作日才办公，一周后，他只好再次请假回到老家。他想这次应该没有问题了吧，不曾想，当他来到公安局办理时，办事人员又让他提供新的材料。

小周："她说你这个东西还是不全啊，我让你拿的营业执照呢？你得拿你们公司的营业执照。"

记者："她上次告诉你带营业执照了吗？"

小周："上次没有。"

虽然作为一名普通的员工，要想拿到单位的营业执照不那么简单，但是为了把护照办下来方便工作，小周回到北京的公司，硬着头皮和老板申请复印了公司的营业执照。几天后，他又一次请假坐着火车回到老家。

不曾想当他第四次走进县公安局出入境科时，办事人员又提出了新的要求。

小周："她说你们这是什么公司，有没有外派人员的资格？我说我们是做对外贸易的，这肯定有。她说你再把这个有外派资格的证明开过来，然后我再给你做这个证。我当时就非常恼火，因为已经让我来回折腾了三四次了。"

这次已经是小周跑的第四次了。请着假，搭着路费不说，结果还是没办下来，小周未免有些恼火。

小周："我就感觉现在在我们这种小县城，他们拿着一点权力就是随便愚弄或者玩弄这些老百姓。办一个证件太困难了。"

恼火归恼火，护照还是要办。没办法，好在这次让换身份证不用去北京，小周打起精神回家换了新的身份证，第 6 次来到武邑县公安局出入境科。

河北省武邑县公安局工作人员："把上次给你那材料拿出来，那一堆材料都拿出来。家庭现住址河北省武邑县，写上你们村。"

这一次办事人员终于没有再提出新的要求，小周也终于拿到了护照领取通知单。为办一个护照来回跑了 6 趟，还要忍气吞声。这样的办事方式伤了小周的心。

小周："以前一直就知道，像我们这种小县城，越小的地方办证之类都比较困难，这次我亲身经历了一次，这叫什么？进门难，脸难看，办事更难这种状态，真的挺恐怖的。"

我们看看小周一共补办了多少证件：第一，无犯罪证明；第二，公司在职证明；第三，公司营业执照；第四，公司外派人员资格证明；第五，本地身份证明。这五张证明让他多跑几千里。而记者在公安部网站了解到，像小周这样的普通公民办理因私护照，其实只需要提供身份证、户口本及复印件，然后照照片、填表就行了。小周这几千里路其实都是冤枉路，而这样的事还不光小周自己遇到了，下面要讲的这位正准备创业的大学生也遇到了类似的问题。

某一日，江苏省丰县大沙河镇的小狄又一次来到丰县行政服务大厅。小狄大学毕业自主创业，和几个大学生一起办了一个稀有水产养殖专业合作社。他这次来，还是为了营业执照和法人执照的事，这件事让他跑了好几个月，但是始终没有结果。

记者："第几次到行政大厅还记得吗？"

小狄："到行政大厅应该是第 11 次了。"

办什么执照需要跑十几趟呢？其实小狄的事很简单。2013 年 3 月为了便于经营，小狄他们办的稀有水产养殖合作社，从原来的注册地徐州市泉山区迁转到了丰县大沙河镇。在各种手续齐备的条件下，这个迁转的流程并不复杂，只要泉山区工商分局把小狄他们原来的电子档案转到丰县工商局，再由丰县工商局转到大沙河镇工商分局，由那里审核办理即可。但是在办理的过程中，不知为什么电子档案始终转不过来。

小狄："分局的工作人员就查询，她说你这个档案没有转过来，我们这边不能办，你到县行政大厅窗口去问一下看有没有。我就到县里的行政大厅窗口去问了，我拿着这个单子就让工作人员查，她说没有转过来。"

难道是徐州方面没有转过来吗？为了弄清情况，小狄还曾经专门跑到徐州市泉山区工商局询问，得到回复说已经转给丰县工商局了，让小狄回去办理，并交代如果那里还说没有查到档案就给泉山区工商局打个电话。于是，小狄兴冲冲回到大沙河镇工商分局，但那里的办事人员说档案并没有转过来，还是办不成，让小狄到行政大厅查一查。

小狄："我又到了行政大厅，我说我们这个电子档案肯定迁过来了，我说我现在打电话，让徐州那边的人跟你解释一下。通话之后，她说我不要接了，我再查一下吧，她拿着这个单子又查了一下，她说有。”

不追得紧就查不到，追得紧了就查到了，这样的办事方式让小狄感到很无奈。不过好在最终查到了，只要县工商局的办事人员鼠标一点，电子档案就可以转到大沙河镇的工商分局。

小狄想，这次执照办理应该没有问题了吧？他又回到镇工商分局，可是那里的工作人员说电子档案还是没有转过来，让他再到县行政大厅询问。就这样像皮球一样被县镇工商部门踢了几个来回之后，在分局，小狄失去了耐心。

小狄："我就急了，我就说你让我去到大厅，大厅人让我到你们这里，我跑来跑去反正都不成，你说怎么弄？我就急了，说了一点不好听的话，她就给了我两张空白的营业执照。她说你到大厅去办吧，她还没有转过来。"

跑了十几趟，办来的只是两张空白的执照，这让小狄哭笑不得。为了讨个说法，不久前小狄给丰县有关部门写了一封信，标题是"让人心酸的两张空白营业执照"，反映了自己遇到的烦恼。

而这次也是他第 11 次到县工商局，带着镇分局给的两张空白营业执照和法人营业执照副本。那里的办事人员告诉他，只要到县工商局窗口，把内容打印上去就可以了。

记者注意到，接待小狄的还是个红旗窗口。

小狄："你好，我是来打这个的。"

江苏省丰县工商局工作人员："农民专业合作社。"

小狄："嗯。"

江苏省丰县工商局工作人员："大厅不办，下面分局去办。"

小狄："我的档案转过来了，分局说不能办，让上这儿来办。"

江苏省丰县工商局工作人员："从哪儿转过来的？"

小狄："从徐州。"

江苏省丰县工商局工作人员："我们这儿不办农业合作社。"

听说小狄办的是农业合作社的执照，办事人员一口回绝，他们让小狄还是回镇分局办。小狄拿出了两张空白的执照。

江苏省丰县工商局工作人员："当时谁给你这个证？"

小狄："大沙河分局给的，让我上这儿来打。跑了十来趟了，光上徐州从开始办，我跑十几趟了。你拿空白营业执照打发老百姓，他推给他，他推给他，都不给我办。"

不知是不是小狄给县有关部门写的信发挥了作用，小狄发现这次县工商局的办事人员虽然还是让他回分局办，但是态度有了明显的变化，不仅一再解释说，这回档案绝对转过去了，为了让小狄放心，还专门与分局的人通了电话并且告诉小狄，他们之间已经沟通好了。

小狄随后来到大沙河镇工商分局，果然这次这里也说执照可以办了。奇怪的是在办理过程当中，办事人员始终闷闷不乐，最后她忍不住拿出了一张纸放在了小狄面前。

江苏省丰县大沙河镇工商分局工作人员："这是你写的吧？"

小狄："是的，是我写的。"

原来，这正是小狄写给县有关部门的那封信——"让人心酸的两张空白营业执照"。

江苏省丰县大沙河镇工商分局工作人员："让你心酸，你也很让我心酸，你这信也很让我心酸，你知道吗？"

既然都心酸，为什么一开始不能把事情往好里办呢？一件简单沟通就可以办到的事却拖了三个多月，往返十几次。小狄说因为迟迟办不下来执照，错过了购进饲料的好时候，今年他们合作社农户的收入会受到很大影响。小狄说，如果有营业执照跟厂家直接联系，签合同，至少一吨省 200 块钱。

中央推进群众路线教育实践活动，就是为了让老百姓开开心心地过上好日子。可是我们看到个别单位，特别是某些公共服务管理部门，还是存在着官僚主义现象。个别干部只顾自己少担责任、多享清闲，却让老百姓急断肠、跑断腿。这充分说明贯彻群众路线、坚决反对“四风”必须长期坚持并深入落实。我们要注重顶层设计，更要注重基层表现，要看干部的觉悟，更要看群众的评判。大政方针不含糊，具体问题不马虎，只有时时想着群众的利益，才能事事赢得群众的满意。

（《焦点访谈》2013 年 10 月 11 日）

贴在“脸上”的地膜

我国西北的不少地方，常年干旱少雨，但是如果在种地的时候铺上地膜，就能够保温、保水，提高产量，增加收入，这项技术能够让农民得到实实在在的好处，所以正在大力推广。但是不久前，记者在甘肃通渭县采访的时候，听到一些农民抱怨，铺地膜不但没有带来好处，反而成了麻烦和负担，这是为什么呢？

甘肃省的通渭县干旱少雨，当地这些年正在大力推广一种叫作全膜双垄玉米种植法的技术，一般在秋收之后，覆上地膜能存住土壤里的水分和肥力，从而大大提高玉米的产量。记者来到通渭县的碧玉乡南岔村进行调查，这个村连续几年都是这个项目的试点村。一位村民听说记者来了解铺地膜的事情，就把记者领到了她自己家的一块山坡地上去看。

记者：“这个膜铺在这有用吗？”

通渭县碧玉乡南岔村村民甲：“没有用。”

记者：“为啥没用呢？”

村民甲：“地干干的，而且没有肥料。”

记者：“为什么不搞肥料呢？”

村民甲：“催得很急，没有办法就直接铺上了。”

根据相关技术规范，为了保证铺地膜的效果，不仅在铺膜前要认真施肥和深耕，在铺上膜后，还需要每隔一米铺上厚厚的土层，以压实地膜。可是，在南岔村前的这一大片山地上可以看到，其中有些地膜铺得极其马虎，很多地膜的表面已经翻了起来，保墒效果几乎已经失去。就是这已经不保墒的地膜，村干部还不准农民撕开。

记者：“你有没有问他们为什么要铺上呢？我又不种玉米，你让我铺上干什么呢？”

村民甲：“不知道，就让铺上，要检查，过了明年才能剥（开）。”

可是，管得住农民，管不住风，一阵大风吹过，铺得不太好的地膜自己就翻起来了。有的地里铺的地膜甚至都被风吹走了，只剩下孤零零的一张。

通渭县碧玉乡党委书记何艳萍：“我觉得这个覆膜质量，（问题）主要是出在老百姓这一级。因为每个人的耕作习惯不一样，就是同样的农活，有的人干得就是好，有的人干得就是不好。”

土地是农民的饭碗，可是这里的农民为什么干不好农活呢？

当地村民告诉记者，他们这是为了完成任务。由于只有几天的时间就要检查，所覆的地膜就简单用土盖了一下，所以风一来就吹走了。

村民们提到了任务，这指的是什么任务呢？原来作为甘肃省旱作农业项目之一，今年甘肃省给通渭县下达了秋覆膜的任务105万亩，比去年增加了5万亩。据了解，通渭县因为全膜双垄玉米技术推广得好，2011年、2012年连续两年被评为全国粮食生产先进县。

记者找到了一份通渭县委县政府下发的2014年旱作农业全膜双垄沟技术推广方案，方案中提到，为了创建全国粮食生产大县和全省现代旱作循环农业示范基地，确保全面完成2014年全覆膜任务，要求把这个项目作为农业和农村经济工作目标考核的重中之重。

不管怎么说，任务是刚性的，为了完成这重中之重的考核要求，有的乡村干部打起了歪主意，甚至不惜浪费人力、物力，白铺也要铺。

县里的任务是105万亩，下达到碧玉乡的是5万亩，到了南岔村则是3000亩。而村里的年轻人大都出门打工了，留下的只剩一些老人和小孩，劳动力显然不足。在这种情况下，要完成任务，村干部只好组织一些人去帮助铺膜。

记者："有没有一些农户，他明明那块地就不想铺的，你们非给他铺上呢？"

通渭县碧玉乡南岔村村支书王振贤："像这样的就是过陡的山坡上，是村上铺的。"

记者："那他明明不想铺，为什么非要给他们铺上呢？"

王振贤："这个就是引导群众，让家家户户（都有）铺膜的想法。"

记者："那是不是就为了凑成那 3000 亩呢？"

王振贤："有这个想法。"

这样一来，数量是凑够了，但是质量显然是糊弄了事，只能够应付检查。明明是陡坡，根本不适合铺膜，但是也铺上了，有的甚至连荒草都没有除，就直接铺上了膜。

通渭县碧玉乡南岔村村民乙："外头检查的人来验证，他们（村上）随便一绷，土一压，就不管了。远处看着是地膜，其实没铺上，化肥也没上。大家有意见，这样都三年了。"

白花花的地膜满山都是，煞是好看，领导检查应该也很满意。可是这摆样子的地膜，骗得了领导，骗不了自己，一场大风吹来，胡乱铺上的地膜都露了馅。每铺一亩地膜，国家财政和老百姓都要掏钱，老百姓自己买两卷，省里要补贴一卷地膜。另外老百姓还要自己投入化肥、农药等费用，地膜铺不好，这些投入自然就打了水漂。

记者采访时还发现了一种奇怪的现象，一方面一些农民不愿意铺、不需要铺地膜，干部硬要你铺。而另一方面，一些农民需要铺也愿意铺地膜，却偏偏铺不成，这又是为什么呢？

在通渭县 2014 年秋覆膜的示意图中，记者发现其中划阴影的部分是要求覆膜连成片的地区，南岔村正在其中。村里按照图示画了一个圈，圈里的地需不需要都得铺，而不在这个圈里的耕地，即使村民主动想覆膜也不给他们发放补贴的地膜。

村民乙："有社员要地膜，说想铺一些，他们（村干部）说铺的是相面，检查时车能看见的（地方）铺，车看不见的就不管。”

村民说的相面，指的就是表面，也就是车开在山梁上能看到的那一部分耕地，村民们说，这已经是村里第三年这么干了。为了完成任务、应付检查，一些村干部把铺地膜变成了一件荒唐可笑的事情。

村民乙：“去年两个湾全铺了，基本上连麦地里都蒙上了。蒙上以后，检查完了，村民就给剥开了，不剥的话就把麦子捂死了。”

这样不着调的事情，第三铺乡城墙湾村的汪大姐也遇到过。她告诉记者，为了达成铺上地膜统一好看的效果，她家门口一片根本用不着铺地膜的地，村干部也要求铺膜。

通渭县第三铺乡城墙湾村村民汪大姐：“我家跟前有一片地是苜蓿，也让铺上。我说我不能铺啊，那是水窖、菜园子，车不能过去啊。”

好说歹说，苜蓿地才可以不铺了，可是别的任务必须完成。在汪大姐家耕地所在的地方，山头上有一个平台，边上还插着红旗，这个地方是专门用来给领导检查地膜的。从这里一眼望去，一大片整整齐齐的地膜，看上去十分壮观。汪大姐告诉记者，为了达成这样的效果，她家的土地被村干部要求全部铺上地膜。

记者：“你们愿意铺这么多地膜吗?”

汪大姐：“不愿意，真不愿意。”

汪大姐说，她的三个儿子都打工去了，他们老两口60多岁了，既要照顾孙子，还要耕种全家人的20多亩山地，根本不可能完成。可是，她所在的第三铺乡城墙湾村被纳入了试点，汪大姐为此投入了三千多元购买化肥、农药和地膜等。可是因为实在没有能力，有一部分地即使铺上了地膜，她也不打算种了。

在通渭县，农民铺下的不是地膜，而是任务。这地膜不是实实在在铺在农民的地里，而是轻飘飘“贴”在了一些干部的脸上。在记者采访结束以后，当地立即出台了整改措施，要求各乡镇不能对村下达任务指标，不能够强迫群众铺膜，不能够在不适宜的地块铺膜。

问题得到了纠正，但是人们的思考并没有停止。糊弄检查的做法，在农民的眼里是笑话，更是负担，为什么一些干部却乐此不疲，而且这样的情况能够持续好几年得不到纠正，这就要从背后找找原因了。上级考核成绩是看数字，看材料，还是看实效？下去检查是走马观花听汇报，还是深入基层听一听百姓的心声？如果能够把脚踏实地的工作作风落在实处，如果考评指标能够加上群众评价和实际效果，好好的惠民措施，才不会频频变成劳民伤财的形式主义。

（《焦点访谈》2013 年 12 月 28 日）

孩子，你在哪里

亲生孩子刚刚生下来，在自己不知情的情况下，就被护士抱走卖给了别人，而这一切居然就发生在医院里。这是一位年轻妈妈小张向我们陈述的她自己的遭遇。这件让人觉得匪夷所思的事情，真相究竟如何？我们的记者进行了调查。

在内蒙古赤峰市的一家小宾馆里，记者见到了小张，因为身体虚弱，她一直躺在床上休息。2013 年 4 月，在外打工的小张突然发现自己意外怀了孕，由于她刚满 18 周岁，没有结婚就怀了孕，害怕家人朋友发现，小张一直瞒着周围的人。

小张："当时我真不知道该怎么办，就想往后拖，一拖拖到那么大，最后是实在没招了才去医院的。"

2013 年 11 月 5 日，在哥哥的陪伴下，小张在赤峰生殖健康专科医院五楼的产科做了引产手术。

记者："当时你手术完以后，有没有护士、大夫让你看处理的胎儿？"

小张："没有，没有人给我看，也没有人告诉我这孩子是死是活。"

小张的出院费用清单上显示，医院收了一笔 20 元的死婴处理费，这让小张确信孩子的确被引产处理了。然而，就在做完引产手术之后的第三天，小张突然得到一个让她难以置信的消息，赤峰市阿鲁科尔沁旗的警方通知他们说孩子还活着，被拐卖到了阿鲁科尔沁旗。

小张："当时因为我做的是引产手术，我也不可能想到这孩子还活着，当时我真的就蒙了。”

既然孩子活着，小张决心要找回孩子好好把他养大。2013 年 11 月 10 日，小张和哥哥在母亲的陪同下，赶到 300 公里外的阿鲁科尔沁旗公安局做笔录，同时警方还让小张抽血和孩子做 DNA 亲子鉴定。在阿旗公安局，小张和家人听办案的苏警官说，孩子是男孩，以 4 万元的价格被卖到了阿鲁科尔沁旗的一个村子里，如果不是一位有正义感的村民报了案，小张可能一辈子都不知道自己的孩子还活在这个世界上。

小张：“当时警方留下我的联系方式，告诉我电话保持通畅。为了等这孩子结果，我手机从来不敢关机。”

2013 年 11 月 5 日，小张产下孩子，11 月 8 日，离赤峰市 300 公里外的阿旗警方就找来了，这说明孩子是在出生后马上就被送走的，而这时小张还在产科康复病房住院。得知孩子还活着，小张和家人立即找到医院院长，要求医院说明孩子到底是谁抱走的，并且拍下了这段视频。

赤峰生殖健康专科医院院长郑天生：“她（护士）自己说怕这个小孩活不下去，有没有给人也不说，然后就搁在她表哥家寄养着。”

记者：“护士的表哥家？”

郑天生：“就是这个医护人员的表哥，在阿鲁科尔沁旗。”

对于这样的回答，小张显然不能理解。

小张：“既然我的孩子还活着，你为什么不经过我的允许就把孩子给我送出去，而且还在我不知情的情况下，这是我非常不理解的。”

记者：“他（院长）有没有告诉你到底是哪一个医护人员送（走）的？”

小张：“没有，就告诉我是他们医护人员送出去的。”

小张和家人从阿旗警方那里听说，孩子是从医院卖到阿旗的，而医院院长却说是一名护士送给了表哥寄养。按照《刑法》规定，有人收了钱，就意味着这个案子的定性是拐卖儿童罪，如果是私自把别人的孩子送人，那也涉嫌拐骗儿童罪。

中国政法大学刑事司法学院院长曲新久："小孩出生之后未经父母同意就把小孩隐瞒事实送人，或者送人收养，或者自己收养了，这在法律上都是一种拐骗儿童的行为。如果将小孩卖了，那当然就是拐卖儿童罪，性质就更严重。"

刚出生的婴儿被拐卖或者失踪，按照公安部办理此类案件的要求，警方必须采取紧急解救措施，尽快让孩子回到母亲和监护人的身边。从阿旗警方录完笔录之后，小张和家人一直满怀希望地等待警方迅速破案归还孩子，但等了十天也没有等到音信。当他们再次来到阿旗找到办案的苏警官时，发现对方的态度有了明显变化，没有以前那么积极了。苏警官只透露了孩子在阿旗的双胜镇。

小张的母亲："等我再找他，他就说他办案去了，忙。一直就躲着我。"

后来办案的警官干脆不接电话，不回短信。阿旗警方迟迟没有消息，小张和家人找过赤峰市卫生局、市计生委，但卫生局说等公安定性，计生委说要核实。按照公安部规定，拐卖儿童的发生地和拐入地都应立案管辖。

2013 年 12 月 16 日，小张和家人又到赤峰市生殖健康专科医院所在的红山区公安分局刑警大队报了案。但三天之后，红山区警方给出的结果是不予立案，理由是没有犯罪事实。这让小张和家人非常意外和震惊。小张马上向红山区公安局申请了复议，再次要求警方以拐卖儿童或者是拐骗儿童立案侦查。

曲新久："不立案是不对的，一定要查清。只有通过刑事立案以后，才能查到医院在公共管理方面的一些漏洞。"

现在，案发地红山区警方不予立案，小张和家人只能够把最后一丝希望寄托在最先侦办的阿旗警方身上。那么，阿旗警方到底能不能够破案，找回小张的孩子呢？

2013 年 12 月 25 日，小张的母亲和哥哥第三次来到阿旗公安局刑警大队。这次办案的苏警官说，由于 DNA 鉴定结果没有出来，所以案子没有进展。

阿鲁科尔沁旗公安局刑警苏建章：“鉴定结果还没回来，我们队长前天去问的，没有做出来。”

但实际上，半个月前的 12 月 10 日，小张的母亲和哥哥自己找到了赤峰市公安局 DNA 检测实验室，当时鉴定结果就已经出来了。

事后，记者又陪小张去了一趟赤峰市公安局 DNA 检测实验室。记者看到了那份编号为 0534 的 DNA 检测鉴定书，结论的确写着：小张与孩子是生物学上的母子关系。同时得知，孩子现在的抚养人是一个叫温国强的人。

小张的母亲再次来到阿旗公安局。

小张的母亲：“我跟你说鉴定结果头半个月就出来了。”

苏建章：“出来了就出来了。”

紧接着，这位苏警官表示，其实有没有 DNA 鉴定结果，都不影响案子定性。当小张和家人再次要求归还孩子时，这次苏警官明确表态，他们不负责找孩子。

苏建章：“我能给你做主，领着你去要孩子？我不可能参与。因为你这件事是民事，民事构不成刑事。不是刑事，我能参与这件事吗？”

小张的母亲提到当时苏警官曾经说过，孩子是被人以 4 万元买走的。这时，苏警官却矢口否认自己之前的说法。

苏建章：“谁说的 4 万块钱？”

小张的母亲：“你审我儿子时，我问我儿子参与这件事没有？你说接钱的时候没有你儿子。”

苏建章：“我不可能说这句话，我告诉你别血口喷人，根本没有这个钱的事，怎么能把我说出来呢？我对你怎么的了？”

苏警官否认了收钱这个关键事实，意味着阿旗警方对案子的定性不是拐卖。而苏警官接下来的表态更让他们大吃一惊，他说这个案子他们已经不立了，这意味着在阿旗警方的眼中，这个案子连拐骗都算不上。

苏建章：“案发地在红山区，归红山区管辖。”

记者：“红山（区公安分局）的原话是让我们到这儿报案。”

小张的母亲：“我来了三次了，我多不容易。三次你们一次也（没立案），还要求你们帮我去查这个孩子……”

苏建章：“你的心情我可以理解，这件事很好解决。你说你要找孩子让公安机关帮忙，我把领导电话告诉你，你找我，我也做不了主。”

阿旗警方和红山区警方都不管找孩子，小张的家人决定自己去找。手头仅有的线索是孩子所在地区是阿旗的双胜镇，抚养人是温国强。在茫茫的大草原上经过近一天的奔波打听，他们终于打听到了温国强的户籍所在地。但遗憾的是，找到了温国强家，孩子已经被转移走了。只有温国强的母亲在家，她承认自己的儿子的确抱养了一个刚出生的男婴。

记者：“你知道这是你们亲戚给你抱过来的，还是？”

温国强的母亲：“我亲戚。”

记者：“什么亲戚给你抱过来的？”

温国强的母亲：“我外甥姑娘。”

记者：“叫什么？”

温国强的母亲：“梁晓华。”

记者：“梁晓华是在哪儿上班的？”

温国强的母亲：“在赤峰医院。”

记者：“是你儿子到赤峰接过来的，还是？”

温国强的母亲：“接来的。我儿子媳妇去接的。”

得知抱走孩子的是赤峰医院的梁晓华。那么，这家赤峰医院会不会就是小张生孩子的赤峰生殖健康专科医院呢？第二天一大早，小张和家人再次来到这家医院进行核实。当班护士证实，梁晓华的确是这家医院的产科护士，但是已经好久没来上班了。

没有找到梁晓华，小张和家人又找到医院负责处理此事的副院长陈桂英。

记者：“有没有梁晓华这个人？”

赤峰生殖健康专科医院副院长陈桂英：“有。”

记者："我们想在你主持的情况下，见一下梁晓华，方便吗？"

陈桂英："这个不是我管辖的范围。"

记者："（医院的）产科安全管理出了这么大漏洞，孩子就给抱走了？"

陈桂英："这个也别问我，我不管产房。"

小张的母亲："郑院长不是让你负责这件事吗？"

记者："将心比心，你也是有孩子的。"

陈桂英："我们也是在凭着良心办事。不是你们说一句话，我们是什么样，多黑心就多黑心，我们在做着我们有良心的事、有道德的事，都是天天在做着。"

见不到护士梁晓华，医院也不愿提具体的解决方案，小张的家人决定，再次去找赤峰市卫生局寻求帮助。卫生局医政科的工作人员引来了两个人，介绍称一位是局长，另一位是科长。局长表示报了案，就归公安管，他们等公安的结论。

赤峰市卫生局副局长马天山："应该来说就是这样子，你司法介入了以后，我们就不参与这件事了。"

记者："那么就是说公安不管了，你们这边也不管了，对不对？"

马天山："这涉及犯罪的事情就是公安处理。纠纷的事情我们来管。"

记者："医院还是有违规的地方，它不违法也有违规的吧？"

马天山："哎呀，违规……"

记者："不违法也有违规的吧，孩子丢了这是事实。"

马天山："先司法程序走完了再说。"

……

离开医院和卫生局之后，小张的母亲接到红山区公安分局的电话说，下午来领复议结果。但当小张的哥哥满怀希望走进红山区公安分局时，看到《复议决定书》上的结论是维持不予立案的决定，理由还是没有犯罪事实。小张的哥哥再次要求找孩子，红山区警方表示这个不归他们管，让找医院。

小张："我现在就想知道，我孩子在哪呢？具体现在怎么样了？为什么就这么流出去了？没有人替我解决这件事，报公安局，公安局为什么不给我立案？”

身为妈妈的小张的心在痛，我们的心也在痛。在孩子被抱走的两个月时间里，小张怎么都想不到，这一趟趟奔波，最终会把自己绕进死胡同。医院说要等警方的结果，卫生局说要走司法程序，结果到了红山区公安局这里，却又是不予立案。阿旗公安局最初也管来着，估计要找回孩子也不是什么难事，可是最后不知何故变成了不能管、不想管、不愿管。大家都知道孩子是谁抱走的，也都知道孩子在哪里，但这孩子就是找不回来。产生如此奇怪现象的原因是什么？又是什么让一目了然的案子变得不清不楚？孩子的家人需要一个清楚的答案，公众也迫切需要一个清楚的答案。

（《焦点访谈》2014 年 1 月 6 日）

拍假与假拍

这几年收藏市场是越来越热，普通老百姓的参与热情是越来越高。从瓷器到书画，从老物件到新玩意儿，收藏什么的都有，这其中有很多藏友都是通过拍卖公司来拍藏品的。在一般人眼里，在拍卖公司无论是卖还是买，藏品都应该很靠谱，但是有观众反映，一些拍卖公司并不是这样，里面的猫腻可不少。

记者与一位业内人士来到一个古玩市场，买了一个仿宋吉州窑盏和仿宋官窑瓶，一共花了500块钱。

记者：“这是你们自己做的？”

店主：“我们自己做的。”

记者：“这是在哪儿做的？”

店主：“这个就是窑里面烧的。”

这位店主告诉记者，自己店里的东西都是仿造的，属于工艺品，与古董有着天壤之别，很好分辨。

记者：“这个（拿去）鉴定，能鉴定出来新老吗？”

店主：“看去哪儿鉴定啊。”

记者：“拍卖行找专家呢？”

店主：“拍卖行能鉴定出来。”

那么，这样两件仿制品是否可以拍卖呢？

带着这两件东西，记者来到了广州佳昊国际展览服务有限公司。这家公司位于一座高档写字楼内，一进门就是一个展厅，橱窗内摆放着各种收藏品。接待我们的一名工作人员首先满口答应东西可以拍卖，而且担保能卖得很好。在交了400块钱鉴定费后，工作人员把记者带进一间专家室，准备拍卖的物品都要先由专家做个鉴定。

拍卖公司鉴定专家："这个应该是宋代的。"

记者："你说这都是老货？"

拍卖公司鉴定专家："对。"

记者："都是真的吗？"

拍卖公司鉴定专家："是，这个是吉州窑产的。"

记者："哪个值钱？"

拍卖公司鉴定专家："都还可以，差不多，具体价钱请他们市场总监（定）。"

记者："没有赝品啊？"

拍卖公司鉴定专家："对。"

两件新烧制的工艺品，到了这位专家手里，竟然成了真正的宋瓷，难道真的是这位专家眼拙吗？圈内人士告诉了记者其中的玄机。

知情人："如果这个藏友说没有做过鉴定，要鉴定，而且你的藏品确实是一个赝品或怎么样，那这边需要跟专家老师打个配合，过去给专家老师稍微通个气。专家老师这边鉴定的时候，基本上都会说是古代的东西，就是一个真的东西。"

记者："这些专家从哪儿来？"

知情人："是花钱请过来的，就相当于我们公司的一个员工。"

记者："那就是说你们需要他说什么，他就说什么吗？"

知情人："基本上就是这样子。"

在这里，所谓的专家只负责将这样的赝品说成是真货，至于这种所谓的真货值多少钱，又来了两位公司的工作人员接着忽悠。

拍卖公司工作人员甲："这个器型比较罕见，不多。以我这边，这种藏品之前也走过类似的，大概是 1538 万这样的。如果拍卖的话，价格像乾隆时期的藏品，都可以拍到 8000 万。"

这位工作人员说，要请公司的总监过来亲自鉴定。过了几分钟他和另外一名年轻人走了进来。

记者："您好，高总是吧。"

拍卖公司工作人员乙："（我是）高总的助手。"

拍卖公司工作人员乙："像这种官窑器，宋代宋瓷到现在基本上很少了。有一个概念，它们的价位都是比较高的，最起码可以达到三四千万元。"

记者："好出手。"

拍卖公司工作人员乙："对，而且你看一下这些宋瓷到现在也应该千八百年了，保存得还很完美，很难了。"

几百块钱的仿宋工艺瓷瓶居然被估价几千万元，这还不算完，公司工作人员说因为这两件藏品很珍贵，所以还是要请更高层次的负责人亲自来看。

拍卖公司工作人员丙："这件藏品，长颈的这种瓶子现在不多见了，像这种瓶子如果去香港拍的话……小黄有没有给建议？"

拍卖公司工作人员甲："刚才说一千二（百万）到一千五（百万）这样子。"

拍卖公司工作人员丙："差不多吧这个价格，一千二（百万）到一千五（百万）左右，是相对来讲中性偏理性的价格。"

这一会儿的工夫，走马灯似的来了两位公司的高管，都给两件所谓的藏品估出了很高的价格。据业内人士介绍，这是行业内的固定套路。

知情人："我们这边就叫推介，就是塑造领导。我们这边塑造一个假的领导、总监，其实这个总监就是一个普通员工，但是和客户说，这个总监是很高级的一个负责人。通过这个总监，慢慢树立一个良好的信誉，良好的关系，这个时候，总监就借机抬高这个藏品的价格。"

记者："这个过程在你们这个行业里，有一个术语吗？"

知情人："这个过程的话我们叫烧欲望。"

记者：“烧欲望？”

知情人：“对，把你的欲望烧起来。然后通过一系列活动，塑造一些假的活动，客户就会感觉到你们确实是有这个实力，然后愿意把藏品放下来跟你们合作，这个时候就会交前期的一个费用。”

几个人轮番登场，说来绕去，最后终于说到了关键。公司的工作人员告诉记者，如果委托公司拍卖必须先交服务费，而这所谓的服务费是根据藏品的估价按比例收取的。

拍卖公司工作人员甲：“国内一百万以上是（收取）1%，香港是 1.5%。”

记者：“这是什么钱？”

拍卖公司工作人员甲：“这是一个宣传，用于宣传。”

记者：“这个钱是先交还是后交呢？”

拍卖公司工作人员甲：“先交。”

记者：“是服务费吗？”

拍卖公司工作人员甲：“对，这是用于宣传的。如果藏品没有通过大型的宣传包装，肯定是卖不到什么价格的，也出不了手。”

这件 400 元购买的仿宋瓷瓶工艺品被估价最低 1500 万元，另一件 100 元购买的茶盏被估价最低 400 万元。经过讨价还价，按照两件物品加起来的最低起拍价，记者需要交纳 21 万元的服务费。公司工作人员告诉记者，这笔服务费是前期的宣传费用，如果拍卖不成功，服务费是不退的。

记者：“有没有风险？”

拍卖公司工作人员乙：“拍卖都有风险。”

记者：“什么风险？”

拍卖公司工作人员乙：“既然有拍卖出去的，就有没拍卖出去的。就是有拍卖成交的，也有流拍的。”

记者：“我交了 21 万元服务费，这两个东西放您这儿，你们帮我去拍卖。如果流拍了，那这个服务费肯定是我拿不回来了，我把东西拿走。”

拍卖公司工作人员乙：“对。”

把一件几百块钱的新东西硬说成是几百上千万块的老物件，睁眼说瞎话的目的，无非就是先把服务费赚到手，价格越高，服务费就越多。当然了，21 万元的服务费记者交不起，也无从知晓这家公司会怎么来处理这两个假古董。而记者查询以后还发现，这家公司其实根本就没有拍卖的资质，但是有的藏友就被烧起来了欲望，交了钱。那么，接下来他们会碰到什么事呢？

湖北十堰的老匡是一名收藏爱好者。去年 3 月的一天，他接到了一个电话，对方自称是广州一家展览有限公司武汉分公司的工作人员，他们可以帮忙拍卖藏品。

藏友老匡："不知道（他）怎么知道我电话号码的，他知道我有藏品，让我带到武汉鉴宝拍卖。"

于是老匡便和女儿一起来到武汉，将自己的十多件藏品交由这家古今通宝公司的工作人员进行鉴定。鉴定结果说，老匡手中的这三尊佛像都是真品，两尊是明代的，一尊是清代的。

记者："他给你估价了吗？"

老匡："估价了。"

记者："估了多少？"

老匡："估得太高，一个最低的估了 280 万，高的估了 500 万。"

紧接着公司负责人又告诉他们，这三件藏品要是拿到香港去，肯定能拍出大价钱。当然了，要想挣大钱，那得先交点服务费。

经过砍价，老匡交了八万多元的服务费，签订了委托拍卖合同后，把藏品留在了武汉。公司负责人告诉他，四个月后，也就是 2013 年 7 月份，安排他一起去香港参加拍卖会。然而 7 月份到了，公司爽约了。

藏友："他老是推，说是 7 月份，7 月份过了，又推到 10 月份，10 月份也没拍成，又推到 12 月份。"

见老匡催得急，公司告诉他，其实他们没有拍卖资质，只能请另外一家公司帮忙拍卖，藏品已经过关到了香港，放心等着吧。老匡一听这哪能放心，便自费去了香港，到了香港找到那家接受委托的公司，才发现自己上当了。

藏友："他就说他们（古今通宝公司）什么东西都没交，委托我们拍，就是走个过场。这就说明他是假拍，完全是空的。"

父女俩赶紧回武汉，找到古今通宝公司的负责人，想要回藏品和服务费，可对方说东西在澳门退不了。就这样一直拖到今年 3 月份，等老匡和女儿再次找到武汉时，却看见一大群和他一样上当的人。

他们看到古今通宝公司门口上面（挂着）有人写的"还我藏品还我血汗钱"，才知道公司倒闭了。在附近一问，得知他们公司的员工一夜之间就跑了，都不知道怎么回事就关门了。

为了多赚钱，有些拍卖公司还把目光投向了更多的普通人和普通物件。四川有一位姓甘的农民，将家人绣的清明上河图和一幅琴棋书画放到了网上，不想也被拍卖公司盯上了，说是可以帮忙拍卖。

甘富才："如果借助他们公司的平台，可以卖一个好的价钱给我们，当时他估价是 35 万。"

记者："35 万是两幅（十字绣）吗？"

甘富才："两幅。"

但实际在市场上，一米长的十字绣在网上能卖三百元，实体店最高能卖到一千元，照此计算，甘富才的两幅十字绣最多能卖到九千元。那么，拍卖公司估出 35 万元的高价，目的是什么呢？

甘富才："后来他就（向我）收取 10%的服务费，经过讨价还价，我交了一万四（千元）的服务费。"

在随后的漫长等待中，甘富才又接到公司的电话，告诉他一家高档宾馆打算批量收购这种绣品，对方已经交了部分定金，所以公司要委托甘富才收购十字绣。致富心切的甘富才把家里的房子和地做抵押，借了一百多万元高利贷，从乡亲们手里收购了 24 幅十字绣。

甘富才带着这些十字绣来到武汉结账，谁知又生了变故。

甘富才："结果公司说买家提出了新的要求，他收购的这批货（要）有一个来路。他们希望在元月 11 号，澳门有一场拍卖会，他需要一个拍卖记录。"

为了让这些十字绣参加所谓的澳门拍卖会，甘富才又交了 20 多万元的服务费，结果血本无归。拍卖公司最终不知去向，目前全国各地有很多农民，因为十字绣被拍卖公司骗取了巨额服务费。

据不完全统计，仅这一家公司就骗了几百人，其中绝大多数是农民。

而这家拍卖公司的一位工作人员告诉甘富才，公司收取服务费的这些绣品，根本没有参加所谓的拍卖会，而是一直堆放在公司的库房里。

甘富才拿出他们拍到的库房照片，告诉记者这家公司的所有藏品全部在库房里，而这些只是库房一角。他还告诉记者，据这家公司一位不愿透露姓名的员工说，其实公司拍卖（的事）和这个买家都是假的，他们主要就是为了收取前期 10%的服务费。

业内人士告诉记者，现在大多数拍卖公司都是以赚取服务费为目的，一旦忽悠藏友交了服务费，就大功告成，根本没有承诺的所谓拍卖。

知情人："这个费用的话，我们就叫图录册、广告费之类的。其实交了这个费用之后，基本上都没有什么宣传的，就是在我们的网站上挂一下，等这个买家交完费之后，就是一个漫长的等待过程，几乎可以说是全部流拍。"

记者："所以你们公司其实挣的就是服务费，对吧？"

知情人："对，就是前期服务费，后面基本上可以忽略不计，没有的。"

记者只调查了几家拍卖公司，就算是管中窥豹，也可以看得出拍卖行业是乱象丛生。这里的乱既包括以假充真、指鹿为马、刻意抬高价格的拍假，也有颠倒黑白、连蒙带骗、让人血本无归的假拍。拍假和假拍存在已久，已经成了拍卖行业的一颗毒瘤，任由这颗毒瘤恶化，受损的不仅仅是藏友，更会让艺术品市场赝品泛滥、虚假繁荣、畸形发展。但是现在拍假和假拍的违法违规成本很低，这让不法公司有恃无恐，甚至是变本加厉，所以要想收藏品少一些假货，先要对拍卖市场打假才行。

（《焦点访谈》2014 年 5 月 20 日）

手机话费藏猫腻

现在，中国手机用户接近13亿，差不多是人均1部。我们的生活已经离不开手机，但不知道您有没有这样的感觉，有时自己的手机话费会比估计的要高一些，查看话费单也会发现一些不明不白的服务项目，被稀里糊涂地扣了钱。那么，这些服务项目是从哪里来的？这些不明不白的钱又是如何被扣掉的呢？

黑龙江省牡丹江市的曹先生，平时手机通信费比较高，因为做生意，业务电话不少，所以一直也没有怎么在意。不久前，他偶尔查了一下自己的通信费用详单，结果让他气不打一处来。

曹先生："一看有很多东西都没用过，乱收费的。"

曹先生最近几个月的账单中，每个月都会有一些阅读包、视频包、娱乐包、手机电视之类的增值业务在按月扣钱。

记者："（这些业务）是你自己订的吗？"

曹先生："不是。就像这个和视频精选包这些，从来都没有用过，都不知道。"

曹先生拨打中国移动客服电话10086进行投诉，第二天，这些包月的增值业务就被统统取消了，而且，客服还表示要把多扣的1000多元退还给他。但是，这些消费究竟是怎么来的，移动公司并没有给出任何解释。

曹先生的妻子："这部分我们不知道的钱，肯定得给我们一个合理的说法，不能就这么不了了之吧？"

第二天下午，记者和曹先生的家人一起来到中国移动营业厅咨询，这些增值业务到底是怎么给订上的？来到柜台，工作人员还没问具体细节，就先把责任推了个一干二净。

营业厅工作人员："只有两种可能性，一种是人为的，另一种是非人为的。人为就是你自己主动点的，非人为就是手机主动点的，就这两种可能，没有第三种。"

果真是这样吗？记者在这位工作人员的操作系统里看到，2014 年 9 月 29 日下午 3 点多，曾有人操作曹先生的手机号退订了几项收费的增值业务，而短短几分钟后，又订上了另外两项增值业务。这到底是谁操作的呢？通过查询这几次的操作记录发现，9 月 29 日下午 3 点多，这些操作是在当地一个移动营业厅完成的，而操作的人则是这家移动营业厅的员工，工号显示：caaH01。

据曹先生回忆，9 月 29 日当天，他确实曾打电话委托这家营业厅办理过话费变更的业务，不过这几项取消和开通增值业务的操作，并不是他本人要求办理的。那么，这又是怎么订制上的呢？记者就这一问题咨询了营业厅的工作人员，得到的却是这样的回答。

营业厅工作人员："我怀疑是不是你把手机给它（营业厅）了？"

这位工作人员认为可能是当时曹先生把手机给了营业员，请他帮忙操作订上的。但曹先生说，9 月 29 日这天，他本人根本就没有去过营业厅。

另外，在这个系统里，记者还看到 10 月 21 日曹先生的手机号又被莫名其妙地开通了好几项增值业务。至于到底是如何订上的，营业厅的工作人员表示查不到记录。

不仅仅是牡丹江的曹先生，全国各地许多移动用户都表示有过类似的经历。不久前，一个移动用户网上发微博说，他也在不知情的情况下被开通了多项增值业务并被收费。这些增值服务是怎么订制上的呢？一位移动公司的区域经理向记者透露，这种情况下，极有可能是移动公司的工作人员在暗地里操作用户号码，给用户添加的。

移动公司区域经理王女士：“上面给我们每个月、每个季度、每个年度，都有不同的任务。这个任务下发以后，如果是正常办理的话，基本上是没有网点能够完成的。当然有一部分是通过给客户推销，办理成功的有一小部分，也有给自己的亲朋好友开通的，另外还有一部分是没有经过客户的允许，私自给办理的。”

一位曾经在牡丹江移动公司工作过的员工也给记者看了一些内部资料，上面显示牡丹江移动公司 2013 年 2 月份给各营业厅下达的推广任务中，光种类就有近 20 种，其中手机动漫杂志、视频、游戏、阅读等增值业务的任务量就有 4 万 7000 多笔。假如一个用户开通 1 项增值业务，就意味着，牡丹江移动各营业网点在 2 月份需要为 4 万多移动用户开通这些增值业务，才算完成任务。而且每个月、每个季度移动公司还有考核，完成推广任务的就能得到加分奖励，完不成的则会被扣分。

一位知情人向记者透露：“分就代表你的工资，代表你的绩效，扣分还会扣你的工资。（员工）为了完成任务，有些时候也会偷偷地加，因为这么多营业厅，都是这么做的。”

一般来说，如果要开通这类收费的增值服务，需要手机用户的服务密码，移动公司的工作人员并不知道用户密码，他们又是怎么给用户订制上收费的增值服务呢？

知情人：“最早开卡的时候，用户一般都会留 123456 或者是手机的前 6 位或后 6 位等，都是非常简单的，轻易就进去了。”

开通增值服务后，一般情况下，系统会给用户发送订制成功的短信。这位知情人说，有的用户会投诉，但绝大部分用户不会追究。

知情人：“懂的人会投诉，但有的老百姓不懂，有的用户根本就不看短信。现在智能手机，他就是不太明白，以为自己按出什么来了，实际上是营业员给加上去的。”

这位知情人还拿出了一沓过去她操作过的流水记录单，上面显示，她过去对许多号码的操作都是在短时间内连续重复操作的，开通某项增值业务，然后马上取消。开通和取消的操作只在分秒之间，这又是为什么呢？

知情人："我们给他开通之后不是扣费吗？我们给他取消之后，下个月就不扣费了，这样的话，只是这个月收费。"

她告诉记者，这一开一关，移动公司当月就会收取用户的费用，他们当月的任务就算完成了，而到下个月，还可以通过重复这样的操作来完成自己下个月的任务。

另外，据知情人介绍，有时为了推广某项增值业务，靠逐个输入服务密码给用户开通的方式效率不高，公司还会给各营业网点开通一批具有特殊权限、可以批量开通增值业务的"免密工号"，方便操作。

知情人："免密，就是免输密码。就是在工号里，给你加上免密的权限，然后公司给你提供几十万个手机号码，让每个营业厅去操作这个业务。"

知情人介绍说，免密工号一般只掌握在少数业务管理人员手中，为一些有特殊需求的客户办理普通营业厅无法办理的查询、退订、批量开通等业务。但牡丹江移动公司为了推广业务，违规将免密工号下发到各营业网点，在未经用户认可的情况下批量操作。前不久，不少牡丹江移动手机用户都莫名其妙地被开通了一项名为"100 元流量欢乐周"的服务，系统显示，这就是移动公司为目标客户批量操作的。像这样批量开通的业务，虽然大部分说是免费，但很多时候过了一段时间就变为收费的了。

在下面一段移动客服人员与客户的对话中，我们可以清楚地看到客户是如何"被扣款"的。

客户："（开通这项业务）你征求过我同意了吗？"

移动客服人员："短信内容已经明确说明了，在什么时间内您回复否的话，就不参与。您要不参与的话，可以回复否的，您没有回复否的话，就代表您同意了。"

客户："就是你给我发短信，我不看也算同意，我不回复也算同意，我不搭理你也算同意，那你还征求我意见？直接就强来呗。"

不管愿意不愿意，知道不知道，反正是扣你没商量。原来，好多不明不白的手机扣费就是这么来的。这不光让人生气，还让人觉得害怕。怕的是，这费用说扣就扣，咱们可是防不胜防。本应为消费者提供服务的企业，却利用自己的职务之便和技术之长，给消费者下套，骗取钱财。而且，这还不是一两个人的个别行为，居然已经成了业内公开的秘密。

消费者遇到这样的事就会想，这种行为和偷钱抢钱在本质上有什么区别？如果小偷偷钱被发现，肯定要被绳之以法。那么，手机运营商的这种行为又该如何界定，如何处理呢？作为企业，信用是根本，如果失去消费者的信任，不仅谈不上发展，恐怕连生存都会成问题了。

（《焦点访谈》2014 年 12 月 5 日）

万亩葡萄酿苦酒

有句老话说，“栽下梧桐树，引来金凤凰”，现在这句话常常在招商引资当中出现。为了吸引投资，很多地方都会加强基础设施建设和产业配套，投资人往往也要看准了这个，才会掏钱。但也有时候，金凤凰来了，梧桐树不见了，煮熟的鸭子飞了。

老徐是一家葡萄酒酒厂的老板，最近有一件事让他特别心烦。那就是他的酒厂倒闭了之后，由于还不上银行的贷款，酒厂的设备被拍卖了。

记者：“一共有几个这个罐子？”

酒厂老板老徐：“咱们这边是13个，一共是26个。”

记者：“这边还有一排呢？”

老徐：“这边有一排叫行长给卖了。”

虽然酒罐子被卖了，可是还抵不了债，现在老徐的葡萄酒生产线，也面临着被拍卖的遭遇。

老徐：“这个机器现在他（银行）不让咱动，银行做抵押贷款。现在他也要拉出去给没收，给顶债。”

老徐倒闭的这家葡萄酒厂在辽宁省喀左县，走进酒厂看到的是荒草丛生的院子和停止生产的车间。

但是几年前，酒厂可不是这样。2009年开业的时候，热热闹闹的，还上了新闻，在当地可是一家不小的企业。

记者："当时在这厂里投产投了多少钱?"

老徐："当时咱们投产是5500万。"

记者："这个厂的面积有多大?"

老徐："它建筑面积是28000多（平方米），占地面积是50亩地。"

记者："原来设计的年产量有多少?"

老徐："5000吨。他们喀左（县政府）当时还给我办了一个龙头企业，给我上电视。"

可是现在这里已变得冷冷清清。

老徐："（原来厂里）80多人。"

记者："现在厂里有多少人呢?"

老徐："现在厂里只能剩三个人了，还包括我。"

记者："这三个人都是什么人?"

老徐："一个看大门的，一个开车的。"

记者："再就一个你?"

老徐："对。"

老徐看着这倒闭的厂子天天发愁，愁了有五六年。那么，为什么这么大的一个酒厂说倒闭就倒闭了呢?

老徐："生产没有原料，生产不了。"

制作葡萄酒必须要有酒葡萄才行，老徐也不是个白丁，在生产葡萄酒方面也是一个有着十几年经验的生意人，当初他来喀左投资建厂，冲的就是这里的酒葡萄。2007年，辽宁省喀左县决定大力发展酒葡萄，酒葡萄的品种定位是能够酿造高级葡萄酒的赤霞珠，种植面积达全县22个村镇，计划到2013年，喀左县种植面积达到6万亩，年产酒葡萄达12万吨。喀左喊出的口号是"三年再造喀左"，"四年后产值达到40亿"。面对这样的宏伟蓝图，老徐动了心，于是他变成了第一批来喀左投资建厂的人。

老徐："当时那说得可好了，老徐你只要投到这儿，保证你5000亩到1万亩（酒葡萄），你就放心。"

而且喀左县还拿出了本地产的酒葡萄给老徐化验，化验的结果让老徐很满意。

老徐："拿着这儿的葡萄，当时就在我酒厂化验室化的验，化验的糖度高于（我们这儿）三四度。"

酒葡萄糖度高，酿酒的时候就容易发酵，于是老徐当时就跟着喀左县政府的招商团来到了喀左实地考察。

老徐："我来的时候，这儿一片（酒）葡萄基地，咱一看这确实是挺好，桩子都立着，葡萄秧绿油油的。"

于是没过多久，2008年12月15日，老徐就正式与喀左县政府签订了合同。合同上白纸黑字地写着，县政府为老徐的酒厂提供原料，三年内发展5000到1万亩赤霞珠酒葡萄，年产量3000到5000吨，而且合同上还写着，如果喀左县政府违约，将承担给老徐造成的经济损失。有合同保证，老徐立刻投资建了厂。这钱投了不少，厂房盖起来了，生产线买进来了，员工也招进来了，万事俱备，就差葡萄了，可是老徐等了几年都没等到这酒葡萄。

老徐："我2009年建上厂子，一来没有（酒葡萄）了，啥也没有了。"

记者随着老徐来到了当年他考察的地方，如果按照喀左县的酒葡萄产业规划，这里正是种酒葡萄的地方。可是记者在这里，不仅没有看到酒葡萄，就连种植酒葡萄的秧苗都不见了，取而代之的是一片片的玉米地。而冲着这酒葡萄来喀左投资建厂的可不止老徐一个人。老姜也是一个酒厂老板，他的酒厂从占地面积、投入资金到员工人数都比老徐的酒厂还要大。

记者："那咋就上这儿来了？"

酒厂老板老姜："政府呗，政府引资。没办法，头脑简单了，是吧？"

当年的酒葡萄基地变成了一片片的玉米地，其间到底发生了什么呢？

酒葡萄产业小组副组长李世均："酒葡萄（当年）春天栽上，长得非常好，秋天的时候一看也是非常好的东西，可是第二年就（长）不出来了。"

原来，无论是喀左当时对外招商和化验的，还是包括投资者看到的，都是当年刚刚栽上的酒葡萄。可是这酒葡萄到了第二年春天，就再也长不出来了。

村民甲："到了冬季一埋，埋上冬眠。第二年一扒拉，没了，没过冬。"

酒厂有了，酒葡萄却没了，就连当年招商的人也觉得这次招商并不成功。

喀左县招商局局长马占国："到目前可以这么说，没有达到当初我们招商的想法。"

想法没能落实，招商局长的话说起来轻松。可是投资人掏的是钱，农民流的是汗，说没就没了，这能轻松起来吗？另外，这年产葡萄12万吨，4年收入40个亿，当初是怎么算的这笔账，这会不会又是一次三拍决策呢？

喀左县当时为什么要发展酒葡萄呢？翻开当地的酒葡萄规划书就会发现，喀左的纬度和世界酒葡萄产地的纬度差不多，于是喀左认为他们那里是产酒葡萄的黄金地带。据记者了解，喀左县政府的领导去了一趟法国波尔多进行考察，那里种植着大量能够酿造高级葡萄酒的赤霞珠。于是喀左县就把大力种植赤霞珠酒葡萄作为县里发展经济、招商引资的重头戏。但是赤霞珠从法国到了喀左就长不出来了，这法国的经验怎么照搬过来就不灵了呢？

喀左县农业局局长马金玉："外国气候跟咱们根本不一样，人家那是海洋气候，最低气温零下5度，你说地下能冻了吗？地下冻不了，没有可比性。"

而喀左冬季的平均温度在零下14度左右，最冷能达到零下30度。不过，这些都没有打击喀左县种植赤霞珠的信心，产业办想到嫁接技术的优势，于是打算走一条种植赤霞珠的新道路。

那么，嫁接以后的赤霞珠是不是就能结出酒葡萄呢？

村民甲："冻上了，没过冬就死了。"

看来这新道路没走通，赤霞珠还是不结果。

马金玉："我们就是负责技术，老百姓说为啥不长呀？我把这个苗拿到沈阳农大，接待我的是一个姓赵的副所长，他是国家级酒葡萄研究所（的）。他说这个接不到一块儿，他没听说这赤霞珠有嫁接的。"

其实，农业作物无论是引进新品种还是改良品种，都需要几年的论证期。那么，喀左县在这么大规模推广赤霞珠之前论证了吗？

记者："找没找专家论证过？"

马金玉："没有。"

记者："那像这个葡萄得论证多少年才行？"

马金玉："这个葡萄要我说，最次最次也得五年以上。"

喀左县在没有论证的情况下，就全县大面积种植赤霞珠，而且还因此对外招商引资，结果投资人血本无归。而由于这么一个拍脑门的决策，全县 22 个村镇的农民，那几年也是白忙一场。

其实，农民们最初是不愿意种植酒葡萄的，因为他们的地里原本都好好地种着玉米。

记者采访了几位当地村民得知，这都是政府派下的任务。他们为了完成上面交代的任务，不得不拔掉原来的玉米，改种酒葡萄，因为不种酒葡萄，这地就没了。

于是，农民们种起了从不认识的酒葡萄，结果因为没收成，赔了本。

村民甲："这块人工钱、地钱和我栽（酒葡萄）的钱，最低得三万块，种两茬我能赔五六万块钱。"

记者："种酒葡萄你们家亏没亏本？"

村民乙："能不亏本吗？关键还得挖沟、灌（溉），还有打药，都得经营，多亏啊。"

喀左县大力种植酒葡萄的那几年，全县 3 万多亩土地没有收成，而酒葡萄的闹剧还不止于此。喀左县给各村镇的干部都制定了种植酒葡萄的任务，完成任务就奖，不完成任务就罚。

喀左县农业局局长马金玉："还有一个考核乡镇综合位次的事，有分，就在酒葡萄这，原来是 40 分。"

记者："你要种酒葡萄就给你加（分）？"

马金玉："对。"

如果完不成这任务，不仅这分没了，物质奖励也没了，而且村镇干部们还得罚钱。2012 年，在声势浩大的气氛中开始的酒葡萄计划，无声无息地下马了。

农民投入了却没收入，而且还白白浪费了劳动力，他们不服气，就找政府去说理。

村民甲：“我说你这是逗我呢，找乡里，乡里说找县里，县里说找果木局，果木局又找不着。”

记者：“最后怎么说?”

村民甲：“最后也没有一个结论，拉倒了就。”

老徐这样的投资者也是血本无归，他也跑到县里去告状，不过他倒是得到了结论。

老徐：“因为我总上访，他们才叫我走。喀左县政府还给法院打电话，说赶紧给轩尼诗酒厂拍卖了，赶紧叫他走。这叫我（来）的是他，叫我走的也是他，他就是开门招商，关门打狗。”

而当有媒体来喀左调查此事的时候，喀左县又是怎样应对的呢？

喀左县农业局局长马金玉：“县委书记还有宣传部的部长，他说你就说冻害，我说冻害能解释过去吗？冻害不含糊，那你能解释过去吗？关键赤霞珠不适宜咱们（这块），咱们是临界线，所以说栽上这个非冻死不可，就这个道理。”

记者：“县里只让你说了一方面，没让你说另一方面。”

马金玉：“对啊，不让我说不中啊。那谁信啊？你就说冻害谁信啊，你信吗？你也不信。天灾是天灾，没有人祸吗？也有人祸。”

赤霞珠在喀左县水土不服，这并不奇怪，正所谓“橘生淮南则为橘，生于淮北则为枳”，大家都懂这个道理，它甚至可以说是常识，那常识为什么还会犯错呢？说到底还是官僚主义和形式主义的老问题在作祟，只想政绩，不讲规律，没有充分调查就仓促上马，这不就是官僚主义的典型表现吗？不问后果，不计代价，先把绿油油的秧苗栽上给人看，这不是形式主义又是什么呢？这个根子不除，这个秧子不换，不光赤霞珠长不出来，一切美好期待恐怕都会落空。

（《焦点访谈》2015 年 1 月 12 日）

关口开　危险来

大家在市场上买肉，都熟悉这个标志——动物检疫专用章。为了防止病死猪肉上桌，生猪从养殖到屠宰，再到上市，各个环节都有一套很严格的检验检疫规定。各种检验手续齐全的猪肉，才能够上市销售。但是我们的记者近日在河北、山东等地采访的时候，发现了一些奇怪的现象。

在河北省深州市南史村，记者认识了生猪经纪人老尹。老尹生猪生意做了30多年，在当地小有名气，记者跟着他跑了两天，记录了生猪从收购到销售的整个过程。

记者："为啥猪的蹄子都这么黑呢？"

河北省深州市南史村生猪经纪人老尹："闹口蹄疫了。"

老尹说，像这样猪蹄部发黑，甚至是蹄壳脱落的，很有可能就是口蹄疫，送到屠宰场后，得尽早屠宰。老尹说得随意，记者在一旁听了却十分疑惑。口蹄疫被我国列为一类动物疫病，按照规定，如果发生一类动物疫病，应该立即强制封锁、隔离、扑杀、销毁，也就是说，根本不可能允许患有口蹄疫的病猪存活。难道这些马上要出栏的猪真的有问题吗？

河北省深州市辰时镇生猪养殖户老赵："哪个都闹。"

记者："八头（猪）都有口蹄疫？"

老赵："嗯，年年闹，一年两回。"

记者："就今天拉的这趟都有吗？"

老赵："对。"

不过老尹和老赵说，这些生猪此前得过口蹄疫，现在已经康复了，所以当地人也把这种猪称为康复猪，这种猪他们也卖，但自己从来不吃。

记者：“你们当地吃的都是这种猪吗？”

老尹：“我们当地不吃，现在我们都是吃自己（养）的猪。”

记者：“自己吃的猪就不闹病吗？”

老尹：“（自己）吃好猪。”

根据动物防疫法，出售动物前，应当由动物卫生监督机构实施现场检疫，并出具检疫证明，没有检疫证明，承运人不得承运。

记者准备找动物检疫人员问问清楚，可找了半天，发现在现场忙碌的，始终只有老尹和养殖场的几个人，没有见到其他人员。没有检疫，这些猪能运出去吗？

老赵：“去了开（检疫证明），到（屠宰）厂子里。”

记者：“再补一个（检疫证明）。”

本应是生猪出栏时，现场检疫并开具检疫证明，怎么变成了到工厂后再开呢？应该在现场负责检疫并出具检疫证明的工作人员去哪儿了呢？记者找到了深州市动物卫生监督所驻南史村片区的专职检疫员。

记者：“3 月 1 号以来到现在一头都没有出栏的吗？”

河北省深州市动物卫生监督所驻南史村片区检疫员刘文臣：“没有，因为小猪都还没长成呢。”

这位检疫员的回答让记者吃了一惊，明明在南史村，经纪人在忙着收购生猪，养殖户也在忙着卖猪，怎么在检疫人员这却变成了没有一头生猪出栏呢？

根据规定，除了在生猪出栏时现场检疫外，在送入屠宰场时还应该再次检疫。那么第一关没有把住，第二关又会怎么样呢？带着疑问，记者继续观察。

忙了半天，把这一批一共 8 头生猪装上车，老尹启动车辆。不到半个小时，货车来到了深州市辰时镇的一家加工厂，工厂大门关着，老尹自己打开了门，轻车熟路地直接把车开进了厂内的猪舍。

记者注意到，这是一家叫作晨光的食品厂，主要生产猪肉制品。根据生猪屠宰检疫规程，检疫人员应当在生猪入厂前，查验动物检疫合格证明和数量，查看生猪运输途中状况，二次检疫后，才可将生猪放行。但直到老尹把生猪全部卸完，记者和老尹乘车离开，也没有见到厂内有工作人员出现。

老尹："不用检疫票，厂子里不要。"

记者跟着老尹跑了一下午，一共向晨光公司运了两趟，34 头猪，没有见到任何检疫人员，也没有见到一张检疫票据。养殖户老赵第二天在电话中告诉记者，他送的猪已经被晨光公司收购屠宰。

老赵："那八头（猪）宰杀了。"

记者："八头都宰了吗？"

老赵："不宰不会算账。"

记者："那钱呢？"

老赵："钱到位了，全取回来了。"

生猪出栏时不检疫，进入屠宰场后检疫人员又缺位，这样的企业怎么能保证终端食品的安全呢？记者第三次来到晨光公司。公司公开信息显示，这里是生猪定点屠宰企业，河北省无公害畜产品产地认定单位。记者到来时是下午四点多钟，正赶上一辆货车进场，生猪直接被赶入待宰圈。记者观察了全过程，同样没有看到有人查看检疫证明，清点数量。

河北深州晨光食业有限公司采购负责人李树通："这就是检疫室。"

记者："检疫员下班了？"

李树通："嗯，检疫员下班了。"

此时，晨光食业这位负责人强调说，检疫员验完检疫票后下班休息了。记者随后和深州市动物卫生监督所联系，找到了监督所驻晨光公司的专职检疫员。

河北深州晨光食业有限公司专职检疫员贾鹏霄："进门的时候查验检疫票，查验头数，有时头数查不清就到这（待宰圈）再查，看看（检疫）票符不符（合）。”

记者：“如果没有检疫票呢？”

贾鹏霄：“没有检疫票不允许进。”

记者：“绝对不允许进吗？”

贾鹏霄：“对对。”

这位驻场检疫员说，按规定，生猪进场时除了必须查验检疫票，查看生猪数量外，还必须查验生猪的电子耳标。在晨光公司的待宰圈记者仔细观察，待宰圈中有近百头生猪，但并没有发现生猪带有耳标。

记者：“这一个耳标都没有啊？”

河北省深州市动物监督卫生所所长支文军：“搞防疫的时候戴耳标（生猪）容易撕打，会把它扯下来。”

记者：“那怎么一头也没有？”

支文军：“老百姓也不愿意让打。”

记者：“按规定应该是什么样子的？”

支文军：“应该是戴齐了耳标。”

记者：“如果没有耳标呢？”

支文军：“应该是不能进场。”

按规定，生猪出售进入流通环节时，必须百分之百佩戴耳标。耳标中含有电子芯片，记录着每一头猪的产地、防疫相关信息，每头猪都有唯一的耳标编号，一旦出现问题，可以向上追溯源头。当记者向深州市动物卫生监督所负责人反映，自己跟随老尹送了两趟 30 多头生猪，在生猪出栏和进入屠宰场，都没有任何人员检疫查验时，得到了这样的答复。

支文军：“不可能，不可能，绝对不可能。”

据了解，患过口蹄疫康复的猪，加工后食用对人体危害不大，但如此不设防的检疫，又怎能保证病猪、问题猪不流向市场呢？而据记者调查，生猪流通环节中，这种监管不力的现象，不仅仅存在于河北深州一地。

今年 2 月中旬，另一路记者在山东拍摄到这样的画面：在通往德州金锣公司的马路上，运生猪的车队浩浩荡荡，排出几公里远。记者近距离观察，发现有一些生猪的蹄部呈黑色，还能看出明显的疮疤。

生猪运销人员：“这都是康复猪，口蹄疫康复猪，你看这一头也是。”

山东省德州市陵城区生猪运销人员小刘：“我们这儿没事，我们这儿正常收，口蹄疫也没事。”

这位从山东陵城区来的小刘说，他和其他运生猪的人一样，都是往德州金锣运送生猪的。按理说，金锣集团在行业内也是知名企业，明知道自己送的是有问题的猪，这位送猪的小刘怎么还底气十足呢？彼此熟悉之后，小刘亮出了底牌，他拿出一张检疫合格证明，上面显示，这批猪确实是要送到金锣。此时记者注意到，小刘拉的这车猪没有一头打耳标。根据规定，生猪在进入流通环节也就是出栏时，必须百分之百佩戴耳标，这些猪怎么都没有耳标呢？

听到这个问题，小刘告诉记者，耳标就在驾驶室放着。在小刘驾驶室中，记者还看到了专门给生猪打耳标的钳子。

小刘：“（耳标）一毛钱一个，（屠宰场）一过磅的时候直接就打上了。”

记者：“自己打？”

小刘：“对。”

按规定，生猪在育肥阶段就应该佩戴耳标，检疫证明也只能由检疫人员在起运地点，对生猪疫情、耳标等检验合格后，由检疫人员填写发放，没有耳标就不可能通过检疫。从小刘出示的这张证明来看，完全是正规的检疫票，公章签名一应俱全。但这些生猪连耳标都没有，这检疫证明又是怎么开出来的呢？

小刘：“一给给那么一叠子（检疫证明），随便印。”

记者：“谁打印？”

小刘：“我们自己打。”

记者：“自己有打印机？”

小刘：“有，没问题，自己打。”

小刘说的话让记者吃惊不小，难道小刘说的是真的？检疫单上的内容，是生猪经销人员自己打印出来的吗？记者和小刘约定，到小刘所在的收购点实地勘察一下。

2 月 12 日，记者在德州陵城区神头镇这家收购点，又一次见到了小刘，他正忙着把生猪装车。小刘说，之前遇到记者时，他拉的那车生猪已经顺利地送进去了，今天还要再送一车。他还拿出了当天要用的检疫证明，上面的到达地点还是德州金锣。这样的检疫证明到底是怎么来的？小刘所在公司的老板，对这个话题始终是避而不谈。那么，这批生猪真的能送入厂内吗？记者提出随车实地看一下，也遭到了这位老板的拒绝。

山东省德州市陵城区生猪经纪人老杨：“你带设备来的，我看你是记者，看你像记者，厂子不让进，害怕，不让，害怕。”

小刘的老板为什么这么警惕？检疫证明背后到底是什么文章呢？记者仔细查看，小刘给记者看的两张检疫证明上显示，生猪起运地都是河北故城县坊庄养殖场，检疫证明也是故城县动物卫生监督所开出的。

记者来到了故城县动物卫生监督所。

记者：“有没有叫坊庄养殖场的这个厂子？”

河北省故城县动物卫生监督所副所长于杰兵：“这个没有，从来没有叫这个名的（企业）。”

现在可以明确，在故城县根本就没有叫坊庄养殖场的企业。此时记者注意到，在这张所谓的检疫证明官方授意一栏上，写的名字也正好是于杰兵。那么这两张检疫证明，是不是眼前这位叫于杰兵的副所长开的呢？

记者：“（你）在那签过名吗？检疫票上？”

于杰兵：“检疫票？签名？没有，没有吧。”

检疫证明上明明是“于杰兵”三个字，为什么此时的于杰兵却显得有些茫然呢？在记者的要求下，故城县动物卫生监督所提供了与记者所拍摄编号相同的检疫证明的存根，记者拍摄的是运货联，和存根联放在一起对比，结果让记者吃了一惊。按规定，检疫证明必须由检疫人员现场检疫合格后开具，一式两份，运货联、存根联必须一致。一份编号 1300620719 的证明，运货联数量显示 24 头，存根联上却写的是 74 头，而另一份编号 1300620717 的证明更是离谱，运货联显示的是运送生猪 65 头，存根联上却显示运送的是 4 头牛。

记者电话联系上了存单上记载的承运人，这位姓赵的承运人说，以前确实到故城运过牛，但那都是半年前的事了，检疫证明是通过中间人开的，他并没有见到，并且运的是 6 头奶牛，并不是屠宰用的肉牛。

承运人赵文州："我就拉了几头奶牛，（去年）12 月份，拉了 6 头。"

记者仔细查看后还注意到，故城县动物卫生监督所提供的检疫证明存根联上，官方授意签字也是打印上去的。

记者："这上面这么签，是符合规范的吗？"

河北省故城县动物卫生监督所所长郈振庭："那边的运货联是手工签的，这个是存根联，给货主那边的都是手工签的。"

记者："如果货主那边是机打的呢？不行吗？"

郈振庭："对对，不行。"

记者："如果是机打的算是一种什么行为？"

郈振庭："它就打不出来。"

说是打不出来，然而记者拿到的运货联上，官方授意签字明明就是打印出来的。种种迹象显示，记者拿到的两份运货联明显是有问题的，而且调查中记者发现，像这样有问题的检疫证明不仅仅是这两份。故城县动物卫生监督所的电脑系统显示，在记者拿到的两份检疫证明发出前后，至少有十多份检疫证明的起运点也是那个并不存在的坊庄养殖场。

记者："你们现在的检疫票一式几联？"

于杰兵："一式两份。"

记者："底联是存档吧？"

于杰兵："我跟你说这个情况，你们要了解什么？你们要和我们局领导接触一下，然后是采访也好，询问也好。"

最终，故城县动物卫生监督所也没有对记者的疑问给出答复。这样的检疫证明到底是怎么开出来的？在这背后，隐藏着哪些秘密？这些还有待相关部门介入调查后给出答案。

保障百姓吃上放心肉，是管理部门的职责。但是我们看到，一些本来应该为食品安全把关的检验检疫部门，显然没有尽职尽责。这种事，想想就可怕，因为检验检疫如果形同虚设的话，漏掉的就不只是口蹄疫，可能还会有其他更严重的问题。

要挡住问题肉流向餐桌，首先对于各个监管的环节，就得有一套防疫检疫的措施和手段，管理健全了，关口筑牢了，才能够真正堵住食品安全的漏洞。

（《焦点访谈》2015 年 3 月 18 日）

未婚时如何证明“未婚”

最近，各种奇葩证明引起大家热议。可能大家都有过这样的经历：要去办什么事，首先就得要开各种各样的证明，而开这些证明的时候，可能又要让你去开具这些证明所需要的证明。这么说可能有点像是绕口令，但事实证明，生活中这样的事情还真是不少，四川成都的胡女士，就被一个这样的证明折腾得疲惫不堪。

胡女士2006年大学毕业后，户口落在了昆明，2012年她到成都结婚成家，此后一直在成都生活。户口在异地有很多不便，胡女士便想把户口从昆明迁到成都去。没想到刚开始办第一步，她就被一张莫名其妙的证明给卡住了，这一卡就将近两年。

胡女士说：“从成都到昆明，就为这一项证明，就跑了四趟，上一次待了十一天，住在那儿，然后就不停地跑，却是无果，真的是办得很辛酸。”

从成都到昆明来来回回飞，让朋友帮忙跑腿的电话更是打过无数，这到底是个什么证明，这么难办理？

胡女士告诉记者，工作人员说：“你那个结婚证看不出来你是第几次结婚，第几次离婚，这又是第几次结婚，所以说，她就说，不能证明这是初婚。”

原来迁户口的第一步是要让户口所在地的居委会填写婚育状态。胡女士是2012年结婚的，这本来是件很简单明了的事情，可是居委会的工作人员说，结婚证看不出来是第几次结婚，所以她婚育状态不明确：“我对你的情况一无所知。我怎么证明你原来是属于初婚、未婚还是什么。”

工作人员要胡女士去开个证明，证明她结婚之前是未婚未育。结过几次婚，跟迁户口有什么关系？胡女士没有问，她拿出了户口，向工作人员解释：“我的户口本上有证明，户口本我这块儿是未婚。”

胡女士是2010年买房时把户口落在这个盘龙区黑龙潭社区的，落户时户口本上明确标注着未婚，但社区工作人员不认：“婚姻状况是不以户口册为基础的，因为婚姻登记不在这边登记。”

工作人员说户口本是用来管户籍的，不是用来管婚姻的，上面写着未婚也没用。

胡女士很是不解，询问工作人员。“我说难道这个户口本和这个结婚证没有法律效力吗？她说，这个我个人知道，但是作为我们的行政资料，我就必须要把这个资料完善了，我要看到这个未婚未育的证明。”

“那现在怎么办呢？”胡女士问。

社区工作人员：“你要到民政局去查，某某某在我们这儿登记结婚，或者是某某某在我们这儿离婚。”

胡女士：“你们的系统里查不到吗？”

社区工作人员：“查不到，现在中国就存在这个问题了，我们不可能进入人家民政的网络。”

工作人员说，民政系统、公安系统和街道办互不联网，胡女士得自己去民政局查信息，而胡女士2010年落户到这里之前，户口是在另外一个区——五华区，所以她得先去五华区民政局开出自己在五华区内几年都未婚未育的证明，于是，胡女士赶到了五华区民政局，她对工作人员说：“2006年到2010年，我户口是在五华区的，我只需要证明2006年到2010年，没有结婚的就可以了。”

民政局工作人员回答：“那你就把2006年到2010年之间的户口（本）给我。”

“我户口已经划走了啊，户口2010年已经迁出去了，你现在要问我要户口本，我确实拿不出来，2010年已经换掉了。”胡女士说。

2010年胡女士把户口从五华区迁走时，按规定更换了新户口本，上面的户籍登记地址也换成了新的，从现在的户口本上已经看不出来胡女士的户籍曾经在五华区。

民政局工作人员说："你要给我一个依据，我不能凭你讲就给你开证明。"

五华区民政局的工作人员说，胡女士要自己先证明，她的户籍确实曾经在五华区。

胡女士问："身份证可以查吗？"

"身份证查不到。"民政局工作人员回答。

胡女士告诉记者："他说你可以去你原先的户籍所在地，去开一个户籍证明，证明2006年到2010年，是在我们五华区的户籍，那么拿这个户籍证明，我给你开一个当时未婚未育的证明。"

于是胡女士又按照要求，赶到了以前的户籍所在地——五华区莲华派出所，要开一个证明自己的户口曾经是在这里的证明。

胡女士："现在能不能开一个证明，证明这个时段我户口在这里的？"

派出所工作人员："这个阶段是在莲华派出所？"

胡女士：" 对。"

派出所工作人员："你是教育厅的集体户口，都应该去教育厅去办，教育厅的学生户口相关的所有信息，都由教育厅来办。"

胡女士的户口是2006年大学毕业时作为集体户口，由省教育厅统一托管在莲华派出所的。派出所工作人员告诉她，这种情况要先到省教育厅开一个证明，证明当时是托管户口。

派出所工作人员："去教育厅去开，什么时候你（把户口）托管教育厅，什么时候户口迁走的，开好教育厅的证明拿过来盖章，我们核实对的就给你盖章。"

胡女士已经被绕晕了，她又来到了省教育厅开这个户口托管证明。

省教育厅工作人员告诉她："开不了。"

这是为什么呢？省教育厅工作人员说："你现在户口都转出去那么多年了，我们肯定是开不了的。"

开一个证明，不是一件很简单的事儿吗？

省教育厅工作人员说："为什么要我们出具这个证明，我们不可能说要满足你们所有的要求。都让我们去满足你们的要求，你让它（派出所）出具一个文件。”

省教育厅的工作人员说，派出所让他们开这个证明是无理要求，要派出所先拿出个文件，证明他们有义务配合派出所开这个证明，胡女士再三请求也没有用，只好又回到了莲华派出所。

派出所工作人员：“为什么开不了呢？怎么会开不了，必须要它开。”

胡女士：“但是你刚才不是在电脑上，都看到我的那个信息。”

派出所工作人员：“我查到了，但是我不能直接开，要教育厅开个证明过来，我们核对信息对了，才会盖章。”

派出所工作人员其实只简单地操作了几下，就已经在电脑上查到了胡女士的户籍信息，可是就不肯给开这个户籍证明。

工作人员坚持要省教育厅先出个证明，并说这是程序，不能通融。无奈，胡女士只好又从派出所返回到了省教育厅。

省教育厅工作人员：“我们开不出证明来，户口只要迁了我们就开不出来证明，不是说我不开给你，我为难你，我也没有办法，我开不出来的。”

胡女士：“派出所工作人员一定要这个，怎么办？”

省教育厅工作人员：“你要告诉她，不是派出所‘一定要’，我们就一定要满足他们，昨天我已经解释过了，不是说它要我们就满足，我们满足不了的我们也没有办法。”

被来回踢了好几次皮球，胡女士只好又回到了最初的社区居委会，说明了情况。

胡女士：“现在怎么办呢？”

社区工作人员：“我现在也不知道你这个怎么办了？这个就是中国现在这一块特别乱的一个地方，我们也不知道怎么解决。”

不知道该怎么解决，可居委会工作人员说，这个证明还必须得开，工作人员又给胡女士一个建议，说胡女士以前的档案，现在应该都在五华区档案馆，如果能让档案馆查一下档案，开一个当时未婚未育的证明也可以。

总算找到了替代的办法，胡女士又按照居委会工作人员的建议，直奔档案馆。

“档案馆工作人员说查得到，一定是在这儿的，但是我不能给你看，我说为什么？他说因为你现在户口不在这儿了。”胡女士告诉记者。

没想到在档案馆遇到了同样的问题，胡女士要先证明自己的户口曾经在五华区，工作人员才能给她查档案。

胡女士：“明明就是直接把身份证号输进去，我的档案全部都出来了，为什么非要要这个东西，但是，现在就是层层阻碍，就是，我能不给你办，就不给你办。”

其实很简单，只要输入个身份证号，档案就能查到，可工作人员说，能查得到是一码事，能不能给查是另一码事，要查档案，身份证和户籍证明缺一不可，可是要开户籍证明还是得到派出所，问题又绕了回去。胡女士只好又回到派出所，派出所又推给了省教育厅，省教育厅又推回到派出所。事情成了个死结。实在没办法，她又返回到居委会，居委会工作人员说，事情之所以搞得这么麻烦，胡女士自己有很大责任，是因为她平时和居委会沟通不够。

“你结婚了，生孩子了，但是没有经过我们，我们是不清楚的。”社区工作人员说。

“那我结婚的时候，还必须要到这里来报到？”胡女士问。

“你是应该告诉我们啊，就应该要到当地的居委会。”社区工作人员说。

胡女士哭笑不得，这个要证明她未婚时是未婚的证明，几乎成了她人生最难破解的难题。她说：“就陷入一个怪圈，能给我开证明的这个单位，它需要另一家单位的证明，但是另一家单位又需要上一家单位的证明，关键在于每一个部门都说，我知道你是未婚，可是我不能给你开这个，就是相互推诿，大家在踢皮球。”

一个证明需要各种证明来证明这个证明，绕来绕去就绕成了一个死疙瘩，一件简单的事情，明明电脑中的信息就可以证明，可就非得要一张盖章的纸，可能每个单位都有自己的规定，但看起来就像是在故意刁难，难道事情真的就不能办吗？这个死疙瘩真的就无解吗？胡女士把自己的遭遇反映给了当地媒体，也拨打了市长热线，也不知道最后是哪个办法起了作用，事情前几天还真的就解决了。这是个好消息，奔波两年，终于有了一个结果，但这也说明，事情不是不能办，而在于怎样办？其实，像胡女士这种证明未婚时是未婚的事情，在我们的身边经常能够看到，我们再来看一看各地五花八门的奇葩证明。

北京的陈先生一家准备出境旅游，却被要求出具陈先生和他母亲的母子关系证明，为此，陈先生要奔波上千公里回到江西老家，去开这个证明我妈是我妈的证明。

四川成都的周女士想取出已经过世父亲的存折上的几百块钱，可她需要证明自己的父亲没有私生子。她说：“你让我咋证明我爸没有私生子啊？”

浙江杭州一位老人在家中摔倒受伤，报销医药费时，医保局要求他到社区开一个证明受伤不是由他人引起的证明。

同样在杭州，一位老人家在家里不小心把600元钱撕碎了，到银行兑换，银行要他开一个不是自己故意毁坏人民币的证明。

在近日某知名网站举办的网络调查中，98%的网友表示遭遇过各种奇葩证明以及办证难，而找熟人托关系则成为大家解决这类难题的首选。

这些花样百出的证明，不仅让老百姓头疼，负责出证明的单位，也不堪其扰。

开证明占他们工作量的总量有多少？社区工作人员说：“基本占到七八成，比如亲属关系证明，死者他的直系亲属要出证明，比如死者已经七八十，八九十岁了，证明他上一代的人也要写出来，他上一代的人都一百多岁早就没了，其实我觉得这个证明就没必要了。”

生活中很多简单的事情，往往就因为各种证明而变得复杂起来，各种各样的奇葩证明确实让人左右为难、哭笑不得，但是仔细想一想，一些部门的办事人员索要这些证明，或者是证明这些证明的证明，也不是故意刁难，为难谁，而是按规定办事。造成各种奇葩证明的深层原因：一是有些部门之间职能交叉、管理分割、服务意识差，加上彼此信息沟通不畅，信息建设不完善，有些事情办起来就十分复杂麻烦；二是有些制度规定明显过时，在信息化、数据化已经很发达的今天，有些纸质证明变得毫无必要。

要解决这个问题，首要还是要做好简政放权的减法，减掉不必要的条条框框，消除各个职能部门之间的信息壁垒，公民信息互联互通，才能够实现信息共享，也就是现在经常说的让数据多跑路，让百姓少跑腿，当然，政府真要下决心解决奇葩证明的问题，最大的障碍不在于技术，而在于管理思路。

（《焦点访谈》2015 年 6 月 10 日）

引“凤”不成　赔了“梧桐”

对于地方政府来说，要发展经济离不开资金的支持，尤其是贫困地区，扶贫脱困任务重，本身资金又很缺乏，所以筑巢引凤、招商引资的需求就更为迫切，地方政府也往往会提供更多扶持和优惠政策。云南省临沧市有一个外来企业曾经被作为拉动经济发展、带动农民致富的龙头企业，得到了各方大力扶持，然而几年时间过去了，当地不但没有因此致富，反而落得血本无归。

临沧市位于云南省西部，由于地理位置偏远，境内又多是山地，一直是云南省的贫困地区。在临沧，由于山区林地分布广泛，利用和开发林业资源带动山区百姓致富，一直是当地政府扶贫工作的主要措施之一。

2010年，一家“航母级”的林业企业在临沧创建，这个项目顺理成章地成为市里扶持的重点。工商银行临沧分行行长赵国明认为：“如果泛华林业进来以后，它可以拉动我们整个临沧的林农的经济，还有包括林产品的发展。”

临沧市泛华林业公司以及控股的几家子公司注册资金高达四亿多元，企业经营范围包括林业种植、砍伐和林产品加工。泛华林业公司成立没多久就找到了工商银行临沧支行，要求贷款。

“泛华林业的这个项目，应该是符合我们工行的行业信贷政策的。”赵国明说。

工商银行临沧分行很快就为泛华林业公司办理了抵押贷款4亿8000多万元。

巨额贷款放出去不久，泛华林业公司就在临沧建起一条板材生产线，看上去一切顺利。然而让人意想不到的是，这条生产线仅仅开工 120 天就停产了，而停产的理由更是让人大吃一惊，企业声称：所有资金已经花光了。

临沧市泛华林业公司负责人陈双峰："我们从银行贷款过来，我们也是为了做这个企业，把这个企业做得更好，所以说我们也是肯定用于恢复跟生产经营我们企业这块……我们肯定是用到这块上面了。"

泛华林业公司和几家子公司进入临沧注册时，注册资金就有 4 亿 5000 多万元，注册完毕后，企业一直就没有停止在临沧的各个金融机构融资。截至企业停产，公司在临沧各家金融机构、个人甚至政府财政的贷款和借款近九亿元，自有资金、贷款加起来应该有十多亿元，这钱都花到哪里去了呢？

记者："总投资额多少？"

临沧市泛华林业公司负责人陈双峰："总投资额是这个样子，因为这个数据的话，目前我掌握的，因为我刚上来，掌握的，还不是那么了解，这个我还需要再了解一下。"

记者："这个注册资金和贷款有多少？"

陈双峰："这块儿的话，我也要实际地回去再了解一下，看一下。"

知情人提供的泛华林业公司财务报表显示，泛华林业公司从成立到停产，全部支出不超过三亿元，而同一时期，该公司拥有的自有资产和各种融资远远超过这个数字。

知情人："打个比方，这边的数据里就都有了，比如说，它这个是主要资产状况，那这个就是说 2.2 个亿，那贷了大概 9 个亿，外面还欠了将近 2 个亿，1.9 个亿，十二三个亿的钱在哪里？一加一减。"

记者："它账上没钱了？"

知情人："它账上早就没钱了。"

十几个亿的资产，只支出了三亿，企业就宣称没钱了，那剩余的资金哪里去了呢？记者首先来到了临沧市工商局调查泛华林业公司注册资金的情况。

云南省临沧市工商局局长纪光辉："（四亿五千万元）只是它的注册资本，可能注册以后它转了，时间不长就汇出去了。"

记者："汇到哪儿了？"

纪光辉：“这个记不清了。”

泛华林业公司和他的子公司共有注册资金四亿五千万元，这笔资金按照《公司法》规定应该用于和企业生产有关的生产经营上，然而泛华的注册资金在企业注册二十天后就被抽走了。

“根据《公司法》和刑法的有关规定，属于那个抽逃出资行为。”纪光辉说。

记者：“如果数额巨大呢？”

纪光辉：“数额巨大要追究刑事责任。”

除了注册资金被抽走之外，泛华林业公司从银行贷来的贷款中，投资的三亿元以外的款项也不知去向，这违反了项目贷款不得挪用的规定。贷款资金从泛华林业公司账户上转走，工商银行临沧分行也有所发现。“我们也怀疑有资金出逃的嫌疑，但是我们没有这个证据。”赵国明说。

记者：“但它的去向你们可以查到的，贷款都是进到它账上去的，从账上出的钱肯定不是现金。”

工商银行临沧分行行长赵国明：“转走了我们就没有办法，只要跨一个银行我们就没办法查，最糟糕的事情，只要是跨出我们银行就没有办法查，包括我们工行系统要查，都是很麻烦的事情。”

工商银行临沧分行表示，对泛华公司疑似抽逃资金的进一步调查需要其他部门介入，所以对于目前的情况他们无能为力。

记者注意到，泛华林业公司办理的贷款是抵押贷款，需要抵押相应价值的抵押品，也就是说，如果泛华林业公司无法还贷，银行可以用抵押物来抵债。那么，泛华公司提供给银行的抵押物又是什么呢？

工商银行临沧分行行长赵国明：“抵押品的审核方面，应该说我们根据企业提供的林权证、土地证进行审核，然后通过第三方的评估机构来评估以后，报省行审定，审定以后我们才发贷款。”

原来，抵押品是两份证书：一份林权证，一份土地使用证。泛华林业公司之所以拥有这份林权证，是因为在公司注册之初，他们和林业局签署了一份承包合同，承包了临沧市三十多万亩的国有林地，而泛华林业公司承包林地的价格低得让人吃惊。

记者："每年租金是多少？"

云南省临沧市林业局造林绿化科主任科员王东临："（每亩）三块。"

记者："租多少年？"

王东临："70 年。"

由于租金是每年一缴纳，每亩林地租金三元，三十多万亩林地的租金，每年也就一百万元左右。也就是说，只支付一百万元年租金，泛华林业公司当年就拥有了三十多万亩国有林地。

不仅如此，临沧市林业局还为泛华林业公司提供了林权证用于银行贷款抵押。

"我们其实这也是一种尝试。"云南省临沧市林业局副局长王拥军说，"因为资源已经承包给它了除了它的注册资本，来这儿发展以后，资金不足的地方，肯定是要借助商业银行，这是我们作为一种尝试——用于抵押贷款。"

记者："尝试之后的结果是怎么样？"

王拥军："尝试贷出来以后，它用于基地建设了一部分，另外它在生产、原料、采购上用了一部分。"

记者："都花完了吗，都投入完了吗？"

王拥军："投入了一部分，其他企业内部，它投入其他地方，我们也不是太清楚，因为它企业内部的财务情况我们也不是很清楚。"

几十万亩国有林地几乎白送，还用国有林权为这家公司做了抵押贷款，这就意味着企业得了丰厚的利益，而承担风险的却是林业局。

记者："还不上贷款，还不上本息，最终是要清算的，那你们的国有林权就这样给了一家公司，最后变成银行的债务，会不会有损失，你觉得？你觉得有没有风险？"

王拥军："还是有一定的风险的。"

明知道存在巨大风险，临沧市林业局还是为泛华林业公司提供了各种方便。

那么泛华林业公司用于贷款抵押的另外一个抵押物——土地证，又是什么情况呢？2011 年 10 月，泛华林业公司以 3688 万元的价格，竞得了一块工业用地，这块土地的土地证书也被银行收为抵押物。记者于是向临沧市国土局核实这张土地证书是否真实。

临沧市国土资源局副局长李荣旭：“它拿到这个地的过程是，我们经过按程序组织农用地的转用、征收以及供地，它是经过省国土资源厅审批之后，我们按程序进行公开出让。它是通过公开出让的方式取得的。”

泛华公司得到的土地证是真的。根据规定，竞拍的土地必须足额缴纳土地出让金后才能开具土地证，泛华林业公司当时也向银行提供了两张分别为500万元和3600多万元的缴纳土地出让金的单据。不过，记者向临沧市国土局进一步核实后发现，事实并非如此。

记者：“这个500万和3600多万你们都收到了没有？”

临沧市国土资源局副局长李荣旭：“500万我们账上收到。”但对于另一份3600多万的收据，李荣旭说：“从现在看，这个收据我们这边不予认可……应该是假的。我们这里没开过这样的单据。”

原来，缴纳土地出让金的单据，一张是真的，一张是假的。

泛华林业公司缴纳500万元土地出让金后，就要求临沧市国土部门先行办理土地证，余下的3600多万元土地出让金事后缴纳，对于这个明显违反规定的非分要求，临沧市国土资源局居然一口答应了。

记者：“不交齐土地出让金就给当事方提供合法的土地证，应该我们国家历史上没有发过这方面的法律条文。”

临沧市国土资源局副局长李荣旭：“从现在看，应该是明文的还没有。”

记者：“没有，那你们执行的是哪条法律条文？”

李荣旭：“这个它也是属于我们的招商引资企业，然后它另外又是做了一些申请，做了一个承诺。”

就这样，只缴纳了500万元土地出让金，连拍卖价的零头都不到，泛华林业公司就拿到了这块地的土地证，之后又伪造了已经足额缴纳土地出让金的单据，把土地证抵押给银行贷款。

因为没有缴纳足额的土地出让金，按照《国有建设用地使用权出让合同》有关条款，国土部门可以随时收回土地证，也就是说，银行拿到的土地证是无效的，无法用来抵债。

记者：“那最后它也没有缴足这个土地出让金，利用这个土地证办理了银行的贷款，最后这个贷款还不了的话，这笔钱不就等于说是银行损失了吗?”

临沧市国土资源局副局长李荣旭：“这个贷款具体是怎么贷的，就要到银行那边查一下。”

蹊跷的事情并非个例，对于发放 4 亿多元巨额贷款的临沧分行来说，核实泛华林业公司缴纳土地出让金单据的真伪是起码的职责，而且这只需询问一下土地部门，并不是什么难事，可是假单据为什么轻易通过了审核呢?

记者：“到土地部门时，需不需要核实它是否缴纳土地出让金，这个情况你们核实了没有?”

工商银行临沧分行贷款业务负责人：“这个应该问了当时的土地部门，不可能提供。”

记者：“它怎么回答的?”

工商银行临沧分行贷款业务负责人：“它没有回答给我，它只是说那个土地证在的。”

当初，泛华林业公司抽走注册资金，临沧市工商部门早已得知。抽逃资金违反了工商管理法和《公司法》，工商部门理应向司法机关报案，但是他们并没有这样做。

云南省临沧市工商局局长纪光辉：“我们单独专题讨论了一下，向有关司法部门没有报告过。不过初步的一些核查的情况报告过。”

记者：“报告谁了?”

纪光辉：“报告市里面。”

记者：“市里面有答复了没有?”

纪光辉：“报告市里面没有答复。”

再来看看事情的整个过程：首先，泛华林业公司拿来贫困地区临沧市急需的好项目，声称有巨额投资；然后，打着政府扶持的旗号用低价租用国有林地，获得林权证；接着只缴纳土地出让金的零头，获得土地证；再用林权证和土地证抵押贷款，到手了几亿元；拿出其中一小部分用来投资建厂，做出生产的姿态；再以经营不善、资金花完为由，停工停产；最终，几亿元资金不知去向，留下的债务却要由国有机构买单。在这个过程中，各部门、各方面起码的监管、把关职能都莫名其妙地失灵了，其间发生的种种怪事也难以解释。

据了解，国家有关部门正在对泛华林业公司进行调查，希望能早日查个水落石出。这件事也给各地提了个醒，小心别让类似手段再得逞。

（《焦点访谈》2016 年 6 月 16 日）